布谷催春

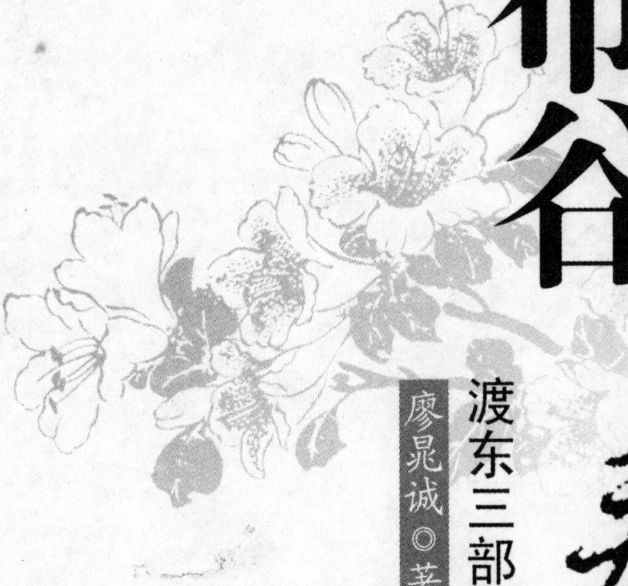

渡东三部曲之三

廖晁诚◎著

華藝出版社
HUA YI PUBLISHING HOUSE

[目　录]

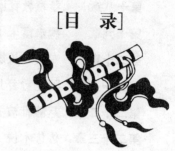

第一章 明年是个无春年

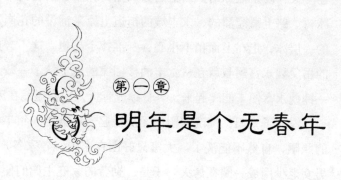

农历十二月二十五日是立春。

明年是一个无春年。

无春年，没有立春，不能嫁娶，乡间习俗是一个不吉利的年头。

立春这一天，也正是入年假的日子。永丰城的庄户人家按照习俗，把家里家外进行认真的清扫。俗话说，有钱没钱，干干净净过个年。因此，男女老少有的把屋外的杂草除个干净，有的把家里的家具、被褥洗了又洗。家庭的主妇们更是忙里忙外，还要做年粿，送灶君菩萨上天……总之，离除夕就剩下五天时间，抢个有阳光的日子，把这些事情都办好了，好在春节时间里安安心心休息个几天。

可是，今年的春节似乎没了以往的那种气氛。一来日本人占据永丰城二十多年了，每个家庭没有了永丰城开发建设之初的那份富庶，心里也没了那份欢愉；二来今年的老天爷似乎也有点故意闹别扭似的，大寒季节刚过，原本是满地白霜的永丰城，却下起了绵绵细雨，这雨已经下了十余天，尽管下得不大，但那毛毛细雨夹杂着呼呼的寒风，一阵接一阵，一天连一天，硬是把那诸罗山上的参天大树冻成了白花花的、晶莹剔透的冰山冰树。路上滑溜溜的，永丰城的街道上原来铺设的花岗岩石条上结了薄薄的一层冰，走在上面稍不小心，一准摔个趔趄。这不，前几天，阿光老板的岳父魏永富阿叔就在从永丰酒楼回家的途上摔了一跤。老人怕摔呀，这一摔魏永富便未能爬起来，臀骨摔成骨折，现在还躺在床上不能动弹。

没有了太阳，洗洗刷刷便无从谈起，那盖了一年半载的被子没有太阳的照晒，自然不能洗了。大家只好围在家中，各家各户生了一盆木炭火，男女老少围成一圈在烤火。于是，勤劳的家庭主妇们便利用这个机会，将一件件已经洗好的衣服、被单架在客厅里让这木炭火完成本应由太阳完成的工作。

“干妮姥，这是什么鸟天！烂肚子了，天天下雨！”这一下雨最难受的自然是年轻人，活儿干不成，要出门到处泥乎乎，连脚都没地方往下踩，天天窝在家里烤火，窝得全身上下的虚火往外冒。永丰城那个被阿光老板称为老作家的李福祥的儿子在家憋了半个多月，看着那门外的雨仍然下得纷纷扬扬，嘴巴嘟嘟哝哝地骂了一句。

“死仔，天公能随便咒骂的吗？哼！”老实巴交的李福祥一生最崇拜天，最信命。这个生在田间，长在田间的庄户人，对种植甘蔗、水稻有着丰富的经验，人生大半都过去了，一直认为“天公疼憨人，憨人有憨福”的老人听见儿子在咒骂老天，恶狠狠地用眼睛瞪了一下自己的儿子，如果不是儿子已经长大成人，如果不是看到客厅里还有别家的年轻人，他肯定会给这不知天高地厚的儿子一个响亮的耳光。此时，他忍了又忍，只用旱烟锅子在八仙桌上用力敲打了一下，将儿子阿禄教训了一下。

“你看这……”儿子阿禄也是一个孝子，被父亲那眼光一盯便大气不敢出，只是有点不服气地用手指了指屋外，嘴巴动了动，将后半截话吞回肚子里去了。

父子俩不经意间的口角，弄得屋里烤火的邻居都有些不自在。还好，永丰城的庄户人家都是当年兄带弟、村带邻一块儿从漳州府或泉州府渡东而来的乡亲，平时很熟，再加上七连八接总能沾亲带故，带上一些面线亲。只是，入了年架，有事都得忍一忍，和和气气，高高兴兴过个平安年。

“阿禄仔，看来你在家也烤了十几天的火，没事干脆去永丰商行买一些年货回来吧。”李福祥觉得自己刚才口气稍稍过了头，便用缓和的口吻叫了一声儿子。

“也好，买哪些东西？”阿禄仔听父亲一叫，便也落个轻松，这家太沉闷了，年景不好，家里这十余年每况愈下，说是买一些年货，家里也没有几两碎银子。但既然买一些年货倒可以借机出去溜一溜，散散心。

“买一些敬天公菩萨的香、纸、鞭炮……”李福祥叫上老伴，从内屋打开一口大樟木箱，翻来翻去，找到一块用布包了七八层的布包，抠抠搜搜取出了零零碎碎的一把银子，在手中掂了又掂，嘴里不停地盘算着什么。然后，连同装铜板的布袋，整个递到阿禄的手中说，“二钱一挂的鞭炮五串，神香十把，神纸五刀……”

“二钱一挂的鞭炮五串？”阿禄仔接过布袋，有些迷惑不解，在日本人未占据永丰城前，过年的鞭炮都是一块银元买二串，尤其是年初一开门的鞭炮往往都是一块银元一串，那一串盘得比箩筐还大。因为，一年之计在于春，一日之计在于晨，庄户人家往往把一年一次的开门鞭炮看得特别重要。这一方面表明主人的经济实力和身份，那鞭炮越大串，放得时间越长，放得越响，证明这家主人越有身份；另一方面，这越大、放得越响的鞭炮则预示一年有好的气势，好的兆头。可是，现在这二钱一掛的鞭炮在这里庄户人家以前都称为二百五的鞭炮，总共只有两个大炮，八个小炮，一放起来大家都戏称“噼里啪啦，亏空七百八呀”。这种最小的鞭炮以前就是打死了，谁也不愿放的，今年父亲还指定用来年初一开门。

真是王小二过年，一年不如一年呀！

“嗯！”听见儿子的反问，看见儿子那不解的眼光，李福祥没有作任何解释，只是在喉咙里咕噜了一声，只见他那喉结轻轻地动了一动。

“我们一起走吧。”阿禄仔过年才十八虚岁，穷人的孩子知道父亲的难言之隐，加上刚才父子间又争执了一句，也不敢再言语，便招呼一同烤火的邻居浩仔、钟仔起身往永丰商行走去。

“顺便买一张红纸，请你永福阿公写一副对联。”见儿子出了门，李福祥又专门叮嘱了一声。在永丰城尽管识字的不多，但不管识字不识字，也不论识字多，还是识字少，大致都能写上一手不错的毛笔字。只是，尽管会写毛笔字的人不少，可是家里有笔、有墨、有砚的人家却不多。永丰商行的老板连永福老人尽管识字不多，但却是既能写一手好的毛笔字，又是笔墨兼备，这逢年过节或者大事小情他既卖纸还兼为乡亲们写上一些字，为大家服务。

“对联怎么写呢？”禄仔对阿爸的性格了解得一清二楚。自从懂事之日起，便知道阿爸做事最讲规矩，最讲套路，这种习惯几乎不大改变。但为了慎重起见，他还特慎重地反问了一句。

“这还要问吗，上联：田增五谷人增寿，下联：春满九州喜满门；横批：自力更生。这是我们几代人一直用的对联呀。”

果然，阿爸说的这对联是禄仔闭着眼睛都能猜到的内容。

看到儿子和他的同伴应声出门，走在那绵绵的细雨当中，李福祥倚着大门有点迷茫地看着那茫茫细雨的永丰城，情不自禁地叹了一口气。春节过几天便到了，这过年老年人老一岁，可是这禄仔却长了一岁，足足十八岁了。男大当婚，女大当嫁，“该讨一个儿媳妇了”。

“该讨了，可是这媳妇用饭勺来讨呀？”李福祥声音不大，可是他身后的妻子却把丈夫的话听得真真切切，话音刚落，妻子却心事重重地数落了一句。这永丰城呀！刚开始那十几年台湾府免税，阿光老板减租，李福祥凭着自己的一身技术引进良种，精心栽培管理，日子过得红红火火。可是，自从日本人占据了永丰城之后，对田地重新丈量，自己原本二十多甲地突然变成五十多甲，光税收上交便使收成失了三分之一。这还不算，自己生产的优质稻谷被那武田株式会社强制低价收购，送到日本去了。然后强行搭配一些东南亚一带运来的劣质稻米高价供应给粮户，一来二去，这日子过得越来越难受，越来越艰辛。这不，这才过年，新粮还得半年才上桌，可是米缸里仅存着那按理供应的不足一个月口粮，那樟木箱里存钱的口袋也越来越轻，只剩下些零零碎碎的银子。

“以前过年是家家户户一件喜事，现在过年比过关还难呀！”李福祥苦苦思考着对策，思考着今后的日子。

“他阿爸，这过年我们吃什么呢?”妻子问丈夫。

“随便吧。”李福祥有些无奈，往年到这个时候已是气氛正浓的时候，蒸发粿、杀鸡买鱼备办年货，可是这几年，大家的口袋干扁，樟木箱里没钱，大家索性能简便简，能取代的则用简单的东西取代。总之，能留住一条命便是万事大吉。

“一年一次，哪能随便呢?总得有几道菜吧。何况年三十还得敬菩萨呢!”妻子显然对李福祥的回答不满意，嘴里唠唠叨叨。

“那……”李福祥很少看见妻子不高兴，看到这样子便认真思考起来，“一、杀一头鸡，食鸡表示‘起家’，预示家运昌盛；二、杀一条鱼，这鱼叫禄仔到自家鱼塘去捞一条大的，杀鱼连年有余；三呢，煮一个大菜头（白萝卜），取一个好彩头；四呢，韭菜炒个鸡蛋，长长久久。”

“就这四样菜?”妻子显然不满足，而且四字有死的含义，也不吉利。

“那买二斤猪肉红烧，再加一个长年菜，芥菜吧，这长年菜表示长寿，预示幸福绵长。六道菜，六六大顺。”李福祥很认真地补充。

“这样还差不多。要么，家里还养着一头大番鸭，杀掉它?”妻子建议。

“头发长，见识短!过大年，能杀鸭吗?杀鸭吉利吗?”听妻子说过大年杀鸭，这李福祥马上生起气来。女人家呀，真是没知识，好歹也是四十多岁的人了，什么规矩都不懂，这杀鸭便是“在押”的意思，那是不祥之兆，都是要教子教孙的年龄了，什么事情都不懂。

女人被丈夫呛了一句，自知理亏，也不敢再言语，便低下头默默地做自己的家务活。她知道，在闽南地区，吃有吃的规矩，坐有坐的姿势，生活也很有讲究。尽管渡东，但闽南的习俗却原原本本搬到台湾来了。

那是上祖列代列宗流传下来的，决不可改变。

闽南的女人很贤惠，一切以夫为纲。丈夫是家中的顶梁柱，同时又是主心骨，凡事一切都得听男人的。而且自己的丈夫，尽管没上过学堂，可在永丰城都称为“老作家”，农业耕作样样精通，是一个受人尊敬的男人，自己能嫁上这样的丈夫已是上辈积了阴德。只是这几年，日本人来了，世道变了，家中贫寒，入不敷出，尽管一家四口都是壮劳力，但有力没地方使，年初一出门干到年三十，屁股都被太阳晒臭了，到头来，米缸没米，油钵里没油，积蓄更是一种空想啊！

“菩萨呀！保生大帝呀，你们在天上可要保佑我们这些憨人呀。”庄户人家，尤其是庄户人家的女人胸无大志，她不想家里荣华富贵，只求一日三餐，日夜平安。福祥的女人想着想着也没有别的办法，在客厅里转了好几圈。于是，转到安奉在客厅的神龛前虔诚地点上一炷香，磕了几个头，然后念念有词，将那点上火的三根香插在神龛里。

顿时那袅袅的香烟便在客厅里慢慢地缭绕开来。妻子此时脸上开始荡漾着一种开心，一种满足，一种欣慰。

“福祥哥在家吗？”正当夫妻俩正在为除夕那餐饭争论时，屋外响起了隔壁邻居的招呼声，不用看，从那熟悉的声音里便知是隔壁邻居张正旺兄弟，也正是刚才在家里烤火的禄仔的朋友——浩仔的父亲，当年前后脚从漳州来台湾的，又前后脚来这永丰城。

“在呀！正旺兄弟，过来烤火呀！”刚才禄仔没走，这客厅里热热闹闹，现在他去买东西，一帮年轻人都走了，这客厅则显得太过清静，听到张正旺的叫声，李福祥高兴地回应道。

“来了！”李福祥话音刚落，半掩的客厅门已被推开，一股寒风连同毛毛细雨冲了进来，接着那张正旺一边拍打着身上的毛毛雨，站在门口，“这鬼天气，这么冷，闲在家里百无聊赖，想到兄弟很久没有时间聊聊，找你泡杯茶。”

“坐吧，烤烤火。”李福祥边招呼张正旺，边朝厨房干活的妻子喊着，“快，泡壶茶来。”

“福祥哥，这年还过吗？”坐定，张正旺用一副忧伤的眼光看着兄长。

“过啊！这是我们祖祖辈辈流传下来的习俗，哪有不过的道理呀！”李福祥知道，自从日本人占据台湾后，强行推进皇民化统治，除了不准讲汉语，讲闽南话，要改成日本名字之外，这几年，又不准过台湾乡亲从大陆带过来的各种节日，每到节日前后那警察所的所长佐佐木总会带上警察挨家挨户进行盘查，动不动就是罚款。

“那佐佐木……”张正旺话刚出口便惊恐地把头朝屋外张望了一下，

发现屋外除了大街上偶尔一两个乡亲在寒风夹杂的细雨中步履匆匆之外，并没有日本人，才接着说，“他们要来查，要罚款怎么办呀？”

“这不难。”李福祥看着自己的乡亲，年过四十，已是满头白发，由于长期劳作，加上日子过得又比较艰辛而一脸老态，心里一阵难受，便放缓口气说，“反正，现在大家日子都过得不容易，过年实际上只留下一种对祖宗的思念，对家乡习俗的纪念而已。杀一只自己养的鸡，煮上一条自己养的鱼，犯得上法吗？我们过我们的年，他佐佐木查他佐佐木的。”

“这倒是实际。”张正旺从内心十分赞赏李福祥的话。

“咯吱……”突然，屋外一阵寒风加剧，原来半掩的客厅门被推开了。瞬间，一股强烈的寒风夹杂着细雨从屋外冲了进来，那客厅里原本正烧得红通通的木炭火被这寒风一吹，飘起一阵炭灰，在客厅里打着圈圈，也足足让屋里的几个人不由自主地把身上的衣服裹了又裹。

“这天有些问题呀！”李福祥一边起身准备重新将门掩上，一边对着张正旺说。

“福祥哥！我们到这台湾也二十多个年头了，像这样的天气好像还是第一次经历。真是越寒越起风，越穷越没路。不然，往年年景好，这春节前几天，我们可以到山上转一转，打一些猎，弄一头半个野猪什么的，这年也过得丰富一些。再差顺便挑个百八十斤干柴，也可换个油盐钱呀！”

“是啊！正旺不瞒你说，我家四口倒是没有吃闲饭的，可是天天忙里忙外，从大年初一忙到年三十，都几乎没有积累，一年三百六十五天累死累活，还填不满四张嘴，那拖儿带女的，有老有小的家庭怎么过呀。”

“菩萨保佑，过了这年，大家都能丰衣足食。”

两兄弟一说一答，说来说去，话语间充满着无奈，充满着伤感，只好将希望寄托到来年。

四五天时间，也就是眨眼之间。

除夕简单得不能再简单的年夜饭吃完之后，那没完没了的寒风细雨非但没有歇息的意思，反而比前几天更大，那雨珠比往常下得更大，那寒风吹来直逼脊梁骨，往年吃完年夜饭后便要进行守岁的人们，坐在客厅里的豆油灯下，不停地抖着脚，那穿在百层底布鞋里的脚趾冷得发麻，似乎那客厅里不停燃烧的木炭火也失去了往日的温暖。

一些受不了冻的老人们打着呵欠干脆躲到潮湿而又冰冷的被窝里蜷缩着身子睡觉了。

只有那还不懂事的孩子，在妈妈的怀抱里看着大家默默无语地用炉火烤着火。

“这除夕夜太安静了。”李福祥的老婆走近客厅门，仔仔细细地将门重新掩好，尽管天黑了，尽管每家每户都在家里守岁，谁都不会去串门，但这个时候门不能关，而天气这么冷，为了减少那寒风刮进屋里，只能尽可能掩得更密一些，缝更小一些。以前，大家生活好，吃完除夕晚饭，年轻人、孩子们一定会在家门口放一些二踢脚、地老鼠，放一些鞭炮，从街道到巷子里，孩子老人热热闹闹，开开心心。是啊，一年就那么十几天，再穷也不能穷过年呀！可是，今年不行了，别说这鬼天气，打狗都不出门，就连买这些鞭炮的钱都不知哪里去找。这永丰城到现在还没有一声鞭炮响。

“咳……”禄仔叹了一口气，真想大声骂一句，发泄自己内心的不满，他身边的妹妹玉兰用力扯了一下他的衣服。然后，用眼光朝父亲看了看，禄仔看到父亲板着一副严肃的面孔，不停地吸着旱烟斗。了解父亲的他便将心中这口气憋了又憋，然后用力吞了回去。他是一个懂事的儿子，理解父亲此时的心情。尽管父亲才四十多岁，但父亲是一个十分要面子的人，看着父亲在人前强装笑脸，却在肚子里装着一肚子的苦水，知道父亲这一辈子——不，凡是与父亲同龄的这一代人——过得太艰辛，过得太不容易。因此，尽管有时候被父亲训斥，他总是能够理解，总是能够忍受。

“禄仔，几时了？”许久，李福祥看了自己点的几炷香都燃尽了。打开客厅门，门外漆黑一片，没有星星，没有月亮，只剩下那呼呼的寒风和滴滴答答的下雨声。

“阿爸，这香已经烧了七炷，应该快到子时了吧。”李福祥这么着急地看着时辰是因为这除夕之夜还有一个非常重要的祭祀活动，那便是子时的开门。今年，按照皇历，大利东西，正好李福祥的房子坐西向东，是大利之年。因此，按照这闽南带过来的习俗，只要一到子时，谁能抢在第一时间开门，放上第一串鞭炮，便抢上来年的头彩，预示着来年主人能够顺风顺水，鸿运当头。

“快，快，洗刷一下，换上新衣服，准备开门，迎春接福。”听了儿子的话，李福祥叫住儿子，自己也非常麻利地走进房间取出早已准备好的长衫马褂穿在身上。俗话说，三分人才，七分打扮。尽管这李福祥目不识丁，但这稍稍打扮，也倒是斯斯文文，很有一点文化人的味道。

这边李福祥父子已换上行头，那边妻子和女儿玉兰便张罗着祭拜天公菩萨的糖果糕点，发粿、冰糖……玉兰和母亲装好五小盘子，还有必要的香纸，及开门用的鞭炮，一脸严肃地站在客厅里，只等那吉时一到，父亲便会开门接福。

“祭品准备好了吗？玉兰？”李福祥问了一句女儿。

“阿爸，一切都准备好了。”

“禄仔衣服换好了吗？”

“阿爸，好了。”

“来，站在我身后。”李福祥说着，自己站在门口，儿子在后，其次是妻子、女儿。

“注意，我们要开门接福了，要讲好话。”李福祥叮嘱着身后的家人，一年之计在于春，一日之计在于晨。今天，是新的一年的第一天，又是这第一天的第一个时辰，新年必须从这个时间吉吉利利开始，以便到年末有一个圆圆满满的结果。苦了大半辈子的李福祥心里默默地想着。他振了振精神，带着一种虔诚，一种期待，还带着一种对新年的美好的憧憬。

一步，两步，三步……

李福祥穿着崭新的千层底布鞋，慢慢地把自己的脚步移向客厅大门。

他小心翼翼地打开门闩。

他双手慢慢地打开双扇大门。

一阵寒风夹着细雨打脸而来，

一股冰冷的冷空气从脖子上，裤管时，袖子里往身上窜。

但是，这一切他早已有了足够的心里准备，

他咬了一下牙，顶住可能发生的寒战，清了清嗓门，拖长声音对着苍天喊了一声：

“开门大吉，脚踏四方，方方吉利。”

“开门大吉，脚踏四方，方方吉利。”他的身后儿子、妻子和女儿也随着他刚落的声音喊了一声。

“面朝东，东方财源滚滚来。”李福祥将身子朝东鞠了一躬。

“面朝东，东方财源滚滚来。”他的身后又响起了儿子、妻子和女儿的声音。

“面朝西，西方喜讯日日传。”李福祥听到身后的声音很响亮，很整齐，兆头很好。心里直乐，又把声音提得很高。

“面朝西，西方喜讯日日传。”妻儿们又重述李福祥的话。

“面朝南，五谷丰登堆满仓。”李福祥说一句。

“面朝南，五谷丰登堆满仓。”妻儿们重述一句。

“面朝北，荣华富贵喜气洋。”李福祥说了一句。

“面朝北，荣华富贵喜气洋。”妻儿们又重述了一句。

很好，一切很顺，李福祥脸上荡漾着难得的神色。于是，便指挥妻儿们在门口八仙桌上摆上糖果祭品，点上香纸、蜡烛，祈祷天上各路神仙菩萨，地上列祖列宗来年保佑大家顺顺利利，想千赚万。

“鸣放喜炮了。”李福祥看看刚才所有程序十分顺利，心情格外的好。他低声叮嘱妻儿之后，看看那黑黢黢的夜空，静悄悄的，心里越发开心。心想，今年的头炷香，头串喜炮非自己莫属了。他的眼前仿佛一片阳光灿烂，仿佛刚才朝东西南北祈祷的四句吉利立马变成现实。

永丰城还是静悄悄的，只有那细雨还在飘来飘去。

插在八仙桌上的红蜡烛火被风吹得不停地摇曳。一闪一闪，把门口泥泞的地板照得清清楚楚。

李福祥小心地从八仙桌上拿起那串小串的鞭炮，日本人未占据台湾前盘得足有箩筐那么大盘，可是现在这小小的“二百五”，拿在手上显得那么小，那么轻，那么微不足道。

“上天菩萨，列祖列宗，去年年景差，弟子手头紧，不能用大喜炮来答谢你们，请多包涵。等今年保佑我发了，一定重谢，一定重谢。”李福祥似乎心有愧意，心里默默地祈求菩萨和祖宗谅解。

神纸烧完了。

那“二百五”也拆开了。

祈求菩萨和祖宗谅解的话也说完了。

李福祥心里突然涌现出一种不安，这种不安却是那手心上一串轻得不能再轻的鞭炮而引起的。他的心头涌现了一丝愧意，这愧意是菩萨、祖宗去年保佑了一家平安，自己才仅仅报以这小小的鞭炮。但没有办法，手头紧，而且现在已经无法改变了。莫说没钱，纵使有钱也买不到大鞭炮了。

“菩萨，祖宗包涵。”李福祥不想不要紧，这一想，心里有些紧张，当他从八仙桌上点着的香炉中取下一支香，想点燃手中那串“二百五”时，手多多少少有些发抖。

这发抖，既有那“二百五”太小的原因，也有对来年寄以太多的期望。

蜡烛火一跳一跃。

李福祥将手中的香对准那“二百五”的引线，点上火。然后，用力把它丢向夜空。他在想，这“二百五”尽管小，但只要扔向夜空，响得高，各路神仙菩萨，还有海峡那边的列祖列宗一定能听得见，一定会理解，一定会开心。

那串鞭炮被李福祥点上火，扔向夜空，落在地上，李福祥睁着眼睛期待着。可是，却没有了火花，更没有爆炸，而是毫无生息地掉进一小洼泥水的泥泞地上。

“快，拿过一串。”李福祥心里一怔，但他是沉得住气的人，低声叫了一下禄仔。

“好。”禄仔转过身，从剩下的四串“二百五”当中，又取了一串递到父亲的手上。

“万事大吉。”李福祥将儿子递过来的“二百五”点上火，又高高地扔向天空。

“扑！”瞬间，那“二百五”又无声无息地落在泥泞的地上。

“再取一串来。”李福祥看到两串“二百五”都没有爆炸，心里一惊。

这一惊非同小可，他的声音有些微微发颤。

“爸！来，别着急。点着了再扔。”禄仔又将第三串“二百五”递给父亲，旁观者清，禄仔看到父亲可能对来年期望太高，心里着急，可能刚才丢出去的两串鞭炮都未点着引线便丢出去了。于是，低声地提醒父亲。

“嗯！”李福祥接过儿子手中的第三串二百五，喉咙里咕噜了一声，用香火朝引线处一点，又忙不迭地扔了出去。

当然，这种结果可想而知。

“再拿一串来。”丢了四串“二百五”，都没有爆炸，此时的李福祥心里十分着急，声音一出口，仿佛是在吼。

“是，爸。这是最后一串了。”儿子递过那天买回来的最后一串鞭炮。

“知道!”李福祥似乎已经没有了耐性，更没有任何的好心情，但理智告诉他，自己已过不惑之年，过了四十多个春节，开了四十多次门，从来没有今年那么衰，从来没有今年那么背运，这串鞭炮无论如何要点着，无论如何要爆炸，当然，最好能炸得很响，响得很远。

此时的永丰城还是静悄悄的，人们似乎还在准备，还没有来得及放鞭炮。

第五串鞭炮掂在李福祥的手中有些微微地晃动，他将手中的香重新插回香炉，并重新换了一根，努力控制自己的情绪，然后屏住呼吸，点上火，再用力丢向夜空。

一秒钟，二秒钟，三钞钟……

几秒钟过去了，那丢向夜空的“二百五”仍然像前四串一样静悄悄地从夜空中落下，掉落在那满是泥水的烂泥地上……

兆头不好，不吉利，从来没有过的不吉利。

那翘首以待，并且已经快崩溃的李福祥已经再也控制不住自己的情绪，他的满怀希望破灭了。他原想准备等候自己那串“二百五”爆炸后说的一整套吉利话也忘记得一干二净。

这时，永丰城接二连三地响起了开门接福的鞭炮声，尽管大部分都是那两颗大鞭炮，八颗小鞭炮组合成的“二百五”，但一串接一串，一声连一声，断断续续，此起彼伏。

李福祥终于彻底地失望了。

他的头脑有点晕乎乎的，但仍然想振一振精神。片刻之间，他两手一摊，似乎歇斯底里大发作，下半身猛然向那黑黢黢、雨绵绵的夜空一挺，一句谁也没意想到的闽南粗话从这个循规蹈矩的老实人口中脱口而出。

“干妮姥，随你来啦！”

第二章

永丰商行前冷清清

年前的那场雨，没完没了地下着，从立春下到雨水，从雨水下到惊蛰。每家每户的被子潮得几乎用手一抓，便可捏出大把的水来。长时间的下雨，庄户人家每天在泥泞的路上、田间走来走去，慢慢地开始有人喊脚趾发痒，后来手指、身上的各部也开始发痒起来。

那痒，痒得离奇。

用手抓一抓，开始是又红又肿，接着便结起小小的水泡，再接着便流淌着黄黄的水，慢慢地溃烂开来。

“今年春节就是不吉利，刚开春，霉运接二连三。”连永福老人尽管年已七旬，但还掌管着永丰商行总经理这个家。当他走进商行时，内柜水永正在龇牙咧嘴地抓着手，嘴里却骂骂咧咧地骂着这天气。

“水永，你这是怎么回事，刚过完正月，尽讲一些不吉利的话?”连永福看了水永一眼，问了一声。

“没有，没有。总经理，你看我手到底怎么啦，痒得我彻底不能入睡。”看见老板进门，又听见这有点训斥的语气，内柜赶快解释。

“怎么回事?”连永福有些不解。

“这……”水永平时跟连永福也挺熟悉，便将手伸到他眼前一看。

“糟了，这是疥疮。你这是哪得来的?”连永福有些吃惊。

“现在永丰城好多乡亲都长这个。”水永边说边惊讶地看着老板，“这有药治吗?”

“有多少人得这种病?”连永福心里暗暗一惊，这种病要治好不容易，如久拖不治，还会危及生命，如得病的人多了，那实在不是一件好事。

“要赶快给阿光说一说，他以前在庙里生活过，跟老和尚师傅学过一些医药知识。”连永福不假思索地说。

“那我去，马上去。”水永听后有些着急，想赶快告诉阿光。

“别，慢!”看到水永火急火燎的样子，连永福赶快制止，这疥疮他见过，更知道这“碗糕”特别容易传染，如匆匆忙忙去找阿光说不定会传染他家里的人。

“怎么办?”水永此时倒十分着急了。

“硫磺，用硫磺来熏。”连永福的脑子一转，想起很早以前，他的船上也因为过路乘客带来了疥疮，弄得全船的人都得了病。正当束手无策之际，碰上一位和尚告诉了他这个偏方，将整块硫黄用火烧着来熏，那挥发出来浓烈的硫黄味尽管难闻，却很快治好了全船人的疥疮。

“那硫磺从哪解决呢?”水永毕竟是生意人，“如果我们能进上一批货，不但可以解除全城乡亲的病痛，兴许还能有些薄利。”

是啊!日本人占据台湾后，原本热热闹闹，生意兴隆的永丰商行瞬间变得门可罗雀。

台湾自产的优质稻谷由总督府指定日本公司统一收购，输往日本，连庄户人家吃的口粮也只能由他们从东南亚进口一些价高而劣质的粮食;

那蔗糖，不论红糖、白糖还是冰糖也由日本公司专卖;

那诸罗山生产的樟脑也一两不剩地由日本公司包销。

永丰城庄户人家的化肥也一律由日本公司负责……

这些都是永丰商行原来的主营商品，现在已经全部被总督府指定的日本公司垄断了。永丰商行经营的商品已经没了当家品种，只能惨淡维持。

为此，原来永丰商行的伙计因没有业务一个个被解聘辞退，除了连永福老人之外，还留下一个内柜水永和外柜阿寿。

昔日车水马龙的永丰商行，现在已经是门可罗雀。唯有经过一个多月漫长的雨水之后，近日太阳出来了，那苍蝇迅速滋生，一群群个头不大的小苍蝇在这商行内外飞来扑去，让人感到一阵阵地凄凉与冷清，连永福看在眼里，不由得一声叹息："这倒好，生意没有了，苍蝇却招来一大批。"

"这讨厌的苍蝇让我坐立不安，赶也赶不走。"连永福满脸无奈地看着水永，"叫阿寿进一批硫黄回来吧。"

"阿寿去台北什么时候回来？"连永福追问了一句。

"可能还得几天，要么我去？"

"好！立马动身，快去快回，以尽快缓解乡亲们的病痛。"连永福心里沉甸甸的，这真是多事之秋啊！阿光和胜天这几年过得不容易，自己尽管年过七十，能够帮年轻人想到的事我想想办法，能帮解决的问题尽可能出一些力，也许再过几年自己也只能是心有余而力不足了。

"阿叔，永福阿叔在吗？"正当连永福和水永在议论如何解除乡亲们患的疥疮之际，门外响起了一个中年男人的喊声，不用看，连永福便知道那是张正旺来了。

这个张正旺这几年过得很惨。

这个最擅长栽培甘蔗的乡亲，在永丰城建设不久便从台南迁到这里，他栽种的甘蔗茎粗又高，产量居全城第一，而且那蔗糖的含量最高。连永福在糖厂红红火火时，听到收购张正旺的甘蔗总是眼睛笑得眯成一条线，可是现在世道变了，糖由日本人的公司专卖，糖价却压得很低；砍甘蔗的工人由日本人的警察所管理，工资高得吓人，而工人得到的都十分可怜。

种甘蔗的乡亲有苦说不出，眼泪掉不完。

"正旺，找我有事情？"听到张正旺的声音，连永福赶快走到门外，却见张正旺满头大汗匆匆忙忙一头扎进屋来。

"阿叔……"一进门，张正旺"扑通"一声跪倒在地。

"到底发生了什么事呀？正旺兄弟。"看到他那慌不择路的样子，连永福又不知他碰到了什么火烧房子的事，赶快上前用手扶他起来，"跪什么跪呀！大丈夫，天底下有什么了不起的事情呀？”

“阿叔，蔗，我的甘蔗……”张正旺语无伦次地说着，眼泪却像掉了链子的珠子不停地往下掉着。

原来，日本占据台湾之后，为了掠夺台湾的稻米、蔗糖、茶叶和樟脑等资源，全部实行专卖政策，并由日本公司经营。那些肠子比蝎子还毒的武田株式会社的老板。对！正是以前被山花毒箭射死的武田的叔叔，将糖的收购价格压得很低，低到糖厂关了门，也低到蔗农血本无归。因此，去年到现在这永丰糖厂至今也没有开工生产。

那种在田里的甘蔗原来应该在冬天就砍下来的，这样可以免受霜冻变质。尽管去年没有霜冻，可是那接连下了两个月的绵绵细雨，又加上开春早，这甘蔗早过了砍伐收成的季节。前一段，大家躲在家里烤木炭火，没到田里去看看。这几天太阳出来了，上午张正旺到田里一看，不看不知道，一看差一点失声痛哭出来，那几百甲辛辛苦苦种了一年，花费了无数汗水与心血的甘蔗都从蔗节上长出了长长的嫩芽。如果不尽快砍下来，送到糖厂榨糖，那这些甘蔗将比芦苇还不值钱了。

因为老芦苇还可搭个茅棚，这老甘蔗一钱不值，还得花人工钱把它砍掉啊！

这不是要了庄户人家的命吗！

张正旺的一席诉说如同在连永福老人的身上狠狠地砸了几记拳头，让他的心受到连续而重重的锤击。自己也是苦出身的人，撇开漳州同乡不说，那片长得如同翠竹一样茂密的甘蔗原本是一片金子，一片银子，那凝聚了张正旺和许多乡亲一年的汗水和心血。现在却眼睁睁看着它变成垃圾，无论从良心、良知，还是从做人的情感上都是不能接受的。可是，如果这糖厂一开榨，那么亏得更厉害，而恰恰让这日本鬼子从中获得更大的利益。

这也是作为有骨气的中国人不能容忍的事情。

必须有一个两全其美的措施和办法。

既不能让乡亲们蒙受损失，又不能让这武田株式会社从中得益。

“正旺，我清楚了，容我与阿光他们商量一个办法再告诉你，好吗？”

连永福老人的眼眶有些湿润，自己苦了一辈子，穷了一辈子，他最见不得朋友有难，最见不得乡亲们在自己面前流泪。

“永福阿叔，这可是我们一家人的命啊！我现在是上天没路，入地无门了。拜托您啦。”正旺看到连永福如些动情，万分感激。他知道阿叔的为人，也理解阿叔的难处，“扑通”一声又要跪到地上给连永福磕头。

“别这样！”连永福突然将声音提高，“这一切都是那日本鬼子造成的，别那么没骨气，要用智慧，想办法，才像一个闽南男子汉。”老人的声音充满着坚定与刚毅。

“我全家记住阿叔的恩情。”张正旺临出门又回过头看了连永福一眼。

“别说了！老侄永远记住，办法总比困难多。”连永福点了点头。

送走张正旺，连永福的眼神久久地瞪着与永丰商行一墙之隔的墙上那随风飘荡的幌子。那白布做成的幌子上用黑字写着“武田株式会社”几个大字。

不用说，这便是永丰城武田株式会社的办公地址。与一墙之隔却又冷冷清清的永丰商行相比，武田株式会社车水马龙，热闹异常。那门口的一边堆着小山一样的稻谷是从永丰城周围上万甲农田里强制收购上来，那衣着褴褛的搬运工正在往马车上装稻谷，并一车车往基隆港运去。几十部马车送一车车优质稻谷出去，又载回一车车从东南亚进口的劣质稻谷，这些稻谷将是人口定量高价销售给永丰城乡亲食用的。

“快快的干活，快快的。”那矮墩墩、头发梳得油光贼亮、留着仁丹胡子的武田面带着自豪和傲慢，与助手们正在催促扛着大麻包的台湾乡亲往马车上搬运稻谷。

“武田君，今年我们是一个大吉大利之年呀。”老武田的身边是一个年轻的日本人，他是老武田的手下，这几年来到永丰城以后，他感到进入了鱼米之乡，收获颇丰。看着这堆积如山的稻谷，一种掠夺者的喜悦溢于言表。

“是的，这是大日本帝国之胜利，这是天皇陛下的英明。”老武田也乐得得意忘形。

“干妮娘！日本矮子。”连永福看在眼里，怒从心中涌起。但毕竟是年过七十的人了。一生风风雨雨，不知见了多少世面，经历了无数坎坷。面对强敌入侵，他沉住气，思考着应对措施与办法，“如果老子此时还是当年二三十岁，非一把火烧死你们不可。”

说归说，骂归骂。那是图个口头痛快。连永福在苦苦地思索解决张正旺等一帮乡亲困难的办法。既要帮乡亲，永丰糖厂还不能亏，同时，还不能让这日本鬼子得利。

要一石三鸟，不容易呀！

“找阿光他们商量去。”连永福不再拖延。水永去采购硫黄了，商行便关门大吉。连永福关起门，想到刚开张那几年永丰商行红红火火的日子，不觉伤感不已。他不假思索将那大挂锁锁了起来，径直朝阿光家走去。

“阿叔！”连永福低着头，一边走，一边思索着，却猛然听见阿光在叫他。

“噢，阿光，我正想找你商量个事。”连永福看见阿光和自己的女婿林胜天并肩走着。自从阿发走后，这十几年，胜天几乎每天与阿光形影不离，这里既有保护阿光安全的原因，也有帮助他出主意、当助手的责任。

阿发走了，阿光的左膀右臂好像被削去了一只，连永福十分清楚这一点，反复叮嘱自己的女婿要尽忠尽责，辅佐阿光，确保万无一失。

“是榨糖的事吗？”阿光眼睛放着亮光，但只是闪了一下，便立即被那一丝忧愁所掩盖了。

“嗯，你了解了？”

“是的，阿叔，我刚才到田里看了一下，心痛啊！回来的路上又碰见张正旺……”阿光将后半截话吞进了肚子里。因为，他已知道张正旺已经找了阿叔。

“怎么办呀！我们不能做砧板上的肉，任人宰割。要想一些应对之策。”连永福看了看阿光说。

“阿叔，我们回去说好吗？”阿光抬头一看，这永丰城被日本人占据了十多年，满街上都是生面孔，各色人弄不清底细，担心隔墙有耳。

“好。”

三个人一路朝家中走去，默默地走着，谁都没有再吭一声。

“阿叔，对开火榨糖，你老人家有什么考虑？”一进家门，阿光便单刀直入问连永福。

“工厂不开火榨糖，张正旺等一批乡亲肯定要跳楼。他们没活路呀。”连永福很动情地说，“但是，如果要开工榨糖却又有几个坎很难跨过去……”连永福嘴巴张了又张，很觉为难，话讲到这里，戛然而止。

“阿叔，有什么话尽管说，我正想听您老人家的意见。”阿光知道连永福老人之所以没有把话说下去，是担心自己承受太大的压力，于是便直言，“我也为这事着急上火呀！”

“那我便直说了。”连永福见阿光表了态，便想直抒自己的观点。

“说，您是糖厂的总管，您最有发言权。”

“这，一是砍甘蔗的工人，那警察所有规定，佐佐木要求工人一律由他们组织，每人每天收七十钱。可是工人每天到手才十五钱。工人干活得十五钱，他佐佐木坐在家中却生生榨取了五十五钱，黑呀。”

“这二呢，阿叔！”阿光又问。

“这二是，这熬出来的糖要全部卖给武田株式会社。说卖倒不如说垄断，几乎白送。日本人没来时，每斤糖卖十一点六钱。现在呢？”连永福叹了一口气，气愤得不想说下去。

“现在每斤多少钱？”

“现在每斤才五点九钱，连本钱都不够。”连永福说着说着，气得有点哆嗦，“乡亲们种蔗一年辛辛苦苦收不到钱，吃不到糖。我们糖厂如一开工便要亏损几千两白银。”

“真是可恶！”林胜天也在一旁愤愤不平。

“这日本矮子，真是牛耕田，马吃谷，人家生仔，他享福，我们这些乡亲面朝黄土背朝天，连屁股都被太阳晒臭了，弄得两手空空，甚至还要背债。真是老天不长眼呀！”

“胜天，你有什么想法吗？”阿光一边认真地听连永福阿叔的话，一边在细细地思考。这糖厂如果不开榨，乡亲们损失太惨重，如开榨则糖厂损失太惨重，唯独得利的是日本鬼子，真是左右为难哪！

“能不能在砍蔗工和糖的销售两个环节做点手脚呢？”林胜天心情也十分沉重，自从孩子们送到大陆去读书以后，义军也下山了，他很大的一部分精力也投入商行和糖厂这边，这几年大家日子过得艰辛，他也在苦苦寻找出路。但是，日本人残酷的殖民统治如同在台湾岛上建了一幢庞大而低矮的铁屋子，稍不小心便会碰头，甚至被碰得鼻青脸肿。

“嗯！”阿光一脸严肃，他站起身子在客厅里来回走动。他站在客厅门口，看着离自家院子不远的武田株式会社，那里生意一派红火，这是日本殖民统治者用垄断方式巨大保护伞下形成的繁荣，是对台湾乡亲残酷统治下，入侵者在大肆掠夺台湾经济的一片繁荣。不看则罢，越看越让他忍无可忍。

“布谷，布谷……”一阵清脆的布谷鸟的啼叫声从那诸罗山上传来，这声音是那么清脆，那么悦耳。春天来了，但这永丰城却在外强入侵之下，没有丝毫春的气息，让人感到沉闷，让人感到窒息。这几年，尽管义军下山了；尽管台湾各地有一些零星的义军起义的消息，但这铁屋子太坚固了，起义军终究未能成为气候，未能打开一片天地。

“布谷，布谷……”又一阵布谷鸟的鸣叫传来，阿光站在那痴痴地聆听着。可是，他的脑子却在不停地思考。义军再揭竿起义很难取胜，硬对硬已经不成了。剩下的便是发动乡亲们的力量，用智慧，用心力，用集体的力量来保护自己应该得到的利益。

“阿叔，胜天。”阿光在那足足呆了两炷香的工夫，他没有说话。此时，他脑海里产生了一个计划，于是转过身叫了一下阿昌，“阿彪在哪？”

“可能在家。”管家阿昌应了一声。这阿彪自从诸罗山下山后，日本鬼子一直想采取暗杀阿福一样的手法暗杀他，于是阿光灵机一动，大张旗鼓地宣称叫阿彪给阿发顶房，保护在身边，才逃过一劫，这十年光阴里，只要阿光出门，他几乎与胜天、阿昌尾随左右。

“阿光哥！”片刻，阿彪随阿昌进了屋。

“阿叔，我想能不能这样，”阿光看着连永福老人，“乡亲们辛辛苦苦干了一年的成果不能有任何损失，糖厂马上开榨。”看来，阿光说这句话是经过深思熟虑的。

“那……”胜天想起岳父连永福刚才讲的那些情况，便想提醒阿光怎么解决。

“这样！”阿光打断胜天的话。因为从他那表情当中，阿光知道胜天想说什么内容，“胜天，你跟阿彪通知各里长，以帮工的名义组织劳力帮助张正旺几个蔗农砍蔗，对外一律称换工，不付工资，省得佐佐木从中牟利。”

“这样好！这样好！”连永福感到十分开心，这人年轻呀，脑子就是活，想出这一招，管用。

“另外，阿叔、胜天，组织工人清洗糖厂设备，争取三天内开榨。”阿光果断地说。

“那糖熬出来后怎么办？”胜天担心用换工的方式仅能解除了张正旺等一批蔗农的危机，而糖厂的危机并没有解决呀！

“这件事，我想这样。”阿光看看客厅外没有任何人，才明确地说，“做一些手脚，做一次砸牌子的事情，想法子熬成烧焦的糖，让武田株式会社不想收购。然后，或转卖到外地去，或就地供应给乡亲们。”

“我看不错，我们日出而作，日落而息，却尝不上自己生产的糖，反而送给日本矮子赚钱，送给日本矮子吃。”阿彪听到这里也感到愤愤不平。

“那烧焦了的糖也不好吃呀！”阿昌毕竟不了解糖厂的工艺流程，有些担心。

“这个问题，自然有连永福阿叔来谋划，你以为真的全部熬焦糖呀！”阿彪补充了一句。

“噢，这样！”阿昌听了以后欣慰一笑。

“那以后呢？难道我们年年都那么被动吗？”胜天这几年将主要精力花在经营上，看到目前的被动处境，对以后的发展不无担心。

“不会的，我正考虑明年如何调整种植的品种，引导乡亲们不再围着日本鬼子指挥棒转。否则，我们便成了日本鬼子的孙子了。”阿光说着，说着难掩着内心的气愤。

“那……”连永福还想说什么。“阿叔，我们马上到糖厂看一看，立即着手开榨的准备？”阿光用征询的眼光看着连永福。

“好！走吧！”

一行人走出院子，却正好与佐佐木碰了个正着。

此时的佐佐木已经脱下军装，换上了警察服，他现在是永丰城警察所的所长。这个当年的刽子手此时仍然枪不离身，一副趾高气扬的样子，看见阿光一帮人从家中出来，便装得非常热情地打招呼：“阿光先生，你好！”

“佐佐木所长，好！”阿光回应道。

“你的，糖厂为什么还不开工呀？”佐佐木眼睛一刻都没有离开阿光。

“噢！马上，马上。”阿光表面上很客气地回答道，心里却在想，这狗东西想钱想疯了。

“那好，那好！劳工组织，产品出口的事，请提前告知。”

“会的。”阿光不想与这狗东西多言语，应付了两句便朝糖厂走去。

“阿光，你是想……”走进工厂连永福走近阿光想说什么，却留下半截话。

“阿叔，你有什么打算，直说吧。”阿光看着老人，知道他一定有一些想法。

“这砸牌子，是……”

“阿叔，我想原来我们办糖厂的目的是想让乡亲们增加收入，自己多少也有一些赢利。可是日本矮子来了，这世道变了。既然现在二者都难以兼顾，那么，家乡不是有一句古话叫做‘团仔学唱歌——无谱’吗？我们便不做了。”阿光停了一停，接着说，“就算这次开榨是最后一次了。”

“那投资这么多钱的糖厂不就废了吗？”

“废了！”阿光很坚定地说出了自己最不愿意说的一句话，“今年，叫乡亲们改种其他作物。”

“这厂房和设备……”

“留着，看能否改作他用。”阿光说着说着，脸上掠过一丝伤感。当年，他们尽全力投资这家糖厂，并对其的发展前景充满着期待。可是，日本人来了，世道变了。自己的希望和追求成了泡影，这白花花的银子建成的工厂成了负担，变成了自己伤心之地。

“阿光，你别想太多了，世上赚钱，世上用。这个厂投资失败了，另外再想办法赚回来。”看到阿光那忧郁的眼神，连永福赶紧安慰他。

“不会的，阿叔。这关糖厂是暂时的。我在想寻找一条更能赚钱的路。况且，我们还有六个后代。”看见连永福在安慰自己，阿光不想让自己那种痛苦的心情再流露出来，反过来安慰老人。

“阿光，这几年我感到自己一天天地老了，这腿脚也越来越僵硬，血脉不旺，有气无力，虽然想尽自己的一些力气，给你们后辈帮帮忙，可是往往心有余而力不足。”连永福看着自己的后辈，当年的后生仔，此时却也满头白发，四十多岁的人，一看却比五十岁的人还苍老，心里涌现一阵怜惜，“按理云生他们六兄妹去大陆读书也足足十年了，该回来帮帮你们了吧。”

“胜天，他们回来的消息还没告诉阿叔吗?”

“糟了，这几天一忙便忘记了。”胜天应道。

“噢！阿叔，忘记告诉你了，云生他们在赵先生的带领下，已从上海完成学业回到厦门了，这几天在那等进雄的船。我想，不要几天便回来了。”听到阿叔说到孩子，满身倦意的阿光眼睛一亮。不怕钱财多，就怕后撑劲头足，这十年咬咬牙，花了大笔银两，将六个孩子送到大陆去读书，相信这些孩子一定能学点真本事，回来帮自己。尽管自己已过了不惑之年，但身体不错，今后能好好带一带后辈。

阿光面对永丰城日本殖民统治者的残酷压迫，总是表现出一副出奇的冷静，出奇的从容，也对人生充满着无限的乐观。

第三章 李福祥以死明志

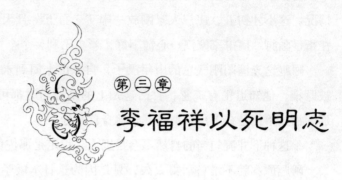

人们都说，兴许祖祖辈辈的闽南人生在海边，长在海边，具有海浪一样的多重性格。一方面，他们一年四季都要面对汹涌澎湃的滔滔海浪，每年都要经历那一望无际大海中央形成的无数次台风。每当台风翻滚，巨浪滔天的时候，总会带来摧枯拉朽，大雨滂沱的暴风骤雨。这个时候，他们是一个个顶天立地的汉子，具有着面对困难不低头、不弯腰，任何情况都不服输的百折不挠的性格。另一方面，那湛蓝色的大海，海天一体，海天难分，日积月累，他们便有了那大海一样宽阔的胸襟，那便是讲义气，能包容，能吃苦，善开拓。正因为这些因素，从老祖宗开始，从老祖宗的老祖宗开始，他们能够渡东，并克服种种艰难险阻，取得台湾垦荒一个又一个辉煌的胜利。

随着那日本殖民主义的残酷统治，永丰城庄户人家的生活越来越艰辛，经济的掠夺足以让这个原本不大的新城的人们生活每况愈下，而文化的侵略让世世代代受到中华文化孕育的人们愤怒几乎到了顶头。

正月初五，按闽南习俗那小正月还未结束，可能早在除夕之夜佐佐木带领的警察所的警察便鬼鬼祟祟到处打听庄户人家是否按习惯过中国年的情况。这不才初五，庄户人家刚放一串“二百五”拜天地菩萨，早有警察在指手画脚，搞得家家户户心情不好，彩头不利，个个气不打一处出。

阿彪这充满阳刚气息的中年汉子，自从山上回到永丰城之后，便处处被盯梢，他知道稍有疏忽，自己这颈上的脑袋随时都可能落地。不是吗，那阿福兄弟便是在下山后莫名其妙地身首异处。

干这种下九流勾当的自然不会是别人，肯定是那佐佐木之流。

阿彪原本就不准备活得太久，只是因为这日本矮子没被驱逐出去，没有被杀光，自己死了不足惜，可是死了也难以瞑目。后来，阿光哥为了保护他，将他顶房在阿发名下。这一着是一个闽南风俗，早年在闽南农村，如庄户人家的一个男丁早逝，为了延续香火，凡是死者有弟弟的便顺序顶房，包括小叔子成为嫂子的丈夫，哥哥的孩子也成了小叔的儿女。如果死者家中没有子嗣，便从外房，甚至外地招一个顶房。这也可称为入赘。因此，阿彪原来属于佐佐木暗杀的对象，只是佐佐木不敢跟阿光明着来，尽管对阿光将阿彪顶阿发的房不满意，却也不敢肆意妄为，这客观上为阿彪创造了一个良好的生存环境。

年初五，阿彪起了一个大早，便按闽南习惯在院子里当天烧了一炷香，然后双手合十朝着天空许愿：

“各位菩萨、保生大帝，阿发哥、山花嫂子，你们在天之灵，请保佑小弟一家林生、慧生平平安安；保佑阿光哥一家万事如意；保佑全永丰城的乡亲安居乐业……”

末了，阿彪烧了一沓神纸，然后又点燃了一串“二百五”鞭炮。

尽管下着毛毛细雨，尽管地下满是泥泞，湿漉漉的，那神纸点燃之后，纸灰轻飘飘地飞了起来，而且越飞越高，越飘越远。

“这是菩萨，保生大帝，阿发哥和山花嫂子在九天之上感到高兴，他们在云端之中祝福我们呀！”看到那飞飞扬扬的神纸灰从院子里飞到院子外，阿彪心里涌现一种满足，一种欣慰，那是菩萨和哥嫂他们心花怒放的表现。

点完香，阿彪的心情一直平静不下来。坐在客厅的靠背椅上，思绪万千。过了这个年自己已经四十五岁了。这几年，阿光哥不知多少次给自己讲要帮助自己娶一房媳妇。可是，自己却没有一丝的意念，结果这日子却过得那么快，一晃便过去了。在那夜深人静的时候，自己也不止一次地问自己，难道这辈子就这么过去了吗？然而，每当自己闭上眼睛的时候，那眼前总会起浮现一个人的形象，可是那形象朦朦胧胧，往往一闪而过，一直不是十分清晰。

这永丰城，不，包括整个台湾，从闽南来渡东的人不计其数，但凡是来的都是七尺汉子，女人非常非常的少，在日本没有占据台湾之前，台湾巡抚曾想接受开门人士的建议，组织力量从大陆介绍一批女子过来进行婚配。可是，只是说说而已，并未实施。这台湾男女严重失调。

娶一房媳妇谈何容易呀！

春节前一天，阿光哥又在一个晚上找自己聊家常、聊生产，还聊到林生和慧生二兄弟已经到大陆完成学业将很快由赵静雅先生带着返回台湾。

这一夜，从来没有失眠的阿彪却第一次失眠了。

林生、慧生要回来了，

他们是阿发和山花的孩子；

作为顶房的后人，他们也是自己的孩子。

另外，则是赵静雅先生也一起回来了。

说起赵先生，阿彪的眼前一亮，十多年前她和李文福先生一道曾在诸罗山与自己一同抗击日本鬼子。那时印象当中的赵静雅是一位清新可人、文质彬彬的女人，那高雅的气质，姣好的身材，漂亮的容貌曾让自己忍不住偷偷看了几眼。那只是偷偷地欣赏一件艺术品一样。记得每看上一眼自己的心情便特别好，而且几天几夜都舒坦极了。然而，每当有这样一个念头的时候，自己总是恶狠狠地责骂自己，人家赵先生是一个有夫之妇，人家可是一个留过洋、见过世面的上等女人。而自己算个什么“碗糕”？不识几个字，又没有一份家业，穷小子一个。

后来，李文福先生遇难了。

自己的心却一直牵挂着赵静雅先生。

现在想起来，为什么阿光哥一直要给自己说一房媳妇，自己意愿不多；

为什么自己的脑海里一直有一个朦朦胧胧，可又说不清、忘不掉的影子？

那便是这个赵静雅，今天阿光哥一提起来，那种形象便十分清晰，便跃然纸上。

这人呀！

这情呀！

阿彪似乎有些胡思乱想，有一些想入非非。自己是一个随时准备死的人，结果没有死成，留了一条命，自然天不怕，地不怕。只是现在已过不惑之年，既然死不成，便应该考虑后半生如何活。

“阿彪哥！”正当阿彪在漫无目的地思考问题时，管家阿昌隔着墙在叫他，“阿彪哥在家吗？”

“阿昌，我在家。”阿彪霍地站起身，他知道阿光哥叫他，便一定有重要的事情。

“快过来，李福祥阿叔撞墙自杀了。”阿昌的语气十分焦急，一听那话语中还带着无限的悲伤。

“李福祥阿叔！”一种不祥的感觉涌现阿彪的心头，这个老实巴交、精于田间栽培技术的庄户人家怎么会在一开正便撞墙而死呢？阿彪心里一惊，拔开大步便往阿光家走。

还没走进阿光的家，早听见一阵嘤嘤的哭声。

踏进门，却见李福祥的老婆和女儿玉兰坐在凳子上伤心地哭泣着。

“阿彪，福祥阿叔去了，我们商量个意见，帮助料理一下阿叔的后事。”阿光眼眶发红地指了指身边的凳子，让他坐下。

原来，这几年日本人占据永丰城后，凡永丰城生产的优质稻谷一粒不剩地全部被日本武田公司强行低价收购运回日本。而永丰城居民吃的粮食则是由日本武田公司从东南亚进口过来的劣质高价米，而且一次每户购买数量都有限制。由于人多粮少，每次买粮都要排长长的队。

今天尽管小正月还未到，可李福祥家已经断粮，本本分分的他便起了一个大早到武田公司排队买米。

那等着买米下锅的队伍排得很长，绕了几道弯。而武田公司的职员一边卖着那发黄而带着砂土的米，一边在骂骂咧咧。似乎这不是米，而是金子、银子。这不是卖米，而是对人们的一种无偿馈赠和恩赐。

“庆田太郎!”那卖米的职员在喊着买米人的名字。因为，日本人占据台湾后，强令要求台湾人改成日本人的名字。这些殖民统治者，占领了土地，掠夺了粮食、蔗粮、茶叶、樟脑还不罢手，他们要将台湾从文化上割断与中国这个母体文化的联系。

“是!”一个步履蹒跚的老人伸出布口袋称好一袋米，付了钱出去了。

“山田赳夫。”

……

一个个被改了日本名字的人满脸充满着无奈，充满着郁闷都买了米走出武田公司。

该轮到李福祥了。

他将自己随身携带的布口袋递了过去。

“什么名字。”那职员恶狠狠地问道。

“李福祥!”福祥阿叔理直气壮。这几年来，警察所长无数次上门逼迫他改成日本人的名字，可是，这个刚正不阿的中国庄户人家却眉头都没有皱一下。

“我虽目不识丁，但我身是父母所赐，我的姓名为父母所予，岂有改成日本姓名之理?”每次佐佐木进行威迫利诱都被老人拒之门外。这个个子不高、满脸皱纹的庄户人坚持自己的民族自尊心，一直到现在也没改过姓名。

行得正，走得端；

行不改姓，坐不改名。

这便是闽南人的做人准则。此时，当那职员问李福祥的姓名时，老人大声回答，毫无惧色。

“中国猪，到后面去。”一旁的佐佐木看到眼前这干瘪老人，用手一指，便招呼他身后的人买米了。

“你……”李福祥气得肺都要炸了，他从嘴里吐出一个字，那脖子上的筋一根根爆了出来，纵横交错的满脸皱纹沁着汗水。

“滚到后面去!”佐佐木对这倔犟的老人还不放过，用力推了一把。李福祥被推得踉踉跄跄，一个趔趄差一点摔倒。

“猪生狗养的日本矮子，你敢推阿公！”忍耐总是有限度的，兔子被逼急了还会咬人。不要说闽南人个个是充满阳刚正气的大男人，绝不会被人所吓倒，李福祥怒视着佐佐木，愤怒地骂了一声，皮可以剥，肉可以吃，但骨头却不能任人嚼。

“八嘎，你还敢骂人。”佐佐木并没有放过老人的意思，又一拳打了过来。

猝不及防的老人“扑通”一声倒在地上。

“打人哪！日本鬼打人哪！”

“凭什么打人？天杀的！”

“连老人都不放过，猪狗不如！”

……

买米的永丰城庄户人家愤怒起来了。大家义愤填膺，谴责佐佐木，诅咒这个杀人不眨眼的魔王，并蜂拥而上想搀扶起这位刚强的老人。

李福祥推开众好心的乡邻，他站了起来，发现自己的膝盖和胳膊肘已经出血了，眼睛瞪得如铜铃一般。他知道，自己年迈体弱，如果一搏肯定不是佐佐木的对手，这个平时不太言语，走路连蚂蚁都生怕踩死的老人，此时却抱定必死的信心。

“狗东西，阿公跟你拼了。”闽南人敢打拼，也不畏强敌。李福祥话音刚落，低下头朝着佐佐木使尽浑身力气一头撞过去……

这佐佐木毕竟年青，也毕竟受过正规训练，看到老人搏命撞来，一个闪身。李福祥一头撞在武田公司内的砖柱角上，顿时鲜血如注，气绝身亡。

“干妮姥，阿叔的血不能白流，要拿那佐佐木陪葬。”阿彪听了玉兰的诉说，阿彪那脾气上来，霍地起身，便想冲出门去拼命。

“阿彪！”看到阿彪那怒不可遏的样子，阿光低声制止他的冲动，“福祥阿叔去了，现在我们万万不能冲动，难道你们还没有看清楚，这日本鬼子已经统治台湾二十多年了，从上到下都是他们的人，都是他们的枪。要讲究策略，不然冲出去，解决不了问题，非但阿叔的仇报不了，还得搭上自己的性命。”阿光说声不大，但铿锵有力，掷地有声。

“阿光哥，你说我们该怎么办？”一旁的林胜天也实在气不过，将拳头捏得咯咯作响。

“是啊！阿光哥，你说怎么办，我们听你的。”阿彪头脑冷静下来了，他把目光投向阿光，听他的指令。

“这样，阿叔不是在日本武田公司内身亡的吗？”阿光问。

“嗯，现在还在那儿！我哥哥和很多乡亲们都围在那里。”玉兰边哭泣，边说话。

“好，那便是停尸武田公司，发动乡亲抗议。要求佐佐木惩处凶手，赔偿损失，优抚亲属。”阿光胸有成竹地说。

“那如果他们不答应条件呢？”阿彪有些担心。

“不会，只要将阿叔停在那里，武田公司便没有生意可做，他便会受损失，而武田公司损失，他的利益与佐佐木密不可分。”

“这样呀！”胜天恍然大悟。

“现在是将乡亲组织好，要形成合力，要有气势。要通过这次活动告诉佐佐木，中国人不好欺负，保证今后不发生此类事。”阿光口气坚定，但又充满着无限的悲伤，“这件事胜天出面，阿彪你在后面帮助，他尽量少露头。”

“这，阿光哥……”阿彪听了阿光的话，感到不解。

“听话，别再搭进一条命！”阿光用不容商量的口气答道。

李福祥买米被逼死在武田公司的消息不胫而走，不到一个钟头的时间便传遍了整个永丰城。

被日本人欺凌的各家各户便纷纷从每个角落拥向武田公司，把这里围得水泄不通。

大家一脸愤怒，那种愤怒犹如即将迸发的火山岩浆，红得耀眼，红得灼热；

大家一声不吭，只是把这日本武田公司围住，没有怒吼，静得出奇，静得足以让佐佐木们发憷。

只有听见李福祥的妻儿们在武田公司内，抚尸痛哭。

“他阿爸，你死得苦，死得冤呀！”

“阿爸，今天才正月十五，年还没过完呀!”

“这日本鬼子，天杀雷轰的呀!”

“佐佐木不得好死呀!”

……

一声声，一句句既是对逝世的悲恸，又是对日本鬼子的谴责，却又让人心如刀绞，肝肠寸断。

武田公司的总经理老武田、警察所长佐佐木以及公司的所有职员被紧紧包围在店里，双方就这样在沉默中对峙着，僵持着。

从早上九点多开始，

十点，

十一点，

……

时间一直到下午五点多，这个原本中国人过春节，过正月要坐在家中与亲朋好友喝酒吃肉、相互祝福的日子，安分守己的中华民族的子孙们，正在为自己的兄弟被残杀而默默地与日本殖民统治者对峙着。

“现在是看谁的耐性，看谁能坚持，谁有耐性，谁能坚持，谁便胜利到最后。”阿光在家里他冷静分析形势，交代林胜天，“一定让大家不要乱，看他佐佐木能坚持多久。”

又几个小时过去了。

被包围在屋里的佐佐木、老武田已经知道，面对着永丰城的庄户人家稍有不慎便会引发熊熊烈火，这烈火势必会自己烧得体无完肤，烧到一命呜呼，甚至变成一堆灰烬。

“你们派一个代表来谈判好吗?”佐佐木与武田一商量，感到随着时间推移，越往后，将越不利于他们自己，一旦晚上矛盾爆发，他们肯定小命不保，便忍耐着，装着一脸愧意向人群喊话。

但这周围仍然没有一个人言语，只是无数双睁得如同铜铃似的双眼，而且喷着火焰，迸着丝丝的火焰。

老武田感到一种前所未有的恐惧朝他袭来。

佐佐木也似乎看到这门口的无数庄户人家，并不是几个小时前的农夫，而是昔日诸罗山上举着义旗，呼啸而下，所向披靡的义军。

无声胜有声，这表面上没有呼天抢地号哭，没有咒骂的人群比手执长枪、大刀的义军更可怕。

“乡亲们，我们对李福祥先生的去逝表示哀悼，你们对处理这件事提出一个意见好吗？”已经产生强大的心理压力，老武田装着一副悲伤的面孔向大家喊话。

可是，人群中仍然没有一丝声音。只能听到一个个咬得咯咯发响的咬牙声，只能看见那绷得铁青的一张张脸。仿佛只要时间一到，大家便要冲上前用手把那些日本鬼子撕得粉碎，咬成肉末。

“八嘎……”佐佐木知道自己闯祸了，他惹怒了闽南子弟，惹怒了这个顶天立地、敢拼敢搏的群体。

又过了十个时辰，那佐佐木看见情势已经难以逆转，如不给永丰城人一个满意的处理意见，那些人群绝不可能离去。如果不离去，便可能发生任何事情。在老武田哀求下，他装着满脸愧意，“扑通”一声跪倒在李福祥遗体前，叩了三个头，然后，又跪倒在众乡亲面前叩了三个头。然后说：“哪位乡亲去请阿光先生前来商量解决办法好吗？拜托了。”

“不行，以血偿血，以命偿命！”

“日本鬼子滚回日本去！”

“佐佐木用命偿命还阿叔的命！”

突然，人群中熊熊的怒火被点燃了，大家高举拳头怒吼着，一个劲地往那武田公司的内店拥去，形成了一股势不可当的力量。

佐佐木这下着慌了。他知道一旦事态再发展，自己的小命难保已是小事，这武田公司便可能荡然无存，那么总督府追究下来那么后果不可估量。

“乡亲们冷静，有意见你们提出来，我一定尽量满足，拜托了。”佐佐木装着一副悔恨的样子，端跪在李福祥的遗体旁，不断地朝着大家叩着。

在人群中的林胜天和阿彪看到条件已经基本成熟，便指定一个乡亲向佐佐木提出要求：

一、厚葬李福祥老人，抚恤家属；

二、佐佐木、武田为李福祥守孝三天；

三、从此不准歧视中国人，更不能强迫改日本姓名；

四、保证从此不再发生此事。

“这……”当代表人提出四条要求时，这佐佐木却犹豫不决地含糊其辞。这时，人群中的愤怒情绪再次被点燃，大家摩拳擦掌开始又一轮地向武田公司拥挤着，愤怒的人群甚至捡起地上的石块向店里砸去。

“哗!”店里的玻璃柜台被砸碎了，碎玻璃掉得满地都是。

“砰!”那桌上的热水瓶被石块砸中了，爆炸啦。

“救命……”里面本已是惊弓之鸟的员工一个个抱着头，生怕被那乱石块砸中。而老武田几乎被眼前这场面吓得尿了裤子，他躲在办公桌底下，伸出头看着那惶惶不可终日的佐佐木大骂了一声：“八嘎，佐佐木……”

“各位乡亲，你们提得条件我全部照办，全部照办。”佐佐木再一次低下脑袋，向愤怒的人群鞠躬道歉。

第四章 站在月港思东岸

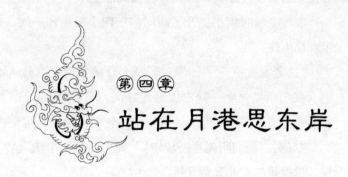

赵静雅受阿光之托带着六个孩子到大陆读书，经过一番周折，然后在上海完成大学学业。

离开台湾，离开父母整整十年了，当年的小家伙现在已经成长为大小伙子、大姑娘了。

思念父母，思念亲人，七人一路紧赶慢赶想赶在春节前返回永丰城。但是，毕竟千里迢迢，一路上未知因素太多。抵达厦门时早已过了正月十五。

既然赶不及回家过春节，赵先生与孩子们一商量，便想在厦门稍稍休息几天。一方面可以在这个老家看一看，了解一下厦门的情况；另一方面简宏顺爷爷带来消息，近日进雄的商船将会靠泊厦门月港，可以搭个顺风船返回台湾。

能搭乘自家的船返回台湾，还能节省一些船票费自然是一件好事。于是，七个人便放下心事，安安心心在月港码头旁找了一家客栈住了下来。

这间坐落在月港码头边的称为悦宾客栈，是一栋典型的闽南建筑，三层骑楼建筑，尽管房子不高，也不豪华，但厦门城本身不大，而城市的中心便是码头这片建筑，这悦宾客栈倒也生意十分兴隆。

客栈老板叫店小二开了两间房。四个后生仔一间，赵先生自然带着慧生和婕生住一间。

“这老家太漂亮了，你看那海上百舸争流，真让人心潮澎湃呀！兄弟们，我们叫赵先生一同出去走走好吗？”行李刚放下，生性活泼的年轻人便唧唧喳喳地叫嚷了起来。那松生尽管年纪最小，可是声音最大。

“好啊！我们叫先生一块走。”婕生是第一个响应者，跳起来搂着赵静雅，像撒娇的女儿又蹦又跳。

“走啊！先生，这一路劳顿奔波，趁等船期我们好好在这里溜一溜。”慧生也在旁边催促。

“你呀……”赵静雅站在临海的窗前，朝那大海凝视着，她此时似乎心情不太平静，看到身边的一帮快活的后生，脸上却始终带着微笑。她用手指头亲昵地点了点慧生，转过身对年最长的云生说道，“云生，你们几个先在附近走一走，我有点累，明天再出去吧。”

“先生，我们一起去吧！”慧生看见赵静雅似乎有心事，又在一旁劝说。女孩子大了，心更细，尤其是从小到大，几乎每天都跟随着赵静雅，彼此间都非常熟悉和了解。

“慧生，你们去吧。我稍微休息一下，明日再跟你们一道去。而且，我还可以给你们当向导。”赵静雅不愿因自己而影响年轻人的兴致，仍然面带微笑地在慧生的背后轻轻推了一把，“你们别走太远，太阳下山前一定回来。”

“赵先生，那我们去了。”云生见赵先生执意不去，也不再勉强，便招呼着兄妹们连蹦带跳出了门。

孩子们走了，房间里立即安静了下来。

唧唧喳喳，嘻嘻哈哈的声音随着年轻人下楼梯的脚步声逐渐远去。

太阳西斜，金色的阳光从厦门的西边照射在月港码头上，那湛蓝色的海水映衬着岸上富有闽南建筑风格的房子显得更加美丽，更加迷人。“砰啪、砰啪……”一阵阵海浪拍打海岸的声音从窗外传入，让久未听到涛声的赵静雅情不自禁地倚着那临海的窗户向外张望着。

那月港的海面上，白帆点点，一艘艘渔船和运输船在海上来回穿梭着，一片忙碌。尽管这里初春，码头上的人被寒风吹得步履匆匆，却让人们感觉到这春天的脚步是那么紧张，那么有力，让人感到这春天的力量，春天的迷人。

赵静雅的心似乎随着行人匆匆的脚步而动，随着那海浪拍岸的节奏而动。她的思绪又仿佛回到了十多年前。

那是一个初夏的时候，时间好像与现在一样。那天，她与丈夫李文福从上海追随一批热血青年对清廷割让台湾的《马关条约》举行各种各样的谏书活动。但每每努力都付诸流水，一种空前的失望情绪，一种对封建统治者的失望情绪占据了心身。新婚丈夫是一个热血青年，看到国土沦丧，看到自己家对面的宝岛将落入外强之手，到处奔波，彻夜不眠。当一切心血，一切努力都付诸东流之后，他们商定一起渡东，参与台湾同胞抵御日本殖民统治的战斗。

她和丈夫一起回到厦门，回到了故乡；

住进了这间称为悦宾客栈的旅店；

恰巧两个人便住在此时自己住的这间临海的房间。

那时候，自己与文福二十岁出头，意气风发，对渡东充满着自信，充满着必胜的信心。赵静雅伏在窗口上，她的思绪仿佛回到了当年，回想起自己与丈夫手勾着手在这月港码头等候船期的情景。

“敢死就有鬼通做。”李文福低下头看着自己怀里搂着的妻子说，“静雅，此去台湾吉凶难卜，但我已抱定必死的信心，不赶走倭寇，誓不回家。”

“文福，不要把问题看得那么悲观，那区区日本还不如巴掌大。只要我国人齐心协力，可以肯定，不必费上几年，一定能将他们驱逐出去。”年青的赵静雅看着热血沸腾的丈夫也充满着信心。

那是一个多么浪漫的夜晚呀！夫妻俩坐在这码头的岸上，紧紧地拥抱着。尽管灯光十分昏暗，也尽管这里行人甚少，但心里充满着光明，充满着自信。这是一段让人终生都难以忘却的历史，可是，文福却走得如此匆忙，夫妻在台湾并肩作战的日子却是那么短暂，还没有给文福留下任何血脉，自己深爱的丈夫就那样匆匆离去了。

那是一个多么黑暗的夜啊！

在永丰城，李文福失踪之后，一直寻找不到他的音讯。后来，听说永丰城外添了一堆日本人留下的新土堆。几个人扒开之后，看到了一具无头的尸体。当自己凭着那尸体上的衣服认定这便是已经失踪多日的李文福，是自己朝思暮想的丈夫时，那简直是晴天霹雳啊！

“壮志未酬身先死，留下凄凄未亡人。”这十多年，记不清多少个白天，多少个夜晚，眼睛一闭上，丈夫的身影总是浮现在眼前，这是一个瘦削的身影，一个表面斯斯文文，却内心充满无限阳刚的男人的身影。

现在，一切都身飞烟灭，阴阳两隔。可是人走了，但丈夫的魂还在，影还在，他的思想，他的灵魂，他那对祖国未来追求的信念还在支撑着自己这个柔弱的女子不息地奋斗，不断地追求。

应该说，自己对阿光这个被全台尊称为闽南阿哥的年轻老板一直怀着无比崇拜的心情。一个孤儿，一个没有进过校门的老板却有着惊人的毅力，惊人的智慧以及惊人的超前意识。以至义军下山，阿福被暗杀之后，他在短时间里调整自己的工作思路用让阿彪顶房的方法，将他拉到自己的身边，靠着自己并不魁梧的身躯保护起来，然后，做出了一般男人不可能做出的决策，将六个儿子、侄儿送回大陆进行培养，接受祖国文化的教育。

这是一个大胆而惊人的举动啊！

记得那一天，阿光找到自己希望自己带着这六个孩子回大陆读书，还劝自己重新选择伴侣好好享受美好人生，惊得自己瞪着一双大眼睛，自己留洋日本，见了不少的世面，而阿光却一直在这块田地里转到另一块土地上，却有着如此眼光，你不折服，行吗？

这日子过得真快呀！

当年二十多岁，风华正茂。现在一晃快二十年过去了，甚至文福也走了十多年了，自己今后的路怎么走呢？

脚下是自己生长的地方，是老家。尽管没有了至亲，但却是自己儿时最熟悉的土地。留在这里，重建家庭？

不行！

文福还留在台湾，还留在永丰城。

回到永丰城，回到文福身边，继续一个人度过余生？

不行！

这样阿光哥不会同意，九泉底下的文福也不会同意。

那回到台湾又如何寻觅自己的另一半呢？

“茫茫人海，知音难觅呀！”赵静雅满腹伤感地叹了一口气，一股热泪不由自主地从脸颊上流了下来。

在回大陆陪读孩子们的十年里，慧生曾不止一次在自己耳边嘀咕，阿彪到家里顶房了。这顶房赵静雅大致了解是闽南民间的一种习俗，一些庄户人家男丁少，而恰恰这少有的人丁被突如其来的情况破坏了。譬如家庭只有一个男丁，男丁遭横祸去了，为了延续香火，便从男丁比较旺的家庭中过继一个男丁过来。阿光哥可能用这种方式保全了阿彪的性命吧。

也不知慧生是有意还是无意，经常在自己耳边唧唧喳喳说阿彪阿叔是如何如何好，如何如何善良，如何如何会体贴人，又善解人意。开始自己只是听听而已。可是，十年时间不短暂，偏偏这孩子经常在耳边喋喋不休，慢慢地她的话引起了自己的兴趣。记得当时文福遇难，自己痛不欲生，这个本分而又善解人意的阿彪经常有事没事借机给自己开导，那句句话都让人感觉很贴心……

十年没有见到他了，此时他阿彪会变成一个什么样的人了呢？这人挺厚道的，尽管文化少了一些，但为人坦诚，而且听说这十几年尽管周边人一直帮助撮合，却始终未娶……

“这人呀！总有说不尽的苦恼，愁不断的千肠万结。”赵静雅想着想着，不知不觉感到自己的脸颊热乎乎的，她在心里一次又一次地问自己，“到底怎么啦？”

“唉……”看到年轻人都走了，难得的耳根清静，反倒让她感到不习惯。耳边没有了唧唧喳喳的声音，她的思绪异常活跃了起来，人生旅途已经过半，自己的后半生将如何度过呢？这个问题随着这帮孩子学业即将完成，成了赵静雅脑海经常思考的问题。可是，每每想起却如海浪尖上的一个漂浮物，起起伏伏，却在瞬间无影无踪，始终没有一个完整的结果。此时此刻，这个隐隐约约的漂浮物又被抛上浪尖，赵静雅的思绪好像长了翅膀在海峡上空来回飞翔。

文福兄已经走了，已经走得很远很远，自己的青春、浪漫也随他走了，唯独留下当年共同的追求和信念。

这十多年，自己将这种追求与信念埋在心头，记得很牢，并转化成对六个孩子深深的爱，一种深情的爱。

现在，孩子们的学业已经完成，自己可以稍稍喘一口气了。那么，下一步自己的路该怎么走，自己的人生坐标如何调整呢！

“将孩子们安安全全送回去，送还给他们的父母，也给阿光哥交一个账。另外……”赵静雅在苦苦地思考着，文福还在永丰城，自己的归宿也应该在那个难以忘却的地方，自己应该回到他的身边去。前生无法相伴到老，每逢清明节可以到他身边给他烧一炷香；自己心里有苦有乐也可以向他倾诉。

省得彼此都那么孤独。

省得彼此都牵肠挂肚。

想到这里，她的心里觉得豁然开朗。此时，赵静雅主意已定，恨不得立刻便有船期，也恨不得那进雄的商船明天便会停泊在月港码头。

“赵先生，赵先生！”一阵急促的上楼梯的声音打断了赵静雅的心思，她举目望去，开心一笑，这太阳将要下山了，几个孩子还是很守时的，这十年朝夕相处，既当老师，又如母亲，有时胜过母亲，彼此之间非常默契。你看，交代他们太阳下山前回来，果然回来了。赵静雅觉得一种成就感涌现心头。

她痴痴地看着金色的余晖映照在月港码头，映照在那湛蓝、湛蓝的海面上，心里呈现了这几年来少有的欣慰，少有的快活。

“赵先生，怎么叫您不应呀？”婕生是一个活泼的姑娘，走进门见赵静雅还在如此专注地倚窗沉思，佯装生气地问道。

“噢，怎么就你们两个回来呀？他们呢？”赵静雅此时多少有些失望，却故意绕开婕生的问话，因为六个年轻人出去，却只有两个姑娘回来。

“赵先生，这厦门太好玩了。码头上有讲古仙，答嘴鼓，还有，还有……”婕生生性活泼，也顾不得赵静雅有没有正面回答自己的问话，却忍不住滔滔不绝地将自己下午的所见所闻像竹筒倒豆子一个不剩地往外倒。恰恰讲了一半被有几个生疏的名词卡住了壳，便用求援的目光投向慧生说：“慧生姐，还有什么?”

“还有布袋戏，提线木偶戏，南音。”慧生倒是一个比较内敛的姑娘，她说话声音不高，慢条斯理，谈吐清晰。

“我问你们哥哥都到哪里去了?”赵静雅一开口也被婕生岔开了，唧唧喳喳一说一大串。但赵静雅却死死盯住话题追问。

“不知道，一出门我们便分手了。以后在码头便没有看见。”婕生见赵先生追问哥哥们的去向，赶快回答。

“太阳下山了，该回来了吧!”赵静雅把头往窗口伸了一下。不错，太阳已经下山了，码头上的路灯开始亮了起来，可是这帮后生却没有一点消息，这是以前从来没有过的事。这让赵静雅多少有点着急起来。

“他们会到什么地方去呢?”慧生也觉得这些男人们太野了，刚才一出门便没了踪影。这厦门尽管不大，但人生地疏到哪里去找呀!

“婕生、慧生，我们出去看看，莫非外面真如你们所说那么好玩，他们乐得连时间都忘了吗?”赵静雅看看天色，想带着两个姑娘出去转一圈，因为阿光哥所托，十年间风平浪静，不要到临回家了出岔子。

“要么，再等一等。兴许他们很快便回来了，我们又出去了。”婕生撅着嘴巴，“我刚才走了几个钟头，脚都有点酸了，好想休息一下。”

“这些孩子!”见两个姑娘一个人一种意见，赵静雅一想婕生的话也有一些道理。因此，倒有一些犹豫不决。

“赵先生，赵先生。”正当三个人在左右为难之际，门外又响起了云生的叫声。

“你看，云生哥回来了。”婕生听到叫声，知道可以免除再走路的劳累，脸上绽放出一种灿烂的笑容。

“赵先生，你看。”回来的只有云生和天生，一进门天生便迫不及待地向赵静雅递上一张报纸。

“这是什么?”赵静雅看着云生那满头大汗、焦急的样子，一边接过天生递来的报纸，一边不解地问。

“你看，这……”云生指着报纸上的一则消息，“永丰城出事了。”

云生用袖子擦了一把额头上的汗水，然后接过的那张叫《台声报》的报纸，那报纸上登载了一则消息：“永丰城乡亲李福祥拒改日本姓名撞墙以明志。”这消息用大黑字作标题的消息放在头版头条，给人特别醒目的感觉。其大致内容是：“永丰城的乡亲李福祥，因为拒绝日本殖民者要其将姓名改为日本名的要求，处处受到迫害，春节未过完，李福祥到武田株式会社去排队买米，因为还保留着中国姓名，每次排队轮到他买米时，警察所长佐佐木都把他推到后面，受到欺辱的李福祥一气之下跟佐佐木论理，结果佐佐木当众羞辱并斥其为中国猪。老实巴交的李福祥气愤不过，使尽全身力气，用头撞向佐佐木，但佐佐木一闪身，李福祥老人鲜血喷溅，立即气绝身亡……”

“云生哥，你认识这李福祥阿叔吗？”几个人围着那份报纸认真地看了又看，客栈的房间里变得静悄悄的。这则永丰城的消息，让所有的年轻人气得直发抖，名字是父母所赐，一个五十多岁的人了，还要被人改名。还要改成日本人的名字，非但如此，没有改名的人还不能买米，还要被羞辱。这天底下还有理可说吗？

“我认识，李福祥阿伯是耕作老手，永丰城的人都称为‘老作家’，他对甘蔗栽培和水稻种植都有十分丰富的经验。在永丰城，每到关键时节我阿爸都要登门求教。他可是一个最本分的长者呀！”云生伤感地叹息着，“可是，连这么本分的人都会被逼死，这日子还能过吗？”

“这李福祥阿伯死了，但死得有骨气，很值得我们崇拜和尊敬。只是当今世道，这么有骨气的中国人太少了。如果多了，就不会有《马关条约》，更不会有台湾的被割让。”天生也气愤不过。

“赵先生，回到永丰城后，你领着我们几个兄妹干吧，将那佐佐木碎尸万段。不然，这永丰城暗无天日何时才是个头呀！”婕生生着一副男孩子的脾气和性格，看到自己的哥哥一通议论，也在一边帮腔。

孩子们在议论，可是赵静雅一言不发。

毕竟已经四十多岁的人，毕竟经历了留洋又经历了丧夫的痛楚，她理解年轻人的激动，自己当年不正是这样一群血气方刚的年轻人吗？但是，台湾被日本人占据有一个深刻的社会背景，杀死一个佐佐木很容易。但是，台湾被占据，乡亲们被欺凌的客观现实，绝非一个人，几个人可以改变。它需要力量的凝聚，还需要时间的累积，甚至需要一代人、两代人的浴血奋斗。可是，这些事情凭着自己一个弱女子是很难去完成的。但中华民族是一个不屈的民族，在此之前屠户阿叔、文福、阿发、山花、阿林及许许多多的知名的，不知名的亲人和乡亲已经为此献出了生命，他们的未竟事业，唯有留给我们这些人来完成。

现在，台湾被日本人占据了。从这则消息看，日本人占领了土地，便进行经济掠夺和文化割裂，想让台湾从根本上与母体分离，改姓名是一种表面现象，割裂台湾与大陆的文化传承，才是其最终的罪恶目的。

这才是最可怕的，这比经济掠夺更可怕。

看到手中的报纸，赵静雅那拿报纸的手在瑟瑟发抖，顿时一种新仇旧恨涌上心头。这些日本矮子如此欺辱我们乡亲，是可忍，孰不可忍！

“赵先生，这日本鬼子，可恶，该杀！该千刀万剐。”天生看到先生那已是充满愤怒神情的脸，心情十分激愤。

“云生，你这报纸是从什么地方来的？”许久，一声不吭的赵静雅才开口说话。

“这是离码头不远的一家报童处买的。听说办这报纸的人也是台湾人，他的祖籍地也在厦门。日本鬼子侵占台湾后，他原先在台北办报，后来被日本鬼子查封了。于是，便转道回到大陆，将这份报纸继续办下来。”

“这旧仇未报，又添新仇。赵先生，我们应该赶快回去，收拾那佐佐木。”天生仍然愤愤不平地说。

“林生和松生两兄弟呢？”看了那张报纸，又看看眼前怒不可遏的四个年轻人，赵静雅的内心十分不平静。看来要赶快把他们都召集回来，认真研究一下，将他们安安全全带回去。因为，大陆这边信息很多，这些血气方刚的后生仔一听到消息难免又要激情满怀，说不定会生出什么事情来。

想到这里，赵静雅感到自己肩负着沉甸甸的一份责任。

第五章

到那里经受人生挑战

一直到天空完全黑下来时，林生和松生两兄弟仍没有任何消息。赵静雅开始着急起来了。看看天色，这与要求他们在太阳下山以前回来足足过了两个多钟头了。

这两兄弟到底会到哪里去了呢?

“赵先生，别管他们了。我们去吃饭吧，这码头上有好多闽南小吃，我们赶快去饱吃一顿，然后去听听古仙讲古。不然，我饿得都冒虚汗了。”婕生等得有点着急，看了看房间里大家一声不吭，便嚷嚷着要先去吃饭。

“再等一个时辰吧，这两兄弟会到哪里去了呢?”表面上赵静雅很平静，但从她将头不时地向窗外探望，足见她内心的不安。

“不要等了，饿死他们去。再等那讲古仙都回家了。”婕生撅着嘴巴嘟嘟哝哝地发牢骚。

“婕生，听赵先生的话!”天生看妹妹这副猴急的样子，批评了一句。

婕生被哥哥批评无疑对房间里的所有人都是一个警示，大家便不再多言语，静静地等候着云生和松生的消息。赵静雅看到这静得出奇的房间，心里越发不安，她不时地从椅子上站起来，在窗口和椅子间来回地踱着步子，她多么希望这两个后生仔能尽快出现呀！

又一个时辰过去了。

那海浪搏击海岸的声音随着大家渐渐着急的心情，节奏越来越快，声音越来越大，大家一个劲地伸长脖子张望着。

“咚、咚、咚。”正当大家焦急万分的时候，门外传来了敲门的声音，房间里的气氛立即活跃了起来。

“林生哥，你可回来了。”婕生从床沿上坐着，霍的一声兴奋地叫了起来。大家也立即喜形于色。

门打开了，却让大家大失所望。

“哪位是赵先生？”门外站着店小二。

“我是，有何指教。”赵静雅心情一阵紧张。

“这是码头上的老板要我代交的一封信，老板交代进雄船长的商船大约明日中午靠泊，准备接到你们以后马上返回台湾，请你们务必作好准备。”店小二交代完毕，作了一个揖便下楼去了。

“这……”赵先生有些为难，看看窗口星空，料定时间已经不早，不要说这些年轻人，自己的肚子早已咕咕作响。再说，明天得乘船返回台湾，今晚要带他们去吃饭，还得让他们见识一下街头演出。讲实话，看了李福祥撞墙明志的那则报道，让自己震惊，利用这一机会让年轻人看看大陆的演出，多了解一下母体文化实在不可多得。不然，明天返回台湾不知道何时才有机会呀。主意一定她挥了挥手：“时间不早了，我们吃饭去吧。到既有演出，又有饭吃的地方去，我们边看戏，边吃饭。你们看如何？”

“好！”年轻人一齐欢呼。

春天的月港码头寒风习习，路人也不甚多，那原本不够宽大的码头旁支了一个简单的戏台子，舞台上挂着两盏汽灯，周围有许多小食摊子，中间则是许多好事的男女老少在观看演出。乍一看，还挺热闹的。

“云生哥，今晚演什么戏呀？”一走出客栈，婕生便兴奋得像一只快乐的小鸟，蹦蹦跳跳到了云生跟前。

“喏，那不是？”云生看着婕生那快乐的样子，朝墙上的海报努了努嘴。果然，昏暗的路灯下那张贴着一张演出海报，上面用篆体字写着云升芗戏团献演《陈三五娘》。

“云生哥，这《陈三五娘》讲的是什么东西呀？”看见婕生提问，慧生也很感兴趣地向林生打听。

“这个呀，讲的是陈三，送哥嫂到广西赴任，元宵节路过潮州，游街赏灯，遇上黄五娘及其婢女益春。陈三与五娘相互爱慕，后有五娘投荔，陈三入黄家为奴，当地财主林大逼婚，陈三与五娘私奔泉州的故事。”云生侃侃而谈。

“这是一个令人感动，催人泪下的美好姻缘呀！”赵静雅看那一个问得认真，一个应答得圆满，也在一旁赞叹了一声。

“这芗剧又是什么意思呢？”慧生也问了一句。

“这芗剧则是漳州府一带形成而流行的一种地方剧种，我们这几个人当中除了我之外，你们的故乡都在漳州府。因此准确地说，这是你们家乡的剧种，充满着你们原家故土的泥土芬芳，很值得看的。”赵静雅介绍说。

“赵先生，你说你不是漳州的，那你府上是……”听到赵静雅的介绍，云生问道。

“我呀！与你们的老家漳州府仅一山之隔，在泉州府，我们那演的是高甲戏，它的表演形式几乎与芗剧一模一样，只是某些唱腔唱调有一些差异而已。”

“那我们去看芗剧好吗？”婕生提议道，“你们看那舞台旁边正好有几摊小吃，我们正好一边欣赏芗剧，一边品尝小吃，岂不美哉？”

“好啊！”大家异口同声。

大家高高兴兴选在舞台旁一摊小食摊面前的空桌子上坐了下来。

那是一张简易的小八仙桌，放了四张长条椅，看到有空位，五个人便坐了下来。婕生看见那热气腾腾的大铁锅煮着一大锅的东西，黑糊糊的，但那诱人的芳香有点让人垂涎欲滴，那老板是一个四十多岁的男人，一边应客人的要求用勺子一碗装好，一边招呼身边十六七岁的儿子收钱。

“老板，来一碗地瓜粉。”

“好哪，请坐。”

“给，两个铜板。”

“谢了。”

“老板，我来两碗。”

“好哪，稍等……”

买地瓜粉的，卖地瓜粉的一叫一应，热闹异常。尽管那寒风习习，这里却似乎温暖异常。热气腾腾的地瓜粉冒着热气，把忙得不亦乐乎的老板和旁边狼吞虎咽的食客们一个个额头上沁出汗珠。

“我们也来一碗吧。”慧生看到这情景，贪婪地吞了一大口的口水，征询大家的意见。

“好！好！”年轻人一致拥护。

“老板，来五碗地瓜粉……”婕生接过话题也学着别的食客大声叫了一句。

“好哪，马上来了。”婕生话音刚落，老板清脆地应了一声。

只片刻，那碗热腾腾的地瓜粉便端上八仙桌来。

一个大海碗装着地瓜粉，由三层肉屑、海蛎等配料煮成，上面撒着少许的胡椒和葱花，一端上桌，立刻让人感到一股浓烈的芳香扑鼻而来，引人食欲大增，加上此时时间不早了，大家饥肠辘辘，大家筷子、汤匙并举，热火朝天地干了起来。

“真是好料！”吃了一阵，每个人的额头上都冒出了汗珠，天生抬起头赞叹一番。

“再来一碗！”云生也有同感。

“好！”天生第一个支持。

“喂，别忘了欣赏芗剧哟，不然回到台湾便没有多少机会看到家乡剧了。”慧生提醒大家。

“是啊！是啊，要眼、嘴并用哟。”赵静雅看到年轻人那么开心，心里自然非常高兴。可是，还有林生和松生不见踪影，却让她感到心不在焉，不时地抬起头在夜空中寻找，她多么希望这两个孩子能够出现在自己的眼前呀。

一阵清脆的鼓点声响起来了，大家抬头看去，那舞台上已演出《陈三五娘》中的《都马》一节。台上陈三、五娘和丫鬟益春正在对唱，那句句台词，声声唱段让这一帮年轻人着了迷。

只见那舞台上扮演陈三、五娘和益春的演员在精心地表演，那唱腔唱调，字正腔圆，乡音袅袅，催人泪下：

陈三：荔枝手帕手帕荔枝，不是风吹拗断枝，不是鸟只啄落枝，原来是伊，是伊慰我苦相思，感谢娘子深情义，送我手帕甲荔枝。

五娘：心惶惶，心如小鹿仔跳未正。

益春：一场好事真巧奇。

五娘：益春啊，你莫乱猜我的心意，只是送伊一帕红荔枝。

益春：甘按呢，这是阿娘对伊表情意，乎伊嘴甜心也甜。一一有心就像双荔结并蒂，两个是伊痴，你也痴。

五娘：细思量，相会宛如在梦里，后日仔见面不知治当时。

陈三：今日骑马到楼西，伊将荔枝挑落来，惹得我心内翻腾如江海，恨不得插翅飞入伊妆台，甲伊相依相偎相恩爱，了结相思开心怀，是五娘可爱的名字，我要时时甲会记，刻刻念着伊。

……

台上声情并茂，台下鸦雀无声。许久许久，观众们爆发了阵阵掌声。

赵静雅站起身，将眼睛在人群中搜寻林生和松生的身影，可是一次又一次地失望了。待她想重新坐回长条椅上时，却偶然看见婕生把自己的手紧紧地扣在云生的手心中，而那慧生也不时地将羞涩而多情地眼光抛向对面的天生。不觉心里热乎乎的。

“林生和松生会到哪里去了呢?”赵静雅开始着急起来了。

“哥，你看隔壁有一讲古仙，我们也去看一下好吗?”婕生看到大家兴致正浓，转过身看到几十步之外的又一圈人正围着一个三十多岁的人在听讲古，于是又来了兴致。

“好，你们去听一听吧!”赵静雅尽管心里系着两个至今未归的年轻人，但听了婕生的建议后，觉得是一个好主意，难得回大陆应尽量让他们多接触一些大陆的东西，这些都是祖国璀璨文化瑰宝的一个重要组成部分呀。

“那你呢?”看到赵先生心事重重，年轻人都知道，先生正为两个兄弟出来这么久未归而担忧，关切地问。

“去呀！一边去听听，一边等他们两个。”赵静雅心事重重地应道。

这边讲古仙正在神采飞扬地向听众讲述《水浒传》中《武松打虎》这一节。只见讲古仙模仿武松喝完三碗酒后，向景阳岗出发的那一刹那遇见那斑斓大虎向他扑面而来的情景：

……

只见斑斓大虎，一声呼啸扑面而来，立刻，那景阳岗飞沙走石，被这断卷起的呼呼狂风把路边的树枝吹得不断摇曳。

这风一吹，把已经喝得有点晕乎乎的武松酒醒了大半，他睁开眼，却见一道黑影从头顶像泰山一样压了过来，便用力摇了摇脑袋，迅速做了一个下蹲的姿势。说时迟，那时快，只觉头顶一阵狂风呼啸而过。

那斑斓大虎原以为这一扑便能饱吃一顿，谁知武松趁势一翻，让它扑了一个空，重重扑倒在地。

武松看得真切，不觉心里一乐，嘿嘿笑出声来。他腾空一跃，飞身骑上身背，一手抓住那虎的头皮，一手抡起硕大无比的拳头，便朝那大虎的天灵盖一阵猛砸……

讲古仙手舞足蹈，绘声绘色，着实让周围的听众如痴如醉……

又是一阵寒风吹来，赵静雅觉得这身上已被浓浓的春雾洒得有了许多凉意，转过身早见云生与婕生，天生与慧生相互偎依，如同旁若无人一般，心里一阵欣慰，她不忍心惊扰年轻人的甜情蜜意，便走出人群，焦急与不安地朝圆周张望。

但她仍然一次又一次地失望了，这茫茫的夜晚，这原本人流甚多的码头，慢慢地安静了。可是，两个后生仔却始终没有露头，始终不见踪影。

林生和松生会到哪里去了呢？

赵静雅的心情越发沉重起来。

林生和松生并没有离开月港码头，而且也没有走远，他们就在这码头几百步远的一座小楼里。

下午，他们六兄妹出门后，不久便走散了。他俩兄弟性格比较相似，看到这码头热热闹闹便转到一幢小楼前驻了足。原来，在那里围着一群年青人，正听着一个二十多岁的小伙子在演讲。那小伙子个头不高，但精神头却让人感到羡慕不已。此时，他站在一块花岗岩石条上，慷慨陈词发表演说："兄弟们，中华大地支离破碎，《马关条约》让我们富饶美丽的宝岛沦为日本鬼子的殖民地，现在几百万同胞正在日寇的欺凌之下，他们生产的优质稻谷被强制送到日本享受，自己却吃着劣质面掺着沙土的粗米饭；他们有着自己的名字不能叫，而被迫改名易姓叫上日本名；在大陆军阀割据，生灵涂炭，民不聊生。现在，孙中山先生正在广东开展东征。有志的青年们，大家团结起来，汇集到这场斗争中去……

年轻人抑扬顿挫，富有煽动性的语言让这两位兄弟热血沸腾，每一根神经都处于亢奋当中，不少青年越听越兴奋，那听演讲的圈子越缩越小。

"林生哥，我们也报名参加孙中山那边的革命军吧。"松生将自己的手紧紧地攥着林生问。

"是啊，这太有挑战性了。不然，一回到台湾我们又会陷入日寇的铁蹄之下。我想，我们都还年青，何不去闯荡一下，经历这暴风雨的洗礼。"林生被松生一问，激昂之情溢于言表，两个人的感情产生了共鸣。

"可是，这家里能答应吗？赵先生能答应吗？"松生见林生回答得如此轻松简单，心里一想不觉得有些担心。

"家里肯定不会答应，赵先生更不会答应的。"林生答道。此时正是夕阳西下的时候，松生看到此时的林生那坚毅掠过一丝不安与伤感，"但是，松生，现在台湾受日本鬼子统治着，与其在那里被欺凌、被奴役，倒不如回到大陆来，参加革命，有朝一日回台湾去，为父辈报仇雪恨。"

"那赵先生和兄妹们肯定很着急，他们肯定到处在寻找我们，怎么办?"松生不无担心地问。

"各位先生，各位朋友。愿意到广州参加革命的请报名。"两兄弟为留下来的事正在商量，刚才那激情演讲的年轻人又开始说话了。紧接着已有十几个青年蜂拥着随他而去。顷刻之间，那充满青春、充满激情的地方安静了下来。

"怎么办，林生哥?"松生有些着急起来。

"走，我们报名去，然后……"林生伏在松生的耳朵边说了几句。

"这样行吗？这样赵先生一定会很伤心的。"听完林生的话，松生涌现一丝酸楚。但看看四周已经一片安静，再不作决定已经来不及了。于是说了一声："走!"

再说，赵静雅带着四个年轻人，吃了闽南小吃，看了芗剧《陈三五娘》，再听了讲古《水浒》，一边欣赏月港码头的夜景，一边在等候着林生他们兄弟二人，一直等到月港码头夜深人静，戏终了，人散了，仍然不见他兄弟俩的踪影。这时，她着着实实地着急起来，受阿光哥之托，自己这十年来在六个年轻人身上付诸了做先生的爱，也付诸了如同母亲的爱，眼看功成名就把他们完完整整、安安全全送回台湾的最后一站时，却在这月港出了差错。这，无论如何都是自己不愿看到的局面呀。

想到两个可爱的后生仔，想到林生的父母及外公，想到阿光哥临行前那诚恳的嘱托，想到在海峡东岸那多少双殷殷期待目光，此时，赵静雅的身边尽管还站着四个同样心急如焚的四兄妹，都感到无限的伤心与痛苦，一阵寒风刁来，她原本已经疲惫不堪的身子晃动了几下，她的心情坏到了极点。

"菩萨呀！保生大帝呀！你要保佑林生、松生的平安呀！你要保佑他们赶快回来呀!"赵静雅双手合十，在寒风中瑟瑟打抖，不断地祈祷，泪水止不住地往外流着。

"赵先生，赵先生。"赵静雅那祈祷的声音不大，可是年轻人听得十分真切。她那身子晃得也不明显，可是婕生和慧生早已一左一右偎依在身边，她们理解此时此刻先生的情感，反而对两个不懂事的兄弟表示不解和气愤。

初春的月港气温比较低，尤其是下半夜时分，身上被浓雾洒得有些潮湿，呼呼的寒风吹来，足以让人坐立不安，已经在这等候一个晚上的人们深感疲惫，而且这月港码头几个行人，然而，朝那悦宾客栈自己住的房间看去，仍然一片漆黑，林生、松生此时肯定没有回到房间。

"孩子啊！你们会在哪呢?"赵静雅伤心地似乎要哭出声来。

"赵先生，我们回去等吧，这里再等下去，不可能再有结果。"天生年纪最长，他带着一种伤感，劝慰着赵静雅。

“是啊，赵先生再不回去，如果被冻病了，问题更严重。”云生也在劝她。

“嗯，回去吧！”许久，许久，赵静雅也点了点头，趁着四个兄妹不注意，她用一个手，迅速拂去那挂在脸颊上的泪水。

一行五人在返回客栈途中再也没有欢笑。

推开房门，店小二送来一封信。赵静雅迫不及待地拿到灯下，一看那笔迹便是熟悉得再熟悉不过的林生字体，展开信笺其内容如下：

先生、我的兄妹们：

请原谅我们的不辞而别。

在祖国读书这十年，我们从少年成长成为青年，恩师的殷殷教诲让我明白了许许多多的道理。家乡被日本人占据，使我失去的父母、外公及许许多多的叔叔伯伯，泱泱大国，支离破碎，作为中华子孙，应该为此抛头颅、洒热血，贡献青春而去实现民族的振兴。思考再三，我们兄弟俩决定赴广东参加孙中山领导的革命运动。为免除你们和台湾长辈的担忧，特地留下这封信，以告慰关爱我们成长的各位师长、兄妹。

我们要去的地方是目前中国最有活力、最富于挑战的地方。在那里我们将以自己的青春、自己的生命去实现人生的追求与价值。请你们放心，也请你们等候我们胜利的消息。

拜托你们，也务请慧生妹妹每年清明定要到父母、外公、屠户阿公以及逝去亲人的坟前替我们尽孝，代我们添土烧香，以告慰他们九天之灵。

这也是我们在外唯一的嘱托。

赵先生，我们从心底里衷心感激您十多年光阴当中对我们兄妹如师、如父母，而又胜似母亲的关心和呵护。祝愿您从此幸福美满，健康永远。

慧生，我们的父母亲已经逝去，如赵先生应允，请像对我们的母亲一样孝敬她。让她从此作为我们的母亲安度幸福的晚年。

另外，阿彪叔是阿光阿伯嘱定到我们家顶房的，按照家乡的习惯。他便是我们的父亲。切记，切记。

林生

松生同叩

1917年1月8日

这封便笺的纸有些皱巴巴，那文笔也不甚流畅，不难看出，是林生和松生两兄弟在匆忙当中急急忙忙写就的，却表现了他俩对家乡老人、对老师、对兄妹们的一片情深意切。

皱巴巴的信在五个人的手中传来传去。

大家默默无语，大家没有想到就那么几个钟头，会出现这么大的变化。

更没有想到，这两个兄弟会不辞而别。为了自己实现人生的追求，为了自己的人生信念，临到家门了，又要远走高飞。

唯有赵静雅认识到，只有她感觉得到，因为，当年自己不也是这样满腔热血先去东洋留学，然后又破除种种阻力渡东的吗？

这两兄弟不正是自己当年的影子吗？

现在的关键是如何应对这件事，如何将眼前的四个孩子顺顺利利带回去。

赵静雅的眼眶湿润了，但她努力控制自己的感情，控制着那泪水不夺眶而出。

房间里静悄悄的，静得出奇。唯有五个人急促的呼吸声。

"婕生，把窗户打开。我有一点闷。"许久，赵静雅开口说话了。

"咣"，那临海的窗户被推开了。

一股冷嗖嗖的海风吹了进来。

紧接着便是那略带咸味的海风和海浪搏击码头的砰啪之声夺窗而入。

"砰啪，砰啪……"这海浪拍打海岸的声音，一阵比一阵急，一声比一声响。

这声音仿佛不是在拍打海岸，而是在猛烈地撞击人们的心扉。

慧生先看看赵先生，然后再看看兄弟姐妹，这位过早失去外公和父母双亲的姑娘，感到鼻子一阵一阵地发酸，她的眼泪如同股股泉水喷涌而出。尽管她年青，却经历了人生的许多磨难，她想努力控制着自己。

"哥……"突然，慧生再也控制不了自己的感情，肝肠寸断地哭喊着。这个十几年前与哥哥一道短时间里失去父母，失去外公，而且表面上十分贤淑柔弱的姑娘的感情如同决了堤的洪水汹涌而出。

父母和外公早逝，唯一如兄如父的哥哥不辞而别，顿时让她伤心不已。尽管哥哥比自己大三岁，但十多年来一直与赵先生呵护着自己成长。她理解哥哥，崇拜哥哥，尤其在父母和外公离开自己的岁月里，哥哥总是攥着拳头，瞪着愤怒的眼睛，发誓要讨还血债，为逝去的长辈报仇雪恨。

“赵先生……”慧生撕心裂肺地恸哭着，她趴在赵静雅的肩膀上，哭得很伤心，她那一抽一搐的肩膀在先生的肩膀上抖动着。

“慧生，别哭了。兴许林生在外闯荡一番，再过一两年便回来了。”婕生看到自己的姐妹哭得如此伤心，在一旁劝说着，又在一旁抹着泪水。

“慧生，我们不也是你的哥哥吗？别哭了。我们听赵先生的话，安安心心，乘上进雄阿叔的船明天返回台湾再说吧。”

赵静雅此时反而出奇得冷静，她像一位慈祥的母亲亲亲地抚摸着慧生的肩膀，细细地品味林生、松生两兄弟留下的信，她感到孩子思考是对的，孩子的追求无可非议。这样的孩子值得自己骄傲。想当年，自己也还不是这样漂洋过海去追求去奋斗吗。民族的振兴，多么需要有像他们一样去不懈地追求呀！现在是，明天进雄的船便将靠泊月港，自己带着六个孩子出来，却带着四个孩子回去，如何向阿光哥和其他人解释，让他们理解，让他们释怀。

另外作为先生，对这四个孩子回到台湾以后如何引导他们正确认识台湾的社会现状，如何正确面对人生，如何用心智、心力去面对日本殖民统治者的统治，努力地为保护永丰城的乡亲倾注心力。

赵静雅那拿着信笺的手不停地抖动着，她的胸脯在急促地起伏。许久，许久，终于再也控制不了自己的感情，“哇”的一声哭了起来。

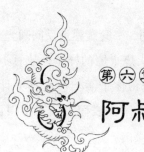

第六章 阿叔手朝西边指了又指

阿光还是保持着几十年来一直保持的好习惯，天一亮便往永丰城走一圈。这样，一可锻炼身体，二可了解情况。这个闽南阿哥，这个永丰城的领头人觉得这样做心里踏实。

这天，他从城里外转了一圈还未进门便被警察所长佐佐木挡在家门口，那佐佐木一身警服，身边还有两个形影不离而且荷枪实弹的随行。

“阿光先生，你的为什么砍甘蔗请工人不经过警察所？”佐佐木一见面，满脸不高兴地质问阿光。

“噢，佐佐木所长，谁砍甘蔗？”阿光在离家门口还有几步路的时候，便看见满脸怒气的佐佐木，预计这家伙一定会发难。因为，日本台湾总督府有规定，糖由专卖局专管，围绕这条产业链的一切日本人都想插手。当然，插手的目的是获取利益，便是掠夺。于是，故作不知地反问道。

“那边，这么多砍蔗工谁组织的？”佐佐木余怒未消地指着那些帮助张正旺砍甘蔗的劳工问。

“哦！我刚才路过那里的时候了解了一下，这是永丰城的庄户人家采取以工换工的办法，相互调剂组织的力量。”阿光看见佐佐木脸怒容，佯装不知情，轻松地回答。

“什么叫以工换工?”佐佐木听了这新名词，一脸疑惑地反问阿光。、

“这个以工换工呀，”阿光看见佐佐木那火烧火燎的样子，故意不紧不慢地解释，“便是今天你给我干活，明天我帮你干活。彼此都不计算工钱。这是庄户人家彼此合作的习惯与规矩。”阿光表面上回答得很认真，解释得滴水不漏。

“这……”佐佐木有些怀疑地看着阿光。

“怎么啦，佐佐木先生认为这样干不合适吗?”

“这个……”佐佐木听明白了。他重重地倒吸了一口冷气。这以工换工，实际上是十分巧妙地将他原本可以捞取的不义之财的路子给结结实实地堵死了。他知道能够导演这种戏的非阿光莫属。可是，他十分清楚自己的对手，凡事都借着永丰城人的集体智慧和力量。因为只要是提出庄户人家的规矩便无形之中暗示了永丰城人的集体力量，足以让他饱尝永丰城人集体行力的威力。

这个对手实在太厉害了，让你明知吃了亏，却又查不出来咋回事，门牙被打落了，还不敢往外吐。此时的佐佐木看着那阿光不动声色，却内心充满胜利者喜悦的形态，恨得牙根发痒，可是又没有牙可以啃。尽管他气不打一处来，但表面上却又不得不挤出一丝言不由衷的笑意：“合适，合适。”然后，手一指带着两个跟班走了。

“矮子!”阿光从心里狠狠地骂了一句。但心里却想得更多，为了保护乡亲们的利益，让大家辛勤的汗水不致付诸东流，不得不想出这种办法，但是，这天砍蔗刚开始，这佐佐木便找上门来了，下一步肯定还有许多意想不到的问题在等着自己。

可以肯定，这个佐佐木，还有那武田公司决不会就此善罢干休。

阿光看看佐佐木渐渐远去的身影，却难以预测这个警察所长会采取什么手段来对付自己。在台湾，在永丰城除总督之外，各地都由总督府建立了警察所，这些所长全部都由日本人担任，而且几乎都是当年侵占台湾时军队中的拔尖人物，这些人刁钻古怪，手段毒辣。再加上有一支荷枪实弹

的警察队伍，实际上地方政权的实权都把握在这些人手上。稍不满意便抓扣关押、罚款无所不为，要与这些人周旋非得花一番工夫和力气不可啊！

阿光静静地站在原地，他在思考着，组织劳力去砍甘蔗这一道环节用以工换工的形式，倒不失为一个高招，保护了张正旺一帮蔗农的利益，让佐佐木从中牟取不义之财的梦想成了泡影。但是，下一步还有一个环节更重要，那便是糖厂开榨之后的产品，如何躲过武田公司的强行低价收购。

这个问题如果处理不好，那么这场工作的组织其结果最终还不能逃脱佐佐木的魔掌，最终获利的仍然是佐佐木及其武田公司。而永丰糖厂却要蒙受几千两白银的巨大亏损。

"不急，不急……"这诸罗山上的布谷鸟又啼叫起来，而且，一声接一声，一声比一声叫得欢。

"春天来了。可是台湾的春天，永丰城的春天什么时候才能够来呢？"阿光有些困惑，人生道路太曲折，人生遇到的困难与问题太多了，一个问题解决了，又一个问题冒出来，而且一个比一个难解决，一个比一个让人感到头痛。

"老板，阿彪来了。"正当阿光在反复思考，寻找对策之时，管家阿昌在旁边提醒说。

阿彪来到阿光身边已经有半炷香的工夫，他是胜天叫来向阿光报告情况的，可是当他走近阿光身边时，却见他正在抓着头皮思考问题，他是一个外粗内细的兄弟，人生一路得到阿光的照应，尤其是山上下来之后，为了保他一命，阿光用到阿发家顶房的办法，让他躲过一劫。闽南兄弟最讲情义，最懂得知恩图报，他时时处处都想尽自己一份绵薄之力，报答阿光。可是，世态如此，他帮不上大忙，为此总是长吁短叹，自愧自己太憨，太没有用。

"阿彪，有事？"被阿昌一提醒，阿光从纷繁的思路中返回现实，看到阿彪站在旁边，着急地直搓手。

"阿光哥，刚才佐佐木发现糖厂要开始榨糖，便派了五个警察在监督。"阿彪的脸上充满着焦虑的神色，"胜天叫我向你报告，看要不要采取什么措施。"

“哦……”阿彪的话让阿光微微一怔。果不其然，这个佐佐木不认输，已采取非常手段，为了挽回第一阶段从劳工手中获取不义之财的企图失败后，为了确保所有的糖能低价收购，竟然派警察进行监督。

“这是前所未有的事情啊！”阿光倒吸了一口冷气。

“怎么办？这矮子如前几年，我随便出手准让他们一命呜呼。”阿彪气愤不过。

“阿彪，万万不可莽撞，现在已经不是二十年前了。”阿光沉思片刻，把目光投向阿彪，“你回去告诉胜天，冷静观察，反正我们现在才刚砍蔗，开榨的时间还可推几天，等我们一起商量个应对之策再说。”

“知道了，我去告诉胜天。”阿彪急匆匆转身便走。

“我们去糖厂吗？”看到阿光那严肃的脸色，管家阿昌问道。

“不！回去吧！”阿光头也不回，径直朝家里走去。这榨糖、熬糖连永福阿叔是专家，该怎么样在技术层面上把这糖弄成不能外销，只有他老人家才有办法。看来，还得请连永福阿叔商量一下，才能解决问题。

“阿昌，你去叫一个人请连永福阿叔来一下。”主意一定，阿光便准备请连永福来一趟。因为，按理自己应该登门拜访的，但连永福阿叔已经在糖厂，自己这个时候出现在那里，目标太大，也容易引起佐佐木的注意。思来想去，只有出此下策，等连阿叔来了后再说明清楚。

“好！我叫家丁去一下。”

“嗯。”阿光尽管在回答，但他的思绪却难从那纷繁的思绪中转出来。

“阿光哥！阿光哥……”阿昌刚出院子，家丁还没派出去，门外却传来阿彪焦急的喊声，那声音很大、很焦急，这着实让阿光心中暗暗吃了一惊。

“发生什么事情了，阿彪？”阿光“霍”的一声从椅子上站起来，走出客厅问道。

“阿光哥，连阿叔刚才在检查榨汁机时，从机器上摔了下来……”阿彪气喘吁吁，语无伦次地说。

“糟糕，阿叔现在怎么啦？”阿光迫不及待地追问。

“没有外伤，但神志不清楚了。”

“老人天不怕、地不怕，最怕摔了。况且阿叔已经年过七十，这一摔还了得。更糟糕的是，摔个破口还好，没有外伤，却神志不清，那必定是内伤，这还了得呀！”要知道，这糖厂一开榨技术问题全靠阿叔，现在这……阿彪的这一叫真如晴天霹雳，使阿光头都有点发晕，便大声问道，“阿叔在哪里？”

“还在工厂。”阿彪急得眼泪都要掉下来了。

“还不赶快扛回来？”阿光厉声喝道，手一挥，“阿昌，我们赶快过去看一看。”

“好。”阿昌跟在阿光身后，刚走几步，阿光觉得这受伤的老人，送台北太远。受伤的人经不起颠簸，便又匆匆忙忙转过身，朝家里的海英大声喊了一句，“海英，你赶快到山上采一些内伤药和接骨药回来。”

“好！”海英听说阿叔摔伤，似乎魂都丢了，应了一声。

“还有叫海兰准备好硬板床，受伤的人要睡硬板床。”

“好！”海英应道。

自从屠户阿叔、阿力凡阿叔献身之后，家族当中就剩下连永福阿叔和自己的岳父魏永富两个七十多岁的老人，平时阿光教育大家如国宝一要保护着他们，尤其是每每遇到重要事情总是要请他们参加，自己刚才还在思考请连永福阿叔商量应对佐佐木之策，怎么就……阿光心急如焚，他也顾不及招呼别人，不顾一切地迈开大步往糖厂走去。

走出院门，刚要从街道上转一个弯，却见一阵嘈杂的声音传来，早见林胜天组织几个人用门板抬着阿叔匆匆忙忙地往回家的路上赶。

“阿光哥……”胜天看见阿光，喉咙哽咽着说不出话来。

“别说了，快送回家。”阿光手一挥没有再说什么。永丰城没有医院，尽管有一间私人诊所，那也是只能疗疗小病而已，对这种内外伤一窍不通，说不定连自己都不如。既然如此，倒不如抬回家后自己认真看一看，再想出解决的办法。

人这一东西很奇怪，一急便止不住大汗淋漓，等众人将连永福老人抬回家时，阿光已是从水中捞起来一样，那成串的汗珠滴滴答答直往下掉，他也顾不上斯文，伸出长衫的袖子一个劲地往脸上擦着汗水。

“阿爸，你怎么不小心呀！阿爸。”一听到连永福受伤，海兰便号啕大哭起来，那种女人的号哭引得大家控制不住自己的情绪，也声泪俱下，为老人的不幸伤心不已。

“别哭了！”阿光没有好的心情，因为连永福的形像占据着他大半个身心。老人的健康对永丰城今后的发展至关重要，他大声制止着海兰。半跪着身子，细细地先帮老人号了号脉，然后翻开他的眼皮，观察着老人的脉相。然后，再细细地看了看他身上的受伤处，发现并没有大的伤处。

“胜天，阿叔是怎样落地的？”阿光问道。

“他爬上榨汁机，不知想干什么。我发现时正想制止，可是冲上前想扶他下来时，他却……”胜天泣不成声。

“这样……”阿光吸了一口冷气，这老人身子重，不经摔；更糟糕的是身上几乎找不到伤口；尽管找不到伤口，却又发现老人神志不清。看来，一定是伤在脑子上了？他反复地推测，又在阿叔的脑壳四周认真地寻找。

“不是，阿爸是从机器上摔下来，屁股先着地的，脑袋应该没有事。”胜天赶快介绍自己所见到的情况。

“是的，阿光哥！”旁边的工人也证实这一点。

“那么……”阿光转过身，用双手先托住老人的左腿，轻轻地往上抬，发现没有丝毫反应，他站在那沉思片刻，转身用原来的方法，托起右腿，一触及便听到轻微的“喀嚓”一声，与此同时，阿叔的面部出现了异常痛苦的表情，他的嘴微微张开发出了呻吟声。

“阿叔股骨可能骨折，糟了。”阿光没有把话说出口。又一把擦了擦额头上的汗水。他知道，七十多岁的老人股骨骨折，是一件很麻烦的事，不要说靠自己这个土方法，纵使送到台北的医院，治个一年半载，回来肯定是残了，以后阿叔可能要永远与这张床为伴了。

“阿光哥……”看到阿光不动声色，不停地用长衫袖子擦着汗水，海兰将一条湿毛巾递了过来，焦急地问道，“阿爸，伤在哪里呀？”

“阿叔，伤在骨头，伤在这里。”阿光用手指了一下，“海兰，以后你要细心地照顾阿爸，如不成，还得请一个人帮忙。”

“不要，我自己的阿爸，自己照顾。”海兰似乎要跟人吵架。

“海英，采药回来了吗？”阿光看看周边没有妻子的身影。

“到了。”阿光的话音刚落，门外就传来了海英的声音，“阿光哥，这是你以前教我的接骨药，这是内服伤药。”

“快！内服药马上拿去熬，用六碗水熬成三碗，分三次量；这接骨药用石舀子捣成药泥，等下我帮阿叔敷上。快！要快。”阿光叫了一声，“海兰，你熬药；海英，你捣药泥！”

把阿叔的伤处理好，阿光感到有一些疲倦。

几个兄弟便静静地待在老人身边，观察这内服药吃下去之后有什么反应。

天渐渐暗下来。

阿叔还是一动不动地躺在床上。

刚刚伤愈的魏永富听说老哥受了伤，也火急火燎地叫人搀扶着赶来，并一直守在身边不愿离去，跟着年轻人静静地守候着，他的嘴里自言自语：“永福兄弟，你可得熬往哟，日子刚刚好过，大孙子也快要回来了，你别没心没肺地就这么走啊，还要跟兄弟做做伴，不能让兄弟孤伶伶呀。”

“阿爸，你先睡吧，等阿叔醒了，我再叫你过来。”海英看到阿爸干瘪的嘴巴不停地嚅动着，虽未听清讲些什么话，但料定他想跟兄弟说上几句心里话，便劝阿爸早点休息。

“不，我陪陪这老达补吧。”老人很固执。

“阿光哥，你劝劝阿爸！”海英没有办法，将求助的目光投向丈夫。

“嗯！”阿光理解自己的岳父，他走向老人双手扶住他丛在连永福的身旁，自己伏在他的耳边轻声但又清晰地说：“阿叔，我阿爸要跟你讲话。”转过身他对魏永富说：“阿爸，你跟阿叔说吧。”

“老达补，你咋哪？快起来，给兄弟做伴。我告诉你呀！我们的孙子、孙女要回来了。你别憨憨的在那装睡呀。听到了没有？我们的孙子、孙女就要回来啦！”魏永富的声音很大，尽管那声音非常吵哑，却仿佛可以把满屋子的东西震得沙沙作响。如果外人不了解情况，还以为屋里的人在吵架呢！

可是，那躺在床上的连永福却没有一丝反应，除了呼吸之外，一动也不动地躺在那里。

“呜，呜，呜……”海兰看到这情景开始嘤嘤地哭出声来，海英也在一旁凑起了热闹。两个女人一同号哭，足以让其他男人坐立不安，可是又找不到言语安慰两个女人。

“胜天，药喝下去几个时辰了?”阿光焦急地来回踱步。突然，他停住了步伐，转身问了一句林胜天。

“差不多四个时辰了。”阿彪看看屋外，那里早已一片漆黑，再看看已烧完了五六炷香，回答说。

“按理这内服伤药的药性该发挥作用了，阿叔应该醒过来了。”看过了四个时辰，阿叔还一动不动，阿光自言自语，他担心以前学到的伤药是否有效。转过身当他看到身边的岳父正在打瞌睡，老人家非常疲乏却又不愿离开，坐在靠背椅上打着瞌睡，那靠在靠背椅上的脑袋不时地往下倒着又挺直，挺直了又往下耷拉。突然，灵机一动叫了一声：“阿爸，你再叫一声阿叔，声音要大一些，越大越好。”

“好！好！好!”魏永富感到自己可以叫醒连永福，高兴得像一个老孩子，“我可以对着他的耳朵喊吗?”

“对！阿爸，大声一点。”阿光点了点头。

“连……永……福，老达补，快醒过来，我们的孙子、孙女快回来了，别睡了。”魏永富大声喊着，而且把声音拖得很长。

“嗯……”一阵似睡非睡，似醒非醒的声音从静静躺在床上的连永福喉咙里冲了出来，奇迹出现了，也许是那药性果然发挥了作用，也许是两个老达补心心相映，被魏永富这一呼唤下，连永福昏迷了五六个时辰竟疲倦地睁开眼睛，无力地问道：“谁要回来了?”

“老达补，我们的孙子、孙女要回来了。”魏永富知道，老人家最能引起兴奋的话题莫过于孙子、孙女，况且这些孩子离开身边到大陆求学已经十年时间，两个老兄弟每当谈起总能引起感情的共鸣。当他看到连永福有了反应，立即喜形于色，弯下老腰再次朝连永福的耳边大喊一声：“老达补，我们的孙子、孙女就要回来了。你知道吗?”

“在哪里呀?”听到孙子、孙女回来了，连永福果然一阵兴奋，手一撑想起身。可是因为骨折“哎哟”一声叫唤，疼得满身大汗，又不得不重新躺好。

“阿爸，你摔伤了，别动。”胜天赶快上前扶着老岳父，转身叫住海兰：“快，给阿爸炖一碗人参汤。”

“好！阿爸，你静静躺着。”海兰正欲转身出去，又不放心地交代了一句。阿爸清醒过来了，做女儿的自然满心欢喜，尽管他伤成骨折。

“老达补呀！孙子、孙女要回来我还不知道呀，这大吵大闹的，搞得我耳朵现在还嗡嗡响。”看见孙子、孙女不在身边，连永福知道是怎么回事了，他有点像老顽童似的，埋怨了魏永富一句。

“真是一个老达补，如果不是我叫，你兴许到阎王爷那里去会屠户和阿力凡了。”魏永富也打趣地回敬了一句。

说话间，海兰已经将热乎乎的东北老人参汤炖好，送到床前，她一勺一勺地给父亲喂喝下。这一来，原来身体素质不错的连永福又来了精神，他又转过身问了问魏永富：“你说，我孙子、孙女回来了。在哪里呀？你才是老达补，又骗我吧。”

“我什么时候骗过你呀？老达补，你可不能死。死了我可没伴啦，孙子、孙女你也见不到啦！”魏永富打趣地把身子挪到连永福身边。

“阿光，这可是真的？”连永福用手朝西指了指，“云生他们在哪里呀？”

“没错，阿叔。他们已经到台南了，再过一两天便到家。你感觉这身体如何？”阿光蹲在床前，轻轻地问了问。

“我没事呀！我呀！仿佛是在睡觉，而且似睡似睡，似醒非醒。只是有些怪，好像那睡在摇摇床上，在雾里云里飘来飘去。我还看到了屠户，看到了阿力凡，我想追上去跟他打一声招呼。可是，这两个才是真正的老达补，不但不让我赶上，还联手轮流左右开弓打了我好几个耳光。说：‘老达补，你滚回阳间去吧，去帮助阿光他们，去看好我们的孙子、孙女……’”连永福不失风趣，他的手在比画着，在油灯下脸上泛着红光。

“哈！哈！哈……”不管这连永福的话是真还是假，是戏说还是瞎编，让在座的人听得前仰后合。看到几个小时前还处于昏迷状态的老人精神头这么好，大家心里着实乐开了花。

“阿叔，我有一个事要向你求教。”看到连永福身体好转，阿光心里迷雾被风吹开一样，慢慢开朗起来，悬在胸口的那颗心也放了下来，便问，“现在砍甘蔗这事解决了，可是榨糖的问题没有解决的技术方案，如是按照往常的做法，糖熬出来了，日本人进行专卖，还是低价收购，那么，我们累死累活忙了大半年，却让糖厂最后亏损几千两的白银，而让佐佐木刮了一大笔不义之财。那我们岂不是成了狗咬猪尿泡，空欢喜一场?”

“是啊！阿爸。我和阿光哥正为这事上火呀。”林胜天看到岳父精神头很足，也在旁边诉说了一番。

“你们年轻人呀！凡事就是喜欢急。”连永福又想翻一个身，但刚动弹就痛得龇牙咧嘴，忍了忍说，“这个问题我已反复考虑，并有了打算。现在我这一跌倒变成了好事。”他宽心地笑了笑，手一招将几个人叫到床头，神秘地叮嘱了几句。

“噢……”阿光几个人便不约而同地应了一声，屋子里便传出了会声的一笑。

“海兰，从明天开始，你每天买一只猪脚。对，一定要前脚，炖墨鱼，这种东西胶质多，给阿叔补上。每天一只，别忘了。”阿光心里稍稍宽松起来。临了特地交代海兰一声。

“阿光哥！放心。”海兰对这位哥哥的细心报以感激的一笑。

第七章 惊魂后的意外收获

林生、松生在月港码头突然不辞而别地投奔广东革命，多少给原本心情不错的赵静雅带来了影响。她想十年光阴自己尽忠尽责，呵护六个孩子成长，现在孩子们完成学业正一路顺风送还给他们长辈的时候，却有两个另奔前程，这如何向他们的长辈交代，他们此去的安危如何不让既是师长、又是长辈的赵静雅担心呢？

但讲归讲，烦恼归烦恼，一切都于事无补，一切都无法挽回了。因为这两个孩子现在连影都见不到。七个人一道返回台湾的圆满结局已经没有任何希望了。

中午，进雄的商船队准时停泊在月港码头，朝思暮想，巴不得立即见到自己外甥的进雄马不停蹄直奔悦宾客栈。他知道，台湾的阿叔此时的心情一定比自己还着急，正在家里望眼欲穿期盼着十年未见的孙子、孙女们早一点出现在自己的眼前。因此，他希望只要赵先生准备就绪，便立即起锚出发返回台湾。

这月港的气候却与台湾有些差异，尽管天气寒冷，但除了从春节前到现在下了几天的毛毛雨外，却都是阳光普照。但由于寒风刺骨，加上在这里海风特别大，悦宾客栈里的客人们如没有特殊情况只能闭着窗户躲在房间里。

而此时的房间里却与室外细雨绵绵的寒冷天气截然不同，房间里七人正在热闹地交谈着，除了赵静雅带着四个年轻人外，昨天晚上那说书的两个讲古仙也坐在这里。

他们是应云生这帮年轻人的邀请，准备渡东的。

原来，昨晚月港码头上尽管寒风刺骨，哈气成霜，但讲古人那声情并茂、手足并用的生动表演却深深地吸引了听众。天生听得非常入迷，他为两个讲古仙的出色表演所折服。他却有了一个新的思考，从前一段台湾传来的消息，这日本人占据台湾以后，除经济上实行殖民统治外，千方百计进行中华文化的割裂。此时，身处月港码头欣赏富有闽南文化最有个性的表演形式，讲古仙之后，他在反复思考，这种讲古形式，通俗易懂，又有地方特色，演出成本低，可是却可以吸引人，内容丰富，表现形式活泼，如果能引到永丰城将是一项多么有意义的工作呀！

因为林生、松生深夜未归，大家都心不在焉，所以当大家要离开码头前，天生匆匆忙忙走近讲古仙，非常唐突地问：“请句二位讲古仙尊姓大名?”

“别客气，我叫阿聪，对，就是那聪明的聪，这是我弟叫阿明，我们兄弟连着就叫聪明。不知有何见教?”讲古仙一开口，便不失风趣。

“不知阿聪兄弟对到台湾说书讲古有兴趣吗？我是台湾永丰城的，如你们有兴趣，我想请二位兄弟一同前往。”云生的口气里充满诚意，“我呀，云生，祖辈是漳州人士。”

“对！云生哥的父亲叫阿光。在台湾，大家称为闽南阿哥!”婕生看见天生想联系讲古仙到永丰城说书，也很高兴，快言快语的她在一旁补充道。

“台湾我不了解，但台湾的闽南阿哥倒是在这里人所共知啊!”讲古仙眼睛一亮，“去台湾需要什么条件吗?”

“不!”云生摇了摇头。他在思考如果这阿聪兄弟去了台湾，他肚子里的货很多，既可以在永丰城学校教一教幼稚班的孩子，又可以在永丰酒楼开设讲古场；既可更多吸引乡亲听听戏文，接受闽南文化的教育，又可增加酒楼的人气，扩大生意，岂不是一件好事吗。

更重要的是，这日本矮子要割断台湾与大陆母体文化的联系，我们却用这种形式推广国粹，推广母体文化，那绝对是会被父亲、爷爷们支持的。

“那……”阿聪有点不相信。

“阿聪哥，只要你兄弟愿意去，那边的困难一切包在我身上。”云生看见这阿聪也算是性情中人，听了自己的介绍也跃跃欲试，便进一步说，“今天时候已经不早，明天早上到悦宾客栈来找我。当然，你们如果有信心，那便简单收拾行李直接来。预计明天中午我们便有商船返回台湾。”

“嗯，好！容我们兄弟商量一下，如不出意外，我们便到悦宾客栈找你们！”当下，两人相互拱手作揖告别，且不在话下。

现在，阿聪兄弟带着几件简单的衣服早早地登门拜访，准备中午便和天生他们一道去台湾。而且，他们兄弟前脚进门，进雄阿叔也后脚踏入，彼此相见自然高兴得不得了。

尤其是婕生和慧生更是又蹦又跳。

“阿舅！”看见这早已听说，却是第一次谋面的舅舅，婕生高兴异常。

“哎哟，天生、婕生，都是大后生，大查姆了，阿舅才第一次见到呢。”早有准备的进雄从也怀里掏出两条又粗又壮的黄金项链分别递给天生和婕生，算是见面礼。

“阿舅，你客气了。”天生和婕生不好意思地接过阿舅送的贵重礼品说，“我们什么时候出发呀？”

“你说呢？赵先生。”进雄将眼光投向赵静雅。

“好！是不是用完午餐后再出发？”赵静雅一脸的忧虑，她把头伸到窗外，朝码头四周张望了一下，她多么希望林生和松生的身影能出现呀！可是，没有，一点踪影都没有，原本不安的脸上又布上一层浓浓的忧愁。

“哦，还有两个人呢？”进雄从赵静雅那不安的神情当中似乎觉察到什么。

“是啊！进雄兄，林生和松生两个孩子昨天下午不告而别，投广东参加革命去了。”赵静雅眼眶里噙着一汪泪水。可是，这位内心刚强的女性却不愿让初见的进雄看到，更不愿让四个年轻人看到，借着关窗户的一刹那，迅速擦去眼眶上的泪水。

“有这样的事情。这两个冒失鬼呀。”进雄叹了一声，片刻又接着说，“既然这样，那别等了。我反正经常往返两岸，等会我交代一下码头的代理商，请他们留意一下，如有回来，下班船期我再带他们回去。”进雄也知道，这两个年轻人既然下决心投入广东的革命，回头的概率很低，可是仍然宽心地劝说赵静雅。

“那……”赵静雅还在左右为难。

“走，这春天，又是这种天气。海峡天气像孩子的脸，说变便变。这两天海上的风很大，我们早走早好。”

“可午饭……”赵静雅还不放心。

“不要紧，我已嘱船长准备好了。上船后再吃，边吃还可边欣赏海上的风景。”进雄看到赵先生心事重重，用轻松的口吻说。

“天生，我们走吧！”赵静雅朝天生说了一句，又朝窗外恋恋不舍地看了一下。可是，她的目光从左到右、从东到西扫了好几遍，仍然一无所获，最后只好失望地与年轻人一道走出了客栈的大门。

一登上进雄的商船，那船队便乘风破浪从月港码头驶出，几乎同时，船长便招呼助手将船上准备好的丰盛午餐端到桌上供大家享用。一帮年轻人有说有笑，尤其是即将返回家乡见到十年未见的长辈，个个心花怒放，喜笑颜开。

突然，船舱外传来一阵欢笑声，进雄朝外一望，连声称好，嘱咐：“快、快，快拿去清蒸鱼，让这些后生家享享口福。”

“怎么啦？阿舅。”婕生看见进雄满脸笑容，问了一句。

“你们呀，有口福。刚才船长钓上一条大的石斑鱼，足有五六斤，我叫他们马上清蒸，让你们好好享用一下。”进雄掩饰不住内心的兴奋，高兴地回答。

“是吗，我去看一看。”婕生好动，一手拽着慧生，一边要往外走。

这时，船便已离开内海，驶向金门湾之外，原本平稳的船舱开始不停地起伏起来。看见外甥女要走出舱门，进雄提醒说：“婕生，别出去，现在船已驶入外海，风浪大，别摔倒掉进海里去了。”

“我不怕。”婕生头一歪，顽皮地一笑，可是恰恰在此时，一个海浪向商船扑来。那刚才还在平稳行驶的商船仿佛被一种强大力量在用力一推，发生剧烈的颤动。接着船舱里餐桌上的饭菜碗稀里哗啦顷刻间全部倒在船舱里。几乎与此同时，婕生发出一声尖叫，踉踉跄跄向船舱里扑来。

“小心！”云生大喊一声，迅速站起身，伸出双手去接。可是婕生冲力太大，把天生扎扎实实扑倒在地。

这一叫，吓得大家的心怦怦直跳；

这一扑，把云生压得喘不过气来。

海浪稍稍缓下来了。天生发现婕生扑到在自己身上，再看看在座的人都发出一阵哄堂大笑，顿时满脸绯红，赶快暗示婕生爬起来，并不失兄长的身份告诫：“这海上航船，风云难测，切不要乱走。”

“知……道……啦。”婕生这时才感到有些尴尬，她用深情的目光向天生投去感激的一瞥，娇滴滴地回答。

经过刚才风浪的颠簸，原来准备的午餐已经完全泡汤了。没有办法，进雄只好叫厨师再煮了一餐饭，勉强让大家吃了一个饱。

经过刚才一折腾，此时的婕生也被教训了一次，再也不敢轻举妄动，便老老实实地待在船舱里。

下午，这商船倒也一路顺风，尽管有些颠簸，但毕竟风浪不大，年轻人有说有笑，一边欣赏那船舱外海天一色的美景，一边谈论着回永丰城之后的发展思路，好不高兴，好不惬意。

可是，还未到天色暗下来，那海上的风又开始大了起来，商船又与那上下起伏的海浪一会儿往浪尖上冲，一会儿往浪谷掉，如此反复折腾，慧生和婕生再也没有白天的活力，在昏暗的灯光下，疲惫的脸上苍白的如一张白纸，还不停地表现想呕吐的样子。

进雄看到这样子，很是着急，他知道这船从月港出发才半天多，也就是刚从金门海面离开不久，再出外海这风会更大，浪会更高，那么颠簸会更大。于是，不断变着花样讲故事，说些开心的事，希望分散他们的注意力。

“阿舅，干脆叫阿聪讲一段古吧，他是讲古仙。”天生看到本来识字不多的阿舅，为了取悦大家如此搜肠刮肚，实在让作为后辈的自己深感不安。于是便建议道。

“那最好了，如果有一个讲古仙，倒可以分散注意力，这晕船的反应也不会那么强烈。”

“好！”阿聪听见船老板和云生那么高看自己，也兴致勃勃，从心里深深感到这可以好好表现自己一番，另外也能给这海上旅途增添一点乐趣，也算是对云生他们看重自己的一丝报答。

乡下人知恩图报，自己除了能讲一些古书外，也没有别的长处，讲一讲古也顺理成章。可是，他们想到自己虽然生长在沿海，却从来没有上过船，更没有在船上经历过这大风的颠簸。当他想站起来，却感到平时轻松的四肢此时却如灌上了满满的铅，刚想提起脚，却又是那么沉甸甸的力不从心。他努力挣扎了几次，却不得不摇摇晃晃地坐回原地。可是，越这样。阿聪越不服气，这个苦出身的民间艺人吃尽了人生的无数苦头，生就有一种不服输的禀性。他硬是要站起来。赵静雅看在眼里，急在心头，一方面为阿聪的坚韧而感动；又为这农村后生的淳朴和尽责而心疼，便安慰说：“阿聪，别硬撑，这船颠得厉害，还是静静地坐着吧。”她话音刚落，“呕”的一声赶紧用手抚摸着自己的胸口。

“阿聪，听赵先生的话，你还是休息一下吧，我也感到自己头痛的要裂开似的。”云生感到自己难受得厉害，用沙哑的声音劝说阿聪。

又一阵大风刮来，片刻形成一个大浪“砰”的一声击打着船舷，商船剧烈地抖动了一下。随即，船舱里的灯光忽闪了一下，便熄灭了，刚才还昏暗的船舱便是黑黢黢的一片。

“啊……”年轻人异口同声尖叫起来，婕生、慧生借着这一机会没有犹豫地扑向自己心爱的男人身上，浑身上下瑟瑟地打着抖。

黑暗中，不知谁经不起这船体的剧烈颠簸，干“呕”了一声，这一声仿佛是一道命令，又好像是对大家的一种传染，紧接着便发出了一阵阵稀哩哗啦像倒稀饭的声音。

有人晕船了，而且还不止一个。

一股浓烈的发馊的气味立即充满着船舱，并且直往每个人的鼻孔里钻。

紧接着，又是一阵又一阵的呕吐声。

“阿妈……”婕生忍不住哭出声来。

“天生，我难受啊！”慧生哭得更直接，她将双手死死抱着天生。

“大家原地别动，更不要走出舱门。”进雄是在风里行、浪里走了几十年的人，这点儿风浪平时他根本不在话下。可是，今天这些几乎没有坐过船的年轻人却反应得如此强烈。这是他压根儿也未曾想到的。他从口袋里取出洋火，“嚓”的一声将那已经灭了的灯光重新点亮。他担心，这些没有经历过晕船的人呕吐之后，往往不辨东西南北，甚至撞出船舱扑向大海。如果是这样，那可糟了。

又一阵大风刮来，掀起的大浪又将商船抬到浪尖又放入谷底，进雄刚点燃的灯光又被吹灭了。

这一抬一拉，船舱里每个人的胃里像翻江倒海，不断地翻滚着，所有的人都忍受不住，接二连三地呕吐了起来。

“阿妈呀，我们会不会掉到海里淹死呀？”婕生再也控制不住自己的感情，开始哭了起来，她那瑟瑟发抖的手死死地攥着云生。而此时的云生尽管没有表现得惊慌失措，可是他却了解这大海的无情。他感到自己的手被婕生攥得流出了湿湿的汗水，他的心也感到惴惴不安。因为，从懂事之日起，他就曾听父亲讲过当年四兄弟渡东途中所遇到的艰辛，讲过曾在海峡当中失去的阿龙阿叔。他想，几十年前发生在父辈身上的悲剧，万万不能出现在自己和兄弟身上，“保生大帝，愿你保佑我们一路平安，顺利返回永丰城吧。”天生默默地、无数次地反复祈祷着。

“不会的，别紧张。”云生将婕生搂在怀里，发现这个平时活蹦乱跳的小妹妹，此时像一头受惊的兔子，一身冷汗，趴在自己身上不停地颤抖着。此时，他想起在黑暗中的赵先生，便用沙哑的声音问道，“赵先生，你难受吗？”

“难受，但忍得住。”赵静雅感激地答道。

“婕生、慧生你们靠过去，抱住赵先生。”云生叫住两个妹妹去照顾先生。

“好！”两个妹妹发出一阵有气无力的声音。借着这个机会，云生轻轻地推了一把将自己紧紧搂住的婕生，并轻声地叮嘱：“去吧，坚强一些！”

“老板，这风浪越来越大，是不是……”黑暗中船舱外传来了船长的声音。

“我们现在大约在什么位置？”倒是进雄风里来、雨里去，习惯了这海上的生活。尤其是从很小的时候他便跟着阿叔连永福在海峡两岸行走，用他自己的话说，是一个闭着眼睛也能在海峡两岸自由行走的人。听了船长的报告，他非常冷静地问了一句。

“离开金门差不多两个多时辰。”船长说，“如船上的人顶不住，便先返回金门停泊，明日再走？”

“我看一下。”进雄走出舱门，朝四周看了一圈。然后，举起手测试了一下风速，沉思片刻说，“行，掉转船头，先在金门码头歇一夜，明天再作打算吧。”

“好！”船长听了进雄的话，立即将船掉了一个头，正好顺风顺水，挂个满帆，过了没多久，那商船便进入金门湾码头停泊。

“进雄兄，这风不大，怎么会到我们金门来靠泊呢？”看见进雄的商船深夜靠泊金门，这一带的码头没有一个人不认识他，有些不解地问。

“是啊！船上带着几个侄儿、外甥，经不起风浪，只好在这里过夜，待明日风平浪静了再走。”进雄走上码头，“帮我安排几间上好的客房，有劳你了。”说完便递上一锭银子。

“真不巧，进雄兄，今晚码头的八间房全满了，还得到镇上客栈去住，不见怪吧！”码头老板与进雄是老朋友，“我马上备马车，半炷香工夫便到。”

“好，有劳你了。”进雄叔作了一个揖，转过身便招呼大家下船。

经过这几个小时的风浪，天生他们一个个面色苍白，疲惫不堪。可是，谁都不愿意在长辈面前露出一点狼狈相，相互搀扶下了船，登上两部马车，直奔镇上的客栈。

但刚到镇口，几个人似乎感觉到那有一种甘和而又浓郁的芬芳扑鼻而来，大家便不约而同地贪婪地吸吮着这足以让人神清气爽的空气。快言快语的婕生便问了一句：“阿舅，这空气挺香，到底是什么缘故呀？”

“哦，你还没有闻出来吗？”进雄笑笑地回答自己的外甥女。

“是酒香？”

“没错，这里有一家酒厂，这酒厂酿出的高粱酒和地瓜酒可是两岸都闻名的哟。”进雄看到这年轻人没了海浪的颠簸，个个都缓过劲来，精神头不错，心情也开朗起来。因此，借机给他们介绍了这酒厂的情况，“这岛上长期缺乏淡水，所以乡亲们便习惯种植高粱和地瓜，作为粮食。后来，这产量高了，作为粮食又吃不完，乡亲们为了让这些东西产生更大的效益，赚到更多的钱，便研究将高粱和地瓜酿成酒，还将地瓜榨成淀粉，制作地瓜粉，然后将酿酒的高粱酒渣用于养牛，把一头头牛养得滚瓜溜圆，又将地瓜酒渣拿来养猪，把猪养得又壮又肥。”

“这酒真香啊！刚才在船上颠簸，整个人倦怠得很，可是一进到这个范围便神清气爽，马上放松下来。”慧生也插上一句话。

“这一点也不错，听金门的朋友说，凡是能闻上这酒味的方圆几个村庄，乡亲们身体特别健康，那老人个个童颜鹤发，满脸红光，高寿得很。”进雄滔滔不绝地向后生们介绍。

“阿舅，这地种高粱收入高，还是种地瓜收入高？”云生觉得，永丰城能种这些作物不是很好吗？

“这个……”被云生这一问，进雄有些语塞，老实巴交的他有些结巴。

“为什么？”在一旁听大家问答的云生却有自己的思考，永丰城被日本人占据之后，重要物资都要专卖，尤其是那主要经济作物的甘蔗糖每个环节都被盘剥，表面上经济效益不错，可是乡亲们却收入甚微，甚至亏损，而效益都被日本人掠夺走了。如果换种一些作物，绕开他们的专卖，我们便有种植和经营的自主权。

“因为这地瓜一年种二季，而高粱则种一季，这种东西的价值我倒还不十分清楚。”进雄觉得有些奇怪，这些年轻人怎么问起话来便没完没了，幸好自己还稍微了解一些情况，如果其他人长期在船上哪里能了解那么多东西呀？

“阿叔，明天你能抽一个时间带我们参观酒厂吗？”云生考虑得更多，“如果拔掉甘蔗种地瓜，可以做成地瓜粉，还可以酿酒，渣则用来养猪，那永丰城不就多了一种作物种植，多了一条生存和发展之路吗。”

“对，进雄兄，明天你带几个年轻人到酒厂参观一下。有劳你啦。”赵静雅在一旁一直没有吱声，她细细地听着年轻人的发问，觉得一阵高兴，尤其是云生最后几句话的意思她明白了。这后生尽管一直在读书，尽管也还没回到永丰城，可是却已经在考虑回去之后，如何帮助父辈做好发展生产的事情了。

“这个没问题，酒厂的酒我帮他们运过好几次，那里的人都很熟悉的。”进雄满口答应。

第八章

佐佐木无可奈何

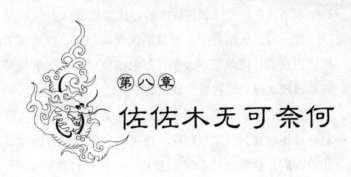

连永福摔倒受伤，在永丰城有许多人感到不安。

除阿光、胜天和阿彪三家之外，还有那些蔗农兄弟，大家个个焦急万分。更着急上火的还有警察所长佐佐木和武田公司的董事长老武田。

这个不安并不是他是胜天的老岳父，而是这连永福在制作上有一套过人的技术与本领。在当时的生产条件下，既没有现代化的设备，更没有具体的管理指标和技术参数。可是，要熬制清一色的好糖，唯有师傅的经验。

这经验不在书本上，而在这个师傅的心中。譬如，糖浆在锅里熬到什么程度味道最清，色泽最佳？而过了什么时起锅则可能烧焦？如连永福在场一目了然，他一离开，谁也没有谱了。要知道，一锅糖会不会烧焦那最多也不过一把半把火的事情，而烧焦一锅糖，和在一堆好糖当中，那整堆糖便会产生浓浓的焦味，有了焦味，出口日本自然便有问题，那专卖局也不可能再专卖了。

永丰城是台湾几个蔗糖主要产区之一。

以往武田公司每一年都有不少银子进账，今年听说连永福摔成骨折，连坐都不成，老武田和佐佐木的心比谁都着急。

这一段，久雨后的永丰城的天气特别好。以工换工的乡亲们加班加点地将田里的甘蔗收了一大半，那永丰糖厂的库房里堆满了甘蔗，而唯独那车间还没动静，那八口大铁锅底下还没一丁点火星。

佐佐木坐立不安，便约老武田准备几包点心亲自登门拜访阿光，一是看一看连永福，二是也想探一探阿光这闽南阿哥的虚实。看他在连永福摔伤骨折后，这熬糖什么时候开始，有什么打算？

“阿光先生，这连永福先生摔伤受伤，我们感到十分不安，今天特地与武田君前来拜访，想祝他早日康复。”一进门，佐佐木便一个劲地作揖。

“谢谢，佐佐木先生和武田先生。”阿光心里真觉好笑，连永福是庄户人家一个，要看他也到隔壁他家去看，这日本矮子鬼点子就多，真是黄鼠狼给鸡拜年。但想归想，他仍然笑脸相迎。

“连先生现在身体如何？”佐佐木问道。

“哦，股骨骨折，人老了，可能从此便要与床为生了。”果不其然，佐佐木最关心的是连阿叔的身体了。阿光带着一脸伤感地告诉来人。

“这么说，连先生从此不能工作了？那糖厂生产怎么办？”佐佐木迫不及待地问。

“不瞒你们说，我呀正为此事伤透脑筋，现在还束手无策呀！”看到佐佐木如此迫不及待，阿光也来个顺水推舟，“佐佐木先生，你可有办法？”

“不！不！不！”听了阿光的发问，佐佐木头晃得像一个拨浪鼓，“阿光先生真会开玩笑，这可是个技术活，我可一窍不通啊！”

“真是，他要摔也不选个时候。迟不摔，早不摔，现在要开始榨糖的时候却摔伤了。我们心里非常不安。”老武田也装着一副十分不安的心情。

“那……”看到两个日本鬼一唱一和，根本没有去看连永福的打算，阿光说了一句话后，便戛然而止。

“对！对！对！我们一道去看他如何？”佐佐木看到阿光的神态，大约了解到这位对手已猜透自己此行的意图，便赶紧要求阿光带他去连永福处看一看。

连永福躺在房间的硬板床上，一走进屋子，便有一股浓烈的中药味从里窜出，让人感到特别的刺激。佐佐木和老武田在门口犹豫了一下，最后还是硬着头皮往里走。

“连先生，对你的受伤，我们表示慰问，祝你早日康复。”一进门，老武田毕恭毕敬也给躺在床上的阿叔行了一个礼。

“不敢，不敢！”连阿叔看了看入门的两个日本矮子和阿光，已了解了是怎么回事，心里暗暗发笑。心想，这日本鬼子点子就是多，十多年来，武田公司和永丰商行就隔着一堵墙。可是由日本的台湾总督府下了一道命令，今天稻谷实行专卖，明天蔗糖实行专卖，后天樟脑实行专卖，大行日本公司垄断之实，看到永丰商行生意日渐萧条，这老武田趾高气扬，每天抽烟吐着烟圈的时候都是昂着头。今天又是上门，又是鞠躬，真是应验了中国的古语，“当时若不登高望，谁信东流海洋深”，这鬼子表面来看我，实际上是来探虚实，不安好心呀！

看到连永福躺在床上，闻到那难闻的草药味道，两个日本鬼子大致了解到这连永福摔伤是一个事实，而且在短期内不可能上班也是事实，再看看没有什么东西可以了解，便又是装模作样地鞠躬，又是祝福一番后便悻悻离去了。

送走佐佐木和老武田，阿光觉得有些好笑，心想，这武田公司想钱想疯了，他们眼睁睁地看着这笔财可以发，可是眼睛见得到，却又拿不到，心里肯定很着急，必然还会找出别的办法来逼迫糖厂开工，既然如此，何不将计就计，尽快开榨，了却他们的心愿，让他们死心。于是，掉转身子找阿叔再细细商量个方案出来。

“阿叔，我看明天便开工熬糖如何？”

“嗯，是时候了。不然砍下的甘蔗放得时间久了，水分流失还不算，还会变酸变质影响蔗糖的质量。”连永福也感到既然人家眼睛盯得那么大，老拖着也不是事。早榨完，将这笔生意早点结清，那些人也早死心。

“我在考虑另外一件事，这蔗砍了，这一关纵使顺顺利利过了，但以后怎么办，总不能每年都采取这种被动而冒险的办法吧？”阿光看着连阿叔那皱纹交错的脸，心里有许多的担心。是啊！作为永丰城的领头人，大家都称自己为“头家”，称自己为“闽南阿哥”，既然如此，自己的工作立足点和着力点便是要为乡亲们服务，替乡亲们着想，既然日本人公布法令，对糖实行专卖，而且指定武田公司经营，那么今后这样的情况还会出现，既然还会出现，那乡亲们的利益，永丰糖厂的利益便无法得到保证。与其如此，这几千甲的土地便不能再种甘蔗。

“是啊！阿光，这几天我躺在床上一直考虑这个问题，连这脑门上的头发都快想光了，还想不出一个子丑寅卯来。”连永福叹了一口气。

“阿叔，阿叔。你的孙子和孙女们回来了。”正当阿光和连永福在商量下一步种植什么作物时，隔壁的阿昌管家隔着围墙，兴奋不已地叫了起来。

“天生他们回来了。”连永福兴奋地想起床，可是，刚一动弹便痛得皱紧了眉头，不得不老老实实躺在床上。

“阿叔，你别急。在床上躺着，我先去看一下，再叫他们过来。”阿光也抑制不住内心的高兴，一边安抚着老人躺着，一边快步走回家去。

院子里热闹非常，两辆马车在忙着卸行李。

这马车是台南宏记粮行，简宏顺专门派来送赵先生和四个孩子及阿聪兄弟的。这帮阔别家乡十多年的年轻人，离家前还是个孩子，可是站在院子里却一个个变成了壮小伙、大姑娘。

“赵先生。”阿光一眼看到赵静雅，迫不及待地走上前紧紧地握着她的手，“我们要衷心地感谢你，这十几年为培养孩子们倾注了全部心血。”

“阿光哥……”赵静雅只说出三个字，便泪水涟涟，泣不成声。

“别，先休息一下。阿昌先搬一张凳子让赵先生休息，赵先生辛苦了。”阿光兴奋异常，又转过身叫一家丁，“快叫胜天、阿彪，还有阿爸和海英他们赶快回来，他们都在糖厂。”人高兴了，讲话也不严谨。

“阿光哥，我对不起你……”突然，赵静雅泣不成声起来。

“怎么啦？赵先生。”阿光正在高兴，他不知道赵先生这一举动是什么意思。

“我没有很好完成你交给我的任务，没有将所有孩子带回来。林生、松生两兄弟到厦门时，转身投广东参加革命去了。”赵静雅嘤嘤地哭出声来。

“别哭，别哭。到底出了什么事，慢慢说。”阿光从仆人手中接过一杯热茶递到赵静雅手中。他将自己的眼光朝那一张张兴奋异常的年轻人看去，去四男二女六个人，回来也是四男二女，六个人。可是有二张面孔是新的，觉得有些诧异。刚才一闪眼，以为孩子大了，认真清楚，现在被赵静雅一哭，他才感到确实出现了状况，便耐着性子，急切地期待赵静雅将情况说清楚。

魏永富他们听说孩子们回来了，也乐颠颠地由人搀扶着往家里赶，几个孩子一个劲地叫爷爷，乐得有点头晕的老人家也分不清孙子和孙女们到底到齐了没有，尽管将眼睛眯成一条线，将孩子先带到连永福身边，向老人家问个好，也好让老兄弟开心一番。

老人和小孩们都到隔壁院子里去了。

屋里出现了暂时的安静。

“阿光哥，你先看这张林生和松生留下的字条。”赵静雅从贴身小包里拿出小心保存的那张字条，双手递给了阿光。

阿光默默地看着，然后又将那字条传给胜天，传给阿彪。

大家一声也没有吭。

院子里顿时变得鸦雀无声起来。

“阿光哥……”赵静雅又忍不住哭泣起来，几天来，她无数次想哭，但身边是孩子，现在大哥就在眼前，她终于难以控制自己的感情，“我没有照顾好孩子，没有把他们全部都带回到你们身边，我深感内疚……”她话音未落，又一阵伤心，泪水伴着她那一抽一搐的身子簌簌地往下流淌着。

“别哭，赵先生，这不能怪你。相反，应该感谢你，感谢你花了那么多精力，培养了那么多孩子。尤其是培养了林生和松生两个孩子。”阿光的脸色很严肃，他朝着眼前的海英、胜天、海兰和阿彪：“林生和松生敢出去闯天下，证明这两个小子翅膀长得比其他人硬，长得比其他人有出息，好男儿志在四方，有这股子气，想冲出去，敢冲出去，证明你赵先生教育有方，我应该深深地感谢你，应该为有这样出息的孩子高兴才对。”

“阿光哥，你真是这么想的吗?”听到阿光的话，赵静雅有些惊讶，崇敬之心溢于言表。

“嗯!”阿光不再说什么，他感激地看着赵静雅。心里特别激动，年岁不饶人呀，又一个十年过去了，现在仍孤身一人，自己应该为她做点什么呢？灵机一动，便用关切地口吻问道：“赵先生，下一步你有什么打算吗？告诉我，需要我做哪些事?”

“我已决定好自己的一生交给永丰城。因为这里有文福，还有那么多的学生。”赵静雅说着说着似乎又伤感起来。

“如你不嫌弃，便住在阿发家里，与慧生之间也有一个照应。当然还有阿彪。”阿光说完脸上浮现出一股期待。

“我听阿光哥你的。”赵静雅若有所思地低下了头。无意间，她抬头看见阿彪正看着自己，四目而视，十多年了还是第一次，阿彪那炽热的目光让赵静雅慌忙低下了头。

“今晚，我们在永丰酒楼吃饭，招待你，当然也是难得的一次团圆。”阿光已经把赵静雅和阿彪那一刹那的情况看在眼里，心里暗暗一乐，便顺手推舟地告诉阿彪，“你辛苦一下，帮赵先生打点一下房间，有困难别忘了找我。”

“好！阿光哥!”阿彪心里甜滋滋的，赶快伸手去接赵静雅手上的行李，无意中两只手接触在一起，彼此如同触电一般，一阵红晕涌上赵静雅的脸庞，便自我解嘲地莞尔一笑：“阿彪哥，十年没见到你了，我来吧!”

“赵先生，别客气。我力气大。”说着，阿彪不容分说，将赵静雅的行李搬进了房间，并将所有的东西摆设得整整齐齐。看到他那有条不紊，动作麻利的动作和身影，赵静雅似乎不敢相信，这个平时语言不多，在与日本鬼子拼杀的时候，叱诧风云的当年义军首领也有细心的另一面，她的心里感到热乎乎的。

“赵先生，你先歇着。”把赵静雅房间整理好以后，阿彪用袖子擦了一下额上沁出的汗珠说，“晚上阿光哥要给你们接风洗尘，我赶快去帮你和慧生烧一锅热水，回家了，洗一个热水澡。”说完回头弯了一个腰，走出门外。

这一段时间里，阿彪只是默默地干着活。讲实话，虽然也是四十岁过了头的男人，早年不少人给自己说媒，要么缘分不到，要么乡勇团工作很多。后来，抗击日本鬼子好几年，那时颈上的人头随时都可能落地，为了永丰城的利益，阿光领着大家将脑袋别在裤头过日子。后来，下山了……

这人生呀！过得真快，一晃又是十年，自己已经将要走完年青时代的光阴。这十年，阿光哥为自己的婚事着急，可是寻来觅去，自己的合适人选还真不多。而且，每当夜深人静的时候，自己孤伶伶一个人守着这栋阿发夫妇留下的房子，也不知苦苦地思考过多少回。而每当这个念头浮现在脑海的时候，总有一个身影在脑海里隐隐约约地浮现。而这个身影却是那么朦胧，那样的不清晰。今天，当阿光哥让自己帮这赵先生提行李时，自己抬起头偶尔与她的目光交会的那一刹那，全身似乎为之一振，这十年自己朝思暮想的形象突然变得明亮起来，变得那么清晰。

“嘿！嘿！嘿!”阿彪心里乐了一下。可是在瞬间，阿彪的心又紧缩了一阵，这赵静雅可是个留过洋、上过大学堂的大家闺秀，论人品有人品，论相貌有相貌，她能瞧得上我这个放倒扁担却不识一字的汉子吗？想到这里，阿彪觉得自己有些想入非非，有些不着边际。但无论如何，今后将会与她同在一个屋檐下生活了。还有慧生，阿发哥留下一男一女，林生这后生投奔广东参加革命党去了。留下一个女儿，自己应该细心关照好才是啊!

阿彪觉得自己刚才的想法非常不切合实际，但眼下最重要的是帮她们烧好水，让她们洗个舒服的热水澡。

“阿彪叔。”阿彪正在往厨房的大铁锅里装上满满的一大锅凉水。然后，在灶堂里的干柴点上火，那熊熊的大火便燃烧起来，他在客厅里打转转，沉思着自己还得做些什么事情。突然，他的身后响起了慧生的亲热叫声。这叫毫无准备的他，不大不小吓了一跳。

“噢，慧生，你先休息一下，我先帮你和赵先生烧一锅热水，回头再给你打点房间。”这十年，这幢房子除偶尔阿光哥和胜天兄弟两家人会过来走一趟外，几乎都是阿彪一个人自己过，冷冷清清。现在，一下增加两个人，顿时有了生气，阿彪的脉搏也感觉跳得更快，走起路也轻松了许多。

“不要，我自己会的。”慧生很感激，自己走了十年，这个偌大的屋子都由阿彪叔一个大男人收拾得清清楚楚，井井有条。这阿叔，真不简单呀！

“洗完澡了，干干净净的，明天我还要带你去看你的阿爸、阿妈。”厨房里，往灶堂添柴火的阿彪那原本被太阳晒得黝黑黝黑的脸庞被火被大火映照着显得特别健康。

“对，好好准备一下，我陪你去，我们一同看看你的阿爸、阿妈。”赵静雅倚在房间门框上，静静地看着阿彪和慧生，听着他们之间的对话，对这外粗内细的阿彪产生着一阵阵的好感，她走近慧生身边，以无限的母爱将自己的学生轻轻地搂在怀里。

“嗯！”慧生很动情地点了点头。刚刚一下马车，刚踏进自己离别十年，既熟悉又陌生的家，刚站一会儿，魏永富阿公便将他们四兄弟转带去看连永福，现在当她完成这一切回到自己家并有时间观察它的时候，慧生感到这十年的光阴啊，三千多个日日夜夜，可是这个家在阿彪叔叔的精心打理下却仍然充满着生机与活力，屋子里窗明几静，屋外生机勃勃，那母亲在世时最喜欢的睡莲、莲雾、杨桃以及自己与哥哥离开家共同种下的石榴树已经长成比自己个头高好几倍的大树。

这里有自己对童年美好往事的追忆；

这里有自己对阿公、阿爸和阿妈的深深思念；

这里有自己对他们逝去那无限的缅怀；

这里有十年前离家赴大陆求学时对人生未来的憧憬和追求……

想着，想着，慧生的鼻子一阵阵发酸，那眼睛开始慢慢地模糊起来。瞬间，她又似乎想起了什么，快步从院子走进客厅。然后，冲进客厅，冲上二楼，冲向三楼。

啊！这一切都是那么熟悉，又是那么陌生。

这是阿爸、阿妈以前居住的房间。

十多年了。少小离家，现在回来却又那么熟悉，每当感情的闸门一打开，都那么令人难忘，令人肝肠寸断。

刚才，从马车上下来，一路劳顿，看到阿公、阿光叔、海英阿姆在迎接云生；胜天阿叔、海兰阿姆迎接天生、婕生时，那是多么温馨，多么令人羡慕。

而自己似乎缺少了一点什么。

尽管阿彪阿叔将一切都安排得那么好，一切都安排得那么有序。

这是阿爸、阿妈的房间，这里有自己熟悉的一切。

慧生想起当年阿爸把自己抱在怀里，挠胳肢窝的情景；想起阿妈背着自己，一边唱着闽南歌谣，一边跳着舞的一切。她的眼前浮现了阿爸、阿妈就在这屋里，就在他们的房间当中……

可是，阿爸、阿妈，你为什么不能像阿光阿叔和胜天阿叔他们家一样来迎接他们的儿女回来呀！阿爸、阿妈，你为什么到现在还不下来呀！

慧生不顾一切地一头冲到三楼当年父母居住的房间。对，就是这一间曾留下自己童年、少年无限的幸福，无限美好的回忆。刚到门口，慧生迅速奔跑的脚步放轻了。她仿佛觉得阿爸、阿妈还在休息，不能去打扰他们。

慧生几乎是蹑手蹑脚地把脚轻轻地放进房间，那里安奉了一个神龛，细心的阿彪阿叔已经将阿公、阿爸、阿妈的神位安奉在这里。

刚才阿彪阿叔要带自己看阿公、阿爸、阿妈，大概便是这里吧。

房间里充满着檀香味，不用说一定是阿彪阿叔这十几年如一日，每日都给阿公、阿爸、阿妈上香。

慧生用手伸向神龛，想轻轻地拂去那神位牌的灰尘，但当她手伸去时，却发现那神位牌一尘不染。阿公啊！你们在那过得很卫生，很清静呀！慧生的心里一阵又一阵于呼唤着已逝长辈，眼睛却一动不动地盯着那三块神位牌。突然，眼前的这三位神位牌似乎有了生机，它变成了活着的阿公、阿爸和阿妈。笑吟吟地朝自己走来。

“阿公、阿爸、阿妈，我回来了。阿哥在回来的路上到广东参加革命党了。他说要当兵，带上一支队伍回台湾将日本鬼子赶出去。阿公……”慧生从心里默默地向分别十多年的阿公、阿爸和阿妈倾诉内心的一切，请求他们对阿哥，对自己，对阿彪叔、赵先生的保佑……

保佑所有活着的人平安。慧生在心里呼唤着长者，呼唤着亲人的名字，不知不觉她发现自己跪在亲人面前号啕大哭起来：“阿公、阿爸、阿妈，慧生回来了，你为什么不像他们一样出来迎接你的慧生呀！慧生想你们呀……”

感情的闸门拉开了，就很难合上。慧生禁不住大哭出声，泪水噼里啪啦地掉落下来。站在旁边从头到尾一直观察慧生这一切的赵先生和阿彪叔泪水横流，阿彪叔几次要去安慰这个苦命的孩子都被赵静雅阻止了。她知道，尽管自己这十多年爱这帮孩子，尤其是对林生和慧生倾注了所有的爱，但长辈之爱，父母之爱是任何人都不能取代的，这是一种刻骨铭心的爱。

“让她倾诉吧。”赵静雅看到阿彪几次要冲向慧生，用手攥住阿彪的手，含情脉脉地说。

第九章 武田公司要招人

武田公司是日本武田家族在台湾设立的公司，甲午战争之前名不见经传，仅一间小店设在基隆港码头旁边。《马关条约》签订之后，日本台湾总督府为了加大对台湾经济的掠夺，对台湾地产的许多物资进行专卖，如稻谷、蔗糖、樟脑、茶叶等都由日本公司专营，而武田公司的董事长倚仗着与统治者的密切关系，对这些物资进行垄断经营，获取了丰厚的利益，分号迅速遍布台湾岛的各个角落，不到二十年时间已经称雄一方。

这个个子不高，却又头发稀疏，每天梳得贼亮的老武田，每天戴着金丝眼镜，左右有保镖拥簇着，昂着头招摇过市，大有不可一世的样子。然而，对这些暴利的取得，武田的贪婪之心却似乎永远得不到满足。他的分号开进永丰城后，发现这个尽管历史不长，却物产丰富的城市蕴藏着巨大的财富资源，跟警察所勾结得更加紧密，手段也一套一套地更新。

蔗糖无疑是永丰城一种不可或缺，而且利润十分丰厚的物资，武田自然眼睛盯得很大。而恰恰今年永丰商行的总经理连永福摔伤，正在张着大嘴眼巴巴等着这块馅饼的武田，感到有些许的不安。因为，永丰糖厂的永丰牌蔗糖以其清甜的味道十几年来在日本市场十分紧俏，每斤要比同类产品高出好几钱的价格。他心中有数，这永丰牌商标的糖之所以质量好，受到许多消费者欢迎，主要是连永福的榨糖、熬糖技术高人一筹。

连永福摔伤倒床不起，这对今年糖的质量保证自然成了老武田的一种担忧，一块心病。

那天，按捺不住内心焦虑的老武田拉着佐佐木一块到阿光家去看了看连永福，这名义上是探望，实际上探虚实，原先，他以为连永福摔伤是一种骗局。可是去了以后，他心里的石头却更加落不下来。因为，实实在在连永福躺在床上一动不动，而且那浓烈的中草药味道那么刺激，刺激得连眼睛都睁不开。

连永福确实摔伤了，而且伤得还不轻。

连永福一受伤，那糖的质量将是一个大问题啊！可是，当他与阿光接触对话时，却又看不见、揣不透这个阿光老板的意图，看他那不愠不火，不冷不热的样子让武田和佐佐木到公司商量了许久，也找不出一个所以然来。

多年的交道，他越来越感到这阿光是一个捉摸不透的人物。可是，武田却有这么一种性格，越是摸不透的东西，他越想摸透，而且是不择手段地摸透。

“佐佐木君，这样下去太被动。我们每出一步棋都在这阿光之处，太被动了。”佐佐木是自己侄儿的同窗。侄儿战死在这块土地上，让老武田悲伤了好几年。现在他把佐佐木当成自己的侄儿，给予利益，当然也经常施以压力，使他和由他当所长的警察所死心塌地地为武田公司效劳。

“武田长辈，你有何指教?”佐佐木不知这老武田又有什么交代。

“我想物色一个能靠近阿光，又能了解阿光情况的人。”老武田用狡黠的眼光看着佐佐木。

“这不容易，永丰城的人几乎来自中国闽南，闽南人讲义气，不容易被外人利用。”佐佐木与永丰城的闽南人打了快二十年交道，对闽南人的性格了解很清楚，他觉得要收买闽南人打进阿光的阵营，了解那里的情况，一点可能都没有。

“我们可以利用武田公司扩张招人的机会，招几个年轻人作为伙伴，慢慢培养，诱以利益。”老武田看到佐佐木似乎对这一切没有兴趣，便加重了语气，“佐佐木君，凡事要有自信，自信心是事业成功的基础。”

“我……”佐佐木还想表明自己的观点。

“不，你对中国民族文化了解不多，中国不是有一句古话‘人为财死，鸟为食亡’。施之以重利，不可能没有人的。”

“有合适的人选吗?”佐佐木看到老武田那胸有成竹的样子，有点无奈。

“有两个叫浩仔和钟仔的，你看?”

“浩仔不是张正旺的儿子吗?”

“正是……”老武田脸上露出了不易察觉的微笑。

“那便试一试吧!”佐佐木仍然信心不足。

“不是试，而是一定要取得成功。佐佐木君。”武田此时脸色变得十分冷酷，从那样子看，绝对不是一个商人，而是一个刑场上的刽子手。因为，能确保永丰城这一蔗季的所有产品能垄断经营。这一笔生意便是几千两银子的输赢。那是一笔不少的买卖。而且，更可培养这么一两个中国人搜集情报为武田公司服务，那绝不是一朝一夕获利，而是几年、十几年的东西。可以说是成本极低，收益颇丰，回报极高的买卖呀!

这老武田从内心深处压根儿就不想做亏本的买卖。

说来也是无巧不成书，一方面佐佐木与老武田在谋划以公司扩张的名义招收新职员，专门替他在永丰城搜集商业情报和信息。另一方面则因日本台湾总督府的种种专卖政策让永丰城的庄户人家走投无路，四处寻找工作。这当儿，浩仔和钟仔几个小兄弟在永丰城溜达，希望能寻找到自己卖力气、赚饭吃的机会。

几个兄弟平时在一块，看到父母忙里忙外，可是家中仍然一贫如洗，急得满头大汗，却又束手无策，正在这时却见那武田公司门口贴了一张招聘广告，大致内容是由于武田公司在全台湾的业务扩张，准备招收若干名本地雇员，要求年轻力壮，有敬业精神，工资从优。浩仔和钟仔上过几年学，大致看得清里面的内容，于是一阵兴奋，跑到街边认真研商起来。

“浩仔哥，反正没有活路，等到这次甘蔗砍光，又得游手好闲，与其这样，不如我们也报名应聘武田公司。”钟仔平时与浩仔几乎形影不离，遇事决策都是浩仔说了算。看了招聘广告，心里痒得不行地劝浩仔说。

“好是好，可是这是日本人的公司。这武田公司每天都在吸我们中国人的血，如果我们去了，还不被人戳脊梁骨啊?”浩仔听到钟仔的话，顾虑重重。讲实话走投无路，从生活着落考虑，能谋一个饭碗不容易，应该去。可是，怎么别的公司不招聘人，而那被千夫所指的武田公司偏偏招人，真是百思不得其解。

“这倒是。”钟仔知道，自己父亲与浩仔父亲都是从漳州府过来，都是最擅长种植甘蔗。听说在日本人没占据台湾时，大家生活水平高，那甘蔗销得很好；蔗糖没有专卖，蔗糖也不愁销售。可是，现在不一样了，蔗糖由日本武田公司垄断，连砍蔗工都要由警察所安排，于是佐佐木趁机刮了一层皮，连肉都刮走了。所有蔗农都没有活路可以走了。

“那怎么办呀?”钟仔说归说，生活没出路，家中又贫寒，穷人的孩子早当家，十八九岁的后生一定要为父母分担忧愁。“我们不如先报个名，兴许还招不上我们呢？等到选用了，我们再回去告诉阿爸、阿妈，如何?”

“这个……”浩仔一边犹豫，但一想到这武田，一想到那佐佐木便一肚子火，要在他们手下干活，看他们的眼色行事，很难下决心呀!

两兄弟左右为难，却见武田公司门口已经排了长长的队，不少人正争相报名应聘。而此时，佐佐木不知是巧遇，还是故意走近他们身边用生硬的中国话说着：“浩仔、钟仔怎么不去报名?”

两个年轻人尽管对佐佐木不感兴趣，却知道他每天荷枪实弹，身边还有十多个张牙舞爪的警察，实际上是永丰城权霸一时的土霸王，说也奈何不得，只是低下头一言不发。

“年轻人要有自信心，武田公司可是跨国公司哟，除日本本土、台湾之外，在东北也都有分号，到那里去谋职，前途大大的。”佐佐木不理会两个年轻人，故意在煽风点火。

两个年轻人仍在激烈的思想斗争当中。

“好啦，自己拿主意，反正要去的人很多，自己把握机会，省得后悔。”佐佐木看着他们那样子，心里暗暗发笑，故作姿态便摇摇晃晃，哼着小调走了。

"浩哥……"看见浩仔仍一动不动站在原地，钟仔灵机一动，他突然想起不知从哪听来的一句话，便对浩仔说，"我们中国人不是有一句古话说'黄河当有澄清日，岂可人无得运时'，也许我们到了武田公司便要好运了。"

"这个……"浩仔心开始动了起来，因为钟仔刚才那句话，他知道是《增广贤文》里的一句话，以前阿爸曾教他背过。阿爸识字不多，可却能将《增广贤文》倒背如流，他要求自己为人处世都要按《增广贤文》里的话去做。说不定三年河东，三年河西，几年后自己时来运转，有一个咸鱼翻身之日，如能这样岂不很好？浩仔想着想着，反正自己脸朝天小鸟一只，背朝天光屁股一个，豁出去了，到武田公司应聘去。

两个初生牛犊，此时已是天不怕地不怕，想通了便头也不回走进武田公司的大门，签了契约，画了押成为武田株式会社的职员。

契约一签，笔还没放下，浩仔顿时感到上当了，这个庄户人家的儿子，尽管识字不多，而且也见过多少大世面，觉得自己这点本事到糖厂上工，到永丰酒楼为厨师打下手还马马虎虎，而到日本人的武田公司，自己既不知书，也不识墨，更不懂从商之道，怎么可能被人家聘用呢？

正当他满腹狐疑之时，老武田从内办公室走出来，对这两个新员工又是表示祝贺，又是表示欢迎。然后，眯着一对小眼睛给他俩大讲如何受大日本国天皇陛下惠泽之道，鼓励他们用心用力报效国家，为武田公司发展壮大出力。

对这些浩仔、钟仔并不兴趣。他只想知道自己月薪多少，要干什么活。

老武田交代完后，一个人事主管给浩仔讲工作要求。这位叫原田晃一的主管例行公事地了解了两个人的情况后，告诉他们："你的任务说轻松很轻松，说重要却十分重要，那便是了解永丰城的商业信息，譬如稻米生产情况，蔗糖生产情况及时报告给我们老板，这样武田公司才能对接信息，做好供销服务。"

"就这么简单吗？不是来扛大包，送货出货搬运的吗？"听了原田晃一的话，两个年轻人十分惊讶，他们简直不敢相信自己的耳朵，不干活，不出力，不流汗却可以领工资，这让人有些惊讶。

“是的，当今社会商场上不是靠出力流汗赚钱，而是靠脑子，靠智慧，靠准确而又丰富的商业信息。”原田晃一言之凿凿，“你们的薪水每月五百钱，这比一般公司要高一倍。”

“这是真的吗?”钟仔有些受宠若惊，自己已经二十岁了，每个月五百钱的薪水，真是听都没听过。

“就这些条件了吗?”浩仔越听越玄乎，这日本鬼子个子矮，心眼小，做人很小气，可是搜刮别人钱财的时候是贪婪得不得了。他们怎么可能白给五百钱薪水，让你干那些看不见，摸不着的事情呢?自己应该多一个心眼才是啊!

“当然还有。”原田晃一开始认真起来了，便开始提出要求，“这一，从现在开始，你们便是武田公司的职工了，工资从这个月算起，但在外面，也就是说，一走出公司的大门，你们不能对外说你是武田公司的员工，包括对父母；这二，你们要每天从阿光老板及林胜天、阿彪那里了解一些他们的信息告诉我们，以便让我们跟他愉快合作，达到双赢；这三，永丰城里无论哪户人家有什么特殊情况也要告诉我们。注意，提供的信息既要及时，又要准确。如果提供不准确的信息，便要罚款，如果提供假信息，则死了死了的。”

原田晃一凶相毕露，他那三条条件足以让人心里直发憷。浩仔听了以后头皮顿时发麻起来。阿光阿叔是永丰城所有人的头家，要从那里弄到信息然后再向原田晃一报告，然后再让这日本人挖坑让阿光阿叔跳?这岂不是阿爸他们以前说的汉奸吗?这跟以前大家谴责的汉奸阿六不是一路货色吗?阿爸知道了，脚骨不被打断才怪呢?

浩仔感到一股凉飕飕的冷风直窜自己的后背，感到自己已经掉入了这日本人挖好的陷阱当中。他朝钟仔使了一个眼色，然后壮着胆子向原田晃一说：“你这个工作我干不了。因为我目不识丁，怕误了你的事。”

“不会的，这个事很好做，只要专心，现在阿光老板的儿子不是回来了吗?你可以跟他们交朋友，喝酒。了解信息便告诉我们。”原田晃一以为浩仔惧怕这工作的难度，却在一边鼓劲。

“不行。这是汉奸的活。我干不了。”浩仔口气十分坚定，说完拉起钟仔的手想往外走。

“站住，这个公司你进得来，便出不去了。”原田晃一终于露出了狰狞的面目，他手一挥，从武田公司的另一个房间里走出了全副武装的佐佐木，“你要干，也得干。不干，也得干，而且必须干好。否则，你和你的全家便会失踪。”

“失踪?”钟仔听了以后惊得张大了眼睛，虚汗不停地从额头上滚下来。

“嗯，失踪便是死了死了的有。明白吗?”佐佐木的一个部下用手比画着。

“这……”浩仔也惊愕了。自己祖祖辈辈老实本分，以耕田为生，日出而作，日落而息。却轮到自己要干这种辱没祖宗、丧尽天良的事，真是天地难容呀！他的精神就在这瞬间便要崩溃了。

“浩仔，现在台湾是大日本的属地，我们是共一个大日本帝国。根本不存在汉奸什么的东西了。这叫做商业竞争，是共同协作。你的，万万不要理解错了，不要有思想负担。怎么样？先回去思考思考，工作倒可以慢慢来。”佐佐木看到两个年青的人腿又在不停地抖动，给原田晃一做了一个暗示，假惺惺地安慰浩仔。

两个年轻人呆呆地坐在原地，木讷地望着屋外，他们初出茅庐，却遇见了步入人生的第一件棘手的工作，真有一点不知所措。

“先回去吧？嗯!”原田晃一从佐佐木的眼神里了解了他的意图。他知道自己刚从日本到台湾任职，而佐佐木到台湾二十多年了，对这里的风土人情，一草一木，尤其是来自中国大陆闽南人的性格了如指掌，应该多听他的意见。

“那我们走了。”浩仔听到原田晃一的话，迅速起身，像逃出牢笼一样拔腿往屋外走去。

“佐佐木君……”见浩仔二人一出门，原田晃一对佐佐木放他们出去有一些不解。

“不!”佐佐木看见原田晃一满脸不快，用手制止住说，“这中国人，民族自尊心很强，凡事必须讲究方法。否则，操之过急，适得其反。”

“那我们不能白给工资……”

"不！不！不！工资照给，还可以多给，施之以利，凡事得有一个过程嘛。中国有一句俗话，你不妨品味一下，这叫做'心急吃不了热豆腐'，你的明白？"

"噢！"原田晃一叹了一句，说，"下一步？"

"这个，很简单。"佐佐木在原田晃一的耳边嘀咕了一下，"凡事要一步步，让他们尝到甜头，让他人陷进去，不能自拔，那便为我们所用了。"

"这样……"原田晃一脸上慢慢舒展开来了。

"到时，你不找他，他都会上门求你。"佐佐木露出了得意的笑，"你要知道，这两个年轻人还不足二十岁，好好培养，给我们服务的时间很长，要有长远的目光哟。"

"是。"原田晃一终于明白了。

再说浩仔和钟仔一步高一步低地从武田公司走出来，两个年轻人的脑子一片空白，埋着头漫无目的地走在街道上。

一阵大风刮来，刚才在屋子里又惊又吓，浑身大汗，现在被风一吹，冷风直往身上窜，却不觉得浑身打着冷战。两个人漫无目的，感到自己一心一意想找一个活干，赚一些钱贴补家用，却落进黑洞洞的陷阱，被逼迫干那辱没祖宗的汉奸活。现在明白了，也后悔了，却又无能为力。

"浩仔，我们现在怎么办呀？"钟仔看到浩仔埋头走路，心急如焚，追在后面问了一句。

"我有什么办法呀？刚才我说那武田公司不能去，你却干劲冲天。现在好了，我们怎么回去见阿爸、阿妈呀。"浩仔没有好心情，他瞪了下身边的伙伴，一肚子怨气都想发泄出来。

"我不是为了我们好吗？"

"这样好吗？现在比死都难受！"

"那赶快想办法吧，我也很着急呀！"

"找谁去呀……"

两兄弟，你一句，我一句，相互埋怨，漫无目的地在寒风中走着，谁都想不出一个办法来。

"怎么办呀，回去给阿爸说吧。"浩仔最相信自己的阿爸。讲实话，这个年龄，这个时代，再找别人，他们也不认识。可是给阿爸一说，准被打个半死。

“干脆找阿光阿叔，把这情况告诉他，请他指点怎么办？”钟仔灵机一动。

“阿光阿叔烦都烦不过来，你还找他？”浩仔一想不行。

找阿爸不行，找阿光阿叔也不行。这着实让两个年轻人左右为难，浩仔越想越害怕，害怕得连泪水也不断地流了出来。

钟仔更后悔，两个年轻人坐在那小山包上不停地捶打自己的脑袋，不断地自责：“猪头啊！你怎么会上这个日本鬼子的当呀？”

第十章 温馨而多情的夜晚

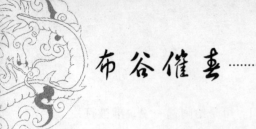

永丰城的夜显得宁静，这大概是这二十年光景日本人统治之后，家家经济都不宽松，吃完晚饭便早早歇息。这样一来，那永丰酒楼作为全城唯一热闹的地方也清静了许多，二来，警察所经常组织警察到各家各户巡查，对庄户人家聊天、议事也盯得很紧。既然如此，大家早点上床，还多少可以省一些灯油钱。

要在以前，庄户人家都有一种不成文的习惯，一年四季从大年初一睁开眼睛便干活，一干干到年三十，三百六十五天不停劳作，都指望过大年吃一点好东西，好好休息一下。有吃没吃，玩到惊蛰。可是，你看今年十五大正还未过去，全然没有了春节的气氛。大家都为新一年的生活而发愁，为来年这日子怎么过而担忧。

阿光这天心情特别好，送到大陆就学的孩子们学成归来，赵静雅先生也回来了，身边多了一些帮手。尽管林生和松生这两个臭小子留在大陆投奔广东的革命去了，没有回来，尽管有着一千个不舍，有一万个不舍，但思前想后，倒也理解后辈的作为，自己当年比他们还小不是赤手空拳来渡东，而且还打出了一片天下吗。况且，较之自己他们年纪大了许多，而且还饱读了诗书，儿子不可能永远在自己的翅膀底下成长，让他们出去闯一番世界，也算是男人，也算是一种有出息的表现。而且，人已走了，喊回来已没有可能。

晚上这么多人在团聚，阿光又是养成一种习惯，家人团聚一律在家中，从不上酒楼，晚餐的准备除仆人之外，主要靠海英和海兰两妯娌操持。此时，厨房里海英和海兰正忙得不亦乐乎，杀鸡宰鸭，又煎又炸，弄得满身大汗，真是难为海英了，听到林生和松生没有一同回来，思子心切的她，顿时泪如泉涌。是啊！自己把他们从小猫一样大，一把屎一把尿养到这么大，十年未见了，眼巴巴等他回来时，他们却远走高飞，投奔广东革命去了。只留下那一张薄薄的纸，真是傻孩子啊！你们怎么就不理解做长辈的心啊！她心底里反复地问着这句话。可是，女人想归想，当海英听阿光那说话的口气，再看看阿光那神情时，却不敢再言语一声，只是默默地流泪，默默地为远在海峡那边的两兄弟祝福。

三家人，围在三张八仙桌合起来的一张大桌子吃饭。尽管没有山珍海味，但这菜肴均出自海英和海兰两妯娌的手，已经十年没有吃到家里饭的四个小后生，加上赵静雅和两个讲古仙，坐得满满当当，吃得热热闹闹。

连永福老人也被后辈拉着躺在旁边，他和魏永富老人乐得眉毛一跃一跃，心里充满着满足与快乐。

晚餐快结束了。

阿光站起身，面对着孩子们说："你们学成归来，应该学以致用，要将知识用在事业上，从现在开始，都要有所建树。每个人准备做什么？给你们十天时间，然后把打算告诉我。"

"阿光，这一段我天天躺在床上，有一个问题却让我找不到出路。"听完阿光的话，连永福躺在床上说。

"这种甘蔗熬糖世世代代都是好营生，可是现在日本人当道，糖要专卖，我们辛辛苦苦都得不到应有的收入，长期下去，终不是办法呀。"连永福说着说着，重重地叹息了一声，"应该想一条出路才对呀？"

"我也在考虑，种甘蔗熬糖要专卖，种水稻则稻米要专卖，我们活像一只孙猴子，跳来跳去却跳不出如来佛的手掌心。”胜天有点无可奈何。

“阿公，阿叔，既不能种甘蔗，稻米又要专卖，我们岂不可以改种其他作物?”天生接过话题，后生仔快言快语，有话便说。

“说得轻巧，不种甘蔗、稻米，还能种什么呀?”胜天用眼光乜视儿子一眼。

“种地瓜，阿叔。”云生看胜天对天生的意见有点不屑一顾，便前往助威，“这次赵先生带我们回来的路上，我们先是在月港码头上吃地瓜粉，那味道好，而且有营养。后来，商船遇上风浪，我们在金门湾停泊，更是让我们大开眼界，地瓜除了熟食，还可榨粉，做地瓜粉条。另外，更重要的是可以酿成地瓜烧，渣还可以喂猪。如果将甘蔗地改成地瓜地，永丰城可以建地瓜粉厂，酒厂，又可绕开日本的专卖不是?”

“对呀！对呀！阿公，阿叔，天生哥那天还特地请进雄舅舅带我们参观了酒厂。那酒厂好大，一进到圈子满地芬芳。听说，那周围的老人都童颜鹤发，长命百岁呢!”慧生听到天生介绍，又眉飞色舞地补充一番。

“而且，阿舅还讲这地瓜一年可以栽两季，收获不会太少的。”婕生也插嘴帮腔。

阿光看后生们七嘴八舌，没有插话，脸上也没有任何表情。但心里却乐滋滋的，心想，这些孩子确实成长起来了，而且成长得让自己这个做父亲的感到欣慰。因为，他们懂得观察问题，更懂得分析问题了。他将目光投向赵静雅，看见赵先生也在认真地听着年轻人的发言，并不断地点头，可以预料她为自己十多年的辛勤努力所获得的成就而高兴。

“赵先生，我要感谢你，我们都要感谢你。”阿光有些激动，他满怀深情叫了一声，“胜天、海兰、阿彪、阿英，还有天上看着的阿发、山花，我们共同举杯敬一下赵先生，孩子们你们一起敬!”

“好！干杯!”大家将手中的酒一饮而尽。

这一夜，院子里的灯一直亮到深夜。

待到阿彪、慧生和赵静雅回到自己家时已经鸡啼了几遍。门外春风呼呼，阿彪担心这屋子十年来住的人少，人气不旺，有点潮湿，早在晚餐前便帮赵先生和慧生的屋子里烧上一盆木炭火。现在，当她们推开自己的房间时，一股暖烘烘的气息扑面而来，惊得两个女人张开嘴巴合也合不上。

“赵先生，一路劳顿，早点歇息吧！”阿彪还是刚进门的那样，脸上带着一丝微微的笑，“明早睡迟一点，我会早早起来做好早饭。”说罢又去张罗慧生房间的事去了。

看着阿彪的身影离开，赵静雅的心泛起了一层层的涟漪。她记得很清楚，那时义军刚上诸罗山，自己跟着文福一道上山，几百个义军聚集在山上，要吃，要喝，要住，还要训练，虽然谈不上乱哄哄，但谁都清楚，千军易带，百姓难管，每当看到阿彪整天不带一丝笑容的脸，心里感到这后生特别能干。但佩服之余，压根儿没想到这个在几百个义军中叱咤风云的首领，下山之后却是那么心细。他那并不魁梧的胸膛当中能包容下许许多多的东西啊。

这一夜，已经十多年未失眠的赵静雅彻底失眠了。

人生四十，这旅途已走过大半。家乡闽南便有女人四十豆腐渣的俗语。文福去了以后，自己曾不止一次地告诫自己，此生与文福有缘，因此秉持嫁鸡随鸡，嫁狗随狗，嫁了狐狸满山走的古训，伴随文福留洋日本。然后，又热血沸腾参与公车上书，最后一路追赶渡东到了永丰城。

文福走了。带走了自己的心，带走了自己的魂，也带走了青春年少的狂热。

当时，自己已经万念俱灰。因为，自己在台湾除文福之外，没有亲人，没有依靠。就在这时候，阿光哥动员自己携六个孩子到大陆求学。当时自己想到与其在永丰城天天面对寂寞，时时面对孤独和烦恼，倒不如到大陆去，与这些天真无邪的孩子相伴。

至于下半生，自己确实从来没有奢望过。生死有命，富贵在天。自己与文福缘分已绝，不管谁说，也不管谁劝，都没有一丝奢望。只是在睡梦当中，偶尔从脑海中浮现这个义军首领的形象。记得在月港码头，先是听说阿彪住在这家里顶房，后又得到林生和松生的信，要慧生将自己当成母亲，将阿彪当成父亲孝顺时，着实让自己吓了一跳。已是豆腐渣的女人，不觉心花怒放起来，每当头挨着枕头，那义军首领的形像便若隐若现地出现在自己的面前。

“难道自己想……”赵静雅觉得自己的脸热乎乎的，她在责骂自己，都这个岁数了，怎么还像姑娘一样春心荡漾。赵静雅想着，想着，想赶紧掐住话题，但越掐这话题似乎越乱，她想来想去，便在床上翻来滚去，最后连一丝睡意都没有了。

房间不大，窗门又紧闭着。这熊熊的炉火把室内烘得热乎乎的。赵静雅看看永丰城已经进入了梦乡，四周静悄悄的没有一丝声音。心想，把这炉火搬出去吧，不然到天亮兴许会捂出痱子来。

为了不惊醒阿彪和慧生，赵静雅轻轻地把房门打开，又找了一件破衣服准备垫着将那木炭旺火端到客厅里去。可是，房门一打开，却见那黑暗当中，一个黑影端坐在客厅中央，赵静雅猛然一惊将跨出门外的脚收回房间，正要关紧房门，却听见黑暗中传来阿彪的声音：“这么晚还没睡?”

“哦！阿彪哥，你怎么也还没睡？天气那么冷。”发现是阿彪，彼此之间便没了陌生感，更没有惊恐的必要。

“是啊！我想多坐一会儿。”阿彪站起身，“我帮你端出来吧，别烫着。”

“你经常这么迟睡吗?”女人的心特别敏感，阿彪的回答让赵静雅的心紧缩了一下，一个四十多岁的男人，十多年守着这空房子，不容易呀。

“嗯，习惯了。这十年时间我几乎都这样。”阿彪在回答这些话时，语气中流露出些许的伤感，但瞬间便又掩饰着，“我来吧，赵先生。”说罢，上前一步，轻轻便将那炉子搬了出去。

十年没见，现在一见面又扯开了话题，赵静雅看到眼前这位闽南汉子内心世界蕴藏着十分丰富多彩的内容，便试探地问道：“阿彪哥，下山都十多年了，为什么还一个人过?”四十多岁的女人少了一份少女那份天真浪漫和羞涩，这一段时间，一路走来，那婕生和慧生老在耳朵边念念叨叨，有意无意提起这阿彪，各种信息便随之灌进她的脑子，似乎引起了她兴趣，也似乎点燃了她心中熊熊的生命之火。

“这要有缘分呀！赵先生。你说呢?”黑暗中阿彪轻轻地发出一声叹息。他也不隐瞒自己的内心，那熊熊的木炭炉火把他的脸庞照得通红、通红。

“你说得有道理，这缘分可遇不可求。”赵静雅毕竟有过婚史，“人生特别奇怪，不是你的缘分，在身边也会跑掉，是你的缘分，天边也会走到你跟前。”

天呀！赵静雅这句话一出口，连自己也大吃一惊，自己怎么会说这样的话，这不是把自己推给人家吗？她为自己杂乱的心思而感到不可理解，四十多岁的女人，怎么会那样不稳重。更担心自己的话，会给人家不冷不热地回避掉。

“是的，是的。你们读书人讲话总是入情入理。赵先生……”赵静雅的话让那充满期待的阿彪热血沸腾，他的整个胸腔如同一个蠢蠢欲动，即将喷涌而出的岩浆。心里在想，难道眼前的赵静雅便是自己十多年来一直梦中追寻，却又梦寐以求的缘分吗？他感到有一丝慌乱，一丝从来没有过的慌乱。因为，他记得十分清楚，当年杀海盗，碰上那么多穷凶极恶的恶匪，自己从来没有那种慌乱；十多年前诸罗山上举义旗，与日本军真枪实弹，乃至面对面的搏斗也没有任何的慌乱。

现在的慌乱，应该是什么一种状态呢？这在阿彪人生路上是尚未经历过的。

客厅里原本热烈的话题，突然戛然而止，立即变得静悄悄的，彼此都觉得有许多话要说，都觉得余犹未尽，可是却又找不到合适的话题再开口。

“赵先生，一路劳顿，你辛苦了，早点休息。”阿彪想了许久，终于找到了合适的话题。

“嗯，阿彪哥你也早点休息，这时候不早了。”赵静雅转身关上房门，她的眼睛还朝阿彪看了一下，却见他仍然一动不动地坐在那里，有点无可奈何地摇了摇头。

天刚露出鱼肚白，那诸罗山上的布谷鸟便“祝福、祝福”地一声接一声地鸣叫了起来。习惯不改的阿光走在田间不觉露出一阵内心的微笑。回头对阿昌笑着说：“阿昌，这万物都通人性，云生他们回来了，这布谷鸟都在为将来祝福哟。”

“是啊！是啊！”阿昌理解阿光哥的心情，这几年过得实在艰辛，一帮孩子回来了，总可以帮忙挡一挡风，抵一抵雨。这个永丰城尽管不大，但日本鬼子来了，都像搅屎棍一样，搅得这城里城外乱哄哄。

阿光哥实在太辛苦了。

昨天晚上设家宴招待赵先生和孩子们，当时大家在议论，今年将所有甘蔗地改种地瓜，让他感到在目前的情况下应该是一个好主意。按道理种甘蔗，熬蔗糖投入成本不大，收益却不少，风险也不大，应该是一个好营生。可是，这日本鬼子一专卖，这武田公司一垄断，种蔗的、榨蔗的都亏本，唯独垄断经营的武田公司发横财，大半的永丰城乡亲辛辛苦苦的劳作成果变成了佐佐木和武田口袋里的白银，实在是于心不甘。

改种地瓜，生产地瓜粉可以当饭吃，可以在市场上销售；酿成地瓜酒提高了附加值，酒渣还可养猪。而且，那糖厂还可改成酒厂，岂不两全其美？想到这里，阿光因昨晚一夜没睡，有点乱哄哄的脑子现在开始清醒过来了。他心里一乐："这些后生仔，十年读书，这白花花的银两果然没有丢到大海里。"

阿光一边走，一边自言自语地说。

"阿光哥。"身边的阿昌这几年也改了口，不再称他为老板，也跟着叫阿光哥。因为，他感到这样叫比较亲切。因为，这永丰城不论男女老少都这么叫着。"你决心将蔗田改种地瓜吗?"

"我在想，你看行吗？阿昌。"阿光们在低头沉思着。

"我觉得很有道理，云生他们不简单，虽然年纪轻轻，却能发现问题，还帮助寻找解决这些问题的办法。"阿昌借机表扬了几个后生。

"能思考问题倒是，可是年纪轻轻就谈不上了。我十八岁便赤手空拳渡东打天地，到他们这个年纪已经小有成绩。"阿光叹了一口气，"现在的年轻人呀，吃苦太少，总不会老成。"

"不会的，他们饱读诗书，又见过大世面，回来了，应对那日本鬼子绰绰有余的。"阿昌对四个年轻人充满着信心，"阿光哥，你没看见他们还带回两个讲古仙，要让永丰城传承中华文化，别的不说，光凭这一点我虽多活他们十多年，绝对没有这份智商。"

"这倒是。"阿光听阿昌这么一说，心里倒也热腾腾的，这些孩子尽管生长条件优越，但毕竟没有少吃苦，况且已经从长辈当中耳濡目染了许多宝贵的东西，只要加以引导和培养，今后的永丰城必定属于他们。阿光想着，想着，自然而然又将思绪引向已经投奔广东革命的林生和松生，这两个臭小子啊！人不大，胆子大，十年没见，连一个面都不照便到广东去了。男子汉的气魄倒有一些，但世事艰辛，人生之路坎坷，现在到处都乱，到了那边也不知道怎么样了。

阿光在漫无目的地思考着。

阿昌也不敢再打扰他，只是默默地跟在后面。他知道，阿光哥压力太大，身上的担子太重，尽可能让他安静一些，能够多想出一些应对面临困难的措施与办法。

快到甘蔗地了。

往日那一望无际的近千甲甘蔗地是一片绿油油的，充满着无限的生机与活力，现在经过春节后十余天的砍伐，已经变成光秃秃，只剩下甘蔗头的土地。这一段，胜天和阿彪都很辛苦，通过里长们的组织，表面上是以工换工，却有效地堵住了流入佐佐木口袋银两的渠道，保护了乡亲们免受盘剥，又顺利地将这片甘蔗如期砍完。

看到这一切，阿光脸上露出了一种宽慰的笑。

“阿光哥……”正当阿光还想往前走，大街道那边传来了阿彪的喊声。

“阿彪在那里喊，发生了什么事？”阿彪叫得急，阿昌感到一定有要事，便提醒阿光。

“等一下吧。”阿光驻足田头看见阿彪飞一样地走来，“阿彪，发生了什么事情？”

“阿光哥，昨晚糖厂熬了两锅糖都烧焦了，警察所的人便向佐佐木报告，佐佐木天一亮，便气急败坏带着几个警察赶到家里要把连阿叔抬到工厂去指导熬糖……”阿彪那愤怒的眼睛喷着熊熊的火，“这些狗东西，我恨不得掐死他们。”

“阿彪，连阿叔现在哪？”

“已经被几个警察抬到糖厂去了。一个七十多岁而且受伤的人，哪里经得起这种折腾呀！”阿彪愤愤不平。

“阿彪你也到了不惑之年的岁数，遇事万万不要激动。冷静才能占据主动。”阿光看着阿彪，他理解这位兄弟此时的心情，理解他对这日本鬼子没有人性的行为的愤慨。可是，现在地尽管是台湾人民的，可是天却成了日本人的天，遇事还得讲究策略。否则，准吃亏呀。

“我知道，可是这武田公司欺人太甚，这佐佐木欺人太甚!”阿彪觉得难咽心中的恶气。

“难道，只有你心中有气?”阿光应了一声。

阿彪被阿光那几句话说得有点愧疚地低下头来，嘴巴嘟哝着，却没有说什么。这下阿光倒犯难了，在今年的榨季当中，自己和永丰城的乡亲们跟武田公司和佐佐木第一轮较量，主要在砍蔗工人工资的问题上，这一轮由于大家同心同德，周密组织，永丰城的乡亲胜利了。可是，第二轮熬糖、销售，这第二轮的较量刚刚开始，正因为第一轮武田公司的失败，他们感觉到第二轮成败在于能否生产出合格甚至高质量的蔗糖出来。因为，不合格的产品，日本本土是没有市场的，那么专卖便落了空。不合格品只能在台湾自产自销，武田公司便又将再一次失去获取不义之财的机会。

连永福阿叔是生产制作精品蔗糖的专家，在关键时刻他摔伤了，武田公司感到自己的利益受到严重的威胁，这些丧尽天良的日本公司，仗着警察所长佐佐木有枪有人在明目张胆地支持，便孤注一掷地想把有伤在身的连阿叔抬到糖厂去指挥熬糖。

“结果呢?”

“结果胜天哥闻讯赶回家。他一见发怒了，差点出手将那帮警察给料理了，吓得他们没命地跑掉了。”阿彪说着说着脸色都发青了。

“真是欺人太甚，阿彪，理直气壮吓唬他们可以，但切记不要动真功夫，否则必定还是我们吃亏，这一点你要多提醒胜天。”阿光听了阿彪的话，再也待不住了，他坚定地说，“阿彪，走，我们到糖厂去看一看。阿昌，你盯着，如果日本人敢把连阿叔抬到糖厂去，你便叫几个人在连阿叔的床边给我也搭上一张床，我陪他老人家……”

“阿光哥……”阿昌有些犹豫。

“快……”阿光的话斩钉截铁。他已在一刹那间理清了应对之策，如果佐佐木连一个有伤在身，且已过七十高龄的老人都不放过，那么自己便住在糖厂，陪着阿叔一直在糖厂待下去。他一边走，一边想，在匆匆的步履当中已想出了应对佐佐木和武田之策，纵使连永福阿叔被抬进去，那发着焦味的糖仍然会生产出来，从此这永丰城商标的糖将与日本人彻底无缘了。他心里已经下定决心了，要保护好永丰城乡亲的利益，保护好连永福这个古稀老人。

“豁出去了，堂堂男子汉，连这点都做不到，还像个人吗。”阿光边走边想。

第十一章

永丰糖厂的困惑

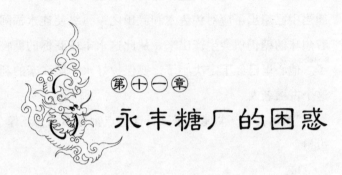

屋外寒风一个劲地刮着，街道上早没有了行人的踪影。可是，永丰糖厂却异常热闹，偌大一间厂房，前面是轰鸣的榨汁机，那堆成小山一样的甘蔗由工人一捆捆扛进来之后，放到榨汁机里一压榨便一边卷出白花花，并且已经榨得没了水分的甘蔗渣；一边涌出那泉水一样的甘蔗水。

这甘蔗水汇集在一个池子里，慢慢地越积越多，看着这源源不断流入的甘蔗汁，林胜天此时的心情非常复杂。他用小勺子把池子里的蔗汁舀了一小勺，放在嘴里抿了抿，这蔗汁清甜可口，从嘴里喝进去，犹如丝丝甘泉滴滴润身。这可是永丰城的庄户人家花了一年的辛勤劳动用汗水转化而来的呀！在这日本人未占据台湾之前，这榨汁机流出来的绝不是蔗汁，而是花花白银呀！可是，现在不一样了，尽管这蔗汁仍然那样清甜，而且那源源流入汁池的量更大，可是却不能变成钱。是啊！以前每斤糖可以收入12.6钱，现在不过十年光景，每斤糖只剩下5.9钱，这蔗种得更多了，这蔗汁流量更大了，可是庄户能换取的银两却不到以前的一半，而另一大半却流到了日本人的武田株式会社的腰包里去了。

这里的蔗糖水仿佛也不像以前那么甜，而相反却变成一汪又咸又涩的庄户人家的泪水。

榨汁机是前十几年阿光哥倾注了几乎所有心血买进的。当时花了两千余两白银，取代了牛拉石碾。虽然设备先进了，但是永丰糖厂的利润却没有了，他的利润已被专卖条例，已被日本武田公司刮走了。这十几年，机器一直在损耗，可是折旧却未能收回。长此以往，厂将不厂呀！

前几天，老丈人连永福被摔伤，工厂的生产管理重担便自然而然落到自己肩上。以前自己会经常到糖厂来转转。可是，这糖厂是季节性的企业，一年的生产时间最多一个季度，按理还有三个季度是深加工的时光。那时，阿叔组织力量从红糖深加工成白糖，然后又加工成晶糖，附加值不断攀升，如果不是这日本人占据台湾，如果不是日本台湾总督府下发对糖的专卖条例，可以肯定这永丰糖厂一定会发展得更快，更迅速。绝对不至于沦落到目前这种半死不活的境地。

"这日本矮子，干妮姥，该杀！"林胜天想到这里气得直跺脚。

然而，面对着永丰城目前的局势，跺脚是没有用的。随着日本人的殖民统治的延续，他们已经从十年前的军事占据，迅速转为经济掠夺和文化割裂工作。这永丰糖厂便成了他们家取之不尽、用之不竭的滚滚财源。这武田株式会社每年不劳而获，从这永丰城巧取豪夺，获取上万两白花花的银子，榨取多少永丰城庄户人家的血汗呀！

"猪大便给他捡，现在连母猪都变成他家的了。"阿彪从旁边走过来，看见灯光下的胜天在低头沉思。二十几年的难兄难弟了，想什么，相互总有一些心灵感应。阿彪知道，今年这武田公司为能在永丰城这块沃土上搜刮更多的民脂民膏已经对永丰城蔗糖生产的采、产、销各个环节作了更多的限制。这永丰城已经变成了武田株式会社的自留地了。

"阿彪，你得留心。"胜天将眼光从工厂的四周扫了一下，连这厂房里既有以保卫安全而来的永丰城警察所警察，全副武装在这里执勤；也有穿着西装革履的武田公司的日本人在晃悠。这里仿佛不是在制糖，而是在制造兵器的工厂。

"我知道。"阿彪点了点头，"现在的难题是如何把握熬糖的火候问题，过大的火那糖便焦过了头，烟味过重了，口感不好，以后增加调整味道的难度。过小的火那糖没有烟味，被武田公司赚走白花花的银子。”

“嗯！反正这事回去再商量，现在的任务是先榨汁，不然甘蔗堆在那很容易变酸变质的。”胜天看见阿彪一脸严肃在来回走动，知道这个兄弟责任心很重，尤其是这一榨季关系到永丰城大半庄户人家一年的直接收入，切不可以掉以轻心呀！

榨汁机还在不断地转动。

阿光几兄弟的脑子转得比这榨汁机还快。

那泉水般的甘蔗汁还源源不断地往池子里不停地流着。明天，便要开始熬糖了，不然，那池子里的甘蔗汁将溢出来了。胜天有些着急，心里有些烦，如果不是岳父摔伤，老人会很准确、很及时地调度好这里的一切工作，会将工作安排得井井有条。可是，现在他老人家受伤躺在床上，而且今年的榨季与往年不同，除了将这堆积成小山一样的甘蔗榨干熬成糖，还必须确保这些糖不被武田株式会社收购，不成为专卖品。

更重要的是还不能违反日本台湾总督府的《蔗糖专卖条例》。

今天上午临来工厂前躺在床上的连永福仍不放心，将十几年来一手培养的几个重要岗位的领班叫到床前，细细地叮嘱注意的几个问题：

一、火要像以前一样旺，因为这榨糖的工序那老武田每年都在看，他已经熟悉，稍不注意就会被其识破。只要在煮成糖胶时，加大半炷香的火势，并立即熄灭明火，否则过焦了，烟味过重了，以后要改都改不回来了。

二、搅浆的工人要不停地搅动糖浆。搅慢了则粘锅，粘锅便煳了，烟味过重如改不过来，我们纵使留下了也没有人要吃。不煳则白白辛苦一年又要被武田株式会社收购。这是最有学问的环节。

……

阿爸反反复复叮嘱，领班们不时地点头。在一旁听阿爸交代的胜天却越听越没有数。因这种手工操作的榨糖技术，全凭经验，全凭操作者的感觉。如果一时把握不准，把这糖给烧煳了，熬焦了。纵使武田公司不收购，不列入专卖，留给自己，留给永丰城也不能当饭吃呀！

胜天想着想着。突然，耳边似乎有人在叫他，抬头一看佐佐木带着两个警察走进车间来了。

“胜天先生，你们辛苦呀！”佐佐木满脸堆笑地打着招呼。这狗东西，从占据永丰城开始，一同来的人死了一批又一批，一茬又一茬，可是他走的是狗屎运，不但没有死，反而当上了警察所长，这几年吃香喝辣，吃民脂喝民血，已经肥得滚瓜流油。

“噢，佐佐木先生你也够辛苦呀！”胜天满腹心事，不想与他多说什么，但迫于礼节应酬了一句。

“今年甘蔗收成如何?”佐佐木又问了一句。

“还不错。”胜天说。

“你看，今年的糖产量比去年能增几成?”佐佐木似乎要问出一个所以然，问到底为止。

“难估，再等一段熬糖结束，看成品便知道了。”胜天想赶快离开，他不想跟佐佐木再无聊地谈下去。因为，那些熬糖关键环节的几个问题还在脑子里萦绕着，他担心因为阿爸受伤，却因自己组织不力，造成损失，让阿光哥和阿爸精心策划的计划前功尽弃。

“胜天先生，我跟武田君商量一下，永丰糖厂生产的永丰牌红糖在大日本帝国市场是抢手货，其品牌效益已经凸显出来了。今年是不是将红糖生产出来后，全部深加工成白糖和晶糖，这样还可提高经济效益五成以上。”这个吸血鬼贪婪至极，剥了永丰城的庄户人家一层层皮还不满足，还想吸血，甚至吸骨髓。

“这个事情现在讨论为时过早了一些，佐佐木先生。”胜天有些不耐烦，他装着到榨机台上看工人榨汁，边走边说，想尽快远离这个恶心的东西。

“为什么?”佐佐木仍然穷追不舍，好像不问到底，不了解到自己满意结果不放手似的。

“佐佐木先生，现在那一堆像小山一样的甘蔗必须先榨干，熬成红糖的工作八字还没有一撇呢！”胜天说了一声，头也不回，径直走至车间深处，走了几步才回过头说，“佐佐木先生，对不起，我必须到车间去了，改日再谈，抱歉。”

“八嘎！”佐佐木发现这胜天对自己如此不尊重，心里狠狠地骂了一句，悻悻地走了。

“胜天哥！”刚走几步，熬糖车间的领班走过来告诉他，“胜天哥，这汁榨得已经很多了，现在要么八口大锅同时开熬；要么榨汁机要停机，不然那池子不到天黑便装满了。”

“哦！有那么快吗？”胜天看着领班，他知道这个叫阿祥的领班是阿爸在工厂建厂之初便一手带到现在的，在整工厂他的技术仅次于阿爸。现在阿爸受伤了，技术上的事全靠阿祥这把手了。

“胜天哥，连师傅交代的事我已经安排好了，各个环节都不会出差错的。”阿祥正说着却见那佐佐木又带着两个警察往这边走过来了便加大声音说，“今年这甘蔗产量不少呀！胜天哥，今天晚上非开火熬不可了。”

“一锅要熬多久？”胜天问了一句。

“八个钟头左右！”阿祥赶快回答。

“阿祥，你要认真负责任，晚上开熬一定不要贪睡，要教育些工人。否则，我不客气。”看到佐佐木走到跟前，胜天装得公事公办，把阿祥教训了一顿。

“不会的，放心吧。你回去睡觉。”阿祥为了让胜天摆脱佐佐木的纠缠，便故意在佐佐木面前哈了一下腰说：“所长先生，您有何指教？”

“不要贪懒，要注意质量，连师傅受伤了，你的要负责任。”佐佐木俨然像主人一样指着阿祥比画了一下。

“那好吧，我回去睡觉了。”胜天看准这一机会便离开糖厂回到家里。因为，讲实话他心里还装着很多事情，必须赶快回到家里与岳父好好请教一番。

这做生意呀，真难！跟日本鬼子做生意更难。他们仗着统治者的保护，这个要专卖，那个要专卖，欺行霸市，垄断经营，可是苦的却是千千万万个庄户人家。表面风平浪静，每天憋着一肚子火还要跟那日本鬼子笑脸相迎。可是，你对他们再忍让，再客气，他却在背地里磨刀霍霍，一片刀光剑影。

胜天气得牙根都发痒。

想当年义军聚集诸罗山跟日本鬼子，跟这佐佐木真刀真枪地干，要冲便冲，要杀便杀，想砍就砍，真是爽极了。可是，现在不一样，忍气吞声，还得斗智斗勇，讲究策略。

永丰城到了天一黑便进入静悄悄的时节。前一段下了一个多月的绵绵细雨。虽然雨停了，可是风没停，太阳没出来，那天阴冷阴冷的，如果稍稍离开炉火片刻，那双手和双脚会冻得没有知觉。走在这寒风呼啸的大街上，那鼻清会不停地往下滴溜。胜天的脚步走得很快，但那寒风却从脖子、袖口，凡是能钻得进的地方使命地往身上钻，他觉得脊梁骨一阵阵地发冷，牙齿也开始不停地磕起来。

"胜天哥！"正当林胜天埋头赶路，听到几步路远的地方突然有人叫了他一声，着实让他吓了一跳，抬起头看见阿彪站在那里。

"有事？阿彪。"胜天问道。

"阿光哥叫你早点回去。"阿彪说，"我正要到糖厂找你。"

"阿光哥找我有急事吗？"胜天留住步，听到阿光要找他，心里一怔。

"阿叔担心你在厂里待的时间长了，佐佐木一直纠缠着你，反而被动。"阿彪补充说。

"这倒没有什么，这些日本鬼想钱都想疯了，简直想得近乎丧心病狂。"胜天边说，边与阿彪快步回到家里。

一踏进家门，热气腾腾的木炭炉火便扑面而来，让人感到屋外与屋内冰火两重天的区别。三家人老老少少都围着火炉与连永福、魏永富一块聊天，连永福经过这几天的内服外敷伤痛已经减轻了许多，并能够轻松地与家人叙谈。

尽管屋外寒风呼啸，却难得屋里谈笑风生，充满着温馨和快乐。特别是这几天云生他们四兄妹回来了，唧唧喳喳，原本这三家都是老人和中年人，不苟言笑，正经八百的气氛迅速得到改变。

"先喝一杯热茶吧！"海兰见到丈夫回来，一手递过一杯热茶，一手接过他递过来的棉袄，心疼地让胜天坐下。

"阿光哥，今天榨了一天的蔗汁，现在已经装满一大池子。刚才，阿祥告诉我今晚接着熬第二批八锅。"坐下来胜天也不客气，迫不及待地将那快冻僵的手伸向木炭火炉上烤了烤。刚才还想说，却被冻得口齿有些不清。所以发音也多少有些含混。

“第一批八锅怎么样，不会太煳吧。”连永福担心阿祥这尺寸把握不准确，关切地问。

“还好，他们把那焦味最大的糖装在最上面，这下武田慌了手脚，佐佐木的警察也一刻不停地晃悠。”胜天淡淡地说。

“现在最难的是这有焦味的糖不能过焦，另外，数量应掌握在二成左右。这样，过一段我们先把质量好的糖通过宏记米行转到大陆去。”连永福说。

“宏记的简老板前两年不是去世了吗？”胜天抬起头，有些不解。

“简老板去世了，他儿子简鹏皓不是接任了吗？再通过那里由进雄运回去。”阿光看来对这批糖早已想好了销售渠道。

“那专卖证怎么解决？”阿彪也有些担心。

“车到山前必有路，船到滩头水路开，一步步，到时自然有办法可以解决的。”阿光充满信心。

“我现在担心是那些已有焦味的糖到时怎么处理，最后少说也有几千斤，那可是一个大数量呀。”胜天不无担心。

“那更不用担心了，阿叔已经找到解决的办法，煳焦味的糖到时做一些技术处理，进行深加工，生产成白糖和晶糖。只是这批货数量不能多，多了难免会被佐佐木他们发现。一旦发现免不了又有许多麻烦。”阿光目光看着胜天和阿彪，然后又转投到自己的儿子和侄儿身上，“现在永丰城世事复杂，你们遇事要多思考，多想办法。凡事要用心、用智，不要一味猛冲猛打，现在切忌用诸罗山义军的那套办法。”阿光语气很轻，说得胜天似乎有些愧疚地低下头来。

“你们几兄妹最近暂时不安排工作，但切不能在家睡懒觉，每天都到酒楼、学堂、糖厂或乡亲们家去走一走，看一看。过几天，你们要跟我谈想法，并对自己以后的工作做出打算。”阿光看着几个年轻人在睁着眼睛听自己和大人们谈事，心里露出一丝宽慰。自己这一代人都已经四十多岁，并很快进入知天命的年龄，尽管岁数不大，但当年没有条件，没进过学堂，底子薄，又没见识。现在碰到如此复杂的局面经常绞尽脑汁，彻夜不眠，真是历尽千辛万苦。而眼前的孩子们，他们饱读诗书，又有见识，应该慢慢让他们进入角色，担当责任。因为，这个家的未来是他们的，这永丰城的未来是他们的。

人生啊！总是这样每天都充满着矛盾，充满着挑战，送走昨天，刚应付完今天，还得思考如何应对明天！

第十二章 新任蕃童教育所长

最近有一件事让佐佐木记在心上，反复思考着。那便是十多年前被皇军处决的抗日分子李文福的妻子赵静雅。

十年前去大陆陪阿光他们的孩子们读了十年书的赵静雅，最近竟然又带着昔日的孩子们回到了永丰城。

原来，他一直以为，像赵静雅这样一个柔弱的知识女性，新婚的丈夫死去，定然会难以承受打击，放弃追求，待此行回大陆陪六个孩子读完书后，留在大陆任何一个城市重组家庭，度过余生。

返回台湾，返回一个小小的永丰城那是半点可能都没有的事情。

可是，前几天当两驾马车将她和孩子们拉回永丰城的时候，不要说永丰城的人大吃一惊，连佐佐木也感到不可思议。你看，这赵静雅带着六个后生仔回到永丰城，站在阿光他们兄弟的院子里，那热闹的场面。大家都从赵静雅的脸上看到了这位不寻常的闽南女性坚毅的脸。而且，这十年不见，眼前的赵先生多了一份成熟，少了一份当年的柔弱。

佐佐木听到这个消息，尽管他已经在台湾生活了二十多年，接触了不少台湾的男女老少，可是，对赵静雅的认识却始终是一个空白。留过洋，有着当今社会中国女性少有的知识；舍家渡东，丈夫战死，却又始终如一，默默奉献，以致现在仍然孑然一身。

这是一个人才，应该为大日本帝国所用。佐佐木大胆地设想着。可是，该叫她干什么最合适呢？

“她曾留学日本，精通日文，任命她担任永丰城蕃童教育所所长。”佐佐木心里突然高兴起来，为自己的精心和巧妙的安排感到自豪。因为这样做，既解决了永丰城蕃童教育所现任所长不懂日文，不能推广日本文化的问题，给她安排工作多少还可以拉近与阿光之间的距离。

要统治好永丰城，离开阿光他们几个兄弟实在寸步难行啊！

另外一个让佐佐木感到最棘手的问题便是，今年的榨糖季节，阿光是步步为营，自己是步步被逼退，步步被动，原来品牌产品永丰城蔗糖是在全台，在日本本地深受欢迎的产品，今年却莫名其妙因为连永福那老家伙的摔伤，技术关没人把，质量一落千丈，每锅出厂的蔗糖都带着浓浓的焦味，这种产品要在日本销售显然是不成的。

这样尽管有专卖政策保护，武田公司的垄断经营却成了一句空话，那堆在永丰糖厂的几千斤成品糖收购了，则卖不出去；卖不出去，肯定亏本。不收购，又于心不甘。这几天弄得佐佐木和武田坐立不安，食不甘味，气都不打一处出。

这几年，佐佐木和武田公司尽管面上跟阿光以礼相待，没有发生过不愉快的事，更没有发生正面冲突。但谁都清楚，中间隔着一层纸，彼此都在竭尽全力维护各自的利益。

阿光的身后是几万永丰城的庄户人家的利益、中国人的利益。

佐佐木的身后则是武田公司的利益，大日本帝国的利益。

只是，心照不宣，彼此不将这层纸捅破而已。

在永丰城将近二十年的时间，佐佐木应该是日本统治者中对永丰城已经了如指掌，而唯独阿光这个人如庐山，读不懂，也看不清他的真面目。他充满睿智，却又不动声色；他可以忍受许多艰难困苦，却又百折不挠，坚韧不拔。这让佐佐木和老武田束手无策。拉拢，拉拢不过来；斗智，又斗不过；想找碴，又找不出碴。这足以让他们束手无策。

这次榨季的结果以佐佐木和武田的最终失败而告终了。

第一轮回是砍蔗工的雇请问题，以前都由警察所包办，每年都可以从中获取一笔丰厚的收入；第二轮回仍然以自己失败而告终，开始他们生产几锅都是焦味很浓的糖，急得武田如热锅上的蚂蚁，把摔伤在床的连永福抬到车间指点，可是还是熬得焦煳味很浓。而且，连阿光也惊动了，弄得彼此都不愉快。今年的榨季，产量是不低，可是那焦煳味的糖却再也不可能出口日本去，武田公司原本可以纯赚上万两白银的一笔生意彻彻底底泡汤了。

这是佐佐木和武田压根儿没有想到的。

“刚柔相济，以柔克刚。”佐佐木记得清清楚楚，这是当年刚占据永丰城不足一年时间里，经历反复失败之后，当时永丰城驻军司令犬养君反复教导的一句话。大日本帝国要在台湾长期统治下去，要在这块支那人称为宝岛的地方源源不断地获取稻米、蔗糖这些日本本土急需的物资，完成称霸亚洲的任务，一定要变换统治的策略，统治的艺术与办法，双管齐下，做到灌注大和文化和获取经济利益并举。

先聘请赵静雅为蕃童教育所所长，让她尽忠尽责于传授大和文化；

将那浩仔、钟仔送出去学习榨糖、熬糖技术，然后，负责这方面的监管工作。这样，武田公司对永丰城的种、砍、榨全过程进行监控，牢牢地把握好永丰城主要经济脉搏。

佐佐木想到这里，心情似乎开朗了许多，他原本靠在太师椅上正跷着的二郎腿也情不自禁地抖动起来，嘴里也轻轻地哼着小时候先生教他的《日章旗下》那首曲子。

佐佐木思考着自己在永丰城如何壮大发展的事情，慢慢地他的思绪又回到童年，回到自己的故乡。

他出生在日本神户市的一个乡下农民家庭，父辈是军人，曾经在中国东北生活了很长的时间。轮到自己成年便因为父亲的影响，考入了军都陆军学校，正好跟武田株式会社的老板老武田的侄儿小武田同学。毕业后，便以商人的身份派到台湾来做生意。

做生意是一种职业伪装。实际是甲午战争之前，大日本帝国天皇陛下就已经对中国的台湾窃觑了许久，巴不得将之收入自己的版图当中。后来随着自己的成长和对世界认识的加深，他慢慢感觉到这天皇陛下是多么英明呀。日本一条巨蚕，对着支那那片桑叶，足以慢慢将那片桑叶消化在自己的身体当中。而这个被称为宝岛的台湾一旦得手，在太平洋与日本本土则形成一条长长的、完整的岛链，这对大日本帝国称霸亚洲，甚至称霸世界都足以发挥十分重要的战略作用。

于是，佐佐木和武田表面上以做贸易为幌子，暗地里却用心培养鹰犬，搜集情报，为日本军占据台湾作准备。

台湾岛是日本太平洋战略链最重要的一环。有这一环，可以扼制中国的进出海通道，扼制其发展。使这块肥沃而广袤的土地成为日本这个巨蚕的美餐，慢慢分而食之。而永丰城要长治久安，蕃童教育十分重要，蕃童教育十分重要，便要起用这个赵静雅。

佐佐木颇有一点自信地感到自己也算得上半个战略家，他感到自己这一如意算盘拨得顺，未来一定平步青云，名利兼收。

想到这里，他将警察服整了又整，叫上两个部下，挺着笔直的腰杆，准备到阿光隔壁的那间院子去拜访赵静雅。请她出山挂帅。

这一座院子对佐佐木来说，并不陌生。他的死对头阿发、山花夫妇就住在这里。后来的阿彪如不是阿光老板以顶房名义收为义弟保护在这里，可能早成自己的枪下之鬼了。

现在赵静雅和阿彪及阿发的女儿便住在这里。这十几年来，佐佐木还是第一次进入这座院子的大门。

当佐佐木带着部下敲门进去时，阿彪、赵静雅和慧生正围坐在客厅里的八仙桌吃午饭，共同的追求，相似的命运，把三个人紧紧地聚在一起。尽管没有血缘关系，却俨然是一家人，更胜似一家人。

佐佐木的突然造访，让三个人不同程度地吃了一惊。正如中国古语所说，“黄鼠狼进屋没安好心！”这佐佐木进谁家，谁家肯定有麻烦。现在黄鼠狼来了，他想干什么？三个人都揣测。

“赵静雅先生，你好！”一进门，佐佐木便用不生不熟的中国话问好。

“有事吗?”见到佐佐木，赵静雅便有一种本能的厌恶，她不冷不热地问道。

“对你回到永丰城，我们深表高兴，今天特地登门拜访，便想聘请你到蕃童教育所当所长，希望你多多关照。”佐佐木看到赵静雅那不屑一顾的表情，自然满脸堆笑地哈了一下腰。

“这样!”佐佐木的话着实出乎赵静雅意料之外，更让旁边阿彪和慧生一脸愤怒，赵静雅一边在脑子里激烈地思考着，一边给身边的阿彪和慧生暗示，别吭声，自己来应对。

“哼!”慧生一转身走进房间，她不想看见这个双手沾满自己父辈鲜血的刽子手。

“干妮姥……”阿彪在心里狠狠地咒骂着刽子手，他攥紧拳头，死死地站在赵静雅的身边，像金刚一样保护着她。

“阿彪先生，你别动怒。我们是看到赵先生知识渊博，才华横溢，想为她找一个能尽其才的地方，完全出于善意，万万不要误会。”佐佐木已经看出阿彪和慧生的神态，狡猾的佐佐木自打圆场。

“佐佐木先生，谢谢你。容我考虑一两天再答复你行吗?”此时的赵静雅考虑得更多，更复杂。但看到这样下去，气氛不对。于是，用一种缓和的口气，回答佐佐木。

“那好，我等待你的回复。”佐佐木感觉要赵静雅立即答复看来也有一定的困难，于是顺着势下了台阶。临出门也没忘说一声：“请多关照。”

佐佐木一帮人走出门外了。

“赵先生，你真要去当那日本鬼子的蕃童教育所所长吗?”慧生见佐佐木出去，从屋里走出来便问道。

“是啊!赵先生。”阿彪也很着急，一副担心的样子。

而此时的赵静雅却出奇得冷静。蕃童教育所便是十几年前自己和丈夫李文福教育慧生他们的永丰学堂，在那地方自己与丈夫度过了一段难忘的岁月。讲实话，自己尽管曾经漂洋过海留学东洋，又追随丈夫来到永丰城。可是，在闽南农村传统的教育却让自己终身受益，女人绝不是在外抛头露面的料，在一个并无风浪的土地悉心培养后一代，将自己的知识传授给他们，实在是一种人生最好的选择。只是文福走得太早，走得太仓促，以致那次出去，连一句温情梯己的话都没有说，便匆匆告别了这个世上，到另一个世界上去了。这一幕，尽管过去十多年了，每当想起总会让自己难以释怀，难以自拔。

现在，时过境迁，自己又回到这块热土，又回到自己熟悉的岗位上。这是一种新的起点和新的选择。她知道，这日本人占据台湾，不但对经济进行掠夺，更重要的是进行文化传承的割断。将中国名字改为日本名字，不准说汉语和台湾话，学校上课得用日本教材，用日语教学。如这样下去，我泱泱中华，我五千年中华文化如何得以传承，如何得以弘扬。假如，自己能去任那蕃童教育所所长，兴许还能尽一点绵薄之力，做一些中华文化的传承和发展的工作。

这，不是很有益处的吗?

这，阿光哥不是一定会支持的吗?

赵静雅在默默地思考着，尽管就那么一点时间，但她的脑海在翻腾，她想象的翅膀在飞翔。

“阿彪、慧生。”许久，许久，赵静雅从想象当中回到现实，看到身边的阿彪和慧生，有点动情地告诉了自己的决定，“我想，准备去当那个所长。”

“为什么呀？赵先生。”阿彪惊得合不上嘴。

“是啊！为什么呀?”慧生也不理解。

“为了永丰城的后代能够了解我大中华的文化，让永丰城的后代永远不忘记我们永远是中国人。”赵静雅有些动情，“你们想一想，蕃童教育所便是永丰学堂，里面的学生都是百分之百的中国后代，我们都有责任尽自己的一份力把他们教育好。”

“噢！静雅，你真是女中豪杰呀！我枉为男人，真是鼠目寸光。”阿彪听完赵静雅的话，一阵兴奋，连称呼也改了，一把死死地抓住静雅的手，激动地说。

“是……”没有任何心理准备的赵静雅，没有想到平时寡言少语、默不作声的阿彪会突然如此激动，更没有想到他会突然直呼自己的名字，并死死攥着自己的手，那激动的情形，仿佛像一个血气方刚的小伙子，仿佛当年的李文福。

慧生在一旁看得真切，她心里暗暗高兴，但装着没看见，转了一个身想去找云生聊一聊。

阿光听说佐佐木想聘任赵静雅当蕃童教育所长后，稍稍思索以后觉得是一件好事。

这么多年来，他一直感觉到面对佐佐木和老武田这些老奸巨滑的人，自己一直在被动应付当中，究其根源在这日本人里没有一个自己的人在里边，每每遇到什么事，原因不清，情况不明，往往疲于应付。如赵先生能受聘担任蕃童教育所长的工作，既可以利用工作之便向永丰城的孩子传授一些中国文化知识，不会让中华文化因为日本人统治而断层。当然处理得好，还可以多少了解一些日本人内部的情况。最起码在文化教育上有自己的一席之地。

文化上有了自己人，是件好事。

阿光还考虑，赵静雅进去当所长，还可以把慧生和婕生也带去，师生三人在那力量便强了，而且女人干那工作也很适合。

“阿光哥……”阿光正在思考，赵静雅身后跟着阿彪和慧生从边门走了进来。

“哟，我想你一定会找我，瞧你这一家子。”阿光看见三个人肩并肩走进客厅，心情格外开心。

“阿光哥，你开玩笑!”赵静雅特别敏感，听了阿光的话，脸上一阵绯红。

“我没开玩笑呀！赵先生你们每天不是同吃一锅饭，同住一个屋檐的一家子吗?”阿光装着一本正经地回答赵静雅。突然，话锋一转，“当然，我希望你们能早日请我们喝喜酒。静雅，哥等了十年了，你说是吗？慧生。”

“对！阿叔说得甚是，我坚决拥护。”阿光的话，把三个人都圈了进去，说得正中慧生下怀，她兴奋地大声叫了起来。

“慧生，你也拿我开心。”赵静雅佯装生气，但她那多情的眼光却偷偷地向阿彪投去一瞥。

“好！我们谈正事吧。赵先生，你去当所长有什么想法?”阿光将话题拉回主题。

“我认为是一个好机会。”赵静雅将自己的想法一一告诉阿光，然后说，“阿光哥，你说呢?”

“我也跟你一样的想法。不过，不但你去，慧生和婕生也一起去，前一段，你们从大陆带来的《读册歌》可以当做教材，让我们的子孙后代牢牢记住自己祖国的文化。”阿光的话充满着自信，对赵静雅充满着信任。

“我和婕生也一起去?”慧生睁着大眼问了一声。

“没有错，进去听赵先生的。”阿光口气十分坚定，并对自己的侄儿寄以莫大的希望，“赵先生，你去应了佐佐木!”

“嗯，我听阿光哥的。但我还是担心自己干不好。尤其面对佐佐木这些日本鬼子。”阿光的话让赵静雅压在心中的石头落了地，但多少还有一些担心。

“不是叫你带两个徒弟去吗？凡事三个人多商量。我们中国不是有一句话叫什么来着?”阿光想引经据典，但毕竟识字不多，话到喉咙却卡了壳。

“三个臭皮匠，抵过一个诸葛亮。”正当阿光为难之际，门外传来了云生的应答之声。他的身后还有天生和婕生，“阿叔，叫我和婕生随赵先生去学堂教书。”

“好啊！好事啊!”不用说，对这种安排这云生也十分认同。“我正从阿聪、阿明那里回来。阿爸，我想从明天起，永丰酒楼设讲古仙，请阿聪两兄弟到那讲古。”

“这是你的主意?”阿光不动声色地问。

“不！这是赵先生和我们共同设计的，不然就不会请阿聪漂洋过海来永丰城了。”云生一脸激动，“这讲古仙，每天讲两个钟头，肯定会吸引更多的食客来消费，永丰酒楼的生意必定会更加兴旺。当然，没钱消费也不打紧，这是我们老家的文化，让大家听一听，时间久了大家都会记得更牢，我们永远是中国人。”

“有道理。但是要注意，这讲古仙搞起来，佐佐木一定不会高兴的。”阿彪在一旁提醒年轻人，“你们在开始之初便必须有一个应对之策，一旦这佐佐木出面干涉时，才能从容应对。”

"我们想过了。如佐佐木来时，我们找一些日本的东西搪塞一下。他走了，我们便照唱不误。再说他们也不可能每晚都在那。"天生补充道。

"这样的办法，也可以用在学堂里。有日本人在监督我们可以唱《日章旗下》呀！但他们一走我们便教《读册歌》、《弟子规》还有《三字经》呀。"婕生来了兴趣，顺便念了一段《读册歌》里的《天黑黑》：

天黑黑，要落雨；

阿公仔举锄头要掘芋，

掘呀掘，掘着一尾酸娘，

依呀嘿嘟真正趣味。

阿公仔要煮咸，阿嬷（奶奶）要煮淡，

俩人相打弄破缸，

依呀嘿嘟嘟当七当呛。

婕生摇头晃脑，手足并用，把读册歌里充满童真童趣，又有家乡文化特色韵味的内容表现得惟妙惟肖，引得在场的人捧腹大笑。

"我看可以，你们既要做好工作，还得防备那日本鬼子，有事多商量。"阿光很开心，叮嘱大家说。

从阿光家回到自己的家里，赵静雅的心情一直处在亢奋当中，她为自己感到高兴，这里包含着付诸十年心血终于将六个孩子培养成人；回到永丰城后得到了阿光哥他们的热心关照。尤其是可以重返学堂站在原来的讲台上教育孩子。这是一件大事。

回到永丰城后，她一直有一件事不敢放下。那便是到丈夫李文福的坟前告慰一下他，向他倾诉一下自己的衷肠。可是，在老家有一个习惯，不到清明，不到中秋是不能上坟的。因此，赵静雅再想去，都只能将这份心思放在肚子里。

明天是清明，该去了。该去看一看文福了。而且，一刻也不能再延缓。赵静雅反复思忖着，这十年未来打理，这文福的坟地也该是长满杂草；兴许长出的树都已经长到几个人头高了；兴许那坟头都被雨水，被山洪吹刷得面目全非了吧，想着想着心里顿时涌现一股酸溜溜的味道出来。

第二天凌晨，赵静雅起了一个大早，准备了一些香、纸之类的祭品，带着急切的心情向李文福的坟地走去。这是南方初春的早晨，寒风一阵一阵地吹着，浓浓的迷雾把土地拉上了一道厚厚的白沙，一眼看去浓浓的，让人感到这朦朦胧胧的早晨，心里有着一种伤感，一种压力，一种难言的哀愁。

赵静雅走着走着，不远处仿佛有一个人在一个坟头点着香，那香上燃起的火星在浓雾中上下划动了三下，便插在坟前，然后，那人影又点燃了身边的神纸，神纸点燃了，在那浓雾当中兴起了一片火花……

谁会这么早上坟呢?

谁会对逝者如此虔诚?

谁……

尽管离那坟不远，但赵静雅可以确定，那地方与自己记忆当中的文福的坟相差不远。可是，尽管离那坟不远，可以看清人的身影，却难辨别人的面容。

带着一种追忆，带着一种思念，带着十多年的一肚子心里话，赵静雅再也难以慢慢地行走，她把自己的脚步放得很快。

十步……

九步……

八步……

赵静雅放轻了脚步，站在坟前的是阿彪哥，这坟头并没有想象当中的枯木，甚至连杂草也被清理得干干净净。

这就是自己丈夫李文福的坟头。

不同的是，与十年前相比多了一块墓碑。

她蹑手蹑脚缓缓地走过去，似乎生怕惊动了那已经沉睡了十年的丈夫，她真想扑上前倾诉自己十年经历的一切，倾诉自己的衷肠呀!

阿彪发现身后有脚步声，但他没有回头。因为他猜出来了，这脚步声一定是静雅。于是，又重新弯下腰，帮助她点好一炷香，默默地过去。

“阿彪哥!”赵静雅早已含着的泪水夺眶而出。

“先给文福哥烧一炷香吧！祝他在那边过得好。”阿彪一脸真诚，却淡淡地说。

"嗯……"赵静雅还是默默地三鞠躬，许久许久，然后，默默地把香插在那坟前的香炉上。这时，也才看清了，那坟的墓碑上写着两行字：

先夫李文福之位

爱妻赵静雅立

赵静雅突然歇斯底里地号啕大哭起来。她扑向坟头，她那泪水如决堤的水一泻千里，哭得那样伤心，那样让人感到肝肠寸断，不能自持。

"别哭了，静雅，你的一切文福兄在地下已经知道。节哀保重。"阿彪的嘴巴嚅了嚅，他用手轻轻地扶起伤心恸哭的赵静雅，无限怜爱地说。

"阿彪哥……"赵静雅转过身，看着满脸善良而又憨厚的阿彪，感动得哽咽了，"这十几年都是你替我照顾文福吗?"

"……"阿彪没有吭声，只是默默地点了点头。

"哥啊……"赵静雅没有任何犹豫，她迅速地向阿彪扑了过去。

"静雅……"阿彪趋势紧紧地将赵静雅搂在怀里。

四周还是那样宁静，浓浓的大雾犹如一张遮羞布把他们严严实实地包围起来，两颗伤痕累累的心紧紧地贴在一起……

第十三章

佐佐木冒了一身冷汗

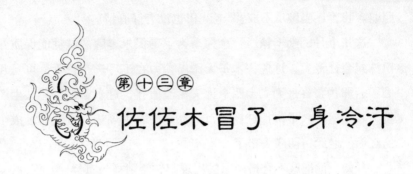

佐佐木气得脸色发青，脖子上的血管一根根暴了出来，他穿着那大头皮鞋不停地在办公室里“喀嚓、喀嚓”地来回走着，不停地走着。

他的办公室还坐着武田株式会社的董事长老武田。他不停地吸着那旱烟斗，一只手拿着烟斗，另一只手却不停地在沙发扶手上敲打着。一间本来不大的警察所长办公室烟雾缭绕，让人连喘气都有一些困难。

“八嘎！”终于佐佐木沉不住气，推开窗户想吸一下新鲜空气，也想借那推开的窗户交换一下室内污浊的空气。

“佐佐木君，这样下去，你这警察所长也当得太憋屈，太没威信了！”老武田又用力吸了一下烟斗，然后重重吐了一口浓浓的烟雾说，“这几个月，你的警察一天到晚盯着永丰糖厂的生产，可是到头来，竟然没有熬出一锅合格的红糖。我可是给本土公司签订了红糖供销合约的了。这好了，非但赚不到钱，反而要赔违约金……”老武田余怒未消。

“别啰唆了，武田君。把这些红糖全收走，不管合格不合格，全收走。”佐佐木气得直跺脚。

“说得轻松，这样充满焦煳味的红糖别说赚钱，连到本土的运费都要照赔。我，还当傻瓜不成?”老武田也没有好心情。

这几个月，永丰糖厂一个榨季为了确保永丰牌的红糖能保质保量由武田株式会社专卖，这佐佐木每天派出警力在工厂进行督管。可是几个月过去了，那些警察每天二十四个钟头轮流值守，这永丰糖厂总共生产了二十批，八十锅，六千多斤红糖，每锅都充满着焦煳味，看到那堆成小山一样的红糖，老武田彻底失望了。

开始，他把这不合格产品的出现归咎于阿祥没有经验。因此，当第一、第二批共十六锅焦煳味的糖出来后，佐佐木被武田逼得没有办法，几乎将全所的警察都派到糖厂去值守，可是却无济于事，尽管那阿祥东奔西颠，每时每刻额头上都挂着汗珠子，那些加柴的，搅糖浆的也忙得不亦乐乎，可是每锅糖浆到关键时刻还把握不准，总会飘出一股浓烈的焦煳味道。

记得那次，佐佐木气得束手无策，软硬兼施，一边求着连永福，一边派四名警察用床板把连永福抬到熬糖现场，希望把他抬到现场指挥后能改变那一切，能够把那焦煳味给熬化。然而，他这一野蛮的做法，不但没有阻止焦煳味的延续，还惹怒了阿光老板，弄得佐佐木和老武田几乎下不了台。

那是一个上午，到凌晨为止值守的警察轮番盯着阿祥的一举一动，可是总共熬了十六锅的红糖浆，每锅都烧着浓浓的煳味。那成品堆在仓库，尽管色泽不错，但当佐佐木和老武田匆匆忙忙地赶到现场，抓起一把红糖放在鼻子上一闻，几乎要气歪了脸。这哪里是曾经在日本风靡一时的永丰牌红糖啊!

已经早早跟日本本土公司签订供销合约的老武田看到那堆红糖几乎要崩溃了。这种红糖既砸了永丰牌商标的牌子，也毁了武田株式会社的信誉。

“怎么办，佐佐木君?”老武田祈求的眼光投向佐佐木，希望得到他的支持和帮助。

“我已经尽力了。你看，我的部下个个都将眼睛熬成红火球了。”佐佐木说得一点不假，这一段这些警察轮流在糖厂值守，没日没夜。尽管这武田公司给了一些费用，但人总是要睡觉的，长时间的折腾，这些部下背地里已经怨声载道，只是这些人原本是自己当兵时的部属，长期的军队教育训练，他们心里不乐意，可是却敢怒不敢言。

“佐佐木君，这将伤害你我的共同利益，伤害到大日本帝国的利益。”老武田动气了，这个老奸巨滑的家伙，表面上是生意人，但佐佐木多少知道他跟本土的政府、军界有着千丝万缕的联系，他能呼风唤雨，甚至可以几天内将他的警察所长的乌纱帽摘掉。

“武田君，你看怎么办？我遵照你的教诲去办便是了。”佐佐木听到老武田不软不硬的话，心里“咯噔”一跳，浑身打了一个冷战。

“大日本帝国是不可战胜的。况且一个小小的永丰城。”老武田将那旱烟斗在沙发扶手上重重一敲，“问题便出在那连永福老东西身上。以前从来不会出这样的问题，这次要榨糖了，他便摔倒了。他一摔伤了，便熬出焦煳味的糖了？啊！”老武田话没讲完，已经气得浑身哆嗦，那仁丹胡子在嘴唇上一颤一颤地抖动着。

“那依你之见，我应该如何做？”佐佐木看见老武田动怒了，便彻彻底底改变了刚才的态度，甚至有一点谄媚。

“把那老东西抬到现场上去，叫他保证不出这样的问题。”老武田像给自己的职员下达指令。

“好的！”佐佐木再也敢怠慢上，带着身边的警员直冲连永福的家。

走进连永福家门前，佐佐木一路盘算着，这个院子不到万不得已他是没有胆量进去的。尽管他不担心这里有枪对着他，他是担心连永福的女婿林胜天和隔壁的阿光老板很难对付，如果惹急了，那他们是很难应对的。

还好！这天还早，阿光去溜达去了。连永福此时还躺在床上，他的女儿海兰正给他喝稀饭。

“连阿叔，你可好！”一进门，佐佐木用少有的口气跟连永福打招呼。

“佐佐木先生，有事？”连永福仍躺在床上，稍稍欠了欠身子，作了应道。

“连阿叔，不好意思，这么早惊扰你了。”佐佐木堆着满脸僵硬的笑。

“有事？”连永福已从佐佐木的眼神里看到，这种人不会没事来问候的，一定带着明确的目的。

“这糖厂已经熬了两批共十六锅的糖，可是每锅都是焦煳了，浓烈的焦煳味这产品本土市场是没有人问津的。因此，武田先生很着急，叫我前来请你老出山，去指点指点。”佐佐木尽量将话语放得很轻松，可是他的眼睛却时时盯着连永福，观察着他脸上表情的变化。如果连永福的表情异常他将采取相应强硬的态度。可是，让佐佐木感到十分惊讶的是，当听到佐佐木的话后，这位年过七十且有伤在身的老人却十分平静，脸带笑容地说：“噢！有这样的事吗？”

“是的，连阿叔，我恳请你老人家辛苦一下。”佐佐木貌似诚恳地鞠了一躬。

连永福心里感到好笑，这糖厂生产合格品和不合格品是我连永福的事，皇帝不急，太监急。我连永福可以躺在床上养伤，你老武田和佐佐木却急成热锅上的蚂蚁，真是岂有此理。但不管有理没理，既然你佐佐木带着老武田的旨意来了，为了减轻阿祥这些年轻人的压力，自己去一趟也无妨。

“去一趟，你们捞不到什么便宜。”连阿叔想了想，便点头答应了。

“你……”见佐佐木指挥他的部下要将有伤在身的老父亲抬到糖厂去，海兰气愤不过，要拦住他们的去路。

“海兰，让他们抬着我走吧，你给胜天、阿光说，千万别为我担心。”连永福仍然笑笑，用手示意海兰让佐佐木抬自己出去。这个已经古稀之年的老人心里真想笑出声来，能不能熬出质量上乘的优质糖来，关键靠师傅，这师傅要能把握住这一关键，既要人到，更要心到、眼到、鼻到。所谓心到，即只要那大锅里的糖水一开，就专心致志；所谓眼到，这八口大锅，那口锅底下都烧着熊熊的大火，这眼睛要盯着眼前的锅，还得看着其他七口大锅，看着那不断冒着的沸腾的糖水；这鼻到，就是有一副好的嗅觉，那清甜芬芳的沸腾糖水稍不留心便会粘锅，一粘锅便会有焦煳味，要善于抓住时机，指挥那搅糖浆的工人，稍有异味加速搅动的频率，而添柴火的工人及时减退柴火……

“纵使你把我抬到铁锅前，又能解决什么问题呢？”连永福心里骂道，“这孙子！”

主意一定，连永福决定利用这一机会，好好跟这些孙子玩一玩、乐一乐。“七十多岁人了，苦了一辈子，难得有这样的机会开开心。”阿叔心里盘算着，却忍不住笑出声来。

“连阿叔，你很高兴?”佐佐木跟着抬着连永福的床板几乎同步，阿叔这一笑，他听得真真切切，便觉得有些奇怪地问。

“是啊！是啊！我都七十好几的人了，难得有人如此高看。现在，佐佐木先生和武田先生如此抬举我，足以让我风光呀！”连永福不失幽默地应道。

“连阿叔，你真风趣，真风趣！”佐佐木嘴里说着，心里却骂了一声，“不识抬举的老东西！”

厂外很冷，冷得让人发颤。可是这厂里却另外一番景象。

轰鸣的机器在不停地转动着，

挥汗如雨的几个壮小伙子，将那堆积如山的甘蔗成捆成捆地扛进来，然后几支几支地喂进榨汁机里。

那一边雪白的甘蔗渣飞溅着，另一边源源不断的蔗汁流入池里，发出叮叮咚咚的响声。

不远处，便是一派热气腾腾的熬糖车间。

八个炉灶里燃烧着熊熊的烈火，八个光着膀子，穿着大裤衩子的后生仔在炉膛前满身大汗，不停地往灶膛里添着干柴。

八个炉灶上面安装着八口大锅，每口大锅旁便有八个穿着大裤衩子，光着膀子的汉子手按着长把勺子不断地在大铁锅里搅动着那沸腾的糖浆水……

一切都那么繁忙，一切都那么井然有序。

整个车间都是清一色的男工，车间里八个大炉上煮着八大锅的糖浆，炉膛里的火熊熊地燃烧着，那诸罗山上枯死的古榕树劈成的干柴片带着丰富的松脂，燃烧的火舌，不时地发出“啾啾”的响声，那大铁锅里的糖浆上下翻滚着，车间里热气腾腾，男工们一个个光着膀子，穿着大裤衩在奔波忙碌着。唯独一个姑娘，穿着单薄，浑身的汗水已经湿透了她大半身衣衫，那汗水粘着身子，她来回搬动着甘蔗并往榨汁机上送。

她便是李福祥的女儿玉兰。

前一段，李福祥被佐佐木逼上了绝路，连永福与阿光一商量，为了照顾这个孤儿寡母的家庭，将她兄妹都招进工厂做工，赚些工钱维持生计。

“她是一个争气的孩子。”连永福总是在嘴里称赞她。此时，人们稍稍用眼一看，便感到眼睛一亮，不愧是穷人的孩子，玉兰能吃苦，又灵巧。那一把几十斤重的甘蔗她不停地搬，不停地送。汗水从那白里透红的脸颊上簌簌地往下流。那健康的身体，丰腴的体态，红扑扑的脸，看了着实让人喜欢。引得站在一边值守的日本警察眼睛直勾勾的，口中却禁不住流着口水。

这一切，让哥哥阿禄多少有些担心。父亲去了，长兄如父。在逆境中他始终没有忘记作为兄长的责任，看到那日本鬼子那垂涎欲滴的脸孔，他的心一阵阵地紧张。既要努力干好自己的活，还要时时防备那双淫邪的眼睛，周密地保护妹妹。

第一个看见连永福被日本警察用床板抬进来的是李福祥的女儿玉兰，她在给榨汁机送甘蔗。自从前一段父亲被逼死后，阿叔为了照顾她家的生活，特地把她和她哥哥禄仔招进这糖厂做工。因此，她也是这个糖厂唯一的女工。

“阿叔！”看见年迈的阿叔被几个警察抬着，身边还跟着趾高气扬的佐佐木，玉兰不知发生了什么事，喊了一声“阿叔”，连声音都在发颤。

“哦，玉兰。没事。阿叔来看看！”连永福像没事一样，看见阿祥还在挥汗如雨，组织工人在干活，便大声招呼了一声。

“阿祥！”连阿叔叫了一声。

“阿叔……”一声熟悉的声音传来，阿祥转过身，却引来了车间里所有工人的眼光，齐刷刷地把目光投向那抬进来的床板，以及床板上躺着的自己的长辈，自己的老板。

“阿叔……”阿祥是一个聪明人，虽然没有说什么，但他知道这日本人抬着阿叔进来是为了什么。看见一个带伤的古稀老人被抬进车间，他哽咽得几乎说不出话来。

“阿祥，这生产正常吗？”日本人就在身边，连永福不想，也无法作解释，便若无其事地问道。

“没事，阿叔。”阿祥从阿叔的眼神中领会到了，强忍内心的气愤，回答道。

“这第三批糖浆大约再过几个小时才能出锅？”连永福公事公办地问自己的徒弟。

“阿叔，最多一小时。”

“好！我看看。”连永福心中有数了，一小时，他要让这日本人再看一场好戏。这一问，再一看，连阿叔心中已经有数。

“佐佐木先生，我们到那口大锅看一看。”刚才室外天气很冷，几个警察抬着连阿叔走一段路，已是额上沁着汗水。可是，进了这热气腾腾的厂房，别人光着膀子仍然大汗淋漓，这警察抬着阿叔还穿着厚厚的冬装，早已气喘吁吁，如水中捞起来的一样，浑身湿漉漉的，但被连阿叔一叫，又不能不走。

“阿祥，这一锅糖浆大约什么时候可以起锅？”连永福又问了身后的阿祥。为了显示认真负责，他还特地用胳膊支撑着半个身子，认真观察着那沸腾的糖浆，一遍又一遍，看得很认真，很细致。

“师傅，快了。最多一个时辰。”阿祥答道。

“估计要搅得勤快一些，那勺子一定要触到锅底，要刮到底。”连阿叔似乎还不放心，专门叮嘱那掌着长把勺子在搅糖浆的年轻人。

“放心！师傅。”年轻人回答。尽管连永福是厂里的总经理，可是平时全厂的老老少少都称他为师傅。

“好！好！佐佐木先生，我们到那口锅去！”连永福又将手指了指……

就这样，从这口锅到那口锅，又从这口锅到那口锅，一个多时辰过去了。连永福指挥着佐佐木来回地转悠，来回地观察指挥，而那四个警察则抬着连永福不停地走动着，早已口干舌燥，体力不支。

开始，这佐佐木还感到挺开心，心里对连阿叔这位老人的默契配合感激不已。后来，来回地走着，那身边的警察早已疲惫不堪，便觉得有些蹊跷。正要劝阿叔停下来休息一下，不知哪口锅里冒出了一股焦煳的味道。

“阿祥，哪口锅烧煳了？”连阿叔的鼻子特别灵，他敏感地问道。

“这……”阿祥用鼻子朝四周一闻，还没闻出方位，却接二连三出现糖锅里发出的焦煳味道。

“糖焦了，怎么回事呀?”连永福很着急地问了一声。

“赶快熄火，赶快……”阿祥心领神会地跟着叫了一声。

“好，赶快熄火……”八口锅的八个后生仔一起响应起来，又是朝灶膛里抽柴，又是朝那灶膛里泼水，一时间那工厂里灰尘、雾气交织在一起。顿时，刚才还井然有序，热火朝天的车是迅速被浓浓的水气和灰尘笼罩着，被充斥得严严实实，工人们尖叫着，仿佛进入一个恐怖的世界。

连永福还由四个日本警察抬着，富有经验的连永福闭起眼睛，将身上的被子一拉把自己的脑袋遮了个严严实实，可怜那警察，既不敢将连永福扔在地上，又无法抬着他往外躲，只好憋着气那硬憋着。

许久，许久，那浓浓的雾气慢慢散去了。

趴在各个墙角上的工人才抬起头看到那一片狼藉的熬糖车间，茫茫然不知所措。

然而，那糖的焦煳味道却很浓，而且直接刺激着鼻子。

“八嘎!”佐佐木简直气疯了，他像一头受伤的野兽直冲阿祥，似乎要将浑身上下的火发泄在他身上。

“佐佐木先生，干嘛?”说来也是无巧不成书，正在城郊外散步的阿光，听到阿彪报告，说阿叔被佐佐木抬到糖厂后，便快步赶来，看到一片狼藉的车间，心里已明白八九分。他知道，这一定是阿叔扎扎实实戏弄了这个当兵出身的佐佐木，不禁心里一乐。当他看见，这佐佐木想将这情绪发泄到阿祥身上时，立即出面制止。

“阿光先生，这些人死了死了的有。”佐佐木看见阿光进来，余怒未消地说。

“你，请立即将阿叔送回去!”阿光不理睬佐佐木，用不容商量的口气严肃地说。

“这……”佐佐木不知道阿光会用这种口气跟他说话。

“怎么啦，佐佐木先生……”阿光怒目而视。

“你……”佐佐木也盯着阿光。这时，两个赶来的警察冲过来，伸手要拔枪。

“别激动。”正当此时，胜天和阿彪从后面出现，轻轻地拍了拍那两个警察的肩膀。却见那两个警察脸色刷地白了下来，但却摇晃一下便站住了。

双方在僵持着，现场气氛有些紧张。

“佐佐木先生，你也是父母所生，连七十岁的老人你也不放过吗？”胜天冷静而严厉地说，他放下身边已是摇摇晃晃的两个警察，上前又在佐佐木的肩上拍了一下，佐佐木感到那一拍仿佛千钧之力，也犹如泰山压顶，让他气发短，力难支，浑身不对劲，连讲话都没了力气。

“把，把连阿叔抬回去吧。”佐佐木喘着粗气说。

“这就对了。佐佐木先生。”佐佐木说话当儿，胜天又在他肩膀上拍了一下，说话间，他立马感到一身轻松。林胜天先后连拍他两下肩膀，佐佐木知道了，尽管认识他已经近二十年时间，可是今天却领会了他身藏着一身不凡的中国拳脚功夫，不觉得浑身上下冒了一身冷汗。

这时，他才体会到刚才两个兄弟被林胜天拍了一下肩膀会瞬间脸上刷白，大汗淋漓，摇晃不止的原因。一种前所未有的恐惧感涌上心头。

“佐佐木先生，凡事要留有退路。”胜天随阿光走前，还留下一句重重的话。

第十四章

武田公司的新职员

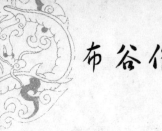

年轻人有年轻人的世界观，年轻人有着与别的年龄段的人不一般的生活方式。云生四兄妹尽管生长在永丰城，但这十年时间在上海求学，见过了大世面，也厌烦了繁华都市那种嘈杂和不安的生活。回到故乡一切都很新鲜，一切都那么富有诗意。这不，这诸罗山一片绿色，那群山中只要有一声鸟啼便千回百转，引起阵阵耐人寻味的回音，尤其现在春天的日子，山花烂漫，浓郁芬芳，无论走到永丰城的哪一个角落，总有一种耳目一新、心旷神怡的感觉。四兄妹当中，性格最张扬的莫过于婕生了，加上四个人当中她的岁数最小，因此，做什么事总是唧唧喳喳，而且敢想敢说还敢干。这几天父母考虑到他们少小离家十余年，刚回到永丰城都还没有交给他们具体任务。虽说赵静雅先生给她和慧生打了一下招呼，希望她们到那蕃童教育所当先生。她犹豫不决，到那去跟孩子们天天厮混，婕生感到没有太多的兴趣，于是，干脆有时间就到永丰城四处走一走，溜一溜，日子过得也挺快活。

春天的日子本是人类最疲倦的日子。俗话说，树木抽芯人借力。尤其是年轻人一躺下便会睡个天昏地暗，如果太阳不升上几丈高是很难醒得过来的。可是，这几天婕生倒是睡得不踏实，一倒在床上翻来覆去尽想心事，常常一夜也睡不了几个钟头。

这个年龄本是姑娘家多梦的年龄，对事业的追求，对爱情的追寻，对一切美好未来的向往都可能成为夜不能寐的导火索。

她想起了从小到大一块长大的云生哥，这人长得尽管不魁梧，但凡事跟阿光叔一样爱思考，天生一副劳碌命，一副老气横秋的样子。六兄妹当中他年岁最长，在大陆读书那几年，除了赵静雅先生之外，大家都围着他转。云生哥在婕生的心目中一直是一位兄长。后来，随着年纪不断长大，到了情窦初开的年龄，婕生的心里开始慢慢地觉得这云生哥非常可爱，他如兄长，又如保护神，站在他的身边总有一种安全感。于是，从那时开始她便慢慢地将云生从哥哥的情感向白马王子的定位转化，有事没事总爱和他在一起，甚至还会在云生哥跟前嗲声嗲气，甚至连自己都不知道怎么回事，喜欢在他跟前撒起娇来。

那是一个很难忘的日子。

对，那便是月港码头观看芗剧《陈三五娘》那晚边吃着家乡小吃，边看着戏。自己在吃饭的时候便有意选择了云生哥身边的位置。当戏演到陈三与五娘相慕，并私奔泉州府时，她被剧中的主人公真诚相爱的故事深深地感动，竟情不自禁地伸出自己的手去紧紧握着云生哥的手。

“那是如触电一般的一刹那。”婕生回想到那一刻，心里充满着激情。那一夜两个人便是紧紧攥着手，连手心都攥出了汗水。

接下来，便是第二天在阿舅的商船上，海浪把商船卷得上下颠簸，大家都晕得天旋地转，灯灭了，大家在惊恐中度过那充满恐惧的时刻，自己没有像昨天月港码头一样犹豫，没有像昨天一样羞涩，利用这个时候毫不犹豫地扑向云生，扑向他那充满青春气息的胸膛，那是何等温馨，何等甜蜜呀！

浪越高，船起伏得越大，自己便把云生哥抱得越紧。

“那云生哥真坏！”婕生想起来脸上还有一点火辣辣。抱久了，抱紧了，原来静静让自己抱的云生哥仿佛不安分起来。他的喘气声开始越来越粗，自己头靠着他的胸脯也开始激烈地起伏着。

……

想到这里，婕生的脸有些热辣辣的，嘴里好像涌出了一股甘泉，咂吧个不停，屋外的鸡已经啼了两遍。照理二更天，该困得不行了。可是此时的婕生仍然兴奋异常。她那飞翔的想象翅膀不知疲倦地在天空中遨游着，这人生真是美妙无比呀！

从月港终于抵达台南港。宏记米行的老板简鹏皓特地设宴请赵先生和几个兄妹。自己知道，这宏记是自己家的世交，尤其是与外公连永福，简老板简宏顺前几年去世了，他儿子当了家。那天晚上还将前两年刚从大陆学成归来的儿子简立言带来和兄妹们认识。

想起简立言，真是让人很难忘却，高高的个子，温文尔雅，风度翩翩。他讲话时总是给人一个很难忘的笑容，让人一见很难忘记。真的……

婕生想着想着终于睡着了。

可是人睡了，那晚上的回想却变成了美妙的梦境，她梦见自己嫁人了……

长长的送亲队伍，充满喜气的衣服；吹吹打打的乐队；

接着便有一个男人将自己从花轿里迎出，自己掀开头饰一看，这才发现自己嫁的不是云生，而是那特别好看，特别令人难忘的简立言……

“哈！哈！哈！”婕生终于充满喜悦，充满满足感地笑出声来……

“婕生，婕生……”睡得迷迷糊糊的婕生似乎有人在敲门，有人在叫她。可是毕竟昨晚睡得太迟，睡眼惺忪，她用力睁了几次眼皮都合了回去。

“婕生，婕生。”可是那叫声越来越响，越来越激烈，带连带着敲门声。

反复几次，婕生终于彻底醒过来了，发现窗外太阳已经升得很高，再低头一看枕头上湿了一大片，“那肯定是自己昨晚做梦做得太高兴了，口水流下来的。”婕生有点不好意思。

“婕生，慧生邀我们今天上午到小山包那走一走。”哥哥在门外喊着。

“知道了。”婕生很高兴，立即翻身下床。三下五除二收拾好房间。回过头她心里一阵发笑，想起以前云生哥常批评她爱睡懒觉时，总是有这么一句话说她“躺下一条虫，起来一条龙”。

今天到小山包那里去走一走是慧生的建议。

这永丰城下了这么久的雨，人的身上都长霉了。今天太阳终于露出了久违的脸，慧生感到回来几天大家经历了许多事，过两天便要进入各自的工作岗位工作，于是邀请兄妹们到那去呼吸新鲜空气，重温一下儿时那天真烂漫的梦。

“我们到山上去掏鸟窝吧，兴许还能抓几只小鸟回来养一养。”慧生看见兄妹们已聚集在一起便高兴地说。她性格比较内向，尤其是父母早逝，很多事情考虑得都比较周详。

“我们现在都是这般年纪了，还掏鸟窝？”云生毕竟年长几岁，有点老成持重地发出疑问。

“上山不一定掏鸟窝，转一转呼吸新鲜空气不也很有创意吗？”天生赞同慧生的意见，也想极力促成。

“走吧，云生哥。你不是向阿叔建议将蔗地改种成地瓜，形成以地瓜为龙头的产业链吗？我看，阿叔很有兴趣，这几天我们不妨将建议考虑得周全一些，说服阿叔他们。”慧生感到这个闲暇难得，大家出一出主意，既可增加乡亲们收入，还可绕开日本人的专卖。

“走吧！”云生是老大，他说了几兄妹便蹦蹦跳跳地向小山包走去。

春雨之后的小山包新枝绿叶，鸟语花香，清新的空气沁人心脾，这两对青梅竹马的异姓兄弟姐妹，现在却是两对情侣，他们有说有笑牵着彼此心爱人的手，没有一个时辰便到了那小山包上。

“云生哥，如果有一天这日本鬼子被赶出永丰城，赶出台湾岛多好呀。”慧生触景生情，“我的外公、阿爸、阿妈都死在日本人手里，每当我看到这日本人便有一种本能的反应，那就是用刀砍死他们。可是，一个弱女子，我却没有那份力气。”

“慧生，你的心情我们大家都理解，但当前我们的任务还是要先解决永丰城的火烧眉毛的问题。我中华民族、我中国乃泱泱大国，之所以被一个小小的岛国欺负到如此地步，乃是国力虚弱呀！”云生似乎心情有些沉重，回来几天，他已经从父亲那沉默寡言当中了解了父辈沉重的负担，这种负担不是体力上的，而是那思想上的沉重压力，那是一种胜过体力上几百倍、几千倍的压力。永丰城的土地在台湾的区域图上，台湾岛在中国的版图上。可是，在台湾这个宝岛上却建着一栋沉重的日本的铁屋子，这栋低矮而又阴暗的铁屋子是那么黑暗，那么沉闷，把台湾的乡亲压得直不起腰，喘不过气来。

“现在不怕了，我们都学成归来了，让我们共同帮助父辈担当更多的责任，把佐佐木这些日本鬼子赶出永丰城。”婕生气愤不过。

“不！婕生，你想得过于天真浪漫。佐佐木纵使被赶出永丰城，佐佐竹、佐佐水、佐佐土还会被一个个派进来，他们跟佐佐木一个样，甚至可能比佐佐木更凶残，更险恶。”云生叹了一口气。

“那么，我们便只能永远被欺凌下去吗？”天生听了很不服气。

“当然不行。”云生的情绪有些激动，他看着兄妹们，“现在我们要用学到的知识，要用我们的睿智，去战胜这些人。这个时间也许很长，也许我们要用一辈子去应对。”云生心情越讲越沉重，“但，我们最终一定能取得胜利。”

“天生，阿光叔的意见好像是叫你去管理永丰酒楼吗？”慧生看见一直不语的天生，问了一句。

“是啊！到时你们经常可以到那来，我将设计几道有特色的菜肴，然后请你们美美地撮一顿。”天生觉得很有意思，办餐馆是中国人的老套路。据说，中国人不论哪个地方的，不论闯关东，走西口，还是下南洋都是以开餐馆作为立足生存的起点，怪不得听赵先生说在日本，在其他国家开餐馆的人很多。现在永丰酒楼要自己去学习管理，跟历史上的前辈创业走的是同一条道路。

“天生，这永丰酒楼原来已经有了基础，我倒在想现在要在经营上突破，还得要增加文化内涵。”云生若有所思。

“文化内涵？”婕生听了以后，有些不解。

“对，你们忘了。我们不是专门请了阿聪、阿明两兄弟？”云生提示大家。

“噢！讲古仙。对。如果将讲古仙引到永丰酒楼，那一定红火，一定发。”婕生、慧生不约而同地跳了起来。

“原来，云生哥你在月港就考虑这件事了。”天生有些讨好地说。

“你们不是看到了吗，这日本人占据台湾以后，推行殖民统治，除经济上掠夺，还从文化上割裂。我们是中国人，哪能忘了老祖宗，忘了老祖宗的文化呀？如果每晚都有讲古仙，客肯定少不了，在文化的传播上肯定效果也不错的。”云生还想说什么，却戛然而止。

“怎么啦？”看到云生的话讲了一半便没了下文，几兄妹有些不解地问道。

“我似乎听到有人在说话。”天生抬起头，向四周反复张望着。

“是吗？”大家异口同声。

“嘘……”天生比了一个手势制止大家。

不错，在他们热烈交谈的地方不远的树丛中，浩仔和钟仔正在束手无策。刚才他们被武田公司聘为正式员工。本是一件开心的事情，可是当人事经理给他们下达任务后，凭着中国人的良心和良知，凭着父辈长期的教育，他们感到自己已经落入了武田株式会社设定的可怕陷阱里。为此，两个年轻人惴惴不安，又束手无策。有苦没地方吐，便跑到这山上来寻找对策。

初涉人生，而且出身贫寒，更没有人脉资源。他们又怕自己干这丑事被长辈发现，便如做贼一样，默默地坐在这灌木丛中哀声叹气。

“浩仔哥，怎么办呀？尽管我们家里穷，如果阿爸知道我们去替武田公司干工、当汉奸，不被他打死，也会被他打废。”钟仔今年刚满十八岁，从出生到现在连这永丰城的城门都没有出过，平时除了干一些农活，最信任的伙伴便是身边的邻居浩仔哥。

“这名是我们自己报的。可是，现在人家要聘我们了，却是一个当汉奸的勾当。去，全城的人戳脊梁骨；不去，那武田公司不会放过。这日本鬼子什么事都做得出来。”浩仔死劲地敲打着自己的脑袋，一脸哭腔，茫然地看着那茫茫无际的诸罗山。

两个小兄弟你看着我，我看着你；你叹一声气，我敲一下脑袋，便就这样在灌木丛中默默无语打发着时间。

一阵热烈而欢快的年青男女的欢笑声传来，让人感到无比的羡慕。

浩仔还探了探头看个究竟。

“云生哥他们来了。怎么办?”浩仔不看不知道，一看心里尽发慌。

“糟了，让他们知道，我们死定了。”钟仔浑身发抖。

“我看不会，干脆我们趁现在什么坏事都没有做，把情况告诉他们，请他们帮我们出主意。”浩仔灵机一动，建议说。

“那……”钟仔略一思考也不无道理，但难免又有一些担心。因为在永丰城一听到跟日本人勾搭在一起，一定会成为众矢之的。

“他们见多识广，一定能帮我们出主意的。”浩仔看见钟仔没有一点主见，也不再搭理他，站起身来，朝云生他们打招呼。

“云生哥!”浩仔叫了一声，他们还是小时候认识，十多年了彼此都成为小伙子了。云生听到有人叫他也一阵兴奋。

“你是……”云生认不出站在眼前的是谁。

“我叫浩仔，我阿爸叫张正旺。”浩仔一脸灰心丧气的样子，然后指着身边的钟仔说，“他叫钟仔，我的邻居。”

“你们，看样子你们碰到什么难事了吗?”云生看到他们一点精神都没有，尽管他努力掩饰着，但是那种惊恐不安的神情却清晰可鉴。

“是的，云生哥。我正想向你求助。”浩仔说着，又把话题掐住了。因为，当他看到眼前四个人都是上过洋学堂的人，担心说出来被取笑。

“有话别客气，都是乡亲。”天生看到两个小兄弟可怜兮兮，便鼓励他们。

“是这样……”浩仔将自己早上碰到的事情详详细细重述了一遍，然后说，“我们现在真是进退两难：进，当武田公司的职员，虽然可以领上不错的薪水，可是帮助日本人，出卖自己人，那是汉奸，狗屎都不如；退，那武田公司肯定不会放过我们，甚至不会放过我们的家庭。”说到这里，浩仔忍不住泪水直流。

“这样啊!”听了浩仔的话，云生感到问题确实十分复杂，更感到这日本鬼子的阴招如果不加以重视，此招不防备，必然还会有第二招，甚至第三招，那么永丰城乡亲的利益，包括阿爸、阿叔他们几十年辛辛苦苦创下的基业将会受到严重的损失，造成不可估量的后果。

“这日本鬼子可恶至极!”慧生狠狠地骂了一声。

“云生哥，此事滋大，应该赶快向你阿爸报告，做好防备。”慧生也建议。

“浩仔，你们有什么想法吗？”云生感到这件事非同小可，给阿爸和阿叔报告是必要的。但自己的几个兄妹都已长大成人，这也包括浩仔和钟仔，除了应有的是非判断能力外，还必须有解决这些问题的基本考虑。当然，最重要的是浩仔两个人有一个基本的态度。

“我，我……”浩仔露出一脸的难色，他真不知怎么办，只是可怜巴巴地看着云生，似乎把他当成智多星，当做救命恩人。

“慧生、天生、婕生，你们看？”云生投向他们三兄妹。

“如果浩仔有勇气去面对，那便最好，就怕他们没有信心！”天生沉思了一下说，“如果按照间谍小说里面讲的，表面上浩仔、钟仔成为武田公司的员工，领了一份工资，提供一些我们无所谓或无关紧要的情报，则最好。”

“那老武田会那么憨吗？”慧生不同意这种观点。

“那逃又逃不出去，而且你叫他们往哪里逃呀？”婕生反问了一句。

“那怎么办？”慧生叹了一声，是啊！虽然四兄妹都读了不少书，可这个问题在那些知识里很难找到答案的。

“唉……”浩仔叹了一声，急得眼泪又要往下掉。

“别急，大家冷静思考一下，我们想到办法以后再回去报告阿爸，反正现在时间还早。”

几个人一个个没有了刚才上山时那种快活的热情，一个个坐在地上耷拉着苦瓜脸在寻找解决这个问题的办法。因为，解决这个问题，不但帮了浩仔兄弟俩，实际上也是帮自己，帮整个永丰城的乡亲。

“布谷，布谷。”山里静悄悄的，那山间的布谷又鸣叫起来，云生站起身说：“浩仔，我看你们还是高高兴兴去当武田公司的职员。”

“云生哥，你这是……”钟仔听了以为云生拿他开心，着急地站了起来。

“你听我说。”云生请浩仔、钟仔坐下，“武田选中你无非是你们年青，另外你们父辈与我们家有一些关系，因此可以探听到一些情况为他们所用。既然如此，我反复考虑还是天生的意见对，不如顺势而为了。”

“我不能做汉奸，做汉奸辱没了八辈子祖宗呀！”浩仔和钟仔几乎哭出声来。

“别急！”云生转过身对自己三兄妹说，“我们一段时间编一些消息给他们，我不相信凭我们四个人还斗不过一个老武田。我们便不断给他提供假信息，让他不断作出错误的判断，不断地犯错误。”云生讲得很有信心。

“云生哥，这样有把握吗？”慧生有些担心。

“如果没有把握，我们不是还有阿爸、阿叔和阿公吗？”云生有些激动，“今后，这永丰城多了我们几个角色，一定要让它更热闹一些。”说到这里云生有一点神采飞扬。

“好！……”几个人都被云生的话征服了。

第十五章 这倒春寒特别的冷

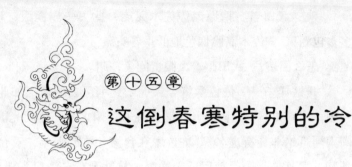

佐佐木带着四个警察如同斗败的公鸡，垂头丧气地回到警察所，刚进门不久便有警察进来报告。“刚才那被林胜天拍了一下肩膀的山田君和鸠山君背部乌黑，痛得躺在床上直打滚。”

“八嘎!”佐佐木从腰间抽出手枪气得直哆嗦，手一挥，招呼几个警察说，“走，找林胜天算账去!”

“是!”一帮日本警察虽然没有领教过林胜天的功夫，可是他们都是当年占领永丰城中的日本军中留下来的，多少听说过这林胜天的功夫，尤其是看到那两个兄弟杀猪似的号叫，已足以瑟瑟发抖。更重要的是还听说，这林胜功夫虽然很精，却又略逊阿光老板一筹。如果找上门去，那断然凶多吉少。因此，一个个都战战兢兢挪不动脚步。

“武田君来了。”正当大家左右为难之时，武田株式会社的董事长老武田来了。佐佐木知道，他来便是一个催命鬼，免不了又是那熬糖的事，但没有法子，在这个死老头面前，佐佐木如同耗子见猫服服帖帖。

“佐佐木君，你去了一趟到底如何啊?”武田还没进办公室，便叫了一声。佐佐木一脸无奈，手一摊，便将部下打发出去了。

“噢，武田君，请原谅佐佐木无能，此去一塌糊涂，请你多多包涵，多多包涵!”佐佐木满脸愧色地低垂着头。

“怎么回事?”武田瞪着大眼责问了一句。

“是这样……”佐佐木将今天上午到糖厂去的情况如此一般地重述了一遍，“武田君，这阿光和林胜天绝非等闲之辈，这阿光能被台湾人称为闽南阿哥绝非徒有虚名。”佐佐木在台湾一待二十年，对台湾的情况清清楚楚。尤其是，今天糖厂还未冲突，林胜天在自己肩头那貌似轻轻一拍，自己却有一种泰山压顶的感觉，足见这林胜天功夫不俗呀!

林胜天是这样，而阿光却不动声色，民间都传说这阿光的功夫比林胜天还了得。

佐佐木想到这些至今仍感到后怕。

“你……”老武田听着佐佐木的介绍，加上刚才看到那痛得龇牙咧嘴，受伤的两个警察，老武田气不打一处出，浑身哆嗦，招呼他的几个保镖直冲糖厂。这个在台湾，在中国东北，在日本本土做了几十年生意，又跟日本政、军界有着千丝万缕联系的三栖人物，实在不敢相信，在大日本帝国统治的一个小小永丰城，你一个拥有一支全副武装警察的警察所长连一个糖厂都管不了。

这糖一锅一锅都是焦煳味。

这甘蔗都快榨完了，竟然没有一锅没有烧煳的。而且，警察所还每天派警察在那值守，真是不可思议。

沟通，与阿光沟通不了。

制止，又制止不住。

整个榨季原来名扬日本市场的永丰牌糖竟然没有一斤一两的合格产品。

真是匪夷所思!

武田感到这里面一定有问题，这问题表面上是连永福摔倒受伤，技术力量不足造成的，但根源一定是在那个闽南阿哥阿光身上。可是，这连永福是糖厂的法人代表。这阿光、林胜天、阿彪、连永福表面上各管一块，可是彼此之间又是相互关联，密不透风。查责任，找原因，无论如何又找不到阿光的头上。

一个七十多岁的日本老头，经历了无数大风大浪，做成了数以万计笔生意，唯独这永丰城的生意最难做，这永丰城的头最难剃。老武田带着他的一拨保镖气不打一处来，一步一滑地朝糖厂走去。

他的身后，自然少不了佐佐木和他的部下。

这永丰城今年春天的天气也特别怪，自从开发建设至今也没有出现过这样反常的天气。

春节前便下了没完没了的毛毛雨，那一下一个多月，把整个永丰城都下得发了霉。前几天，久违了的太阳刚冒个头，连地板上的泥浆都还在四处飞溅，这春雨又滴滴答答地下个不停。

接着，气温骤降，风夹着雨，雨助着风。就一个晚上，这永丰城的路上冻着一层薄薄的冰；那屋檐上挂着晶莹剔透的冰凌；那千沟万壑的诸罗山上参天古树上也凝上了一层厚厚实实的冰凌。

街道上非常安静，庄户人家反正这种天气田里也没有活可干。一个个只好猫在家里围着木炭炉烤火取暖；偶尔有事必须出门的人也是尽量蜷缩着身子，在那冰碴子冻成的路上步履匆匆，埋着头往目的地走着。

“八嘎!”老武田毕竟已显得老态，但为了那一笔不小的生意和分量不轻的银两，不得不走在这冰封寒冷的泥泞路上。他一肚子都是火，他既不甘心自己的失败，又不满意佐佐木的无能，一步一颠，一步一滑，而且嘴里还不干不净地责骂着。他骂一句，那哈出的白花花的气便从嘴巴里喷出来，在这天气里形成一个热气团。

他自叹自己命苦，在这种连狗也不愿出门的时节，连中国的庄户人家的年轻人都躲在家里烤火，而自己已经七十多岁了，为了钱，为了日本帝国的利益，却还在这里奔波。想到这里他真想杀了那糖厂的阿祥，想当着众人的面用力踹一下那无能的佐佐木，不然，很难咽下心头的这口怒气。

永丰糖厂还是那么热闹；

这些工人还在那死命地干活；

那八口大锅上的糖浆还是热气腾腾地翻滚着；

那佩带武器、全副武装的警察站立在那里，似乎不是在监督，而是给工人们当保安。

只是有一点特别敏感，那便是这车间里充满着浓浓的糖被烧焦的焦煳的味道。

老武田一闻到这味道便有一种本能的排斥，他的心情激烈地反应起来。

有了焦煳味，白花花的银子就飞走了。

“阿祥，哪个？”武田在本之前了解到，连永福受伤后，这糖厂的技术全部由阿祥负责，造成今年所有的产品都烧糊，便是他的技术把关不好，火候把握不准造成的。一进车间，他便直呼其名，他要问清楚这个问题，他要追究阿祥的失职之责。

“阿祥，你的过来！”老武田一开口，后来的佐佐木便大声吆喝起来。

阿祥此时正在指挥搅糖浆的工人在紧张地干活，他听到有人叫他，发现这些日本鬼子都一窝蜂地拥来，心里“咯噔”一跳，他预计今天难免又要花一些口舌去应对这些矮子了，便振了振精神，将额头上的汗水擦了一下，走到武田跟前。

“武田先生，佐佐木先生，你们好！”礼仪之邦，尽管阿祥识字不多，但从小长辈有教，他客气而又有礼貌地与老武田和佐佐木打招呼。

“你的，失职，大大失职，死啦！死啦的有。”老武田看到阿祥将自己的一切怨声如倾盆大雨朝阿祥身上倾泻。

武田身边的保镖也狐假虎威冲上前用力一推，毫无防备的阿祥被推得踉踉跄跄，差一点跌倒在那熊熊燃烧的炉膛前。

“你……”平时老实巴交的阿祥，尽管知道自己除了一身死力气外，没有任何拳脚功夫，但对面前这些如狼似虎的保镖却毫不退让，他四目怒视着这些鹰犬，迅速将自己的位置调整到一个比较主动的地方。否则，稍不留意，万一被推倒在那熊熊的炉膛之中，必定会瞬间烧得体无完肤。

“找死！”被推了一把，刚刚缓过劲的阿祥刚刚站稳又被那保镖当胸一拳，打得眼冒金星，身体摇晃了一下，但他努力将自己站稳了。

“日本人打人啦。”在近处干活的禄仔看到阿祥叔被打，便喊了一声，整个车间的人听到这日本保镖平白无故地打人，都纷纷放下手中的活计围了上来。

厂房里的气氛顿时紧张起来了。

云生今天是第一天上班，他看见今天这日本鬼子气势汹汹蜂拥而来，赶快向林胜天和阿彪报告。

这边气焰嚣张的武田公司保镖并不停手，老武田旁边的日本警察也想趁机捡便宜，尤其是前几天他的两个同伴被林胜天拍了两下肩膀至今仍然疼痛难忍。现在看到阿光、林胜天和阿彪不在现场，大有将阿祥这老实人作为出气筒而大打出手的感觉。

“小日本，来呀！”老实人平时不吭不声，但人的忍耐总有一个极限，阿祥莫名其妙地被这日本保镖又推又搡已经怒火燃烧，手握拳头怒吼着。

“八嘎，死啦，死啦！”日本保镖狗仗人势，又重重一拳打在阿祥的胸口上，阿祥头一歪，“砰”的一声沉闷地倒在地上，脸上痛苦地抽搐着。

“打死这日本鬼子，打呀！”车间里的人看到这一切，再也沉默不了了，大家振臂高呼，将老武田、日本保镖及日本警察团团围住。

日本警察见势不妙，噼里啪啦纷纷从身上的枪套里掏枪。

车间里剑拔弩张，大有一触即发的危险。

这时，那倒在地上的阿祥“噌”的一声突然从地上爬起来，使尽浑身解数，挥起那凝聚全身力气的拳头，对准刚刚打他的日本保镖“吧”的一拳重重击过去，那日本保镖冷不防被这一打，鼻血也喷涌而出。

这一下，阿祥仿佛捅了马蜂窝，那老武男气急败坏地大叫了一声，指挥他的手下围着阿祥准备大打出手。他以为，这车间里的工人是他的臣民一样，可以供他们打骂泄恨，这车间的工人是他的牛羊可以任其宰割。可是，他低估了这里的工人，阿祥师傅在工厂里的威信仅次于连永福，发现他无缘无故遭这日本鬼子殴打，一个个群情激奋，怒吼起来，与那帮日本打手对峙起来……

阿光、胜天和阿彪赶来了。

看到这种状态，胜天和阿彪非常着急，尤其是刚才日本保镖殴打阿祥师傅时，胜天准备冲进去助他一臂之力也被阿光劝阻了。

这时，那被阿祥打出鼻血的日本保镖恼羞成怒，觉得自己在众目睽睽之下被一个台湾工人打得满脸是血不体面，像一头疯狗又一次扑向阿祥，而他身边的几个保镖和日本警察也乘机抓住最近的工人肆无忌惮地要起了淫威。

那老武田看到这工人被他手下殴打竟然发出开心的狂笑。

佐佐木身为警察所长对自己的手下如此狂妄而无动于衷。

“干妮姥……”阿彪看不下去了；

“修理他们去……”胜天怒火难遏；

“适可而止……”阿光知道，对这些日本鬼子，不给一点颜色看看，似乎解决不了问题，也好，今天老武田、佐佐木在应该让他领教一下中国功夫。

阿彪走向人群，他走得很轻松，他走得若无其事。

可是，当他走近那正对阿祥大打出手的日本保镖跟前，伸出手卡住他的脖子，那家伙似乎像陀螺一样原地上绕了几圈，接着又好像没了魂似的在原地上转了三圈。此时，阿彪伸出右手“嗨”的一声，在那家伙的肩上运了一下气力，那日本保镖便“嗖”的一声如一个装满东西的麻袋沉闷地落在地上一动不动。

“啊……”一帮日本保镖和警察看见阿彪来了，自己的同伴摔得很惨，失声一叫，想摔掉对象向阿彪围攻时，胜天满脸堆笑，上前一个人点一下，那动作仅在眼前闪过，看也没有看清，只是觉得眼花缭乱之际，原来一帮如狼似虎之徒全部原地不得动弹，却如同一具具被突然冻死的僵尸，千姿百态……

工厂里瞬间沉寂下来。

没有见过武功的工人们一个个惊愕得张开大大的嘴巴。

这时，在车间的另外一个角落，突然传来了女人的声音，接着便是云生的喊声：“抓住那狗娘养的东西，他调戏玉兰，抓住他。”

大家不约而同地往那看去，看见前面那日本警察被几个工人追得没命地朝这边走来，看来他是希望跑到这边有老武田和佐佐木在这里得到他们的庇护。后面，玉兰哭成一个泪人，她的上衣被扯破，露出肩胛上一片白嫩的肌肉，蹲在地上吓得不停地发抖。云生正脱下身上的衣服披在玉兰身上，为她遮羞。

“无法无天……”目睹这些，阿光再也无法忍耐。他暗想，老虎不发威，他们以为是猫。看到阿彪、胜天想冲过去教训那警察，阿光制止住了。自己不动声色地迎上前去。那警察叫矢野，平时认识阿光，也正因为这一段被派到糖厂值守，每天看到玉兰那如花似玉的身材早就垂涎欲滴。今天看到这保镖和警察对阿祥等工人大打出手，想趁混乱赚个便宜，抱住玉兰又摸又扯。连那被汗水浸透的大襟衫也被扯破，让姑娘上半身的胴体几乎暴露无遗。毫无防备的玉兰姑娘大呼救命，云生赶来，她才得救。

“阿光先生……”那警察见脸无表情的阿光，以为遇上了救星。

“好！好！好！”阿光不动声色，上前就说三个好字，便轻轻地抓住他的两边胳膊，片刻，那警察嗷嗷叫了几声，只见那胳膊如带子一样无力地垂了下来。

前后不到一炷香工夫。

阿光、胜天、阿彪如同杂技演员作了精美绝伦的表演。刚才还一帮张牙舞爪的虎狼之徒，此时却无声无息地戳在原地。

唯有这警察在那嗷嗷痛哭。

“你！阿光，你……”这回轮到老武田不知所措了，他指着阿光几兄弟，又指着那呆若木鸡的佐佐木在叫嚷着。

“怎么啦，武田先生……”阿光冷冷地问了一句。

“开路，开路……”老武田不知道今天怎么会落到这样一个结局，七十多岁的人了跨洋过海，走南闯北，经历过无数的大风大浪，也闯过无数个大场面，可是却在永丰城搞得如此被动，却被这不足五十岁的闽南阿哥如同猫玩老鼠一样地玩弄。他习惯地朝保镖招一招手。可是，那保镖好像没了灵魂，仍然傻愣愣地戳在那里。

他的身子晃了一下，转过身像泄了气的皮球告诉阿光：“你的永丰糖，我不要了，统统的不要了。”

“不，武田先生。”看到武田那一脸狼狈相，阿光心里忍不住要笑出声来，“我现在必须明确告诉你，这永丰糖厂是我们的糖厂，质量不好，我心里也不好受，但再不好受，这里的事我们会管，跟你有什么事，你凭什么到我这里打人?”

“这……是……”老武田不置可否。

“这糖，台湾总督府里有通告要专卖的，永丰城的糖要你武田株式会社经营，你统统的不要，我怎么办?”阿光反守为攻，目光咄咄逼人。

“永丰糖发焦的，没有人要!”武田听到了阿光话中有话，发现自己处在十分被动的位置。

“没有人要，凭什么?凭你的几句话吗?”阿光步步逼近。

“我不做，由你们自己去卖!”老武田想把这质量不好的糖推给阿光。

阿光心里一乐，但仍不动声色：“这可是你说的。”

“嗯，你把他们放了吧!”武田想早点溜之大吉。

“不，武田先生别急，我还有些事要请教你。”阿光这时倒显得十分从容起来，“这糖的质量不行可是你说的?”

“是!是!是!”老武田老实了。

佐佐木更是被刚才阿光他们收拾保镖和警察的举动惊呆了，现在还在那不敢动弹。

“这糖你不想收购，是你说的?”

“是!是!是!”

“这焦糖是你要我自己处理，也是你说的?”

“是!是!是!”老武田应答如流，面对自己强悍的对手，他今天是实实在在感受到了，多一事不如少一事，他希望早点远离这里，并带走他的保镖。

“我阿光历来是守法的人，从不干违法的事，既然你们认为这糖质量不好，你们不收购，你们要我们自己处理，请你们，”阿光指了指武田和佐佐木，“给我一个公函，我有一个依据，我以便依照要求进行贱卖，多少换回一些银两，能少亏便少亏一些。”

“这……”佐佐木感到自己和老武田已经被阿光装入口袋了，他在迟疑。

“怎么样，佐佐木先生，我们是二十多年的老朋友了，你还不了解我吗?”阿光半开玩笑地将目光盯着佐佐木，那目光如同利剑，透出一股寒气，让佐佐木脊背发凉，你看看那戳着的保镖和警察，一阵虚汗从额上“滴答滴答”往下直滴。

“武田先生……”这回是佐佐木向武田求情了。

“八嘎!”老武田在心里咒骂着，咒骂着眼前这个个子不高、其貌不扬的阿光，他把牙齿咬得咯咯响，门牙被打落了，连吐都不敢，只好往肚子里吞。他忍了许久，许久便告诉佐佐木，“开，给开一个公函证明。”

“好!”佐佐木无奈地朝阿光点了点头。

“好！日久天长，请你我以后彼此之间多一些关照。”阿光心里一阵欣慰，他转过身叫住胜天，“你和阿彪随佐佐木先生和武田先生去开一个公函。”

“好的！我们去。”胜天心领神会。

“这……”老武田指了指那一帮戳在地上的保镖。

“这好办!”阿光不慌不忙，上前朝那每一个人身上轻轻点了一下，那刚才还如僵尸一样的日本人，瞬间恢复了活力。然后，转过身将那被卸了胳膊的警察，上肢轻轻一托，这个刚才还像大猩猩一样走的人，也立即恢复了人站立的姿态。

老武田和佐佐木带着他们的部下悻悻地离开了工厂，可是此时，阿光心里却感到异常的沉重，这是中国的领土，这是中国人自己的工厂，这是中国人之间的事，一个日本人却如此肆意妄为，如此肆无忌惮地在欺凌自己的兄弟。他蹲下身将阿祥轻轻地扶起，关切地说：“阿祥兄弟，你受苦了。我要感谢你，更为有你这样的兄弟而感到自豪。”

“阿光哥……”阿祥无比动情地看着阿光，他哽咽着，喉咙里咕噜了几声，却没有说出一句话。

“明天开始，你先去休息几天，我今晚叫海英送一些伤药过去。”阿光没有说什么，只是紧紧握住他的手。

转过身，他看到那披着云生的衣服，还伤心哭泣的玉兰，一种做父亲的责任让他动情，他怜爱地扶起这位刚刚受了惊吓的姑娘：“别怕，有阿叔在，有这么多兄弟姐妹在，以后有困难找阿叔……”说着，说着阿光眼睛有些湿润，转过身，他发现云生站在旁边，刚才因为情急，为了给玉兰遮羞，将自己的衣服披在玉兰身上，此时，这傻小子正赤裸着上身，不觉欣慰一笑。

“云生，以后你在这里上班，保护好这里的阿叔、阿哥们，是重中之重……”阿光叮嘱自己的儿子。

“儿子知道了，阿爸！”云生应道。

第十六章

永丰酒楼的讲古仙

前一段时间，老武田和佐佐木一帮人到永丰糖厂被阿光扎扎实实修理了一番，那狼狈相自然不再赘述。

然而，最难受的莫过于佐佐木，一个警察所长，一方面被老武田指挥得团团转；一方面被阿光他们修理得几乎没了棱角。那边他知道老武田的背景；这边他了解阿光的实力，真让他左右为难，叫苦不迭。

讲实话，佐佐木在永丰城二十多年，从青年进入壮年，他的眼前有多少人死在当年的乡勇团和义军手下，他最清楚不过了，小武田便死在这里。论经济实力，阿光谈不上腰缠万贯，可是他的人格魅力却无人可以替代，他往永丰城街头一站，那绝对是一杆旗帜，全永丰城的男女老少都一定会围在他的身边。这个人识字不多，但做人却侠肝义胆，加上除了自己有一身十分了得的拳脚功夫外，身边的胜天和阿彪也绝非等闲之辈。以前两军交战，受到正规训练的大日本皇军屡屡被暗算，屡屡败在他身边的乡勇团手上，自己曾反复思考失败的原因，却始终没有答案。现在随着时间的推移，那真刀真枪表面上是收起来了，可是他那隐藏不露的精深武功却初见端倪。

那天糖厂的一般较量，实际上是老武田和自己的失策，给了他们又一个展示武功的机会。这一次展示让武田和自己颜面尽失。这让佐佐木不能不认真地思考。这阿光，这个整个台湾称为闽南阿哥的中年人有武功，有非同一般的武功，更有心智，有超乎一般农民少有的心智。

这足以让警察所的区区十几个警察望而生畏。

想到这里，佐佐木感到一种前所未有的压力。面对这个不显山露水的阿光，不论是智慧，还是武功自己绝非其对手，以后还要在永丰城混下去，不容易呀！

鸡鸣了！

不知道这鸡已鸣了几遍。

这佐佐木翻来覆去却怎么也难以入睡。

辛辛苦苦劳累了一个春天，忙了一个榨季。为了确保今年的永丰牌蔗糖能悉数转卖到日本本地，自己不惜动用了警察所的所有警力，每天派出警察熬更过夜到糖厂值守，每个警察都把眼睛熬成了红火球。因为警察有警察的纪律，那些部下尽管满腹怨言，却只能在背地里发些牢骚，而一谈起阿光都个个惊慌失措，唯恐躲闪不及，整个警察所几乎没了元气。可是到头来仍然鸡飞蛋打，竹篮打水一场空。

这真是一个悲剧。

那堆成小山一样的蔗糖熬是熬出来了，却充满着焦煳味，这种产品在日本本土市场肯定是无人问津的。那么，阿光能把那堆东西当饭吃吗？能白白地倒到诸罗山涧去吗？如不倒，他们又会怎么处理呢？

突然，他想起那天阿光要警察所和武田公司出具一张不收购永丰糖厂蔗糖的证明函和叫他们自行处理证明函。当时，被老武田一催自己也一着急，便不假思索开了出去。

现在自己回想起来却感到一丝害怕。

这种证明函阿光又想做什么文章呢？佐佐木叹息着。

那粗粗的叹息声把蚊帐都飘了一阵子没有停歇下来。

佐佐木在思考，越想越不通，越想心情越焦急。

那边，老武田也是火冒三丈。

人老了，睡眠本来就少，这一段被永丰糖厂蔗糖收购的事搞得这位商场老手束手无策。这位走南闯北，这一辈赚了无数中国人血汗钱的老奸商，却不知道要赚永丰城的钱是那么的辛苦，那么艰难，甚至钱没赚到，输得连一点颜面都没有。想到自己已经七十多岁，那天在一帮台湾人的鄙视中落荒而逃，他原本已经没有几颗真牙，却恨不得将那无能的佐佐木咬碎，碎成粉末一口咽到肚子里。

否则，真不解恨。

老武田尽管已经七老八十，可是却是一个天生不服输的角色。前一段输得太惨，而且输在一个没有多少文化的农民手上。自己无论如何也要赢回来。老武田在床上躺不住了。他索性爬起来，打开灯，将旱烟筒里装上满满一锅关东烟，一口又一口猛抽起来。

再说，那云生、天生几兄妹，从大陆回来到永丰城也有一段时间了。这一段开始有了专门的工作。云生协助连永福、林胜天管理糖厂的生产和销售工作；天生便负责永丰酒楼管理。慧生和婕生则随赵静雅到蕃童教育所教书。

那工作是分了。但凡事几兄妹都会经过一番研商。

永丰酒楼是魏永富和屠户两位阿公从南投那边开始建设起来的，到永丰城时不断发展，现在在方圆几十里都已是小有名气。

屠户阿公十几年前在这里宰了一帮日本鬼子以后，魏永富阿公尽管年老体弱，也尽管培养了一批得心应手的厨师，可是老人闲不住每天都会拄着拐杖来看个究竟。不看，老人家绝对睡不踏实。

这天，永丰城的街头巷尾都张贴着红红绿绿的广告，向市民告知今天晚上开始，这永丰城酒店将开讲古。

不用说，这一新鲜事便一会儿传遍大街小巷，不出几炷香工夫连小孩都无所不知。

“这讲古是什么意思呀？”年轻人好奇，尤其是日本人统治，这消息闭塞得很，年轻人还不知道讲古是一个什么东西。玉兰刚从糖厂下班回到家里便问哥哥禄仔。

"我也说不清，问阿妈吧。"禄仔告诉妹妹。

"阿妈，这讲古是什么东西呀！"玉兰经不住这新鲜东西的诱惑又问阿妈。

"……"闽南的女人在闽南本身三步门不出，五步门不迈，只是听说过，"这讲古呀，便是讲以前很有意思的事。"玉兰的阿妈被女儿一问，张开就剩下几颗黄牙的干瘪嘴，告诉女儿。

天刚黑，尽管春天刚过，但天气还比较凉爽，永丰城的男女老少便纷纷搬着自家的长椅短凳早早等在永丰酒楼的前面，等候讲古。

云生、天生四兄妹忙得满头大汗，他们在酒楼前挂起两盏汽灯，那灯光特别亮，几乎把大半个永丰城都照得如同白日。

看到酒楼前后都坐满了迫不及待的乡亲，天生一边擦汗，一边问云生："云生哥，开始吧？"

云生抬头看了看，这门外是黑压压的乡亲，这屋里酒楼的厨师都忙翻了，整个酒楼七间小间连同大厅只要能坐人的地方都坐满了，厨师们正在忙着煮菜配菜，那几口大锅又是炒又是煮，真是上下左右找不到一个闲人，不觉心里乐乎乎的，便大声说："开始，现在请阿聪兄弟给大家讲古。"

"好！"早已迫不及待的乡亲们热烈鼓起掌来。

此时，那阿聪身着一身长衫，他那头发用水精心梳理得有条不紊，朝大家鞠了一躬。便笑容可掬地告诉大家："今天晚上讲的是《隋唐演义》中的一个片段。但是为了感谢乡亲们的厚爱，先送一个《好心人张三的故事》。"

"好！快！好！"早已迫不及待的乡亲们热烈地鼓起掌来。

云生站在酒楼门口，看到这门口来了这么多乡亲，"你看连你阿爸和阿叔他们都来了！"慧生乐不可支，特地告诉云生。

"云生，那日本警察都躲在人群当中凑热闹呢！"天生提醒云生。

"天生哥，这么多人，我们何不组织煮几锅捞糟汤圆、鱼丸去卖一下，学习月港码头那种做法。"婕生生性活泼，一看到这场面却想到利用这种机会赚钱。

人声鼎沸的当儿，那阿聪清清嗓门，开始讲古了。

"在某年某月某村庄，村头住着张三，村尾住着李四。尽管都是同村乡亲，可是两个人的人品却相差十万八千里。张三勤劳憨厚，勤俭持家，家境殷实，众人仰慕；而这李四呢，古怪刁钻，整天东溜西跑，自然缸里没米，锅里没油，受到大家冷眼。这样一年又一年，春节要到了，庄户人家每到除夕晚上都有一个开门纳福的习惯。这李四想到张三那么富裕，自己那么贫寒，心生一计准备让这张三来年一贫如洗。于是趁着晚上漆黑扎了一个稻草人在半夜时放在张三的大门上。心想，到了正月初一凌晨，张三一心一意开门接福时，如突然扑进一个稻草人，必然吓得他大病一场，那时自己自然便不会那么招人讨厌了。

再说，这张三平时不但与友邻亲密相处，而且对上苍菩萨和各路神仙虔诚之至。正月初一零时刚到，他便早早准备好开门接福。此时，他身穿长衫马褂，双手刚刚开起双门，嘴里默念："开门接福，脚踏四方，方方吉……"那"利"字还未出口，突然黑暗中扑进一个稻草人，这着实让张三吓得出了一身冷汗。但他毕竟平时为人正直，从不做亏心之事。看到黑暗中扑面而来的稻草人，立马冷静下来，对着屋里的妻儿大声喊："财神爷光临，财神爷到，恭请财神爷客厅上座……"尽管心里怦怦直跳，可是这张三应对自如，恭恭敬敬地把这稻草人安奉在正客厅中间，从此到十五开门为止，天天敬香奉酒，一直到正月十五才送到村外恭送上天。

这一年，张三家中一团和气，二双喜庆，三星拱照，四季发财，五福临门，六六大顺，七方来财，八面来喜，九九不息，十全十美。气得李四快断了气。于是，他灵机一动觉得这稻草人既然可以为一家人带来如此多的福气，何必不在今年春节再如法炮制一次，给自己带点财星？于是，这李四在来年的除夕夜自己扎了同样的稻草人从后门出去，偷偷放到自己家的大门上。然后，又回到客厅。

坐在客厅里，他眯起眼睛，认真盘算，仿佛来年他一定能有张三的那种喜悦。他想呀，想呀。到了正月初一凌晨开门接福的时候，他先是刷牙，洗脸，然后换上衣衫马褂，这一来二往，又要掐住那时辰，忙得不亦乐乎，便将那事给忘了。待到初一之时，他打开大门，猛见一个黑影从屋外向他迎面扑来，李四没有防备，"啊"的一声尖叫，赶忙躲闪，这稻草人便倒在地上。他没有看清这是一个什么东西倒在地上，翻起身奔命地往房间逃命而去。"

"哈！哈！哈！"听到这里，乡亲们热烈鼓掌，"那后来呢?"有些年轻人迫不及待地问道。

"对，那李四后来呢?"

"各位乡亲，那李四呀！受到此惊吓，此后便大病一场，从此家境更加落魄。所以，我们乡间有句古语，这叫做好心好肠好大家，歪心歪肝歪自家！"阿聪说完那话，便又是一个深深的鞠躬，结束了这个小故事的讲述。

"好！好啊！"乡亲们都鼓起掌来，站在人群中的玉兰听得入了迷，当她看见云生那东奔西波来回劳碌的身影感到十分羡慕，他们这么忙，自己完全可以帮他们一下的。可是，插不上手。云生哥真是好啊！"自己如果有缘……"姑娘很多情，想到那天在糖厂自己被那日本警察突然紧紧抱住，那警察力气很大，一只手像老鹰抓小鸡似的把自己抱得动弹不得，另一只手却伸进自己胸脯疯狂地摸着，把自己那大襟衫也扯破了。

这时，在一旁的云生哥竟然不顾一切冲上前来朝那日本警察一阵拳打脚踢，还呼喊工友帮忙，吓得那警察慌不择路地逃跑。

"他是有一肚子墨水的人呀！"姑娘思考着，那脸上不禁浮起了一阵红晕。

再说，阿光、胜天和阿彪听说年轻人要组织讲古，倒也十分有兴趣，一起组织家中的人站在人群中听古，那阿聪实在有两下子，手舞足蹈，声情并茂，让大家欣喜之余又受到教育和启发，也不觉替孩子们的成长而高兴。

又是一阵雷鸣般的掌声。刚才阿聪的讲古吊起了大家的胃口，大家热烈鼓掌，希望他再讲述一段。

"各位乡亲，如有献丑请大家包涵。"阿聪又登台了，"现在我再为大家讲述《隋唐演义》的一个片段。"

"各位看官，程咬金三下雪花斧无人不知，无人不晓。今天，在下专门给大家讲一段程咬金的故事。"阿聪手足并用，绘声绘色开始了他今晚的又一段"讲古仙"。

“程咬金吸了一口气，朝屋里喊道‘你他妈出来，我看见你了。你在里面，小耗子眼瞪着。’可是，尽管程咬金吓唬了半天，没人。

老程顺着石门走了进去，他用大斧子探路，摸索往里走，摸来摸去，四处除石壁外，也是什么东西都没有。不过，这间比外面一间小多了，只有三间房子大小。程咬金想：‘这里既然有门，一定是人修的，可究竟是谁修的呢？修这个干什么呢？这里边为什么没有什么东西呢？’又一想：‘不对！我净顺着石壁摸了，中间有什么也看不见，怎么知道没有东西呢？’冷不丁地老程想起二哥准备的火扇子，为什么不照一照呢？想罢，程咬金急忙取出火扇子。古人不笨，用硫黄硝烟创造了这种东西。等程咬金取出火扇子，用左手一晃，火光燃着，借着火光往中间一看。程咬金不看则可，一看吓得‘啪’地扔了火扇子掉头便跑。就听‘当’的一声，一下子碰到门框上。老程的脑袋顿时起了一个馒头大的包。那位说了，程咬金瞅着什么？他借着火光，就见着有一个人五面朝心，坐在那里。”

阿聪讲到这里乡亲们又一阵鼓掌，他便轻松一笑，端起一杯开水喝了一口，便又接着讲下去。

“这下好悬没把程咬金吓蒙了。他又练了一趟斧子，又耍了一套拳，见没人说话，心里直犯嘀咕：是不是我眼睛看花了，禁不住叫他牛鼻子老道把我给气的。程咬金把火扇子划了起来，再次打着，仔细一瞅，真是人吗？就见这间地洞里头有一块石头堂，宽有三尺五，长有三丈，上面坐着一个骷髅，跟个真人似的。‘听我娘和别人讲，那得道的和尚死了，在坐着的；你这小子，死了便死了，干吗还坐着吓人？’程咬金再往旁边看，在石头台上，还有个盒子，是硬木雕刻的，找开盒盖，里边还有一颗扭头狮子列副黄金印，印把雕刻成龙，十分光滑。”

这时候，趁着阿聪在喘一口气，乡亲们又是一阵热烈的掌声，云生从酒楼的侧面看去，那听古的人群中，不知哪几家人精明过人，却在摆着小食摊子，开始在那卖着热气腾腾的汤圆、面线糊和鱼丸汤等风味小吃，整个街道比白天还热闹，那慧生充满喜意，挽着天生在那欣赏自己的杰作。

云生想找婕生，可是东张西望却不知道她走到哪里去了，便走出酒楼，走进人群，在那灯光隐约的转弯处，正好与急于找自己的玉兰碰了个正着。

“云生哥……”看见云生，玉兰怯生生地叫着。

“哦，玉兰，这好听吗?”云生难掩内心的兴奋。

“很好听，云生哥你真厉害。”玉兰找不出更好的赞美之词，说到这话时，她早已满面通红，还好，这灯光不亮看不清楚。

“玉兰，有事吗?”云生看见玉兰欲言又止，一定有话说。

“云生哥，你忙吗?”玉兰终于又冒出了一句话。

“有事?”正想找婕生的云生，问了一句。

“你能陪我说一会儿话吗?”玉兰的眼睛充满着期待。

“行，到旁边没人的地方站一站吧!”云生从心眼里怜爱这位同乡，人长得漂亮又贤慧大方，尽管家境贫寒，但落落大方，一见面便能留下很难忘的记忆。“如果她能读一些书，识一些字该多好呀。”云生心里想着。

“云生哥，我要感谢你。”玉兰看见能单独与云生在一块，尽管不远的地方有那么多人，这样的机会真不容易。

“玉兰，你还记得这点小事?这是我的本分。”云生喜欢她，也想多一些时间跟她聊聊，只是现在没有办法。

也算是无巧不成书，那婕生刚好去上厕所，转过身出门，却见云生跟玉兰在窃窃私语，便好奇地站在一边观看。

“自那以后我晚上经常做梦，常常梦见你……”玉兰的呼吸很紧张，声音细得像一只蚊子在叫。

“是吗?”云生听了玉兰的话，一阵兴奋，忘情地握了一下玉兰的手，而那玉兰却浑身一颤，但她却没有缩回手的意思，把那纤纤玉手任由云生紧紧地攥着。

这一切都被一旁的婕生收入眼底，她“哼”的一声扭头便跑了出去。

婕生这一惊，让云生感觉到了，看见婕生那远去的身影，自知她误会了，赶紧向玉兰说:“我现在很忙，改日再聊吧。玉兰!”于是，加快步伐追了上去。

黑暗中，留下玉兰一人，她知道云生哥很忙。但能在这么忙的时候专门陪自己讲一些话，她已经心满意足。

这时，酒楼前乡亲们掌声又起，那阿聪清了清嗓子，开始接着讲述：

“程咬金又发现台上还有一包袱，打开一看，见包袱里放着一面大旗，光有旗面，没有旗杆。旗上绣着金字，程咬金又不识字。他又往包袱里看，见里面还有个盒子。打开盒子，里面有一副冠袍履带，老程对这可不外行，这是皇上的，龙冠是用金线编的，龙袍是用金线绣的，金光闪闪，于是戴上龙冠，穿上龙袍，觉得不长不短，不肥不瘦，正合适。然后脱下来，又照样放回盒子里。老程一瞅，回去吧，万一出事怎么办？

程咬金把冠袍履带和大旗连同那盒子放在包袱里，然后把包袱往背上一背。他在心里边想，这东西可要挂好，别掉下。这时火扇子灭了，四周一片漆黑，他又摸来摸去，最后摸到一只荆条编织的大筐前，四平八稳往里一坐，从套里拿出使鸽子放了出去，母鸽展翅往上飞出洞口。秦琼等人在上面等得万分着急，正在抓腮挠头之际，那鸽子“扑”的一声飞向秦琼，大家如释负重。

我们说得简短，可这一来一往程咬金已在洞里待了四个时辰……”

酒楼门前静悄悄的，大家全神贯注地听着讲古，正当此时那滑头阿聪却朝大家鞠了一躬，留下“欲需了解这鸽子飞出来后的结果如何，各位乡亲且听下回分解。”

“阿聪再讲，阿聪再讲。”年轻人听得津津有味，却见阿聪戛然而止，又是鼓掌，又是叫唤，纷纷要求接着再讲。此时，笑容可掬的天生走上讲台告诉大家：“各位阿伯、阿叔、阿姆，从今以后除去下雨天，永丰酒楼每晚都安排大家听讲古，每晚两个钟头，请大家捧场……”

乡亲们满怀着期待慢慢离开了永丰酒楼。

阿光此时才带着胜天、阿彪欣喜地出现在酒楼前，忙了一夜已经筋疲力尽的酒楼内柜来迎接他：“阿光哥，丰收呀！丰收！今天的进账比平时高出两倍多……”

“是吗！辛苦你了。”阿光脸露出了满意的笑容。这不光是这银两的进账，而是把家乡的文化带过来了。自己小时候没那福分享受，年青时在开发永丰城打拼没时间享受。现在，孩子们长大了，要带着全城的乡亲们好好享受。

此时，心情特别好，前几天有了糖厂抵制武田和佐佐木的初步胜利；今天又有孩子们的这般出色，他想喝上两杯。于是招呼兄弟们坐下来。正想叫内柜点上几个小茶喝上几杯，却见那浩仔和钟仔匆匆忙忙走来告诉他："阿叔，刚才讲古时，武田和佐佐木大为光火，我担心他们下一步会有所行动……"说完他们赶快离开了。

"好！你们自己要担心！"阿光目送两个小伙子离开，他的脑子里却又思考起来，每做一件永丰城乡亲高兴的事，这武田和佐佐木便难受。今后的日子还很长，问题还会不少，应该教育这帮年轻人既要敢于打拼，还得善于保护自己。

"阿光哥，喝酒吗？"管家阿昌轻声问了一句。

"喝！"阿光将话讲得很重，而且坚定有力。他深思片刻，把胜天和阿彪叫到跟前叮嘱说："现在，不但这讲古要继续坚持，还有那蕃童教育所也要上《闽南读册歌》 的课，要让乡亲们、我们的后代们不要忘记我们是闽南人，是中国人。"

"那武田、佐佐木……"胜天有些担心。

"跟赵先生说，有日本人在时，上《日章旗下》，他们一走……"阿光正要往下说，发现赵先生、云生、慧生、天生和婕生已站在旁边，"便上《闽南读册歌》、《三字经》"。

"那讲古……"天生问道，"阿伯也这样吗？"

"对……"阿彪代阿光作了答。

"另外，你明天带云生到台南走一趟，尽快把那糖卖出去。另外，也顺便了解一下种地瓜、生产地瓜粉、地瓜酒的品种、技术、工艺和设备……"

"阿伯，我也要去台南。"婕生忙插话。

"看你阿爸愿不愿意让你去。"阿光怜爱地看着这个侄女。

第十七章 “给我生个孩子吧”

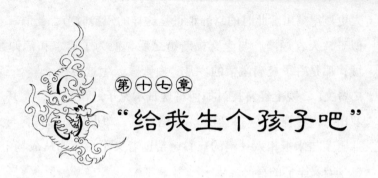

今晚的讲古仙会引起如此热烈的轰动效应，是赵静雅没有预料到的。当乡亲们散去，阿光兴奋地要邀他几个兄弟喝酒时，赵静雅却悄悄地回到家里。

这一段时间，自己与慧生和阿彪共住在一个屋檐下，这不知道是阿光哥的精心安排，还是人生旅途之中的一种缘分。反正，自己是没有这样的要求，可是一来二往却将自己与阿彪心拉得那么近，似乎每一天不见到这心里总有一种空荡荡的感觉。

推开家里，屋里静悄悄的。

阿彪被阿光留下来喝酒了。

慧生则被兴奋不已的天生约走了。

赵静雅原想点亮灯，可是既然他们叔侄俩都没有回来，自己一个人干脆就这么坐着，一来省点油钱；二来天暗反而显得更恬静，清静倒可让自己考虑一些事情。

已进入不惑之年的人都比较务实，因为浪漫与时尚已经离自己越来越远。站在人生的十字路口更需要的是脚踏实地过好日子。这一点，作为女人更显得突出。此时的赵静雅正是这样的年龄时节，当时二十多岁，如花似玉，天真烂漫，与李文福新婚之后，便为了追求和信仰渡东来到永丰城，那是一段充满激情的岁月，白天教云生这帮孩子学《三字经》、《增广贤文》；晚上经常探讨如何将这日本鬼子赶出台湾，尤其是义军聚集诸罗山时，尽管自己与文福手无束鸡之力，却也热血沸腾，与义军们共吃着那野菜与米饭相煮一锅的三餐，帮助着义军治疗那从战场上抬回的伤员，分享着义军们的喜怒哀乐……

那真是一段如歌的岁月啊！

尽管文福天天不亦乐乎地奔波着，自己却有认真做好母亲的打算，生育一大群孩子，将他们教育好，培养好，让他们前仆后继将那日本鬼子赶出中国的领土，建设一个能让乡亲们当家做主的富庶国家。

可是，那段光阴却是那么短暂，几乎是一逝而过。

这是赵静雅终生难忘，并且耿耿于怀的事情。

那天，回到了永丰城学堂，为了弄清楚犬养的军事意图，为义军做好主动、积极的应对之策，文福说要出去一趟。他每天出去，静雅都做学生家访或上街买菜，并没有特别留心，也没有特别关照。因为自己一直觉得，文福是一介书生，在永丰城除他之外，没有一个人能够比她更了解日本的情况，更了解日本人的习性，他能够在日本人当中得到别人得不到的情况和信息。作为一个满腔热忱，又熟知日本人情况的人，自己也多么希望他能多为义军们搜集一些情报啊！

离家时，文福没有告别，如胶似漆的夫妇间也没有拥抱，更没有留下彼此关切的一句话。

文福出去了，而一出去便没有音讯，而且便无声无息地走到另外一个世界上去了。

记得，那几天自己从早到晚地等，盼望文福回到自己面前。可是，从早到晚等啊，等啊！望眼欲穿，却没有他的踪影。开始，自己还有一些责备，认为他又可能有重要的事情跑到诸罗山义军那去了。也许几天后便又会回到自己跟前。可是，却一天又一天地失望了。

记得，他失踪已经好几天，当人们在永丰城郊外突然发现有一堆新土，挖开来一看，却是那没了脑袋的永福时，自己似乎崩溃了，似乎已经失去了继续活下去的勇气和信心。

永福的头颅在哪里？至今还无法寻觅，仍然是一个谜。那时，自己是凭他的衣着，凭着他身上的痣判断的。

那简直是晴天霹雳啊！当时自己巴不得一头撞向那学堂的墙上，追随文福而去。可是，是阿光哥、胜天哥还有几个嫂子他们每天寸步不离反复劝慰。再后来，便请自己带着六个孩子回到大陆求学。

这一去便是整整十年。

十年时间的光阴，几乎抚平了自己那鲜血淋漓的伤口，自己却从青年到即将步入中年……这几个月，每天跟阿彪一起，每天都看见那憨厚、淳朴，可是又充满激情的脸，这平静了十多年的心却慢慢地泛起了涟漪。原来，自己反复考虑，文福走了，无声无息地走了。留下自己一定要咬紧牙关，培养好孩子，报这深仇大恨，至于其他事情已经彻底与自己无缘了。

还有一个遗憾便是，自己与文福生活的时间太短，未能给李家留下一个后代，以延续香火，以至让自己孤孤单单……

赵静雅雅独自一个人坐在客厅的太师椅上漫无边际地思考着，那已经淡忘的历史一阵又一阵涌上心头，眼眶不断地被泪水湿透了。

预计阿彪和慧生一时半刻回不来，赵静雅思考了一下，与其坐在客厅里干等，倒不如烧上一锅热水先洗一个澡。这样，等他叔侄回来也能有现成的热水。于是，便走进厨房自己张罗着在大铁锅上加上满满一锅水。然后，想在灶堂里点上柴火。

这些活呀，以往都是阿彪干的。赵静雅对这一切显得有些笨手笨脚，她用力擦了一根根火柴。要么，用力太轻，擦不出火；要么，用力太重，把火柴梗给擦断。

“嚓”，用了不短的时间，火柴终于擦着了火，却又引不起灶膛里的柴。

一次，又一次，直急得她满头大汗。“嚓”，赵静雅憋着劲又擦了一根火柴，然后小心翼翼地引燃了灶膛里的干草，再带动了干柴片，炉膛里终于慢慢地兴起了火苗。

永丰城的春夏之交又闷又热，乡亲们都称之为桑拿天。因此，不论一天有没干重活，每个人都希望能洗上一次温水澡。以前，每天晚上自己的温水都是阿彪帮助烧好，然后提着进浴室。

这一大木桶水很沉，可是阿彪力气很大，当他拎起一大桶热水时，几乎不费气力，只能看见他那健壮的胳膊露出一块块腱子肉，看了着实让人喜欢。

“这个阿彪倒是一个难得的好男人。也难为他了，他的同龄人孩子都二十多岁了，可是，他连女人的味道都没闻过。”赵静雅心里在想着，越想越觉得甜滋滋的，“后半辈子交给这样的男人应该可以放心，文福在那边也不会担心了。”赵静雅反复地对自己的认识作一番总结，心里感到踏实，也感到这么多年心里的一种满足。

足足过了一炷香工夫，那水在熊熊的柴火中热了。于是，赵静雅将一桶水分三次拎到浴室，看到他们叔侄还没回来的样子便顺手将浴室的门虚掩了一下，脱掉衣服，露出了赤裸裸的身子，赶忙擦了擦全身，开始惬意地冲洗起来。

浴室里点着油灯火，那火苗昏黄昏黄的，加上温水形成的热气在那缭绕着把灯光吹得一跳一跃。那若隐若现的灯光照在自己赤条条的身上，顿时让赵静雅的思绪更加活跃起来。

十多年来，自从文福走了以后，自己再也没有兴趣去对着镜子欣赏自己的身体。因为赵静雅觉得，女人的身子长得再漂亮，纵然是貂蝉再世，那只有给男人欣赏才有意义。一个失去男人的女人，肥胖美丑都没有任何的区别。现在，阿彪走近自己了，这十多年没人欣赏、没人过问的身子又有一双关注自己的眼睛，这无疑给赵静雅增加了少有的自信，让自己的思绪更加活跃，更加丰富起来，也觉得自己顿时又值钱起来，仿佛那年青的岁月又回到身边，回到自己的身上。

她好像想起了什么。麻利地从架子上取出一面平时自己最喜欢的镜子，那是婚前文福送给自己的，现在她拿在手中对着自己赤裸的身子欣赏起来。蓦然之间，她觉得眼睛一亮，尽管自己已进入不惑之年，但这一身白皙的肌肤还是那么可人；这从上到下的身段，还是那样起伏有致，曲线分明……

看着，看着。

想着，想着。

脸颊有了热乎乎的感觉。

赵静雅的心顿时年青了起来，自信心也陡然增长起来，选择阿彪好好度过后半生，争取为阿彪生个胖儿子。她的心在飞翔着，她又觉得自己仿佛回到了那天真烂漫的少女时代，回到那充满梦幻的年青时代……想着想着，不觉得一脸绯红，对未来寄以无限的憧憬当中……

“静雅，静雅……”正当赵静雅在自我欣赏，心花怒放，当时，门外传来了急促的脚步声，阿彪一边快步走着，一边急匆匆地喊着自己的名字。

“我在这……”赵静雅还沉浸在刚才美妙的思绪当中，听到阿彪的叫声，脱口而出应了一声。

可是，话音刚出口，她却后悔了，刚才那浴室的门是被虚掩上的并没有关好，更没有闩上。

“啊！你……”说得迟，那时快，阿彪已经一步跨进了浴室，几乎同一时间。阿彪这个四十多年没有见过的景象一揽无余地映入他的眼帘……

门被推开了。

灯光下，赵静雅赤条条地站在那里，手拿着的镜子还在专注地欣赏着自己。阿彪这个有四十多年历史的老处男第一次无遮无拦地看见一个中年女人妙不可言的胴体，看见自己钟爱而且如此漂亮女人的胴体。他顿时吓傻了，以至张着大嘴，呼吸急促，一动不动地站在那里傻愣愣的。

想退出去又觉得舍不得，再继续站在那又觉得不合适。

阿彪只觉得头有一点晕眩，有一些六神无主。

“阿彪哥……”开始，赵静雅对阿彪的突然出现感到有点难为情。但一想，这一段彼此已经无数次深深地交谈，自己的心已经属于他。于是，他看见阿彪还傻愣愣地站在那犹如一根戳着的木头时，不觉心里一阵好笑，“好傻哦，别的男人千方百计到外面偷腥。你呀，一盘美味佳肴摆在你面前却没有勇气动筷子……真是。”

“嗯……”阿彪只听见那嗡嗡作响的耳际边赵静雅在叫他。可是，他还是那样痴痴地站着。

“快进来呀！关上门。不然慧生回来了。”赵静雅心里直乐，站起来一手将阿彪拉进浴室，一手把门关了起来，反扣上。

一个是年过四十却充满阳刚之气的老处男；

一个是有过婚史却正燃起熊熊爱情之火的成熟女子。

干柴遇烈火，不燃烧，不烧起熊熊的烈火才怪呢！

“静雅，你给我生个儿子吧！”许久，嘴巴动了好几次，阿彪才说出了一句话。

“嗯，别那么傻，快洗干净，我们进房间去吧……”赵静雅温柔地点了点头，她主动地、深情地在阿彪的脸上轻轻一吻。

尽管夜已深了。但此时佐佐木还心事重重地待在办公室，这个人从来不抽烟，可是工作有压力，心情不好时却靠喝酒，靠猛喝青酒来排遣自己内心的压力。

最近几个月，似乎流年不利如同度日如年。工作不顺心，光一个蔗糖的事，那边老武田施加重重压力；这边阿光又沉着应对，这佐佐木便成了老鼠进风箱，两头受气。

这不，这蔗糖的事以一败涂地收兵。前一段晚上，永丰酒楼又搞什么讲古仙。总督明令，凡讲一句中国话、台湾话的罚一钱。这聚众讲中国古，该罚多少钱？晚上听到这个消息，佐佐木带着警察赶到永丰酒楼前想罚那永丰酒楼以重金，同时制止这讲古仙讲下去。但到了现场，看到那雷鸣般的掌声，那黑压压的人头，他有些畏惧。尤其是看到阿光带着他的几个兄弟和保镖也坐在人群当中鼓掌时，原来走出警察所的那种怒火顿时被一盆凉水浇灭了一样，掉头便往办公室走。

他跟阿光较量过太多次，可是每次都以自己惨败而告终。可是，看到永丰城这样明目张胆与总督府的命令对着干，作为警察所长不去制止，或制止不了将是一个严重失职啊！

可是，那组织这些活动的是林胜天和阿光的儿子，谁敢动他；动他，等于捅了马蜂窝，势必会被蛰得鼻青脸肿，甚至一命呜呼……左不是，右不能。佐佐木只好一个劲地喝着闷酒，他多么希望这酒能给他智慧，给他力量，帮他驱走心中的郁闷。

“丁零零……”佐佐木将刚倒的一杯酒正要往嘴巴里送，桌上的电话响了。

这电话是刚装的，知道这有电话的人只有武田。不用说，便是他打电话来了。

对这个老头，佐佐木有些厌烦，但又不能不笑脸相迎，这家伙背景太深，能量太大。只是这样的背景、这样的能量却在永丰城到处碰壁，寸步难行。

“佐佐木君。”果然拿起话筒，便传来了老武田的声音。

“你好，武田君，有何指教！”尽管心里不痛快，可是佐佐木仍然毕恭毕敬地应道。

“永丰糖厂那批糖尽管我们答应由他们自行处理，在监管上却不能有丝毫的放松。”武田在电话里心有不甘，愤愤不平。

“那又为什么呢?”佐佐木不知道这武田又想生什么鬼主意来。

“这么多有焦煳味的糖，他们能当饭吃吗？我担心其中有奥妙！”老武田说。

“现在已经过去几个月了，那些糖还一动不动，如果是好糖早已出仓了。”佐佐木有些不耐烦。

“你蠢！如果他们能把焦煳味除掉呢?”老武田反问一句。

“这……”佐佐木语塞了。因为，他从京都陆军学校毕业后一直从军，对这熬糖工艺一窍不通，这焦煳味的糖还能除味，他闻所未闻，那么如果不能除味，这么多糖卖给谁呢？佐佐木觉得这武田问这一番话还是有一定的道理。

这讲古仙的事还没有想出处理的办法，那糖厂的事又返回来了，真让人感到伤透脑筋呀！佐佐木焦灼不安，他将剩下的半杯清酒重重地放回桌子上。

“要盯紧哪，我们得不到的东西，他们也绝不能得到半点便宜。”老武田话里带着某种警告，然后不客气地放下电话。

“是……”佐佐木话还未说完，可那电话筒里已传来被挂断电话的嗡嗡声。

夜已很深了。

那庄户人家的报晓鸡已经鸣叫了好几遍。

“快天亮了吧！”佐佐木自言自语，他将头伸出窗外，已经露出鱼肚白，一个夜晚便在不眠当中度过了。

一夜未眠，头有点混沌，晕晕乎乎的，回住地睡觉是不可能了，他便想在办公室的背靠椅上靠一靠，打一个盹，稍稍休息一下。因为，这新的一天，还不知道有多少烦心事在等着他。

佐佐木头枕着办公椅的靠背，头有点昏昏沉沉，便似睡非睡地睡着了。然而，刚入睡却又噩梦连连。

佐佐木出生在日本神户的一个乡下。父亲这一辈生下两个儿子。哥哥十几年前在中国东北名义上做生意，实际上便是从事情报搜集工作，在一次与当地军人的遭遇中“玉碎了”。他自己就生了一个独生子，这二十多年来，在台湾与家人聚少离多，不巧的是这个二十多岁的儿子同样未能逃脱夭寿的恶运，在去年的一次车祸中死去了。

家中留下一个独守空房的妻子。

“佐佐木，佐佐木……”在梦中佐佐木回到了魂牵梦萦的家乡，妻子慧子站着看见自己回去，在远隔几十步的地方疯一样地扑过来……

“佐佐木，我们的儿子……”躺在自己丈夫怀里的慧子嘤嘤地哭泣着，她那伤心的泪水湿透了佐佐木的衣衫。

“慧子……”看到伤心至极的妻子，想到已经比自己先走一步的那稚气未脱的儿子，佐佐木无言以对，只是喃喃地安慰着自己的妻子。

“佐佐木，你回来吧，回到我身边，我太孤独，我害怕……”慧子还在哭泣着。

“慧子……”

“佐佐木，我们没有儿子啦，你再给我生一个吧……”慧子哭得很伤心，她的肩膀在不停地抽搐着，一双手死死地抓着丈夫抱着，生怕他再从自己的身边走脱。

突然，那乡间刮起了一阵龙卷风。

那风特别大，飞沙走石，乌天黑地，把太阳也遮住了，甚至连东南西北也辨不清楚。突然，那闭着眼睛生怕被沙土飞进眼睛的慧子手一松，被迎面刮来的龙卷风卷到半空中去了。

“慧子，慧子……”佐佐木“嚯”的一声爬起来，朝着那已被龙卷风带走的慧子没命地追去……

“佐佐木，给我生一个儿子吧。”然而，天是那么暗，暗得一团漆黑，风是那么大，大得只剩下妻子那微弱的哀求声，佐佐木环顾四周，脑子一片空白，十分无助地恸哭出声：“慧子……”

那讨厌的电话铃声又一阵接一阵地叫起来了。这铃声打断了佐佐木的梦，他揉了揉惺忪的眼，知道又是那催命一样的武田挂电话来了，“佐佐木，刚才浩仔和钟仔来报告，今天台南有六部车到永丰糖厂拉糖，你去看一下……”

“是，武田君……”佐佐木被猛地叫醒，结束了让他万分痛苦的梦呓，这才发现自己的脸颊上还流淌着梦中与慧子相见的泪水。“老家伙，八嘎！”尽管是一场痛苦的梦，但能在梦中与那灯火做伴的妻子相聚也是一种难得的机会，也是难得的温馨与幸事，现在却被老武田打断了，佐佐木的心里有着说不出的气愤，从心里狠狠地骂了一声。

骂归骂，佐佐木这一个晚上没睡的脑子也乱哄哄的。但一静下来，却有着一丝奇怪，永丰糖厂的糖臭焦煳味是你老武田看过的；答应不专卖这批糖，并出具公函允许其自行销售也是你老武田答应的，而现在听说台南派六部车来运这批糖还去查什么呀？还有什么可以查的呀？佐佐木摇了摇头，无可奈何地站起身，招呼了几个部下摇摇晃晃地出了门，准备去看一看。

他实在不清楚，阿光真有通天的本事，明明是焦煳味的糖，却还可以用六辆车来载，还可以卖出去。总之，这些事搅得佐佐木一个头，八个大，坐立不安。

“佐佐木先生。”佐佐木带着几个警察，低着头正想往永丰糖厂赶去。但刚离警察所没几步，永丰糖厂的阿祥匆匆忙忙迎面赶来，叫着他。

“你的，什么事情？”佐佐木看着满头大汗的阿祥问道。

“胜天哥叫我来报告，那焦煳味的糖准备全部卖给台南一家糖厂，今天有六部车来载，请你去验证一下。”阿祥是一个老实人，说完这话，脸上都有一丝不易察觉的笑意。

“林胜天叫你来报告的？”佐佐木有些不解。

“嗯，没错。他说这糖是专卖物资，尽管警察所和武田公司都有公函证明，但为了不给佐佐木先生添麻烦，务请你亲自去验货。”

“现在在装货吗？”

“对，现在装货，明日出发！”阿祥说得很肯定。

“走吧！”佐佐木如坠入浓雾当中，一个叫自己去查；一个是主动叫自己去查。这里面到底有什么奥妙吗？佐佐木不敢往下想。因为，越想他的思绪越乱，头脑越痛，他不由得用拳头不轻不重打了一下自己的脑袋，希望这脑袋能够更聪明一些。

不然，凭着自己这么一点智商是很难应对目前面临的窘境的。

第十八章 蕃童教育所的《读册歌》

永丰糖厂停着六部车，这车是台南的宏记米行的老板简鹏皓带着儿子及一帮伙计专门前来拉糖的。

前一段，林胜天带着云生专程到台南求助，并且讲明这批含焦煳的糖来之不易，应尽快转到大陆那边去弄个好价钱。实际上这批糖是不是真是有焦煳味只有阿光他们和简鹏皓知道。跟糖打了一辈子的连永福精明过人，包括他带的徒弟阿祥在内，对糖浆的起锅、冷却都有一整套的程序和办法。只是为了迷惑佐佐木和武田，不让永丰城乡亲的汗水化作他们的银子而采取的应对之策。

这几万斤的赤砂糖，只有最后起锅的几勺糖浆熬成焦煳味，凝固后放在好糖的上面，包装在一个个席草袋里，底下是好糖，上面只有部分几斤有焦煳味，只等到一上到去大陆的商船，再打开席草袋将焦煳味的拿出来，让好糖出来，那焦煳味的少数糖则可以载回来深加工成白糖或晶糖。

这样一些手脚做得很细，做得几乎天衣无缝，把武田和佐佐木包括值守的警察蒙得团团转。可是，阿光十分清楚，这日本台湾总督府已明令糖是专卖产品，并由日本公司专营，如果违背了，肯定没有好果子吃。一来将计就计，引导佐佐木和武田上钩，并让他们在不知不觉的情况下，签发不收购并由永丰糖厂自销焦糖的证明函，把不收购、不能专卖的责任归咎于他们。这样，自然为自己顺畅销售这批产品创造了合法的条件。

为了防止生变，阿光一方面交代包装的工人严格把关，一定将焦煳味的糖放在上面；另一方面，故意放风，叫浩仔、钟仔将这信息传递给武田，同时又派阿祥通知佐佐木来验货。这样真真假假、虚虚实实，让佐佐木和武田弄不清楚是怎么回事便能顺畅地将这几万斤糖卖出去，而且还要卖一个好价钱。

宏记米行是世交，同时又是亲戚，虽然几年前简宏顺老板去世了。接任的是他的儿子简鹏皓，他也是一个有血性又精明的人，听了表哥林胜天介绍了这一情况后，为了把这笔生意做到万无一失，带着儿子亲自操办，连夜赶来。

一路劳顿，风尘仆仆的简鹏皓便带着儿子在阿光哥家喝杯热茶。

“鹏皓哥，亲自出马，真是感激不尽呀。”阿光听说简鹏皓带着儿子赶来永丰城相助，感激不已，与胜天、阿彪亲自到门口迎接。

“阿光哥！你这不是见外了吗。”坐定，鹏皓对阿光的盛情表示感谢，并将自己的儿子简立言介绍给他们认识，“犬子简立言，去年刚从大陆读书回来，今天特地带来拜见过各位阿叔。”

“阿叔好！”简立言倒是文质彬彬，一表人才。

“后生可畏，怪不得那婕生回来后直夸立言，一见果然名不虚传。”阿光赞赏了一句，弄得简立言有点不好意思起来。

“阿光哥，小弟真佩服你呀！现在这世道日本人当道，我们受气呀。”坐定之后，鹏皓颇发感慨地叹息了一声。

“是啊！鹏皓兄，不瞒你说，这十几年时间里我过得实在艰辛。伤心劳神呀，既要赚钱，又要防贼，真是心力交瘁，疲于奔命呀！”阿光心有同感，也向同行诉起苦来。

“阿光哥这又要防贼是什么意思?”鹏皓听了阿光的话，似乎有些不解。

“噢，现在我们中国这栋大屋子不是盗贼横行吗?”阿光生动地比喻着。

“阿光哥真幽默，我这脑子没转过来。”鹏皓欠了欠身子对阿光说，“这种局面如何应对呀！”

“是啊！对永丰城，我的做法便是永远把乡亲们和他们的利益保护住，这样我们便有了力量，生意场上便就有了本钱。”阿光压低声音，“当然，我们这些世交也罢，同行也罢也要多串通。譬如，这次永丰糖……”阿光说完，彼此会心一笑。

“噢，在包装上有交代清楚吗？”突然，简鹏皓问起阿光，他这个包装便是车厢下全是合格的糖，堆在上面的袋口部分是焦煳味的。因为，尽管这警察所和武田公司有证明函，但从永丰城到台南尽管有了汽车，但路况不好，少说也得三天时间，免不了一路上还有多少关卡要检查。

“已交代清楚了，胜天和阿彪在现场组织。现在是什么世道，正正当当做人做事却像做贼一样，而那些表面上道貌岸然的人个个比贼还凶，比强盗还残忍呀。”阿光难得与同行兄弟有这么多时间的交谈，不禁大发感慨。他倒回头，看见鹏皓的儿子简立言坐在一边应话不是、不应话也不是，很是尴尬，便叫来阿昌：“你带立言到永丰学堂和其他地方走一走。”

“稍等！”阿昌带着简立言正要走出门外，阿光又叫住了，“如果那慧生他们年轻人有空便由他们陪着。”

“好。”阿昌应了一声出门去了，他领着立言走没几步，便听到学生琅琅的读书声。这时，那简立言加快步子走到阿昌前面，非常感激地对他说：“阿昌，你很忙，这学堂就前面，我自己去便可以了。”

“这哪行呀，这是阿光哥交给我办的事情呀。”阿昌是一个很称职的管家，阿光哥交代的事他从来都一丝不苟。

“不要紧的，阿叔。学校里慧生、婕生和赵先生我们都很熟。你回去吧，如阿叔责怪我负责解释。”简立言彬彬有礼，阿昌只好回家交代。他细细一想，倒也有些道理，这年轻人爱跟年轻人玩，他们之间也有话说，自己站在那里，岂不让他们说也不是、不说也不是吗？

再说这蕃童教育所，原先便是永丰学堂。日本人来了没有花一分钱，便活生生把名字给改过来了。不但要改变学校的名称，还要改教学内容，在这里不能说中国话、台湾话，要取日本名字，用日语。

"如果这种情况再延续下去，我们中国文化在这里就无法得到传承了。"赵静雅在下半生找到了新的爱情，这一段久违的爱的甘霖又重新降临到她的身上。原本对工作，对事业总是不懈追求的她，现在越发勤奋，她在不断地思考如何让中华文化在后一代当中得以延续、得以传承的问题。

这些乡亲们大都是从大陆闽南迁徙过来的。因此，不管他们将这学校名改成什么样子，但对闽南文化的教育，传承却要死死抓住不放。为了做好中国民族文化的教学工作，赵静雅想了不少办法。当佐佐木要她当蕃童教育所所长时，开始还真拿不定主意。记得，听到这消息时，自己想了一个晚上毫无结果，第二天去找阿光哥商量。谁知，他一听高兴得不得了，认为这是一个好差事。

"阿光哥，你认为这是一个好差事吗?"赵静雅有些怀疑地问。

"当然，教书育人这在清朝家乡可是上九流的差事，况且在这里如果能利用这一工作好好传授中华文化，那你赵先生便功高盖世了。"阿光用他那自信的眼光告诉赵静雅。

"我也想教中国的文化知识，可是那警察局的人要查，查到便要罚款的。"

"人是活的，他们在的时候，你们可以教《日章旗下》，他们不在的时候，你们便可以教《天黑黑》、《西北雨》，办法总比困难多。"

这次与阿光哥交谈的时间，但却给自己留下了极深的印象，阿光哥"办法总比困难多"的那句话让赵静雅铭记于怀。

现在，学堂共六个班，赵静雅、慧生和婕生各带两个班。

慧生正在黑板上写着《读册歌》中的《天黑黑》：

天黑黑，要落雨，
阿公仔举锄头要掘芋，
掘呀掘，掘着一尾酸娘，
依呀嘿嘟真正趣味。
阿公仔要煮咸，
阿妈（奶奶）要煮淡，
俩人相对弄破缸，
依呀嘿嘟嘟当七当呛。

而婕生则在另一间教育教着《读册歌》中的《西北雨》：

西北雨，直直落。

鲫仔鱼，欲娶某。

一代兄，拍锣鼓。

媒人婆，土虱嫂。

日头暗，寻无路。

赶紧来，火金姑。

做好心，来照路。

西北雨，直直落。

西北雨，直直落。

白鹭鹭，来赶路。

翻山岭，过溪河。

寻天巢，跋一倒。

日头暗，欲怎好。

土地公，土地婆。

做好心，来照路。

西北雨，直直落。

两姐妹在相隔一间教室，边教边唱，边比画，孩子们也学得很认真，真是教得认真，学得也很有兴趣。突然，在学堂门外看门的老阿伯慌慌张张地走了进来给她们做了一个手势。

这个手势是他们原先约定的，这便是意味着有日本人来了的信号。慧生走出教室与婕生交换了一个眼神，原先的课马上停止。但忽然灵机一动，不是刚检查走吗？今天怎么检查手那么密集呀，便问了一下阿伯，“阿伯来的是什么人呀？”

“不认识，但那人西装革履，头发梳得油光闪亮，还带着金边眼镜。”阿伯说完掉转大门走去。

“怎么会有这样的人呢？”婕生感到疑惑，永丰城不大，这里这日本人每一个都记得清清楚楚，却没有一个是阿伯描述的那种形象。

“婕生……”正当婕生和慧生正在猜疑的时候，那阿伯介绍的“日本人”已经走到跟前，背朝着来人的婕生转过身，眼睛一亮，兴奋地大呼一声：“简立言，你怎么来了？怎么不打招呼便来。”

“简立言，你好。”慧生也热情迎上去，赶紧将简立言引到办公室坐了下来。

年轻人便是这样，感情十分丰富，几个人还是上次在大陆回来时一见，一晃几个月过去了。前几天，阿爸和云生到台南去，说是联系一项生意，婕生很想见简立言，闹着要去，可是林胜天这口把得很紧，没让婕生去成。为此事，这婕生还跟阿爸闹了几天别扭。

念着一个人，见不到，这种念头便会更加强烈。这几天，婕生脑海里一直晃着简立言的影子。可是她知道，在他们三个家里阿光叔的话是圣旨，阿爸和阿彪叔都要唯命是从。可是在自己的家里，阿爸的话是圣旨，自己、天生哥和阿妈，甚至阿公也要听阿爸的。因此，前几天台南没去成，想简立言想得太多了，但又无力改变。现在，这家伙却事先没有一点音讯，却仿佛从天而降，着实让婕生兴奋不已。讲实话，如果不是在学校，如果不是身边还有慧生和学生，婕生真想扑上前去，与简立言一个热烈拥抱，甚至给他一个热吻。但环境不允许，只好克制着自己的内心激动。

“你怎么来啦？为什么不打一声招呼？”一坐定，婕生便有一点兴师问罪似的，责怪简立言。

“别急，听我解释。”简立言实际上打心眼里喜欢这个小妹妹，便认真地解释道，“我是陪阿爸到这里来拉一批赤砂糖的，来前阿爸根本没有打招呼。当然，我也更没有办法给你们打招呼了。”简立言轻松地笑了笑，“昨天凌晨阿爸把我从梦中叫醒，到上了车才告诉我到永丰城。”说完这话，这简立言，也是一脸无奈。

“好！这样，我原谅你啦！”婕生听了解释心里美滋滋的，“晚上我们请你吃饭，我哥在管着永丰酒楼呢。”

“婕生，既然鹏皓阿叔来了，阿光叔自然会安排，这吃饭还轮得到你和我安排吗？”看见婕生那兴高采烈，甚至有一点得意忘形的样子，慧生感到很不是滋味。她知道，在大陆回来的路上，她与云生哥非常亲热，回来的这一段却发现热情骤降，今天一看见这简立言又眉飞色舞，也不知道他们之间发生了什么事，更不知这婕生心里是怎么想的。因此，用一种冷静的口吻提示婕生。

“噢，那不要紧，今晚我们再聊。”婕生也是一个聪明人，听了慧生的话，觉得自己也高兴过了头，口气也稍稍改变了一些。

不一会儿，赵静雅也走了过来，看见简立言来了，便热情招呼他坐好，少不了问长问短，寒暄了一番。

既是世交，又是几十年的合作伙伴来永丰城，阿光自然免不了热忱招待一番。原来，他想在永丰酒楼订一个大包厢，再请阿聪来一段讲古仙的，可是担心那佐佐木和武田从中作梗，搅黄了兄弟间相聚和谐气氛。思考再三，便临时改变将宴会改在家中自己的院子里。这样，兄弟间又多了一份温馨。

这是自己的天地，是自己的一亩三分地也罢，说世外桃源也罢，谁也管不着。

天生还在料理他那永丰酒楼。

云生则在按照阿爸的旨意料理那六车的赤砂糖生意，没有空参加宴会。

因为明天凌晨，这六部车还得赶时间返回台南，这既要装车，还要请佐佐木来验货。尽管年青小伙子血气方刚，但毕竟以前没干过体力活，时间一长，便有一些腰酸背痛。

这永丰城到了初夏季节，天气已经非常炎热，到了八九点钟，装卸工也忙得筋疲力尽，警察所的警察已经知道这些糖已经没有文章可以再做，加上他们与阿光打交道十多年，对这一家的情况了如指掌，更不敢妄加指责。

反正例行公事，装完了整整六部车的赤砂糖，再盖上篷布，才各自回家。

云生的心情不轻松，大陆学成回来以后，按照闽南习惯，自己和天生是男人，男人便要撑起事业的一片天。如果有了家，还得撑起家庭的一片天。因此，里里外外，只要父亲一发话，便累得脚跟打着后脑勺，没完没了地干着。

现在，这件事总算有了一个段落。这六车糖如今晚拉走，再从台南顺利发货，几天以后，进雄叔便可顺顺当当将货发到大陆去，换回白花花的银两，阿爸几个人忙了大半年，伤心劳神的终于有了结果。

云生知道，今天是简鹏皓阿叔带着儿子简立言亲自前来办理。讲实话，自己与他前后见了两次面。一次是大陆求学归来，简鹏皓阿叔设宴招待赵先生和自己几个，那是初次见面，彼此间交流了几句，当时看到简立言那副奶油小生式的打扮很不以为然；另外一次便是前几天，胜天阿叔带自己去商洽那批赤砂糖的事，这次时间长，人又少，而且有了一段很长的时间与简立言交流。记得他们在简立言的书房里促膝谈心，谈到《马关条约》的签订，谈到了日本的殖民统治，谈到了日本人对台湾的经济掠夺和文化割裂，最后谈到了这批赤砂糖……总之，想到的都谈到了，都交流了，谈得非常默契，有时慷慨激昂，有时沉默寡言，甚至热泪盈眶。

云生感觉到，这简立言既有父辈的传统教育留存的传统思维，又有当代台湾青年那种敢于创新、敢于开拓的那种理想与抱负。他对时事分析得非常透彻，思路非常清晰，对日本鬼子的侵占不光是有着中国人应有的正义和骨气，更有与日本鬼子斗争的必胜信心。表面上，尽管他打扮得有些时派，可是内在却朴实无华，是一个难得的朋友，更是我们民族的一个难得的人才。

听说，简立言来了，云生真想与他好好聊一聊，只是手中的活放不下。这是阿爸反复交代的事，只要胜天叔、阿彪叔和自己站在那里，这佐佐木也罢，老武田也罢便不敢胡作非为。因此，当下午简立言到糖厂时，彼此仅打了一个招呼，握了一下手，便约定今晚好好聊聊。

想到这里，云生擦了一把额头上的汗水，迈开大步往家里赶去。

匆匆忙忙吃了一点剩饭，洗了一个澡，换上一套干净的衣服，看见阿爸、胜天叔、阿彪叔和阿姆、阿妈在陪简鹏皓阿叔在听阿聪讲古，却唯独没有看见简立言和几个弟妹，云生有些纳闷，也不知他们会到什么地方去。想张口问问，看见长辈们听得那么入神，又不敢贸然打断，便走到院子里张望。

"云生，你在找谁呀？"正当云生寻找他们时，管家阿昌问了一句。

"嗯，阿昌叔，他们到哪去了呢？"云生问了一声。

"我看见慧生是到永丰酒楼天生那去了，那边的包厢有客人订，想请阿明去讲古。”阿是答道。

“那简立言到哪去了?”云生有些着急。

“好像吃饱饭后，婕生约他出去了。”阿昌答完便忙着别的事去了。

“哦!”听说婕生约简立言一道出去，云生心里“咯噔”一跳。在永丰城男女一道出去是很少有的，况且是在晚上。联想到最近这一段时间婕生一直冷落和疏远自己，几次自己主动约她出去，她要么没有兴趣加以婉拒；要么淡淡应付，似乎已经缺少了以往的热情。前几天，自己随胜天叔要去台南，她闹着要去，被胜天叔拒绝以后，她便对自己不再理睬，似乎以为自己在从中作梗似的。

现在，她约简立言一道出去。这，足以让云生的脑海里涌现出一种不安。

云生不安地在街道上走着，他希望能尽快看见简立言。这里一方面希望与这位新朋友好好叙谈；另一方面，则是想尽快用事实证明自己的不安是一种多余。

初夏的天气比较炎热，这永丰城的街道上人来人往，但大多都是步履匆匆。唯有少数的一些老人家穿着短衣短裤慢慢悠悠，穿着拖鞋，甚至脚穿着木屐踱着小步在散步，那“咯嚓、咯嚓”的木屐碰触地板的声音与其手中不断摆动的大蒲扇声形成特有的交响乐。

云生到永丰酒楼，见了天生。但他告诉云生，这简立言和婕生没有去过；再到市中心也没见到简立言的身影，而且婕生也没有信息，这让云生的内心更是布满了愁云。

他们会到什么地方去呢?

人这东西特别奇怪，越是找不见的东西，便越想去寻找，而且一定要去找一个水落石出。

云生就这样在这街道上来回地走着。忙了一天，本身就已经有了疲惫的感觉。现在这里来回地走着，刚刚换下来的衣衫又被满身大汗湿透了。

可是，仍没有看见他们的踪影。

夜开始深了，路上的行人渐渐稀少下来，云生仍然在走着。

这永丰城本身不大，有可能待的地方都找了个遍，可是仍然没有发现简立言的身影。

云生的心陡然焦躁起来。

“云生哥，你还没找到简立言吗?”正当云生一筹莫展时，耳边传来了慧生的声音。云生抬头看去，兴许永丰酒楼已经打烊了吧，慧生和天生正勾着胳膊往家里走。

“嗯！没有!”云生强装笑脸，羡慕地看着这幸福的一对。

“别急，我们也帮助找吧。”慧生是一个心特别细的姑娘，她看见云生那样子，知道此时云生哥心情肯定不好，心里也开始责备婕生来了。“这没良心的东西。”

“不要，你们回去吧。我再找一会儿，很快便回去了。”云生应着，可那眼睛却在四周扫了又扫。

慧生和天生先回去了。云生又在周边转了一圈。

突然，一阵热风扑面而来，而那热风带来了小河哗哗的流水声。云生想起小时候，自己几个兄妹光着屁股在那浅浅的，清澈透底的小河里摸鱼抓虾，玩耍嬉戏……

那是由延绵百里的诸罗山上涓涓细流汇集而下形成的小河，这样的夜晚，这种朦胧的月色一对情侣在那玩耍嬉水充满着欢乐，充满着浪漫，自己从台南回来，曾萌发这几天抽一个时间约婕生到那里去坐一坐。

“到那里一定能找到青春年华和罗曼蒂克的感觉……”云生不觉得心里想着。

主意一定，云生便没了犹豫，永丰城就那么大，他们想必就在那里。于是，便半跑着步伐往那走去。

云生的判断，一定也没有错。

在朦胧的月色下，那小河边陷隐隐约约坐着两个人，他们将双脚伸到河水里，半依半偎地靠在一起，不时地传来惬意的笑声。那笑声伴着哗哗的流水声，透过夜色传递开去，传到自己的耳际当中。

云生不敢造次，他放慢了步伐，放轻了步子，慢慢地朝那二人走去。

二十步路，十五步路……

终于，云生看清楚了，那人影正是简立言和婕生，他们无比亲热地靠在一起，搂在一起，忘情地在交谈着。

原来，婕生的心已经有了归属……

云生只觉得这脑袋“嗡”的一下响了起来，经过一天工作的疲劳乘虚而入，如同泰山压顶从天而降。但，清醒的意识告诉他，已经发生了什么事。可是，他的眼睛反复眨巴几下，却始终想不明白，这件事为什么发生得那么快，发生得那么突然，为什么自己没有一点预感，以至没有任何的思想准备。

第十九章 魏永富未了的心愿

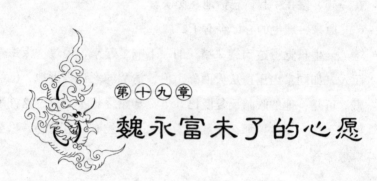

云生一脚高、一脚低地回到自己的家，他的汗水不停地从额头上往下流淌着。推开门，只见阿妈海英还在客厅里的灯光下补着衣服，她在等着儿子回来。

这个典型的闽南女人，自从认识阿光，到结婚生子，然而现在已经步入中年，可是海英却始终默默无闻，相夫教子，勤俭持家，让自己的丈夫能够全身心地应对各种人生的挑战，去实现自己的人生追求。

想到儿子，海英总会有许多的遗憾，有无数个牵挂。

俗话说，阿公、阿嬷爱头孙，阿爸、阿妈惜满仔。自己含辛茹苦将长得小猫一样的松生养育成人，后来听他阿爸的话，将六个孩子送回大陆读书，十多年过去了。当年的孩子一个个长成了年青小伙子和大姑娘。可是那孩子到了厦门，连父母都不告辞一声便去投奔什么革命去了，而且一去到现在也没有任何的音讯。

这台湾与大陆隔着海，他听说到什么东，那又还隔着无数大山，无数的河，这母子见面要到哪年哪月呀？

男人和女人不一样。男人铁石心肠，这心肠呀！比铁还硬，比石头还硬。记得那次云生回来，没有小儿子的身影，阿光只是脸色难看了一会儿，就那么一会儿便又似乎没什么事一样，似乎那儿子是别人的，跟他一点关系都没有。

这一段时间，海英常常失眠。

每天尽管很忙，忙到天一黑便巴不得赶快找一个枕头早点睡觉，早点休息。可是，真到了躺在床上，真让那脑袋靠在枕头上的时候，整个精神头却异常活跃，活跃得几乎与白天一模一样，傍晚的那种对睡的渴望便烟消尘灭。她在不停地想着这小儿子，一会儿梦见儿子在那战场上叱咤风云，骑着高头大马，呼啸而过；一会儿又梦见儿子在子弹横飞中中弹负伤，浑身是血。这子弹不长眼呀！在战场上双方都巴不得将对方斩尽杀绝。儿啊！你远离阿爸、阿妈，只身在外可要当心，可要平平安安地回来。

儿呀！你赶快回到阿爸、阿妈身边来吧！

海英一次又一次地呼唤；

海英一天又一天地祈祷；

苍天呀！各位菩萨呀！保生大帝呀！

你们要呵护我的儿子，呵护我的松生。

可是，呼唤也罢，祈祷也罢，这小儿子还是没有任何消息。眼前在晃动的却是大儿子云生每天疲于劳累、疲于奔波的身影。

做父母的，总有一种愁不完的事，总有一种没止境的祈求。

小儿子松生在外要祈祷；

大儿子云生在身边要寄以无限的希望。

海英在灯下一件又一件的衣服补完了。一粒又一粒的扣子钉完了。她的脑子在想着事，手上却不停地干着活，人生总是那么苦命，命有多长，烦心事便有那么多，没完没了。

这云生掐指算了已经二十六岁了。想当年自己和阿光到了这个年龄这云生都已经九岁，已经在读永丰学堂好几年了。应该抓紧给云生讲一房媳妇，不然会被人取笑。人生一辈子，可以不做官，也可以不发财，但绝不能不娶老婆生孩子。原来，自己也在考虑，阿发有一个女儿慧生倒是不错，可是这一段却见那慧生经常与天生同出同人，现在的年轻人比较新潮，预计应该差不多，否则这个姑娘倒是挺中意的；还一个便是胜天的女儿婕生，这姑娘，人倒长得比慧生漂亮，但细细一观察，觉得她嘴巴太快，缺乏一些大家闺秀的样子，看过去似乎云生多少有些意思，可那婕生眼睛太高。

除了她们俩个，永丰城自己能看得上的姑娘实在不多。要么长得一般；要么没有文化。妇人家，妇人家，娶进门便要呵护着家。海英不喜欢那种无拘无束，大大咧咧，不懂礼数的姑娘做自己的儿媳妇。

油灯里的油点光了，那灯光慢慢地暗了下来。这给海英活跃的思维似乎喊了一声停。她不得不放手中的针线活，先把灯油添好。

那添了油的灯，火苗又更亮了。

可是，这云生还没有回来。

鸡已经打鸣了。

这云生似乎还没有回来的意思。这下海英确实感到太困了。女人家过了四十岁，体力慢慢不行，可是思想越来越大。

“海英，阿英……”海英还在想着儿子，先想小儿子，再想大儿子，却听见阿爸在房间叫着自己的名字。

阿爸七十多岁，人生七十古来稀。这几年那劳碌了一生的阿爸每况愈下，尤其是这一段，听到大孙子留在大陆那边闹什么革命便成天念念叨叨，人老了，想念着子孙，那是顺理成章的事。

也许是年老了，也许是心里不痛快。阿爸已经卧床并且将近半个月没有爬起来过。“阿爸呀！你苦了一辈子，现在虽然谈不上大富大贵，你可要好好地活，好好地享受这生活，还要等到两个孙子结婚、生子，当上阿祖才好啊。”海英叹息了一声，赶紧收拾好，点着灯走到老人家的跟前。

油灯下的魏永富大概久病在身，又干又瘦，暗黄的脸上沁着一层虚汗。他的嘴在不停地嚅动着，可是那微弱的声音却听不清楚要讲些什么。

“阿爸，你要想喝水吗?”海英一边伏在老人的耳朵轻声温柔地问道，一边用干毛巾细心地擦着老人头上的汗水。

“松生、云生……”魏永富放在床上的手要比画着，结果还是无力地放回床上。

“松生还在大陆，云生还没回家……”海英解释着，这样的话，她一天要在阿爸的耳边说上无数次，可是老人总是无数次地念叨着自己的两个孙子。

海英给阿爸喂了一些温开水。然后，又轻轻地把阿爸安顿好。此时，庄户人家的鸡开始鸣叫了。

“喔，喔，喔。”那清脆的鸡啼声告诉人家，此时已经一更天。

“喔，喔，喔。”在一只鸡的啼叫的召唤下，整个永丰城的鸡都争相啼了起来。“这云生今晚到底忙些什么事情了，已经过更啦！”海英走到门口，打开大门，把头伸到门外张望了又张望，“怎么还不回来呀？”

家庭成员没有回来，无论上辈，还是下辈，海英都不会去睡，纵使睡也睡不踏实。海英有些无奈地重新坐回那八仙桌旁的条椅上，开始打起盹来。

也不知过了多久，那大门终于“吱呀”一声推开了，正在梦中的海英从八仙桌上趴着刚刚入睡，“霍”的一声站了起来，看见儿子云生迈着疲倦的步子，满身是汗地回来了。

“云生，怎么这么晚才回来？”海英没有看儿子的神色，只是赶快上前将大门关上，闩好。

“阿妈，你怎么还没睡呀？”云生关心阿妈，每天操持家务，还要照顾年迈的阿公，真是太累了。

“你没有回来，阿妈能睡吗？”看到儿子一进门便颓然坐在凳子上，没有往日那种高兴与兴奋，海英赶快找了一条湿毛巾上前给儿子擦汗，“以后早点回来，省得阿妈担心。”

“嗯！”云生应了一声，便没了言语。

“怎么啦，儿子？是不是遇上什么不顺心的事啦？”知儿莫若母，手拿着儿子擦汗的湿毛巾，海英这才发现儿子的脸色苍白，心情不好。

“没有，妈！我没有事，你早点歇息吧。”云生没有正视母亲投来的目光。

“这……”她还愣在那里，注视着儿子。

“相信我，没事，您先歇息。”云生看到母亲站在身边不动，催促着母亲。

“那我先睡去了。”问不出一个所以然，儿子大了总有一些心事不想让母亲知道，海英叹息了一声，便进房间去了。

阿妈进了房间，客厅又归于寂静，云生的思绪却异常活跃起来，他索性将那油灯吹灭，希望自己在这黑灯瞎火的安静环境中进行认真的反思。

自己与婕生同生长在这个院子，由于父辈之间的手足情谊，到了自己这一代可以说是一个虽然不同父母，却胜过同父母的兄妹之间关系。从小时候捉迷藏、抓小鱼。到后来，赵先生带着到大陆求学，几乎形影不离。婕生是众兄妹当中年纪最小的，自己则是年纪最长的，正因为她比几个兄妹都小，又聪明伶俐，人也长得漂亮。因此，从少年时代起自己便将更多的眼光投向她。而她也像跟屁虫一样追随着自己。如果不是赵先生严格要求，在大陆读书那会儿就已经恋爱，甚至结婚生子了。记得有一次过春节，婕生死死黏住自己，学着外国人勾住自己的胳膊走在外滩上，看到那些洋人情意绵绵时，她却伏在自己的耳边说："云生，我很想嫁给你。"说完便"咯咯咯"地笑开去了。

这件事，反倒是弄得自己难堪了好几天，一见到她都有一点无所适从似的，可是她却显得若无其事一般。

还有，便是那次在厦门月港码头吃小吃，看芗剧，听讲古，自己走到哪里她便跟到哪里，几乎形影不离，为了躲开那炽热而多情的眼光，以免让赵先生看出破绽后告诉阿爸，自己总是有意回避。可是，她却似乎要故意让众人知道似的，看戏时，旁若无人地自己整个人都埋在自己的怀里，她那一头秀发就在自己的鼻子前飘来飘去，那充满女性身体的芬芳让自己的心跳加快了不知多少倍。

这是一段又一段多么难忘的岁月呀！

在月港返回台湾的进雄阿叔的商船上，几个没有经历过海上风波的兄妹，却偏偏遇上了顶头风，那一会儿冲上天、一会儿掉下谷底的船体让大家吓得几乎掉魂，婕生和慧生更是花容失色，叫声连连，而婕生便在众目睽睽之下毫不犹豫地扑向自己，紧紧地身子蜷缩在自己的怀中。并喃喃地说："云生哥，趴在你怀中感到心里最踏实，这辈子我便永远这样趴着，那真幸福。"

讲这句话时似乎是夜幕降临不久，进雄阿叔的商船刚从金门驶向出两个时辰左右，这时一个大浪迎面扑来，那商船的船头似乎被巨人拎了起来一样，船里的人尖叫起来，一个个面如菜色，接着，那船头又瞬间栽入海底……

黑暗中，婕生不顾一切地把自己紧紧搂着，浑身在瑟瑟发抖。这是人生二十多年自己除母亲之外第一次如此亲密地接触一个女性的肌肤，也是自己与婕生第一次如此亲密地拥抱在一起。

这一切来得这么快，却是近乎滴水穿石的工夫，也是水到渠成的效果。

可是，回来才半年多时间，她怎么便与自己不辞而别，投入了简立言的怀抱了呢？

是自己没有尽一个兄长之责，尽一个恋人之责，让她伤心？

是简立言的魅力超乎了自己？

是婕生想借婚姻的关系离开永丰城？

都像，又都不像，可是都有可能。

云生在反复思考着，自己尽管年青，但父辈的教导，可以扪心自问对每一件都对得起良心，对得起道德。如果自己与婕生没有那么甜蜜，她无论作任何选择，跟自己都没有关系，都是她的自由。正因为有那段情、那段爱，有这一段刻骨铭心的初恋，才让自己如此耿耿于怀。

平心而论，父母长辈是历尽千辛万苦才有今天的，人生二十多年耳濡目染，自己不是那种拿得起、放不下的人，更不是那种心胸狭窄、鼠目寸光的人。可是，任何事情总有一个由头，既然有了开端，总有一个结局，总要给自己一个合理的解释呀！

云生想来想去，总绕不开这个主题。

“喔、喔、喔……”鸡又开始新的一轮鸣叫，离天亮已经不远了。

云生想着，想着，反反复复想着这个问题，但毫无结果，却由于太疲惫了，便迷迷糊糊在八仙桌前趴着，似睡非睡，打了一个眼花……

“云生，云生，快！阿公不行了。”云生还在梦中，还在那昨晚没有结果的回想当中，却突然在父亲和母亲的叫唤当中惊醒过来了，他头很晕，眼睛也发酸、发涩。他用力地用手掌背擦拭着双眼，看到阿爸、阿妈步履匆匆往阿公的房间里，并半跪在阿公的床前，呼唤着阿公。

“阿公怎么啦?”一个不祥的念头浮现在脑海里，他不愿再作任何的思考，三步并作两步跨进了阿公的房间。

阿妈趴在阿公的耳朵前不停地呼唤着阿公，她的泪水像掉了线的珠子不断地往下掉着，看来，阿公病得不轻。

这一段就为忙那赤砂糖的事情自己早出晚归，尽管每天出去前，回来后都要到阿公床前问一个安，唯独昨天晚上自己被突如其来的变故乱了方寸，回来时已经深夜，没有看阿公一眼，云生顿时有了一丝不安和愧疚。

阿公的眼睛半睁半闭，偶尔才显得万分疲惫地睁开眼睛，但只有那一下，便又闭了起来，云生鼻子一酸，这可是自己心爱的阿公呀！自从自己和弟弟懂事之日起，他总是笑眯眯的，每天围着自己，教自己如何学会战胜人生困难，如何做人，他经常在自己和弟弟面前念叨:“云生，人生在世，什么都可以没有。但有两点却一定没能没有，一是生命，没有生命便没有一切；二是自信，没有自信心，便没有战胜困难的本钱。这样的人，纵使活着，也只能说是一个稻草人。”在自己的心目中，阿公最伟大，阿公是自己的骄傲……想到这里，云生鼻子阵阵发酸，眼睛也湿润了。

“阿公，阿公，你怎么啦？我是云生，我是云生啊！”云生跟着阿妈跪在阿公的床前，将嘴巴对准阿公的耳朵反复地呼喊着，仿佛要把阿公从那睡梦中唤醒过来。

“云生，松生……”许久，阿公眼睛微微地睁开了，但睁得很吃力。

“阿公，我是云生，我是云生啊……”云生又在呼喊着。

“云生回来了。”阿公终于来了精神，这一次他的眼睛睁得很大，而且出乎意料还十分有神，而且，他的脸上还泛着一层红光。

“阿公，我是云生，我回来了，我在你的身边。”看到阿公有了精神，云生的心顿时高兴起来。

“阿公我已经不行了。那屠户这老达补，一天到晚在我耳边唠叨叫我去做伴，叫了十多年了，我不去不成了。”魏永富说得很轻松，边说还边带着笑容。

“阿爸，你别乱说。”听了阿爸的话，海英又一阵心酸，想制止阿爸的话题。

“这是真的，他在那边很孤单，没有人做伴，天天在催我过去。我过去后，你们要平平顺顺。”魏永富精神头特别好，讲话也很流畅，全没了往日的那种有气无力。

“阿爸，你要安心养病，你没事的。”阿光心里清楚，这叫人临行前的回光返照，这时的人心情特别好，精神头也特别足。但仍然安慰着老人，安慰着这个奔波一生、吃尽无数苦难的老人。

“你们听好了，我这一生有两件心愿未了。”魏永富想靠起来，细心的阿光已感受到阿爸的意图，从半跪在床前的姿势站了起来，轻轻地扶着他，让他靠在床上，云生给阿公背后垫了一个枕头。魏永富欣慰地笑了笑，用手怜爱地在云生的头上深情地抚摸着：“这一，日本鬼子还在永丰城横行，还在台湾横行，他们走我没有看到。”

“阿爸，这个不是事，日本人滚出台湾那是冬至不出年外，迟早的事。你放心。”想到一个弥留之际的古稀老人还惦记着日本鬼子没有被赶走，阿光似乎有一种愧疚。

“好！那就好。还有一件事。我的孙子，松生留在大陆革命去了，云生是回来了。可是，我没有看到孙媳妇，更没有看到曾孙子……”魏永富讲到这里，刚刚还似乎轻松的心情却戛然而止，那语气当中带着一丝伤感，甚至有些哽咽。

“阿公，松生很快回来，我会尽快给我找一个既好看又贤惠的孙媳妇。”云生忍不住了，昨晚正为婕生的事彻底未眠，现在疼爱自己的外公偏偏又把这件事提了出来，尽管老人家不知道自己此时的心情，却让自己的情感又掀起一层波浪，他的泪水再也无法控制住了，“阿公，你放心，孙媳妇很快，曾孙子也很快，您……”云生有点语无伦次，他觉得二十多岁的人了，阿爸到自己这个岁数的时候，自己已经九岁，已经上学堂了。可是，现在自己却连一个花瓣都还未找上，而且一切刚刚开始，要事业没事业，要家庭没家庭，真是不孝，让年迈的阿公失望了……云生的脑海在激烈地翻滚着，站在那沉默不语，要知道，婕生突然从自己身边走开，并扑向简立言怀抱当中，自己都还未从那感情的旋涡中跳出来，现在被阿公提及，真想痛哭一场。

想着，想着，云生沉默了。

“云生……”只有细心的阿妈发现儿子从昨天晚上回来以后情绪不对，可是没有说，心疼儿子的母亲不是不想说，而是没有机会说。

“乖仔，阿公以前给你讲的两句话还记得吗?”慢慢地魏永富开始有些疲倦，但感到自己意犹未尽，还应该给宝贝孙子说些话。

“记得，阿公。一要珍惜生命，二要永远自信。这样才能取得成功。阿公你的话，孙儿会永远记住的。”

“好！好，我的云生懂事……”讲完那么多话，魏永富似乎有些累，他拉着阿光的手，深情地说：“要注意身体，管好家庭，我累了，想睡一个觉。”话音刚落，老人家头轻轻地一歪，去与屠户相聚去了。

“阿爸……”阿光和海英悲恸欲绝地哭了起来。

“阿公……”云生再也控制不了自己，他有多少话要跟阿公说，有多少事要向阿公报告呀。可是，阿公却无声无息地走了，他再也听不到自己的呼喊声了。

而远在大陆的松生再也见不到心爱的阿公了。

第二十章 专卖局长震怒了

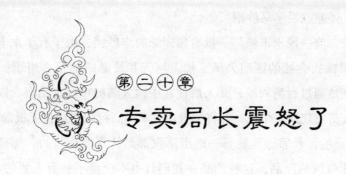

一个电话把佐佐木和老武田召到台北蔗糖专卖局局长办公室，两个人莫名其妙，一头雾水，不知道这台北专卖局长到底是哪条神经线接错了，晚上十二点挂电话，叫他们马不停蹄连夜赶来，假如不是厕所被烧掉，哪会急成这样？

一走进局长办公室，那局长不问青红皂白便是一顿臭骂："八嘎，叫你们管一个小小的永丰城都管不好，简直是大日本帝国的耻辱。你们是严重失职，你们要上法庭！"局长一脸铁青，手在桌子上"砰、砰"不停地拍着，震得那桌子上的东西乱蹦乱跳。

"您这是……"老武田还是第一次被上司训斥。七十多岁的人了，平时只有自己训斥人，哪有被人如此不给颜面的训斥，他还不知道连夜召来被训斥的原因。

佐佐木只是垂着头，不停地发出"嗨、嗨、嗨"的声音。

"八嘎，永丰城的赤砂糖是怎么回事？怎么会出现在中国大陆市场？嗯？"专卖局长眼睛睁得比牛眼还大。他那愤怒的眼睛一刻也没有离开过进门的佐佐木和武田身上，正是由于他们的失职让自己被总督狠狠地臭骂了一顿，还差点丢了乌纱帽。

原来，前一段永丰糖厂一批有焦煳味的赤砂糖，由于有了永丰城警察所和武田株式会社的证明公函，加上阿光和简鹏皓的精心组织，一路绿灯，顺利地通过台湾海峡，几天后便在中国大陆的市场上销售。以至日本的情报人员发现这一情况，并将情报向日本最高行政当局作了报告。

"不是的，长官，这糖每一锅出厂我都是认真检查过的，那确实是一批焦煳味极浓的产品，这种产品在我们日本本土是不会有人要的。"老武田被专卖局长训得无地自容。可是，他并不服气，自从代理永丰城的永丰牌赤砂糖开始，到专卖为止，已经有了二十多年的历史，永丰牌赤砂糖在日本的市场是自己打开的，而且武田株式会社众中获得巨大利益，也只有自己心里最清楚。正是有了这条生财之道，自己才专门在那设立分号，而且自己几乎成了那座小城的居民。"放着这么丰厚的利润不去做，岂不是傻瓜吗?"

"你还敢狡辩吗?"专卖局长余怒未消。

"局长先生，你听我解释，为了管好那一批蔗糖，从榨季一开始我便派出警察二十四个小时值班，而且还是轮岗制，管得死死的。武田君所说的一点也不假。"佐佐木振振有词，他不知道这消息从何而来，更不相信这情报是真实的。

"你们睁开眼睛看看!"看到部下仍在解释，专卖局长也很难相信，这老武田是日本本土众所皆知，精明过人，甚至让人奉为商神的生意人，这人不光精明，而且智商极高，满肚子的生意经，别的不说，放走这批蔗糖他们便少赚了一大笔白花花的银两。可是，这情报是日本最高行政机关转来的，其真实性和权威性都不容有任何的怀疑。现在，他不得不将那份情报"啪"的一声放在他们面前，让他们自己好好地看清楚。

那是一份日本最高行政机关转过来的情报："台湾总督府专卖失职，永丰砂糖中国大陆旺销!"白底黑字，言之凿凿。那情报上叙述：

"这批永丰赤砂糖是以焦煳味而不合格名义出厂，由永丰城警察所和负责专卖的日本武田株式会社就出具证明公函而一路绿灯过关闯卡到大陆的。”

“……其实，这永丰牌赤砂糖近二十年来受到我大日本国民青睐，口味清新，熬制方法独特。之所以会以焦煳味不合格出厂，纯属蒙混，加上我大日本监管机构严重责任缺失所致……”

……

看着那份情报，老武田气得发抖，自己一生经历大风大浪无数，却会被一个识字不多的阿光所欺骗，让一笔可观的收入付诸东流，而被上司如此训斥。“八嘎！”老武田似乎狂怒起来，但毕竟是老狐狸，他在一闪念之间便很好地克制了自己几乎失控的情绪，他清醒地知道，此时自己是在上司的办公室，而且还正被上司训斥之中。

“我回去将他们全部抓起来，加以罚款，重罚……”老武田忍住了，可是佐佐木却没有克制住，他怒吼着。

“蠢！蠢猪一头。”看到佐佐木发怒，专卖局长怒吼起来，“你现在凭什么抓人，凭什么罚款，凭你们出具的证明公函吗?”

“……”佐佐木和武田失语了。

“说话呀！为什么不说?”专卖局长用手指着他们俩，那手指几乎要戳到佐佐木的鼻梁。

“局长先生，你的意思我们该怎么办?”老武田知道，现在事情已经发生，阿光已经胜利，再说什么也于是无补，只是，吸取教训，研究下一步怎么办。

“回去，做深刻反省，保证以后不再出这样的事。否则，上法庭。真是耻辱至极!”专卖局长甩下一句话，便悻悻地走出了办公室的大门。

佐佐木和老武田被训斥的垂头丧气，坐着车晕晕乎乎回到永丰城，却看见那原来种甘蔗的庄户人家个个面带笑容，却不知道这些人是不是捡了一堆银子，会那么开心。

坐在办公室，早已心身疲惫的老武田软绵绵地坐在办公桌前不停地叹着气，他在思考着，今年自己吃了一个大亏，一个哑巴大亏。可是，既不敢还手，还不可以还口，“这阿光实在太可恶，实在太可怕。”老武田在心里不停地诅咒着。

"武田君，那浩仔和钟仔有重要事向你报告。"正当武田闭着眼睛似睡非睡仰靠在沙发上时，秘书前来报告。

"浩仔、钟仔？"武田听到这两个名字，心里顿时一阵兴奋。上次聘他们为武田的员工，这两个青年倒也卖力，还不时地传递一些信息和情报，这些情报是否重要不说，但他提供的每次还算准确，因此，他曾交代给这两位青年多发一些薪水。

"请他们进来。"武田知道，他们来一定有好消息，兴许还能很好地帮助自己。老武田为自己当时作出这样的决定而满意，"我就不相信，七十多岁的人了，吃的盐比阿光吃得饭多，过桥的路程比他走的路程多，会败在这样一个土不拉叽的乡下人手中。"

实际上，这武田的一切都被阿光掌握得清清楚楚。包括这即将踏进老武田办公室的浩仔和钟仔，当时在小山包从思想上绕不过弯而苦闷不已的时候，云生他们兄妹帮他俩解了套。回到家里阿光和胜天他们一商量，决定将计就计，因势利导，跟这老武田来一番斗智斗勇。

上次那一批赤砂糖经过大家的通力合作，终于平平顺顺运抵大陆市场销售，而且获得了意想不到的利润。这场较量最终以永丰糖厂胜利告终，却让阿光更加清醒，这以焦煳味来蒙老武田也罢，蒙佐佐木也罢，只能使用一次，而这一次无疑要冒着极大的风险，如果稍不周密，随时都会让自己陷入被动。

这次总算成功了。

不可能有第二次了。

下次必须改换策略，否则年年被动。只要日本人还占据着台湾，这种被动将长期延续下去，于是，与众多种蔗的乡亲商量，放言全城的乡亲，挖掉甘蔗，改种地瓜，这样形成一种绕开蔗糖专卖的政策，明年全面改种地瓜，然后再进行地瓜的深加工的舆论，并从中把握自己的主动。

掐指算来，一年二季地瓜，然后再进行深加工，总的收入不亚于种甘蔗。于是，那批赤砂糖卖到大陆去后，便利用阿雄商船的便利在大陆采购了一大批地瓜苗和制粉、酿酒的设备与技术。

毁掉世世代代种植的大批甘蔗，改种地瓜，便成了永丰城庄户人家的共识。

“先叫浩仔、钟仔把这消息报告老武田，让他多几个晚上失眠。”胜天突然想起，应该多设计一些问题，让这老武田陷入无尽的苦恼当中，让他一刻也不能安宁。

“嗯，我看不错。这永丰城按他们总督府的警令也就一个蔗糖是专卖品，不种蔗了，便没糖了，没有糖了，这老武田便闲着没事干了。”阿光心里一乐，“当然，他们可能退让，继续种甘蔗也不失为一种营生。”

现在，浩仔和钟仔神秘兮兮地走进了老武田的办公室。

“年轻人，你们大大的好样。”见到他们站在自己面前，老武田眉开眼笑先夸了一声。

“不！我们做得不够，我们对大日本帝国无限的忠诚。”浩仔经过这一段时间与老武田周旋也积攒了一经验，比当时老练多了。

“好！好！好！”老武田听了觉得十分受用，问道，“今天有什么好消息告诉我吗？”

“对！武田先生，这永丰城要把甘蔗地全毁掉了。”钟仔绘声绘色地用手比画着说，说得一本正经。

“为什么？”老武田听了以后，吃了一惊。

“种甘蔗不值钱，又要专卖。”浩仔作了补充。

“这样！”老武田倒吸了一口冷气。他的脑子在激烈地转动着，“挖掉这甘蔗以后，那千甲蔗地种什么呀？”

“听说要改种成地瓜。”钟仔与浩仔一唱一和。

“改种地瓜？”老武田一屁股坐回凳子上，瞪着眼睛重复了一句，他怕自己听错了。

“对，没错！”两个年轻人异口同声地回答。

“八嘎……”老武田沉默不住了，他恶狠狠地骂了一句，这挖了甘蔗地，改种地瓜，意味着什么？他很清楚，武田公司在永丰城的前景是什么也很清楚。

老武田想不通，这个阿光怎么会作出这样的决策，这永丰城的人怎么又会一呼百应，但是，不管老武田怎么想的，那边阿光实实在在已经放言，而那农户边已经开始发疯似的把那几千甲已经种了十多年的甘蔗地挖开了。

“这些日本矮子，我们一辈子种甘蔗，逼得我们实在走投无路了，老了才学着种地瓜。”张正旺正一边将那挖出来的甘蔗头收拾好，准备晒干后再烧成灰，这东西含磷钾肥多，再施回田地，以后长地瓜；一边不停地骂着，“我们种地瓜了，你佐佐木还能赚砍蔗工的工钱吗？你武田还专卖地瓜么吗”

“你呀！别那么高兴，这日本人个子矮，可是鬼点子就多，种了地瓜，说不定又会出一些歪事来搜刮我们的油水。”老婆在一边唠叨，一边叹息，“这日子，实在让人没法过。”

“嫂子，没法过也得过。”阿光正好带着管家路过这里，听到张正旺夫妻的对话，也深有感触，但我们永丰城的人多，人多主意多，点子也多，只要抱成一团，便没有解决不了的问题。

“阿爸，阿爸!”正当阿光跟张正旺在交谈时，云生匆匆赶来，叫着阿爸。

“有事吗？云生。”阿光看着儿子一身大汗，怜爱地看了看便问道。讲实话，这帮后生与自己当年确实是无法比。可是，这一段看到自己的儿子处事果断，又吃苦，便给自己许多安慰。尤其是阿爸去世之后，海英告诉了儿子似乎有些心事，于是夫妻俩便与云生作了交谈，了解到他的情况，两人都发了一通感慨。讲实话，夫妻俩都十分疼爱自己的儿子和侄女，但作为选儿媳妇，他们倒不赞成娶一个有多少文化的姑娘。“女子无才便是德，你阿妈不是没文化吗？但你妈识大体，顾大局，把一个家安排得井井有条，我们家便兴旺起来了。”阿光说了一通道理，却无意中把妻子表扬了一通。

“女人要旺夫。”海英也告诉儿子，“这旺夫的女人要有宽阔的心胸，要能有包容心，勤俭吃苦，才能相伴到老。”

“嗯，儿子记住了。阿公走的时候不是告诉我要自信吗？阿爸，阿妈，你放心。我现在很自信，而且从来没有像现在那么自信。你们相信我。”云生话语讲得掷地有声，阿光看一看悬着的心放了下来。这小子，还真像自己当年的那样子。

果然，儿子从失恋的阴影走了出来，又是那样充满着活力。

“阿爸，胜天叔说那制作粉丝的设备和酿酒的设备要马上安装，那么原来制糖的设备拆下来后怎么办?”云生看见阿爸刚刚在沉思，停了停便问了一句。

“拆下来的设备一件不留。毁掉!”阿光没有丝毫的犹豫，果断地告诉儿子，“毁掉了！让那些日本人不再对掠夺永丰城还有半点的幻想!”

“这样啊!”儿子有一点惋惜。

“只是先放风声出去，暂不动手。”阿光说：“风声越大越好。”

“那以后，我们永远不再种甘蔗了吗?”张正明听了阿光的话，有点不解地叹了一口气。

“以后当然还种，但必须是日本人走了。总之，日本人再想吃这永丰牌的赤砂糖只有等到下辈子啦。”阿光似乎在对身边的人说，又似乎自言自语。

“那这些设备不是可以留作后用吗?”张正明似乎有些心痛。

“到那时呀！说不定会用一种非常先进的设备，兴许是全自动的现代化技术，也许这些设备到时早已过时用不上了。”阿光很自信，他看着大家，又看看儿子还站在那，便转过身招呼儿子，“我们一起去看一看吧。”

父子俩加上阿昌从田间朝糖厂走去，却远远看见那玉兰在路边一晃，阿光自然看得真切，却看见云生有点不太自然，便装着没事一般。

再说这玉兰倒是一个有情有义的姑娘，自从那次云生救了她以后，对这位大户人家的儿子感激不尽，以后又有几次有意无意与云生面碰面，当然对这云生有百般好感。可是庄户人家的女儿实实在在，这种好感是一种报恩，一种感激，至于别的真是心里想着，但表现出来却有分有寸，非常得体。

这一段每逢家里和自己碰到什么事，她首先会想到云生，向他说说，听听他的意见，这心里便会感到安稳，感到踏实。刚才，她正想到田里干活，却恰好看见云生父子三人迎面而来，心里感到某些慌乱，便故意想绕一个圈过去。

姑娘心里想着云生，却怕别人看见，更怕别人议论，能少招是非则尽量少招是非，能少让人家讲闲话，便少让人家讲闲话。

“玉兰，干活去吗？”云生经过这一段接触，觉得跟她在一块聊天倒是心情特别好。见到玉兰想绕开，故意叫了一声。

“阿叔……”被云生叫了一声，玉兰眼看回避不了，赶忙折过头，先怯怯地跟阿光打招呼。

“玉兰，你看见我为什么不叫阿叔，反而还绕道走啊！”阿光已经透视了姑娘的心事，心中一喜，自己不是想给儿子找一个媳妇吗？眼前这个玉兰不现成的吗？要个头有个头，要长相有长相，皮肤也白，一看便十分可人。尤其是，那脸庞圆润，地托又平又宽，这倒是一个十分旺夫的长相呀！

这闽南民间呀，大凡都有一种上祖留下来的习惯。那便是男看天窗，女要看地托。其意思是说那男人女人要有出息，长相非常重要。男的要大富大贵，这额头要饱满，要有光泽，古时便有天堂饱满，印堂发亮之说；而女人要旺夫，有富贵相便是下巴要宽，要平。你瞧，这玉兰虽然出身贫寒，不正是名副其实的旺夫相吗。

这阿光看在眼里，喜在心头。平时忙，也没有时间去关注城里的孩子，现在玉兰走在眼前这一看，心里还挺满意的。只是看见她绕着道走，便刻意招呼一下，也可多少缓解孩子对自己的一番恐惧之心。

被阿光这么一说，又将眼光盯了自己许久，玉兰顿时满脸通红起来。对于阿光阿叔永丰城里连刚懂事的人都非常清楚，玉兰连忙为自己作辩：“阿叔，我看到你们忙，这田坎路又小，想想绕过去，省得影响你走路。”

“这样呀！玉兰倒是很会说话。”阿光说着便加快步子走了过去，“玉兰，有空家里坐坐，有困难时可以给我说，也可以跟云生说。”

“好，让阿叔费神了。”听了阿光这一番话，玉兰心里热乎乎的。讲实话，像他这样的大户人家，平时都是抬着头走路的，哪有这样平易近人的呀！

阿光是一个过来的人，也是心里明白的人，便加快步伐过去，临了还不忘交代儿子云生：“你慢一些走，向玉兰问一下，家里还有没有什么困难需要帮助的。”

“好！阿爸！”云生尽管不知道阿爸心里面想着什么，但从刚才的言语和举止看，他对玉兰应该有一番好印象，便顺势停下脚步。

这一段太忙了。

忙完那批赤砂糖的事，又出了婕生那档子事，那档子事没理清，阿公又去世。

一家人又劳累，又悲伤。

“云生哥，你瘦了，要注意休息。”刚站住脚，玉兰便低着头轻声地说了一声。她的声音很小，可是却如画眉的音质，很清脆，听起来心里很舒服。

“是吗！可能最近比较忙吧！”云生心里一热，“不要紧，过了这一段便很快恢复起来。”云生边回答玉兰的话，边用目光把她从头到脚扫了一个遍。讲实话，尽管住在一个小城，到大陆求学回到永丰城也将近一年了，也尽管在路上遇见过玉兰，但要么在晚上看不清，要么在路上碰到也是步履匆匆，自己确实没有像今天一样认真地看过玉兰。可是，今天一看却让云生难以忘却。

也许是这永丰城的水土好的缘故吧，这玉兰尽管没有丝毫的打扮，可是一身合体的粗布却难以掩饰那一副天生的丽质，白皙的皮肤，白得连脸上细细的血管都清晰可见；高挑的身材，该突出的地方丰腴突出，该细的地方曲折起伏；洁白的牙齿被樱桃小嘴包围着，一启齿两个脸颊上便出现两个诱人的酒窝；一副甜得让人发馋的笑脸；一副让人心醉的嗓子……

“云生哥……”玉兰正想与云生谈一些话，却发现那云生目不转睛在注视自己，尤其在自己那高高耸起的胸脯前注视着，不觉得一阵慌乱，满脸通红，话讲出口，却不知该如何往下说。

“玉兰，你什么时候有空？”云生也发现玉兰看到了自己这一举动，觉得自己有点缺乏涵养。是啊！一个妙龄少女，被一个男人如此注视，岂有不慌乱的道理。便赶快找话题岔开，以分散注意力。

“反正我一个作田妹，现在既不是秋收，也不是冬种的，什么时候都有空。云生哥，你有事？”玉兰反问一句，她歪着头，一脸淳朴天真无邪。就在这一刹那，姑娘用那妩媚的眼光向云生投去深情的一瞥。

“没什么！我想如果你有空，今天晚上我们到那小河边坐一坐。晚上在那坐，很舒服的。”云生咬了咬牙下定了决心。他的手朝河边指了指，将自己的心里话说出了口。真的，几次见面，虽然对面前的玉兰有不少好感，但总是在晚上或匆匆忙忙。今天，是白天，而且时间被阿爸留得那么足，如此近距离地感受这位少女，却让自己怦然心动，感觉彼此似乎很来电，也很投缘。

“那……”玉兰在片刻中犹豫着。

“不愿意?”云生内心微微一惊。

“那我吃完饭后，便在那大石头边等你。”少女迟疑了一下，她原来以为听错了话，当看见云生那一脸真诚，顿时心花怒放起来。她不敢再去触碰和招惹云生那炙热的目光，拔腿便朝那田间飞跑而去……

第二十一章

阿光看着儿子来信流泪了

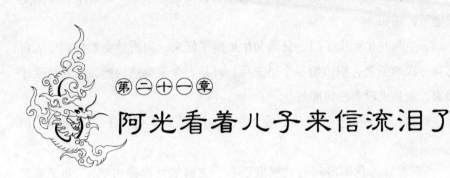

秋天的永丰城天高云淡，气候宜人，那皎洁的月光洒在大地上，那白天郁郁葱葱的山峦叠嶂此时变得一片黛色，不知名的鸟儿不时地发出一阵一阵的鸣叫声，有高有低，有近有远，形成天地间和谐的鸣奏曲；那清澈见底的小河水流过浅滩发出哗哗的流水过滩声，随着阵阵秋风吹拂，声声入耳，动人心弦；那刚秋收过后的田野里，蛐蛐在欢歌、在求偶的此起彼伏。在这个季节，在这种夜晚或能到小河旁走走，或能站在小溪边戏水，或将双手伸进这小溪流水中，任由那不知名的小鱼啄着，那绝对是一种享受，一种陶醉，一种无以伦比的心灵净化。

云生忙了一天，因为与玉兰晚上有约，一回到家便狼吞虎咽地赶快吃了饭，海英看到儿子吃得那么紧张，便在一旁埋怨着："别那么着急，又不是赴京城赶考，慢慢吃，我还在锅里煮着菜呢!"

"阿妈，不必了。我已经吃饱了！"云生在说话间已用手抹了一下嘴巴，匆匆忙忙要出门。

"忙了一天，不在家休息一下。"阿妈又在唠叨着。

“别管那么多。”阿光看着儿子那样子，知道这小子一定有事，便制止了妻子的唠叨。

云生匆匆忙忙出了门，又匆匆忙忙跑了回来，因为他突然想到今天自己第一次约玉兰，应该给一个纪念品。可是，今天突然约她，忙到傍晚才回家，而且也没有任何准备。

临出门了，走了几十步，突然想起，又感到不安。于是，便折了回来。

“别着急，我那房间的抽屉里还有一支钢笔，你带去吧。”知子莫如父，阿光的眼睛自然要比儿子贼，看到云生返回家中，心里暗暗发笑。瞧，一个已是二十六岁的大后生了，碰到这些事情却如此幼稚，阿光心里一阵发笑，帮了儿子一个大忙。

“好!”云生心里一阵感激应了一声。但刚往楼上登了两个楼梯，感到不正常。我要什么东西，阿爸怎么会了解呢？便回头充满疑惑地问了一声：“阿爸，你怎么会知道我需要这东西?”因为刚才仓促当中，云生也萌生了一个念头，送给玉兰的东西，昂贵的她肯定不敢收；便宜的自己拿不出。送什么呢？这玉兰呀，什么都好，就缺一点没有文化，如送她一支笔，鼓励她利用空余时间学点文化，或以后请赵先生教她学些知识那是最好的一件事。

想不到，自己今晚约会，被阿爸瞅准了，连自己想送一件纪念品都瞒不过阿爸那火眼金睛，心里暗暗叫苦：“这老姜怪不得那么辣。”

这阿爸确实厉害，怪不得他能闯过人生的那么多关关卡卡，取得这么大的成就。这一着让阿爸的形象在儿子心目当中越发高大起来。

“阿爸，你怎么会知道我需要笔的?”云生拿到笔，心中无限感激，却又不解地问了一声。

“因为呀，我是你阿爸。”阿光没有正面回答儿子，却是神秘地笑了笑，却不出声。

“你们父子之间打什么哑谜呀，把我撇在一边。”海英看到这父子之间一来一去，有问有答自己却如坠云雾当中，便佯装生气地问。

“哈……”阿光又是神秘一笑。

“云……”海英想问一下儿子，可是，当她抬起头一看，却早不见了他的踪影，只能佯装生气一番。

当云生一口气蹦到那小河边的大石头旁时，见玉兰已等待在那边，正翘首焦急地等待着他的到来。

“玉兰，不好意思，我迟到了。”云生走上前去，道歉了一声。

“不碍事的，我们又不是进京赶考，你的事情多。”玉兰埋着头，不时地用手拨弄着自己的衣角。

“我们坐吧，把脚伸进河里。让水从脚中慢慢流过，很享受的。”云生边说，边把自己的脚伸到小溪里。

“以前你经常来吗？读书人总比人家聪明，我长这么大了，这小溪天天在眼前流着，可是还是第一次到这里享受。”玉兰有些惭愧地说。

“去大陆上学前，我们几个兄妹经常来。”云生的思绪仿佛回到少年时代，那是一个多么浪漫而又无忧无虑的岁月呀。“可是，上学回来后，这才是第一次。”

“是吗？云生哥，你真好！”玉兰想了许久，便脱口而出。这句话她想了很久，几次见面都想说，可是都很匆忙，加上心里一紧张，每次见面都想说，可是却没有说出口，就走了。可事后每当想起，总是后悔不迭。今天终于清晰地表达了自己的心愿。

“为什么？我自己都没有感觉到自己好。”云生有些顽皮地说了一声。

“因为，我们贫穷的庄户人家，跟你们相差很远。凡是有钱人的大户人家的子女都瞧不起我们。只有你，在我心目中像亲哥哥一般。”玉兰说的是实话，也是发自内心的肺腑之言。想起那次在糖厂那日本鬼子，占自己的便宜，如果不是云生哥，那真是呼天天不应，叫地地不灵呀！

“玉兰，庄户人家和大户人家都是平等的。要知道，我阿爸这一代比你还穷。人呀！要自信，自信了，便什么都会有，只有贫穷没有。”云生边说，边被身边这淳朴的姑娘深深地吸引住了。他慢慢地将自己的手靠近玉兰的手，然后一把将她的手握在手里。

“别，云生哥，我是庄户人家的姑娘。”玉兰的手被云生一触碰，像触电一样，她的声音似乎有些颤抖。

"玉兰，我刚才不是说过了吗？只要有自信，什么都会有。这是我阿公说的话。"云生有些动情，他仿佛感觉到对方"怦怦怦"的心跳声，还有便是那不停地发抖的感觉，他觉得自己的话兴许不能让身边的姑娘紧张的心得以缓解，便搬出外公的话。他要鼓励玉兰，走出悲观的心理，走向人生的新生活。

"不！不！云生哥……"玉兰用那颤抖的声音说着，然后，想试图将自己的手从云生的手中抽回身边。可是，云生却紧紧地把那只已是汗涔涔的手拽得很紧、很紧。

"云生哥，你松手吧，我怕，我很冷……"玉兰发现自己的手想抽回已经很难，很难。因为此时的云生已经很激动，彼此的手握在一块已经被汗水浸得很湿。

"别怕，我把衣服脱给你穿……"云生松下紧握玉兰的手，麻利地脱下衣服，披在玉兰身上。玉兰不知道云生会这么做，更不知道一个男人会这样怜爱自己，她没有任何反应，也不做任何拒绝的举动，只是傻愣愣地看着云生。在月色之下这对男女四目相对，充满着一团炽热的爱情之火，这团火瞬间从火苗变成熊熊的烈火，燃烧起来……

"云生哥，我……"玉兰被这男人的举动惊呆了。她不知道，这便是爱情，便是传说当中的爱情之火。

"玉兰嫁给我吧！我要娶你，一定要娶你。"此时的云生浑身上下炽热得好像一团火，充满着阳刚之气，充满着男子汉的勇猛和精气神，他不再犹豫，不再温文尔雅，张开臂膀，像老鹰扑食一样，紧紧地把玉兰搂到身边。抱住她，似乎让她感到分分秒秒都要窒息似的。

"别，云生哥，你松手，我配不上你。"玉兰开始在云生的怀中挣扎。但就挣扎了几下，便像一头温驯的小羔羊，静静地靠在云生那宽阔的胸前，静静地聆听这位热血男儿那富有节奏，而且有力的心跳声。

"玉兰，你什么都别说了，你听我的，我一定要娶你，你跟我过一辈子日子，给我生儿育女，我一定会对你好的。"云生的心情有些激动，他的话有些语无伦次。

"云生哥，那你回去给阿爸和阿妈讲，叫他们请一个媒人来说亲吧。"

玉兰被云生紧紧地抱着，慢慢地云生那胸膛里迸发的炽热之火把她烤得口干舌燥。玉兰张了张干涸的嘴巴说：“云生哥，我口干了，放开我去喝几口溪水。”

“好，好。你在家等着，我今晚回去便跟阿爸、阿妈说，请人到你家去说媒。”说罢，云生从口袋里拿出那支钢笔递给玉兰，“这支笔送给你吧，有空学一些文化。”

“我不要，我不识字，再说这笔也很贵。”玉兰看见云生递过来的钢笔，真是为难。

“这便是送给你识字用的，过几天我带你给赵先生认识，有空便跟她学文化。”云生说得很诚恳，玉兰默默地伸手接过钢笔，十分珍惜地把笔放到贴心的衣服里。

“云生哥，我要回去了。迟回去阿妈会找的。”两人又谈了片刻，但庄户人家的姑娘平时家教比较严，他们不会在外面玩得太久，看到出来已经有了一段时间，而且彼此之间都有了默契，便提出要回去。

云生是一个明事理的人，他知道永丰城的风俗，便说：“好，我送你回家吧，下次我们什么时候再来？”

“你家先派人来提亲吧！定了亲我便是你的人了。”这是闽南人家的习俗，也是玉兰的担忧，云生是大户人家的子弟，自己家里穷，又没文化，自从父亲去世以后，收入减少了许多。尽管阿爸在世时，耕作经验丰富，全城人都高看他，跟云生家里也有比较密切的来往。可是，这嫁娶之事，是男女终生大事，她怕云生的父母看不上自己。

实际上，从小时候刚懂事起玉兰便常在云生的院子外面张望，对他的小男子汉精神非常羡慕。这次云生求学回来，看到云生谈吐不凡，心里就更加仰慕，没想到云生会看上自己，这让玉兰多少有些惶恐不安。

等到云生回到家里时，时间还早。

阿爸和阿妈还坐在客厅里等候着儿子，看到云生一边进门，嘴巴里还不时哼着小调时，阿光似乎有点得意地朝海英投去一丝不易觉察的微笑。因为，凭着自己人生的经验，他可以百分之百地肯定，儿子此去一定有了重大收获。

“看你这样子……”看到丈夫那满脸得意的神色，海英心里直发笑，一个大男人看见儿子去约女朋友会如此开心。

“那是自然的，我呀正盼着当阿公呢！”阿光笑笑，这一段各方面都顺手得很，那批赤砂糖已经换回了大批的白银，改种地瓜也是按原先的计划有序地推开，地瓜粉厂和酿酒厂已经在制糖厂的原址上着手；云生如果这娶亲的事有了眉目……另外，还有一件更为开心的事，小儿子松生这家伙到广东一年了，才捎来一封信……

只是这封信，写得很长，又很潦草，自己识字不全，还要等到云生回来后，才能了解全部内容。

阿光心情好，他在反复地回想着……

“阿爸、阿妈……”刚到自己的房门又到客厅，云生兴高采烈叫着父母。

“怎么样？云生，吃完晚饭便这么匆匆忙忙到哪里去了？”阿光有点公事公办的意思。

“阿爸，你这是……”看见阿爸那样子，云生知道那是明知故问，便想与父母乐一乐，“你下午不是要我约玉兰聊一聊吗？我去了。”

“什么？什么？我叫你约玉兰聊聊？”想不到儿子会反咬一口，阿光忍不住笑出声来，“你这小子……”

“哈！哈！哈……”全家不约而同，放声大笑起来。

“怎么样？云生，有戏吗？”阿光觉得这话跟没问一样。

“人家说，请你们去提亲。”云生坦然一笑，他将眼光投向父母，希望他们有明显和爽快的答复。

“这事叫你妈挑一个好日子，明天派人去办吧！”阿光心里高兴，可是脸上却没有表现出来。

“你呀，明天便去？连挑一个日子都不要，想当爷爷都不懂礼数啦？”海英觉得好笑，都快五十岁的人了，定亲看媳妇，哪有说去便去的。

“我们以前哪有这么多礼数呀？”

“以前是以前，现在是现在。以前连饭都吃不上，裤子都没得穿。现在呢？”海英佯装生气，“这件事由我办了，玉兰这孩子我看挺有长相的，看样子也很旺夫。你们别担心了。”

“这就对了！”阿光很满意。

“喂，你那封信，那封松生的信你快拿出来叫云生给我们读一下。”海英看见刚才谈得很热烈，把小儿子的信都给忘了。

“松生来信了？”云生高兴起来。

“拿去，给我们念一念。”阿光从贴身口袋里拿出信，往云生面前一放说。

这是一封经历许多曲折才送到主人手中的信，信写得很长，厚厚的一沓，不难看出松生写这封信时，并不是一气呵成，而是停停歇歇几次才成稿的。拿着弟弟写来的信，云生心里不停地翻腾着，那次月港不辞而别，即将一年过去……

这是兄弟分别一年才得到他的消息。

“快念呀！”已经十多年未曾谋面的儿子来信了，不用说父母比自己还急。看见云生很动情，阿光在催促大儿子。

“好！我念。”云生振了振精神，刚才家里的那活跃的气氛仿佛一下子远去了……

亲爱的阿公、爸妈、哥哥：

我到广东半年多过去了，这一段时间太忙，我几次拿起笔想给你们写信，报一个平安都因事情太多，而不得不放下。

儿行千里，母担忧。尽管如此，我还是要尽快写好这封信，尽快寄出去，也希望它能尽快到达你们的手中，让远在几千里之外的你们放心。不然，将是儿最大的不孝了。

我当时从月港出发，二十几个同伴，当然也包含着林生哥，一路餐风宿露。有时坐车，有时爬山越岭，经过近一个月才到达广州。一行人都是年轻人，尽管那一段我们过得十分艰辛，有时一天吃不上一顿饱饭，这一个月我们没有洗澡，也没换衣服，好几个人身上都长满了虱子，但大家苦中作乐，一路谈笑风生，乐观面对。因为，我们有一个远大的追求和伟大的抱负。中国泱泱大国，四万万同胞在军阀割据、封建压迫、外强凌辱和山河破碎中涂炭。我们作为一代青年，有责任、有义务，也有能力改变它。那便是用自己的智慧和力量将它砸碎，然后重新建设一个崭新的国家。

阿公、爸妈、哥哥，松生远离你们，但松生的心却一直牵挂着你们。尤其是每当夜深人静，尽管经过一天的学习训练已经筋疲力尽，每当我想起你们之时总是彻夜难眠。但我想到，永丰城那被日寇杀害的阿公、阿发叔、山花阿姆等无数的长辈，我的眼前仿佛是一摊又一摊的鲜血，眼前的世界是一个血和泪混合的世界，中国多灾多难，需要儿子去奋斗，需要儿子远离自己的亲人，父母和兄弟去浴血奋斗。

云生的思绪完全被松生那充满激情的话语所替代、所深深地感染了。他的眼眶开始湿润起来。他的身边，母亲海英已经控制不了感情在嘤嘤而哭着，父亲却在一旁不停地抽着旱烟，那浓浓的烟雾在客厅里缭绕着。

外公去世了，可是远在千里之外的小孙子却还不知道啊！

阿公、爸妈、哥哥：

到了广东，我们参加了中华革命党，并被选送了军官学校学习。前一段时间，我和林生哥同时被任命为排长，我在三排，林生哥在五排，我们每天都在一起。

在广东，人民革命斗志高昂，为了加快推翻旧世界的进程，最近中华革命党将改组成中国国民党，孙中山先生将任大总统。

云生哥，你还记得在月港时我们不辞而别吗？我知道赵先生和你们一定会为我和林生哥的不辞而别而着急，会寻找我们。实际上那天晚上我便在悦宾客栈隔壁的二楼上。那时，我倚在窗户边久久地看着你们住房的窗户，每当我想到阿公、爸妈和你便一直想哭，想大声地哭出声来。后来，我终于忍住了。

请阿公、爸妈，请哥哥原谅我，原谅我的不孝。

阿公、爸妈：我不在你们身边，不能为你们尽孝。幸好，云生哥在你们身边，他代弟辛苦一些。哥，弟拜托你了。

……

那信分好几段，不难看出是分好几次写然后凑在一起寄回来的，每页纸每行字都充满着激情，充满着对长辈的思念。云生看看手上还有好几页纸，抬起头却见阿爸接过来读的几页在手中反复掂了掂，他的眼睛溢出了泪水……

客厅里静悄悄的，只有母亲偶尔发出轻轻的哭泣声。阿爸还在不停地抽烟，唯独那沓信在他手中攥得紧紧的不肯放下。

“这，信还有吗?”许久，阿妈问了问云生。

“妈，还有几页。”云生不知道还要不要往下念。

“念下去，云生。”阿光朝儿子点了点头。

阿公、爸妈、哥哥：

这一段，我反复思考，中国如此之大，人口如此之众，可是却屡遭外强入侵，原因何在？根源何在？那便是我们太穷，我们手上没有实力强大的军队。试想，如果台湾有一支实力强大的军队，我们永丰城有一支强大的军队，那么还能够容忍这日本鬼子横行吗？阿发阿叔、山花阿姆他们会死吗？我们还会被欺辱和掠夺吗？那是绝对不可能的。相信儿子，我要用自己的智慧和力量，好好干，来日带上自己的一支军队，杀回台湾，赶走日寇，让阿公、爸妈和乡亲们过上好日子。

我想起了不知哪位前辈写的一首诗，此时录上，以示明志：

乘桴泛海临台湾，不为黄金不为名；

总觉同胞遭苦难，敢将赤手挽狂澜。

念到最后，连云生自己也哽咽了，想不到在求学时顽皮的小弟却进步如此之快，真是士别三日，当刮目相看。

他为自己的弟弟而感到骄傲和自豪。

“还有吗?”许久，阿光问问身边的云生，似乎对儿子的信还不够满足。

“没有啦!”云生也有同感。但他想到的是，弟弟一定很忙，弟弟一定还会再来信的。

“你……”阿光思考了一会儿，先将头转向妻子，看见海英还在用衣角擦拭着满含泪水的眼睛。然后，在云生的身上停了下来，“马上给松生写信，鼓励他好好干，家里的事别担心；此外，出门在外，他们兄弟之间要相互照顾，不要让我们担心，更不要让我们失望。”

“这信往哪里寄呀?”母亲有些担心。

“妈，按照弟弟信上写的地址便可以了。”云生理解父母的心情。他应了一声转过身便走进自己的房间。此时，他感到自己身上有一种冲动，有一种前所未有的激情。沉思片刻，便将毛笔蘸足了墨水，奋笔疾书起来。

第二十二章

赵静雅被关进警察所

贪婪、凶狠，永远填不满的欲壑是侵略者的共同本性。

这老武田便是这样一个地地道道的侵略者。

日本占据台湾以后，他利用长期以来在日本军、政、商累积起来的人脉关系，靠着从台湾进行疯狂经济掠夺获得的巨大财富结成了一副副网络，又为其更加疯狂，更加变本加厉地搜刮民脂民膏。

今年，阿光他们奋起回击，用智慧和力量把佐佐木和武田打得团团转，他们想以永丰牌赤砂糖专卖获得巨大财富的如意计划变成泡影，并遭到专卖局长的训斥。

这小小专卖局长老武田自然不会放在眼里，关键问题是这专卖局长背后连着总督，这总督后面还连着首相，这便让老武田再也不敢掉以轻心。

七十多岁的人了，丢这么大的脸，老武田还是第一回。这足以让他几天几夜没合眼。

白花花的银子流到台湾海峡去了。

长期以来在日本本土享有商神称号的武田被人嘲笑，被人训斥。

这还不算，现在竟然整个永丰城还要挖掉所有的甘蔗去种地瓜。那就意味着，这永丰牌赤砂糖将从此在日本本土市场消失。这让精心经营这个品牌，并年年可以源源不断获取巨额财富的渠道被永远割断，自己在商界的美名将永远不再。

老武田的眼前不再是一条平坦风光的道路，这种袭来的危机足足让他坐卧不宁，食不甘味。此时，尽管已经在这一回合斗得惨败的侵略者难挽败局，可是他却死都不会低头，死都不甘心失败。

“八嘎，要想办法，好好治一治这个阿光。”老武田感到内心涌出一种无奈。如果自己身上有枪，身边有兵，非得置这阿光于死地不可。可是，这个不中用的佐佐木却是如此无能，成了大日本帝国的耻辱。

老武田坐在办公室越想越气愤。但想归想，骂归骂，一切都于事无补。他很清楚，自己毕竟是一介商人，要挽回败局，还必须借助于佐佐木这个警察所长，还要借助于他那握着枪的手。

老武田不断地变换着坐姿，反复地思考应对阿光的办法。

老武田思前想后，看看天色已晚，反正睡不着觉，于是拿起电话给佐佐木挂了一个电话。

“佐佐木君，你安歇了吗?”电话通了，老武田换了一种温和的语气问道。

“武田君，有何见教?”话筒的那头佐佐木答道，听那声音，似乎他也还没睡觉。

“我想去拜访你，行吗?”老武田用少有的亲切语言。

“欢迎，武田君!”佐佐木此时也为自己面临的窘境而发愁，而且愁得一筹莫展。也好，反正睡不着，不如跟老武田商量一下，看看能否寻找一种变被动为主动的办法。

而此时的佐佐木也睡不着。

在日本家中，妻子与孤灯相伴，独子死于东北，足以让他心力交瘁；

永丰城除赤砂糖避开未卖流向中国大陆被上司训斥，还险些丢了饭碗；

更重要的是阿光的儿子和侄儿从大陆回来后，又是讲古，又是教学《读册歌》，而且受到永丰城居民的追捧；

还有便是，那些庄户人家似乎疯了一样，要挖那几千甲已经种了二十几年的甘蔗，而改种上地瓜……

法不责众，法难责众呀！

佐佐木深深地感到，阿光代表着一种巨大的势力，代表着一种可怕的势力。这个表面上不识多少字的农民，他的身后是一群人，一群疯狂的人，一群难以战胜的人。

如果用强行的措施与手段，将他们抓起来，关起来，或者处以罚款，自己很容易做到。可是，今天抓，今日关，明日永丰城便会大乱，自己这个小小的警察所长，区区这十几个警察随时都会无声无息地消失。而这种情况自己经历过。在刚占据台湾时期，那几次让自己感到心有余悸的战斗，造成多少日本军人死亡，这里包括自己的同学、老武田的侄儿在内四百多个日本士兵便死在这小小永丰城的土地上……

可是，如果视而不管，那么老武田不答应，上司也不会答应，自己奋斗了一辈子的饭碗也将难保。

前进一步困难重重，后退一步重重困难。

佐佐木感到自己在永丰城真是度日如年。

既如坐针毡，又如履薄冰。

"佐佐木，打扰了。请多包涵。"正当佐佐木还在反复思考应对之策时，老武田进门了。

"你好，武田先生深夜来访，必定有要事指教。"佐佐木从沉思当中回到现实。

"这永丰城的人要把甘蔗挖光了，并改种地瓜的事你了解吗？"一进门老武田单刀直入，用那带着凶光的眼神盯着佐佐木。

"知道了，我这几天也一直寻思应对之策，可是，难以找到对症的药。"

"这永丰城的番童教育所教《读册歌》 而不教《日章旗下》 你了解吗？"老武田咄咄逼问。

"知道了！"

"那永丰酒楼在讲古，你了解吗？"老武田连二连三地发问。

"知道了……" 佐佐木有些心烦。

老武田一脸严肃，仿佛他是佐佐木的上司一样的严肃，仿佛此时他不是来拜访，而是来训斥自己的部下。

“这老家伙简直是深夜来兴师问罪。”佐佐木觉得这老家伙过分了。

“佐佐木君，这样下去，很危险；这样下去，你、我都要从永丰城滚出去；这样下去，是大日本帝国的耻辱。你知道吗？”看到自己问了三个问题，佐佐木回答得平平淡淡，老武田的火气突然迸发出来，似乎在吼叫。

“武田君，你深夜而来，便是兴师问罪吗？你了解永丰城的历史吗？你了解你的侄儿武田以及四百多个我大日本青年怎么死在这块小小的永丰城的土地上吗？”本来就没有好心情，被老武田责问，佐佐木也难以控制自己的感情，反问了三句。

一连串的反问倒让老武田瞠目结舌，无言以对。本来深夜来访便想通过给这位后辈施加压力，便能促使他出手好好收拾阿光他们。想不到，这佐佐木也有这么多的难处，这让老武田两眼发直，低下头默不作声。

这一夜，他们的争论没有任何收获，也没有任何共识，便不欢而散。

再说，那阿彪和赵静雅自那天晚上碰出感情的火花后，便向阿光哥报告自己的事情。阿光大喜过望，同胜天商量后执意要摆上几桌好好为兄弟后半生能收获爱情之果庆贺一番，也表达一下作为兄长的祝贺心情。可是，怎么说，阿彪和赵静雅都不乐意。理由很简单，自己已人到中年，早没了年轻时的激情，青年夫妻，老来伴，尽管自己不算老，现在只有相依相伴便心满意足。

尽管慧生也支持阿光叔的意见，最后，做了一个折中的方案，在家里由海英、海兰和慧生几个忙了一天，把三家老少请在一起，吃了一顿饭便算了结。

连喜炮也没放。

没多久，赵静雅偷偷伏在阿彪的耳边告诉丈夫，自己有了。

“真的吗？怎么那么容易？”老来得子，阿彪欣喜过头，他想不到，生一个孩子会那么简单，只是在淋漓畅快的欢愉当中，只是在那不知不觉的瞬间。

“你真是憨！”赵静雅看见阿彪乐得屁颠屁颠真是为这个老小孩感到好笑。

一家三口，很快将添一个新成员，这个家庭真是其乐融融。尤其是慧生，自己正跟天生谈得火热，猛地听说，要增加一个小弟弟，每当想起常常忍俊不禁。

“哧哧哧！”一天赵静雅和慧生正走在去学堂上班的路上，慧生看见赵静雅微微隆起的肚皮，忍不住笑出声来。

“慧生，什么事那么高兴？”赵静雅看着身边的学生、女儿、侄女问了一句。

“我呀，高兴！”

“为什么呀！”赵静雅没有理解她的意思。

“我也快要嫁了，你又要生了。以后人家问我，这是小弟弟，还是我的儿子时，我便如何回答呀。”慧生说完哈哈大笑，笑得直不起腰来。

“你这小查姆，你便给人说这是我小弟弟呀。”赵静雅看着可爱的慧生，自己也忍不住笑出声来。

这对师生，又是母女边走边说便进入了学堂，却见门岗急匆匆从厕所回来，那脸上也露出一片疲惫，赵静雅便问道：“怎么样，身体不舒服？”

“没，好像吃错了东西，这肚子不消停。”老门岗有些难为情。

“那回家休息一下吧。”赵静雅对员工历来非常关心和体贴。

“不碍事，不碍事！我拔了一些草药。”老门岗一脸感激。

“那好，注意身体。”赵静雅看到门岗执意留下，也不再争论，便径直走进自己的教室。

这一年多时间，这番童教育所已养成一种习惯，有日本人在便教日本的教科书；日本人前脚走，他们便立马教学生学《弟子规》、《三字经》、《增广贤文》等中华民族的传统经典教材。这一点，警察所长佐佐木多少有些耳闻，而且多次突然来检查，好在这老门岗忠于职守。

他是一个很称职的门卫，而且这矮小干瘪的身躯里有一种浓厚的民族之情。他每天在岗位上寸步不离，只要有一个生人远远而来，他便立马火速通知教室迅速更换教学内容。因此，尽管几次都非常危险，却从来没被佐佐木抓住把柄。

看到今天情况不错，赵静雅走进教室便在黑板上写下《增广贤文》的一段名句：

莺花犹怕春光老，

岂可教人枉度春。

相逢不饮空归去，

洞口桃花也笑人。

红粉佳人休使老，

风流浪子莫教贫。

在家不会迎宾客，

出门方知少主人。

课堂里的学生们看见赵先生又要教授《增广贤文》，个个精神饱满，心情格外高兴。

她的身后是慧生的教室，她则在教《弟子规》中的《信》篇：

凡出言，信为先。

诈与妄，奚可焉。

话说多，不如少。

惟其是，勿佞巧。

奸巧语，秽污词。

市井气，切戒之。

见未真，勿轻言。

知未的，勿轻传。

教师讲得很生动，解释得非常通俗透彻，学生们听得很认真，课堂气氛也非常活跃。

此时，那门岗突然一阵肚子猛抽，疼得满身大汗。但老人知道，这个岗位表面上形同虚设，但实际上却不一般，自己是赵所长的耳目，负责这教育所好几位先生的安危。可是偏偏这肚子不争气，一阵接一阵地抽着，他真有点疼痛难忍。于是，万般无奈一步三回头，匆匆忙忙往厕所里走。

也是无巧不成书，平时寸步不离岗的老门岗刚进厕所，佐佐木便带着警察突然来检查，没有丝毫防备的赵静雅、慧生她们正在上《增广贤文》和《弟子规》，被抓了个现行。

“八嘎，公然在课堂上教支那课，死啦！死啦！”佐佐木头一天晚上才跟老武田斗着气，一肚子窝囊气没地方发泄，现在看到身为番童教育所所长的赵静雅带头教中国的教科书，气得脸色发青，大声吼叫起来。

“抓到警察所关起来。”佐佐木似乎要发疯，他看到几个女教师面不改色，手一挥，赵静雅、慧生便被几个警察押到了警察所关了起来。

再说，那老门岗在厕所里听到佐佐木的声音吓了一跳，不觉冒了一身冷汗，连那忍不住的大便也缩了回去。他急急忙忙半提着裤子走到门岗处时，却见那几个警察已经将赵静雅她们押出门外。便不顾一切，赶快朝阿光家冲去报告。

此时，阿光正在家中与胜天、阿彪和一帮里长商量如何抢时间赶种地瓜田的事，看见那门岗大汗淋漓，上气不接下气地冲进来，便立即放下话题，迎上前去。

“阿伯，出了什么事，如此慌张？”阿光问道。

“阿光哥，快，赵先生和慧生被佐佐木抓去了。”老门卫语无伦次地说。

“为什么？”听说她们被抓去，阿彪立即变了脸，急切地问道。

“她们在教我们中国的教材，我恰好上厕所，被佐佐木抓住了。”老门岗一脸愧意，哽咽着，老泪纵横。

“这样！”阿光倒吸了一口冷气。他沉思片刻，觉得发生这种事再正常不过了。而且，被佐佐木抓走免不了要破财。本想再向老门岗一探究竟，可是看到老人如此愧疚，便安慰道：“阿伯，你先回去，容我想一想办法再说，你不要自责。”

老门岗走了，可是阿光的心却沉重起来。他可以料定，佐佐木虎视眈眈已经盯了自己家族好几年，现在静雅的身份是自己的弟媳妇，慧生是自己的侄女，落到他们手上，他们必定会大做文章，绝对不可能轻易处理，更不会大事化小，小事化了的。

“阿光哥怎么办？静雅可是有孕在身呀！”阿彪很着急，急得一双手不停地搓着，很明显连汗都搓了出来。

"是啊！阿光哥！"胜天也很火，"佐佐木敢在光天化日之下抓静雅和慧生，其用意很明显便是朝着我们来的，而且我们正好有把柄被他捏着。"

"没错，这佐佐木干这事一定是策划了很久，只是没有抓住把柄不敢下手而已。"阿光沉思了许久，然后对兄弟们说，"现在事情已经出现，摆在我们面前有两种选择。但两种对我们都很不利。"

"阿光哥，哪两种呀？"胜天很着急地问。

"这一，认错。那么佐佐木便会要她们向警察所具结悔过书，然后加罚款。这罚款是小事，钱是人赚的。但具结悔过书后，那学堂便不让开了，我们失去了教育培养后一代的舞台，以后我们只好眼巴巴看着永丰城的子弟学日本文化，忘记自己是一个中国人。如这样便是我们这一代人的失职，也是失败。此事不能干。"

"还有呢？"阿彪急得满头大汗。

"这二，死不认错，那便是面临牢狱之灾，按日本台湾总督府的法律，这对静雅和慧生都极为不利。真是进退两难呀。"阿光重重地叹了一口气。

"那还不如冲进警察所灭了他们。"阿彪一般怒火从心中烧起，"那几个鸟警察，还不够我阿彪一个人灭。"

"你就懂得灭！"阿光看见阿彪如此激动，一激动便口无遮拦地乱说，于是训斥了一句，"现在是什么时候，你以为以前？"

"阿爸，我们能否也来抓这佐佐木的把柄，逼他就范，让他放人？"云生刚才在外面听到赵静雅和慧生被警察抓走，便风风火火往家里赶，刚刚听了阿爸的话感到困难不小，便想出了第三条思路。但他不了解家里的情况，却没法想出对这佐佐木的不利的东西。

"……"阿光看着儿子，发现思路不错，但要抓把柄倒还要详细思考。因为能让这日本鬼子致命的把柄才能逼他就范。否则，打蛇打不准七寸，他不但死不了，反咬一口便更加被动。

"譬如贪污，日本人最近也在吹要清廉嘛。这佐佐木有没有这方面的问题。还有吸鸦片，日本人将鸦片给台湾人吸。可是，日本的官员吸毒却是要判刑的。"云生把眼光投向几位长辈，希望在这方面有现成的材料。

"这倒是一个好办法。"阿光对儿子的思路很感兴趣。因为，这佐佐木对砍蔗工工资的贪污是众所皆知的，连数量多少也清清楚楚。只是吸鸦片有听说，却没有证据。

“我去问一下浩仔和钟仔，平时他们常替佐佐木办事，如果佐佐木真吸鸦片，他自然不敢买，要吸只有通过外人，准确地说只有通过台湾人。而台湾人到目前为止，只有浩仔和钟仔与他走得最近。”云生言之凿凿，说罢又要出去。

“且慢，云生。”阿光思考片刻此事事关重大，弄不好还把这浩仔和钟仔牵进去，甚至危及这两个小后生的生命。

“怎么啦，阿爸？”云生有些不解，他不想让有孕在身的老师和慧生在警察所待太久。

“……”阿光没有回答云生的着急的喊声，他的头脑闪出了一个信号。这赵静雅在学堂里上中国经典教材绝非一天，这佐佐木也绝对不是第一次听到；前一段，永丰酒楼前公开讲古，全城的人都倾巢而出，他佐佐木据说还到了现场，尽管他责骂了部下一番，却没有任何动静。可这次却出重手，表面上是对静雅她们，实际上是项庄舞剑，意在沛公。目标是对准自己。而对准自己根源无非是自己和胜天在糖厂修理了他的部下；绕着弯子将永丰糖卖到大陆；还有便是最近挖甘蔗改种地瓜，让他不好下台，甚至还危及他的官位。其目的很明显，就是要我们住手。

“既然如此，我们便做两件工作。”阿光沉思了许久，便说：“一、云生你择机秘密找浩仔、钟仔了解搜集情况，一定要确保保护他们，不让别人知道；二、胜天、阿彪，我们内紧外松，以静制动。佯装不知道，等待佐佐木上门找我们。”

“他会来找我们吗？”胜天有些担心。

“对呀！阿光哥！”阿彪又着急起来。

“会的，肯定会的。现在这佐佐木已经内外交困，一边上司对他不满，一边老武田对他施压。另外，他也知道我阿光是臭头一个，他惹不得，也不敢惹。如果我们按兵不动，他反而着急。”

“那静雅和慧生……”阿彪担心她们在警察所里面会受苦。

“量他佐佐木也不敢。我们与他又不是没有交手过。况且他屁股不干不净。他知道我阿光得罪不起，他雄不起来的。”阿光思前想后，反复权衡，思路便渐渐明晰起来。于是，便充满信心地告诉大家，“如不出意外，中午吃饭前他们便一定会来找我。”

“谁来找?”林胜天将信将疑地问。

“当然是佐佐木。”阿光口气十分肯定地说。

第二十三章 佐佐木说“请多多关照”

阿光分析得没有错。

昨天晚上老武田半夜兴师问罪，原本心情就很差，压力又很大的佐佐木自然也没有好口气，两个人相互指责一番，便不欢而散。

可是，佐佐木毕竟对老武田的背景和能力了解一二，如将这家伙惹急了，上面怪罪下来，说不定会以这个警察所长不作为治罪。那样，便复杂了。可是真的要作为，又不能不考虑阿光，这个足智多谋，而且侠肝义胆的闽南阿哥，自己与他打了整整半辈子交道，几乎就没有胜算过。再往下较量，其结果可想而知。因此，待老武田深夜离开警察所后，佐佐木翻来覆去却睡意全无，于是便想出了一个主动作为的主意。目的是抓一个现行，让阿光多少能知晓厉害，以待他上门求情，便做一个顺水人情。这样对老武田是一个交代，省得他东打一个电话，西反映一个情况。对阿光也卖了一个人情，对他的七兄八弟也是一个警示。

佐佐木认真思考了自己的行动策划，也真是老天爷帮了忙，走进番童教育所那门岗恰好内急离岗，他和他的部下便如入无人之境，将赵静雅和慧生抓了个正着。

此事，当佐佐木押着赵静雅和慧生往警察所走去的时候，他的心里感到非常的惬意，这个在永丰城混了二十多年的日本人，熟知这里的情况，更熟知阿光的为人和身后的强大力量。因此，对这赵静雅和慧生还真客气，只是想一进了警察所的门，让两个女人心里发憷，作出具结悔过书。然后，凭着这张悔过书，此后手中有了阿光家族中的一个把柄，让阿光知道自己家族的所作所为，在今后处事当中有所收敛。

“如能这样，便给阿光一个台阶下，给足了面子，以后便不敢再放肆。”佐佐木想得很得意，按照自己的一番盘算，觉得这一招既可震慑一下阿光及其家族成员，又可让那老武田闭嘴，省得每天又打电话，又上门，弄得本身不安生的日子更加不得安宁。

可是，佐佐木根本没有想到的是，这赵静雅也非等闲之辈，她自带着六个孩子赴大陆求学以后，就一直思考着如何追寻先夫的道路，为国家民族的大义做一些工作。今天早上，被佐佐木抓住了把柄的那时候起，对可能出现的情况作了认真的思考。

“赵先生，你知罪吗？”一走进警察所，佐佐木公事公办，俨然兴师问罪的气势。

“我在按照你们的要求教育学生，何罪之有？”赵静雅在路上已经与慧生作了暗示，故作不知，反问佐佐木。

“在教支那的《增广贤文》也是我们要求的？”被赵静雅一反驳，佐佐木气不打一处来，“传播支那文化是要判刑入狱的，你必须认罪，并具结悔过书。否则，对你大大的不利。”

“笑话，亏你还自吹是京都陆军学校的高才生，要教育学生学到一些知识，不但要有正面的教材加以引导，还必须有反面的教材加以对比。你们不是要我们教《日章旗下》吗？如果不用中国的经典之作加以对比，怎么能够体现哪个是正确的，哪个是非正确的。”赵静雅知道自己已经被佐佐木抓个正着，那黑板上明明白白写着《增广贤文》的名句，不承认是不行的。于是，便用教学艺术的角度加以辩驳。

“这……”佐佐木感到有些失望，第一个问题没有把握好，反而被这先生反驳得哑口无言。

“这什么？请问你在京都陆军学校读书时，先生有正面作战案例和反面作战案例相互佐证的教学形式吧。”看到佐佐木一时语塞，赵静雅却不放松，又紧紧追问了一句。

“你怎么能将番童教育所与京都陆军学校相提并论呢？”佐佐木想不到这女教师还真能为自己的行为辩解，嗓门突然被堵了起来。

“那请你告诉我，如何才是正确的教学办法。”赵静雅寸步不让。

问了两个多小时，佐佐木深知凭自己的口才和辩驳能力绝非赵静雅的对手，看到这样僵持下去，莫说叫她具结悔过书，甚至连自己也下不了台。

憋了一肚子火的佐佐木看看时间将近十一点，手一挥让部下将两个女人安排在一个房间休息。原以为，小小的永丰城，警察所抓了阿光家族的两个女人，消息早已传遍全城，按时间推论，这个时候那阿光肯定会带人到警察所来求情了吧。

时间又过去了半个钟头，当他反复将头伸向门外，希望见到阿光的身影时，却一次又一次地失望。

“丁零零……”此时，办公桌上的电话激烈地响了起来。佐佐木顿时兴奋起来，心想：“也好，你阿光人不来，来一个电话也行。”这样多少也能为自己挽回一点面子。

“你好！阿光先生……”佐佐木有些兴奋，他跨前一步拿起桌子上的电话说着。

“八嘎，什么阿光，我是武田。”佐佐木的话音刚落，话筒里却传来老武田不干不净的骂声。

“噢，武田君。”佐佐木自认晦气，这老东西狗鼻子那么灵，一定是嗅到什么味道了。于是，换了一种语气问道，“你有何见教？”

“佐佐木君，你们不是将阿光家族的两个女人抓起来了吗？准备怎么处理？”老武田在电话里似乎对此事非常感兴趣。

“看来武田君消息很灵，不是抓，我们是想请她们过来了解一些情况。对，了解一些教科书方面的情况。”老武田的话，让佐佐木的心“咯噔”

一跳，这件事尽管是自己主管的事，跟他没有丝毫关系，但是，如果他一插手，这事会变得格外复杂，反让自己变得非常被动。

“不，佐佐木君，这个阿光家族气焰十分嚣张，在永丰城无所不为，必须严惩。否则……”武田话锋一转，“大日本帝国的战士不能失职呀！”说完最后那句富有挑衅意味的话，他放下了电话。

佐佐木手里拿着那“嘟、嘟、嘟”不断发响的话筒站在那发愣。这边赵静雅不认错，阿光不出场；那边老武田却将手伸过来了。如果不马上处理好这件事，再拖几个小时，这个自己原本以为策划得天衣无缝，几乎可以达到一石二鸟的计划，弄得不好会变成搬起石头砸自己的脚。

“罢，罢，罢，放回去，放她们回去吧。”佐佐木手一挥，告诉部下，然后一屁股重重地坐在椅子上。

可是，令佐佐木想也想不到的事发生了。

刚才出去的部下，一会儿便返回来给佐佐木报告：“佐佐木君，那赵静雅和慧生不愿回去！”

“为什么啊？”佐佐木大吃一惊地问。

“她说，她决不允许自己平白无故地被抓进警察所，又不明不白地被赶出警察所。要你跟那个阿光讲清楚。”那警察一脸无奈地看着佐佐木。

“八嘎……”这下，佐佐木如同手上抓上了一个烫手山芋，抓不住，扔不掉，他的脸气得铁青。

“丁零零……”急促的电话声又响了起来，而且一阵比一阵急促。可是这佐佐木不愿接，因为，这时候的电话铃声肯定又是武田那老东西打过来的，便用手一比画，叫过那警察代接：“告诉他，我有事出去了。”

“嗨！”警察接过电话。

“佐佐木君，怎么连电话都不接呀。”警察拿起话筒，果不其然又是老武田的声音。

“武田先生，对不起，佐佐木所长有事出去了。”那警察回应了一声。

“那两个女教师怎么处理啦？”老武田又想了解处理情况。

“对不起，此事由佐佐木所长亲自处理。”

“咔……”那边电话又被放下了，接电话的警察手捏着话筒一脸茫然。

佐佐木在一边听得真切，他那脸上的肌肉不停地痉挛着，他气得浑身发抖，牙齿也咬得咯咯作响。原本计划的如意算盘，现在却进退维谷，如果再下去，唯恐再延续半个小时，自己更被动，后果更不堪设想。

佐佐木这才真正感受到为官之道是如此艰辛和坎坷。在永丰城，按理警察所长可以一手遮天，可是却受到如此多无形的制约。经济利益与政治需要相连；民族大义与亲情相依，他感到自己的无助和无力。

门外，冬天刺骨的寒风在呼呼地刮着，那警察所没关紧的窗户被这风一刮不时发出“砰、砰、砰”的声响，隔着办公室，他从窗户朝审讯室看去，赵静雅和慧生面无表情，若无其事地坐在那里，两个警察似乎看到了所长面临的困惑，不时给她们添热开水，可是她们却死不领那份情，静静地坐在那里，一言不发地坐在那里，好像要跟自己比意志，比耐力。

佐佐木看看晌午时间很快要到了。

终于，他不再犹豫站起身整了整身上的警服。

“佐佐木君，你……”他的一位部下不知道上司要干什么。

“去拜访阿光!”佐佐木有些尴尬地回答。

“去……”部下有些不解，但只刚开口，看见上司脸色不好，赶快刹住了话题。

“走，少啰唆。”佐佐木脸色铁青，已经将脚跨到门外，他的身后跟着两个平时形影不离的部下。

警察所离阿光的家也就几百步远。

那冬天的风很大，寒风带起的杂草夹杂着灰尘扬在天空中让人眼睛都睁不开，佐佐木感到前所未有的郁闷，他低着头，默不作声。他在思考此次去阿光家里，该讲些什么，不该讲些什么。因为二十多年的交道，他知道这个闽南阿哥很难对付。

“呼”，一阵大风吹来，掀起了佐佐木头顶上的那顶大盖帽，“咕噜、咕噜”从他那脑袋上掉落在花岗岩条石铺就的大街上。然后，连打了几个滚朝远处翻滚着，身边的两个手下，夺命地追赶，跑了十几步才捡起来，弹掉灰尘重新戴到他的头上。

“八嘎!”佐佐木心里骂了一声，想起了中国人的一句话：“人倒霉放屁都砸脚”，不禁重重地叹息了一声。

佐佐木一脚踏进阿光的家，看见阿光和几个弟兄正闲得无事在下象棋。不难看出，一场博弈开始不久。阿昌告诉他：“佐佐木先生来访。”阿光抬起头轻松地一笑：“你好，佐佐木先生，对不起，请坐。”

“不客气，谢谢。”佐佐木挤着一脸的笑意，但那笑很僵硬，很勉强。

“阿昌，给佐佐木上茶，我很快杀完这一局要跟佐佐木先生好好聊聊。”阿光说着说着，仍然是那满脸的笑意。

“谢谢。”佐佐木看得出这是阿光故意要冷落他，却又不让他感觉得太明显，只好赔着笑脸点点头。

大约一炷香工夫，阿光终于杀完一局了。

他走近佐佐木相对称的那太师椅上坐下来，仿佛没事一样：“佐佐木先生，有何见教!”

“没有，没有，阿光先生，今天特地来拜访，想给你通报赵静雅和慧生的事情。”佐佐木有些拘谨，他边说着话，边观察阿光脸上的表情。

“哦。静雅和慧生在学堂里教书，好好的，有事吗?”听他的话音，好像对此事一无所知似的。

“没事，没事，有一些小小的误会。”佐佐木恍然大悟，这个阿光已经对自己的底细了如指掌，他已经吃定自己，现在是故意明知故问了。佐佐木心里暗暗叫苦，早知道会这样，何苦去惹这一身骚呀!

“现在几点了，这静雅和慧生怎么还不回来吃午饭呀!”阿光知道，自己的一番话已经让这佐佐木无言以对，便转身问了一句阿彪。

“是啊！现在还没回来，我去学堂看一看。”阿彪心里觉得好笑，这阿光哥真是有办法，表面上风平浪静，却把这警察所长整得一愣一愣的无所适从。

“阿光先生，我今天特地向你谢罪，上午我到学堂检查时与赵静雅和慧生间发生了一些误会，我把她们请到警察所了解情况。可能是让她们生气了。”佐佐木被阿光那不冷不热的几句话说得束手无策。他心里在激烈地思考着，他不断地调整自己的思绪，轻松现场的氛围，努力地为自己寻找一个体面的台阶。

“佐佐木君，如果是误会，她们生气便没有必要了。你说是吗?”阿光接过话题，“这人呀，每天忙忙碌碌，无非是混个一日三餐，难免都有一些不干不净的小毛病。因此呢，彼此都要有一个相互包容，相互关照。譬如呢，吸鸦片这东西，我是从来不碰的。你们日本也是非常严明，尤其是公职人员，碰上是要坐牢的。但大家相互关照了，不也就没事了吗?可如果大家都认真起来，那必然变成大事了。”阿光边说，边用眼光看着这佐佐木，虽然讲得平平淡淡，可是那佐佐木却如坐针毡，一颗颗汗珠从额头上不断地往下掉。

“是呀！是呀！今后务请阿光先生多多关照，多多关照。”佐佐木用手擦了擦即将往下掉的大汗珠子，不停地点头。

“凡是人都要这样。”阿光顺着佐佐木的话，也算是对佐佐木一番话的肯定。

“阿光先生，你看……”看看再往下说也没什么内容，佐佐木向阿光投去求助的目光。

“佐佐木先生的意思?”阿光明知故问。

“我想请你发个话，请她们配合，我亲自把她们送回家来。”佐佐木说完这句话时，仿佛如释重负。

“这样……”阿光不置可否，拿起旱烟斗点上了火，慢悠悠地吸了两口。然后转过身对阿彪说：“阿彪你随佐佐木先生去一下警察所，请静雅和慧生别再计较那么清楚了，回家吃午饭吧。”阿光心里一乐，这个时候，自己出一个面，给他一个台阶下。因为，该给佐佐木警示的也警示了，今后路还很长，留一点余地有好处。

再说那天婕生也在教室，也是按照赵先生要求在向学生们教授《三字经》，不同的是，她的教室在第三间，待到佐佐木一进到赵先生和慧生的教室时，她却在隔壁了解了一切，情急之中，她飞快地擦掉了黑板上的内容，又重新写上了日本教科书的教材。因此，当佐佐木他们查到她们的问题再到她的教室时，没有抓到任何把柄，她也得以摆脱了干系。

可是，这件事却让婕生的心里蒙上了一层阴影。讲实话，自从大陆求学回来，开始她对这永丰城还充满着信心，因为这里毕竟是自己生长的地方，这里有自己的亲人和自己熟悉的一草一木。只是，自己一直向往着那些富于挑战的地方和生活，觉得那些地方，那些工作能不断地刺激自己，激发生命的活力。当月港的那天晚上林生和松生不辞而别奔赴广东时，她便心里一直痒痒，一直责怪这两个哥哥不像云生大哥一样呵护着自己。

想到云生哥，此时的婕生一肚子酸甜苦辣。从内心上反思，自己对云生哥有着一种崇敬，一种仰慕，从开始懂事起他一直像兄长一样保护着自己。当进入青春期时，自己曾在无数个晚上梦见嫁给这个哥哥。可是云生哥不知是没有理解自己的一片心意，还是故意回避。

这种情思在婕生的脑海里不断萌发到成长，自己总是在各种场合上流露对他的爱慕之情，或关键场合上别出心裁将一些观点，讲一些能引起他关注的话，以期引起他关注的目光。可是日复一日，月复一月，加上赵先生那严厉的目光这种希望一直未能变为现实。

这种机会终于在返回永丰城时，在月港码头的那天晚上得以实现。

吃小吃，看芗剧。

婕生有意识地选择了云生哥的身边坐下。看到陈三五娘情意绵绵对唱的细节，姑娘鼓起勇气将纤纤玉手偷偷地拉住云生哥的手。这一刹那多么幸福呀！想了多少年，当自己的手与云生哥的手接触的瞬间，婕生从心里感受到云生哥那身体的颤动，姑娘的心乐开了花。

最难忘的莫过于那天乘着商船刚出金门的外海，大风大浪把商船倒腾得像一只婴儿的摇篮，开始大家还静悄悄的，后来，灯灭了，大家开始疯狂地呕吐起来。真是天助自己呀，那时尽管自己头有些晕，有一些涨，可是还不至于到呕吐的地步。倚着那黑暗的船舱，自己大喜过望迅速地趁机扑向云生哥，紧紧地把他搂住……

这一次真的很成功。

当自己将一个少女的身体贴近云生哥时，已经非常清晰地听见云生哥那急促的喘气声，感受到自己躺在他怀里，而他的手足都不知如何放的窘境。如果那时灯光突然亮起来，一定能看见云生哥非常尴尬，非常狼狈。

当自己死死搂住云生哥的那段时光，当自己一身热血烘烤着云生哥的那段时间，云生哥似乎被熔化了。自己只感觉到他的呼吸越来越急促，那心脏跳动得越来越快。

那时自己真想大喊一声，此时此刻我婕生最幸福，我婕生最快乐。

那时自己才感到这手便是云生哥的手，是云生哥那带着汗渍的手。

那时自己被这一切所陶醉，被这一切所熔化，心里在下决心，回去一定要给阿爸、阿妈说："我要嫁给云生哥。"

可是，这一切来得那么快。

古人说，来得容易，走得也容易。

到了台南港，简鹏皓阿舅请大家吃饭，第一次看到表哥，那个温文尔雅的表哥简立言；第一次看到风景如画，人声鼎沸的台南港；第一次感受台湾南部港口城市那旖旎风光。自己却产生了一种莫名的思考，难道此生一定要在永丰城度过吗？此生能否换一个环境生活？

当时，这种念头一冒出便迅速消失。自己还为这幼稚的想法感到有些羞愧。

可是，一回到永丰城，自己便对离别十年的家乡充满着陌生感。

开始便是工作，阿光叔叫自己去学堂教书，去跟那些孩子打交道。这与自己的愿望相差甚远，与自己的追求相差甚远。然后，便是云生哥跟阿光叔一个样子，只懂得工作，只懂得赚钱，根本不懂得生活，没有一丝时尚，没有一点高雅，简直是一个活脱脱的庄户人家。

命运总会那么作弄人，自己曾深爱着云生哥，也曾经希望将自己的一生托付给他。可是在那以后的日子里每当自己一躺在床上，那脑海里却不时地浮现起简立言那风流倜傥的形象，总是在梦中无数次呼唤着他的名字。

结果那天，自己在梦中无数次追寻简立言的时候，简立言却好像从天而降一样，陪着他父亲到永丰城拉赤砂糖。

更让人难以忘却的是，自己有情，立言有意，他到了永丰城便立马到学堂来看自己。当时，自己简直不敢相信这是在现实，还以为在梦中。当自己在学堂里与简立言握手时，如果不是控制着自己的情绪，兴许会扑上前去，把他搂在胸前，甚至去吻他，吻个一千次，一万次。

那天晚上，自己鬼使神差晚饭后约简立言到那小河边散步，两个人将脚伸向那清澈的河水当中，似乎整个人的心灵都在净化，整个灵魂都在升华，从这小小的永丰城飞翔，一直飞到南部，飞到台南。于是，自己终于下决心，告别云生哥，将此生托付给简立言。

小河水哗哗地向前奔流，秋风声在耳边轻轻吹拂；阴柔的月光淡淡地洒满大地。

婕生感到浑身的轻松，她情不自禁地半躺在简立言的怀中，这是除阿爸之外，自己在第二个男人的怀里躺着，听着那急促而有节奏的男人的心跳声。简立言确实温文尔雅，他像做贼一样战战兢兢将手伸向自己的双峰间，轻轻地抚摸着，轻轻地抚摸着，给人以一丝丝难以言表的快意。

现在，简立言已托信来了，他阿爸和阿妈已答应，最近会派媒人到家里来说亲，如果没有意外，自己不久便要嫁到那风景如画的滨海城市，去过着一种新的生活，去做人妻……

婕生想到这里，不知不觉泪水从眼角上流了下来。

自己与云生哥同样也是不辞而别。

这与一年前林生哥、松生哥的不辞而别是不是一样会让云生哥痛苦和伤心呢？

婕生的心顿时伤感起来。

第二十四章

心已飞往台南港

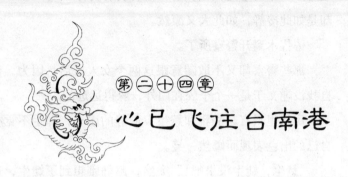

赵静雅把佐佐木驳得理屈词穷。佐佐木看到再问也问不出什么东西来，请赵静雅带着慧生回去，又遭到拒绝。这时，佐佐木才感到自己这次出手做了一件人世间最傻的事。于是，束手无策的他，灵机一动便想出了一条办法去寻求阿光的帮助，找一个台阶体体面面地下去。

佐佐木一走，这警察所便剩下几个小警察，这些人平时知道阿光家族在永丰城举足轻重的地位，自然不敢怠慢赵静雅和慧生，不停地给她们换上热开水，赔着笑脸。可是，别看赵静雅这个人平时文文雅雅，但一到关键时刻却变得有棱有角，非得要佐佐木承认乱抓人的错误才肯离开。

这让佐佐木和他的部下个个面带难色。

“这些鬼子，如果第一次不能将他们治住，那以后便会翻天。”见警察走出审讯室的门口，赵静雅对自己的学生慧生说着。

“我知道，一切按照你的意思办。”慧生还是第一次跟日本人打交道，刚进来时紧张得腿肚子直抽筋。后来看到赵先生在佐佐木面前应对自如，甚至理直气壮的样子，从心底里暗暗佩服自己的老师，自己的长辈。她不敢想象，平时总是面带笑容，慈祥得像母亲的赵先生，在这日本警察面前却是如此冷静，如此大义凛然。

佐佐木离开警察所了。

那些警察却又不敢随意跟这两个女人搭话，因为，他们生怕搭错话而自找没趣，于是一个个躲在门外，躲得远远的。

房间里只有赵静雅和慧生，静静的屋子，师生不觉相视一笑，不禁为自己的出色表现而嫣然一笑。

“慧生，婕生没事吧！”突然，赵静雅想到了婕生，这婕生性格比较张扬，如果进来说不定会大吵大闹。现在，没有听到她的声音还觉得有点不习惯。

“她不会有事的，当佐佐木查我们的时候，实际上她已经得到了消息，便将黑板擦得干干净净了，他们抓不到把柄，自然不会难为她。”慧生答道。此时，当听到赵静雅说到婕生时，慧生觉得有一件事趁机给先生说一说：“婕生跟台南的简立言好上了，你知道吗？”

“什么？”听到慧生一说，赵静雅好像大吃一惊地问了一声。

“婕生跟台南的简立言好上了。”

“什么时候的事情？她原来不是一直跟云生走得很近吗？”当她确认自己没有听错，赵静雅简直不敢相信，这才几个月的时间，而且这云生老成稳重的，要找上这么一个后生真的还不容易，“我没有发现他们之间发生过矛盾呀，怎么就……”赵静雅百思不得其解，轻轻地叹息了一声。

“是啊！我也说不清楚。听说便是那次简立言和他父亲来永丰城那天晚上，他们便在那小河边谈上了，这几天听说简家要来定亲，而且日子都敲定了。”慧生眼里噙着泪花，“这个人好没良心，人家云生哥对她多好呀！可是一到台南见到简立言便变心了，这让云生哥怎么办呀。”

这消息来得突然，更不知道事情的来龙去脉，赵静雅觉得此事自己一时半刻也很难表态，只是轻轻地叹了一口气：“回去后我找婕生谈一谈。”

正说着，门被推开了。

警察、佐佐木带着阿彪走了进来。赵静雅一看，寻思着这佐佐木一定是拿自己没有办法，去搬救兵。因此，阿彪来接自己回去。

“静雅，阿光哥叫我来接你们回去。”一进门阿彪便走进静雅，拉住她的手说。

“回去？那么简单。我辛辛苦苦地教学，又没犯什么错，便被抓进来了。他们还没承认错误，向我道歉呢！”赵静雅一脸气愤。

“这……”佐佐木有些无奈。

“佐佐木先生，我是你们聘任的所长，我在执行你的命令在认真地教书，可是现在被不明不白地抓进警察所，然后又不明不白地从警察所放回去，这算是怎么回事啊！”赵静雅的口气是一种不容否定的口气，她振振有词，将眼光死死地盯着佐佐木，等待着他的回答。

佐佐木为难了，他愣在那里。他压根儿就没有想到这件事怎么会变得这么糟，这个赵静雅怎么会那么难伺候，以致连一个体面的台阶都不给自己下。

“反正，今天不给一个说法，我们便坐在这里，一直等到给了说法。”慧生看到佐佐木那副可怜兮兮的样子，也趁机添上一把火。

“对不起，赵先生，我们以后注意。请你原谅。”终于等了许久，佐佐木当着部下一百个不愿意地向赵静雅道了一声歉。

“走吧，阿彪。”达到了目的，赵静雅吐了一口气，叫上慧生，“走，我们回去吧。”

三个人一路回到家里，阿光他们早已等候在门外。此时的赵静雅似乎成了英雄，大家拥簇着她进入屋内。看见阿光哥亲自到门口迎接，赵静雅不觉心头一热，眼睛含着泪花地对阿光说：“阿光哥，对这日本鬼子除了要勇敢面对之外，还必须要讲究策略和方法，要善于保护自己。否则，硬碰硬说不定目的没有达到，连自己也搭了进去。”说罢，介绍了在警察所的审讯情况，讲到得意之处，忍不住“咯咯咯”笑出声来。

听了静雅的介绍，阿光深受感动，一个女子尚能对事件进行反思，能够如此认真地研究对日本人周旋的艺术，实在是我们这些大男人应该好好学习的，便深有感慨地告诉大家：“现在台湾，永丰城被日本人占据是不争的事实，以后不论做什么事情都要瞻前顾后，三思而后行，切不能随着性子。学堂教书是这样，永丰酒楼、永丰糖厂和永丰商行同样也是一样的道理。”

男女老少听了以后都不住地点头。

“这婕生怎么没有来呀！”看到这个话题告一段落，静雅看见从头到尾都没有婕生的身影，便问了一声。

“这两天婕生有一点魂不守舍的样子，可能躲在家里吧。我去叫她。”海兰被赵静雅一问，也觉得奇怪，家里发生这么大的事情，而且还牵涉到自己的老师，不管现在什么事情，她不露面让人不可理解。

“不要了，我等吃过饭去找她聊聊。”静雅讲得很平静。她在思考，几个孩子几乎都是在自己身边长大，这婕生一直比较任性，面对人生，自己有责任及时正确地加以引导。

“阿光哥，胜天哥！”看到大家要离开家里，静雅觉得这件事有必要跟两位兄长通一个气，便叫住了他们。

“还有事？静雅？”阿光点了点头。

“二位哥哥，你们知道云生和婕生之间的事情吗？”看见两位兄长坐了下来，赵静雅便直奔主题问道。

“没有啊！他们之间有什么事情？”这一问，没有任何思想准备的两位兄长吃惊不小。

“噢，别误会。我把话说简单了。”静雅心里责怪自己讲话没有转弯也没有铺垫，便说，“这两个孩子原来在读书的时候感情一直比较好的，后来在回来的路上得到迅速发展，包括天生和慧生。”静雅接着说，“应该说，云生平时确实对婕生一直比较照顾，像大哥一样照顾着她。可是，自从上次台南的简立言来到永丰城一趟，婕生怎么就会变心了呢？这个婕生！”

“原来他们之间还有这样的事情啊！可是，可是，这云生却从来没有给我们提及呀！”阿光感到非常的惊讶。这件事，他真还是第一次听到，而且，他连看也没看出来呀。倒是这天生和慧生有那么一点意思。

“是这样啊！”这话让林胜天很难受。这闽南人呀，最讲感情，最珍惜情义，上辈感情深，后辈能延续这种情感，那便是令人敬仰，令人崇拜的事情。自己自从到永丰城至今，得到阿光哥的关怀备至，此恩此情几代人都报答不尽，想不到婕生真是没良心。况且，这云生论文化有文化，论身材有身材，论家庭背景有几个人可以跟他比呀！这简直让这父亲的没有面子。

“他们之间有没有发生过矛盾？甚至冲突？”阿光倒是想得比较清楚，一对如兄妹一样成长的男女，突然离开总会有理由的。

“我了解过，他们之间倒是没有矛盾，只是……”静雅在寻找一个比较恰当的词来表达，“哦，婕生对永丰城这个环境、对她现在当先生的职业有些不满足，希望改变一个环境，嫁到外地去……”

“怪不得，前几天这台南托人来说媒。”听了赵静雅的话，胜天这才恍然大悟，怎么前一段简鹏皓表哥来时，都没表明任何意思，只是回去几天，便又火急火燎派了媒人来说亲了。

而且，这几个月也几乎不见云生到家里去了。

“我倒是觉得那一段时间云生心情不好，后来谈到了成家立业的事情，我倒主张孩子在永丰城里找一个，反正这里几乎都是闽南乡亲，大家知根知底，习俗也相同。前两天，他回来告诉我，已经对那李福祥家的女儿有意思。”阿光平时很少将精力放在这孩子身上，现在静雅提起来，觉得尽管他们都已成人，以后还得多放点心思。

“阿光哥！我教女无方啊！”从头到尾胜天很少说话。直到这时，他才感到肯定是自己女儿对不住云生，说起话来心里有一点沉重。

“胜天，哪有那么多自责。”阿光轻松一笑，他看了看静雅说，“都是自家人，不要说两家话，尽管我们了解情况还不全面。既然这样，静雅也同自己兄妹一般，何况他们都是静雅的学生，他们对自己的婚姻有自己的主张和选择。以前是父母之命，媒妁之言。现在新潮了，我们也要讲开明。不如由静雅去了解一下，谈一下。如决定了便开明一些，支持他们把婚事办好。我看那简立言这后生也不错。”阿光笑笑，“再说，婕生要想离开永丰城也不一定是坏事，到外面去闯一闯兴许也是一种锻炼，况且简立言家与我们是世交，又与你胜天有亲戚关系，亲上加亲，岂不更好。”

“阿光哥说得有道理，那我便先去找婕生谈一谈。”静雅也不推辞。真的，说是三家人，实际上是一家人，谁家的事都分不清楚，哪家人的事，大家都有责任去帮助。

此时，隔着阿光家一栋房子，婕生正在自己的房间生闷气。上午她处在第三个教室，因此当佐佐木带着警察检查时，她听见第一、第二个教室的赵静雅和慧生那乱哄哄的时候，便赶紧将黑板上的《三字经》擦得干干净净。当警察进到自己教室时，自己又迅速转换了内容，开始讲解《日章旗下》。

“好险呀！”婕生想到这里，仍心有余悸。到现在她还一身冷汗未干。现在，她趴在窗前，看着窗外那呼呼刮过的寒风夹杂着那毛毛雨纷纷扬扬地往下飘落着。这天真冷呀！不光身上冷，连心里也感到冷。记得在大陆求学，离开家乡十年，每晚都在做梦，每晚都在梦见少年时期兄妹们的无忧无虑的生活，到小河摸鱼虾，到那小山包从林里掏鸟窝，每次摸来的鱼虾和小鸟云生哥总是将最大的分给自己……

这是一份多么难忘的岁月和兄妹之情呀！

可是，这次回到阔别十年的家乡，自己觉得似乎有些陌生起来……

这警察所长佐佐木还在；

这武田株式会社的老武田还在；

永丰城的乡亲，叔叔伯伯还是那样早出晚归，一脸菜色……

这永丰城街道还是那几间房子，那几间店面；

这永丰城听不见海涛声，看不到像月港一样的芗剧，还是那样死气沉沉。

更重要的是，阿光阿叔还安排自己教书，成天陪伴着那些半大的孩子，而且教什么、怎么教都让人担惊受怕。

她感到有些奇怪，同在一个地方生，同在一个地方长，几乎一样的人生经历，云生他们几个天天都干得那么欢，那么开心，自己却干得如此压抑。

这人啊！

想到云生，婕生的心里涌出了一阵愧意。他是一个好人，一个很好的大哥。从小到大一直在呵护自己，这种呵护随着年龄的增长成了爱情……可是，这爱情之花却开得那么迅速，又凋谢得那么快。以致自己连永丰城都不想爱了，便连云生哥也尽量做到不去想。婕生想到这里感到自己很自私，就为这些自己狠心地从云生哥身边走开了，投入了简立言的怀抱。

简立言的阿爸已经托人来说亲了，自己将远嫁台南，成为别人之妻。

那么，云生哥呢？

云生哥一定很痛苦。婕生想着，想着，那泪水不知不觉汩汩地从眼角上流了下来。那热乎乎的泪水被这寒风一吹，立刻变成凉凉的，再一会儿便变干了，用手去擦有一种干涩的感觉。

云生哥老成稳重，做人做事踏踏实实，跟他在一起知冷知热。可是太迂腐，认死理，铁定要跟永丰城共生死似的，一回来便埋头工作，压根儿都没有挪动脚步的意思。那简立言温文尔雅，文质彬彬，讲话处事圆滑多了，但跟他在一起却少了一份踏实的感觉……

然而，这已经没有改变的可能，自己主动舍去云生哥，投入简立言的怀抱。而且过两天他们将过来定亲。

这一定亲，自己便成了简立言的人，成了他的妻子了。

刚才的回想，现在只能是停留在回想，已经变成了历史。成了一回想便会伤心和流泪的历史。婕生听到隔壁阿彪叔的家热热闹闹，预计是赵静雅先生和慧生回来了。

赵先生回来了。不，现在应改称阿姆了。理应去看一看，可是心境不好，脸上还带着泪痕，婕生心里很矛盾，她几次想去却挪不动那沉重的双脚。

人总是这样，身在其中却感到平平淡淡，当你离开之后蓦然回首却让你思绪万千，牵肠挂肚，难以割舍。

这一点，婕生已经真真切切地感受到了。

"咚咚咚"婕生的思绪还在万千变化着，门外却响起了轻轻的敲门声。

谁来了？

阿爸？不像！

阿妈？也不像！

那会是谁呢？婕生猜不出来，她赶紧擦去脸颊上的泪痕，但除能擦去的，便擦去了。而那已经被风吹干了的，却留下一道深深的痕迹。

"婕生！"打开房门，静雅阿姆出现在眼前。这，着实让婕生暗暗地吃了一惊。这是回到永丰城后，阿姆第一次来找自己，而且在白天。

"怎么啦，哭了？"进了门赵静雅充满着母爱，她那目光寸步不离地盯着婕生的脸，让她没办法说谎。

“没……没……”婕生一阵慌乱。

“告诉我什么原因。”静雅把婕生轻轻地搂在怀里。这一搂像母亲，却胜过母亲，让婕生鼻子发酸，泪水哗哗地往外流淌着。接着，她终于控制不了那感情的闸门号啕大哭起来。

“阿姆……我……”婕生泣不成声。

“婕生，慢慢说。心里有什么话跟我说，你不是叫我阿姆吗？”静雅一边说，一边帮婕生擦拭着脸颊上的泪水。

“阿姆，我怎么办？”

“婕生，人生的路很长，碰到的事很多，但是，自己既然已经决定了的事，便去做吧！但必须诚心诚意，专心致志。”静雅口气严肃，引导这些年轻人在关键和原则的问题上不能模棱两可，应该旗帜鲜明，“你的事我刚刚听说，所以我专门找你。你能告诉阿姆，你是怎么想的吗？”静雅一声声情真意切，道出了情意绵绵的浓浓母爱。

“阿姆，我现在脑子很乱……”婕生泪水涟涟，可怜巴巴地看着赵静雅，“我回到永丰城，感到永丰城没有新意，这教书更没有创意。因此想离开。”

“想离开，也不是坏事情呀！怎么会哭成这样子呢？”赵静雅细心地问道。

“不！你不知道，我以前跟云生哥好。现在……”说到这里婕生又嘤嘤而哭。

“现在怎么啦？”

“现在，我想走。便找简立言了。”

“找简立言既然下了决心，也没有必要哭成这样呀！”赵静雅希望婕生能自己将事情的原因说出来。

“可我没有跟云生哥说，我又想他。觉得对不起云生哥！”终于，婕生说出了心里话，“而且，现在我发现要离开这永丰城，我心里也舍不得。”说着说着，这婕生又大哭出声。

“……”这句话一出，连赵静雅也似乎有点吃惊，现在后悔已经于事无补。简立言要来定亲了。这定亲在闽南的习惯当中，便是结婚。而正式结婚无非是摆几桌宴客而已。更重要的是，刚才阿光哥说过，那边云生也已看上玉兰姑娘。事到如今没有办法了。静雅觉得婕生这孩子，任性，更重要的是处事考虑不周啊！

“阿姆，我怎么办呀！”看见静雅一言不发，轮到婕生着急起来了。

“婕生。”想了许久，赵静雅才想出了一句话，“云生哥对你那可是没有话可说的。原来，我都为你们感到高兴。可是，你放弃他，而且是莫名其妙地放弃他，这是一个教训。人生啊！什么东西可以买，唯独后悔药买不到。现在，既然你答应简立言，而简立言也是一个好后生，便不要再犹豫了。据我了解，这么久了，云生也找到自己的中意姑娘。你们的事便就此结束，让它成为历史。今后，要吸取教训呀！当然到了台南，大家还是好兄妹，还可经常联系，保持纯洁的兄妹友谊，你说是吗?”

“嗯！阿姆……”

“别难过，自己决定了的事，便大胆地做吧。但以后凡事要多思，要诚心诚意。有些东西，过去了，便会感到珍贵，感到后悔。你说是吗?”赵静雅语重心长，一边说一边抚摸着婕生的头，说到后面连她自己也哽咽起来了。

第二十五章 三千多甲地瓜田

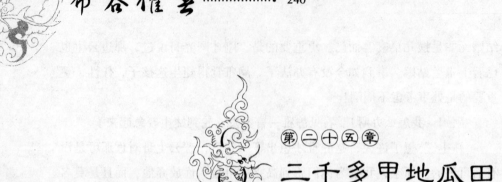

古人云：路遥知马力，日久见人心。永丰城的人跟着阿光到这里打拼了二十多年，看到他耿直，处处为庄户人家着想，对他越发信任起来。

原来种甘蔗，从引进良种，直到栽培，到后来形成扬名海内外的永丰牌赤砂糖，所有的种植户都尝到了甜头，得到了实惠。正当大家希望加快致富步伐时，永丰城被日本鬼子占据了，疯狂的经济掠夺又使庄户人家面临着极大的困惑，蔗糖专卖让原本种植户收获的银子成了日本人的丰厚的不义之财。现在，被逼到无路可走的庄户人家，按照阿光的建议要将这种植二十多年的甘蔗挖掉改种成地瓜，多少有些心痛，甚至万分的辛酸。可是，乡亲们看见阿光哥考虑问题是那么周到，既从大陆那边引进了良种地瓜，并免费发放给乡亲们，还引进了地瓜粉制作和地瓜酒酿造的设备。这个闽南阿哥处事如此周全，如此仗义足以让全城的庄户人家佩服得五体投地。于是，那三千多甲昔日甘蔗地，此时已长出了茁壮的嫩芽，可是阿光一声令下，乡亲们二话不说，拿起锄头便挖，这几天已将一大块甘蔗地改变了模样。

新的一年来了，一年之计在于春。

那布谷鸟又开始“布谷、布谷”地啼叫着，一声又一声，一声比一声叫得欢，又一声比一声叫得急。

这日本人稻米他们要专卖；

这蔗糖他们要专卖；

这山上的樟脑还要专卖。

现在，将甘蔗砍掉改种地瓜还专卖吗？这地瓜粉、地瓜酒还专卖吗？

只要不专卖，庄户人家便有了活路。因此，全城的人对阿光改种地瓜的决策非常拥护，对这新的一年充满着希望，充满着憧憬。

而此时，武田株式会社的董事长老武田正在办公室隔着窗户看着那一天天变化的甘蔗地。原来，那地里冒出茁壮新芽的甘蔗被一棵又一棵地挖掉了。看到那种植户的锄头此时应该给甘蔗土施肥，今年却毫不吝惜地把这些甘蔗一棵又一棵，一片又一片地挖掉，老武田有些失望，有着一种前所未有的失望。

这窗户离那甘蔗地也就几百步路程，当那种植户挥汗如雨地挖着甘蔗，老武田看着那一锄又一锄地往下挖，比一锄一锄地挖在自己的祖坟还难受，比一锄一锄地挖自己的心还痛苦。

老武田就这样拿着旱烟斗在窗口不停地抽烟，不停地思考着。

这一锄挖下去，不是在挖一棵甘蔗种；

这一锄挖下去，却是挖着老武田的心，挖着武田株式会社的银子，挖着武田株式会社的根基呀。

“八嘎，要想办法制止这一疯狂的行为。”老武田从内心里下定了决心。可是，这永丰城庄户人家疯了一样的行为，是你老武田想制止便可制止的了的吗？是凭你老武田一句话便能解决的了的问题吗？

钱。

出钱。

出血。

中国有句话有钱能使鬼推磨。

反正从这里花钱，将来还可从这里赚回来，而且成倍地赚回来。

“山田！”老武田经过几天几夜的未眠之后，作出决策，凡是能留住甘蔗地，不种地瓜苗的庄户人家每保留一甲甘蔗地便奖励化肥五斤，他知道，这化肥也是武田公司的专卖物资，每甲五斤，免费对这种植户有极大的诱惑力，于是叫了一声助理的名字。

“嗨!”话音刚落，一个四十多岁的日本人走进了办公室。

“你的，马上组织全公司的人到田里去，告诉种植户不要再挖甘蔗，只要保留一甲甘蔗，我们便每甲奖励五斤化肥。要快快的。”武田的脸上充满着热气，一兴奋那细细的汗珠便渗了出来。他为自己的科学决策可能取得的效果充满着信心。

“是!”山田手一挥，将株式会社的人招呼了出去。

山田出了门。

老武田还感到没有百分之百的把握，他拿起电话拨通了警察所所长佐佐木：“佐佐木君吗?”

“武田君，有何见教?”佐佐木应道。

“这永丰城疯狂地挖甘蔗种，要改种地瓜苗，这是非常可怕的事情呀!我已决定只要保留种植甘蔗的农户，每甲地奖励五斤化肥。不然，这甘蔗田被挖了，甘蔗便没了，今后永丰牌赤砂糖便永远消失了。”老武田唠唠叨叨，希望给佐佐木讲得细一些，讲得严重一些，以期能给自己以帮助。

“嗯……”佐佐木只是嗯了一声，反应并没有像老武田期待的那么热烈。这，让老武田多少有些失望。

因为这佐佐木很清楚，永丰城声势如此浩大，规模如此庞大地更换几十年种植的传统经济作物，一般人是绝对无能为力的。能推动这件事发展的只有一个人，那便是阿光。那么既然是阿光推行的事情，他总会考虑和安排得十分周密，做到滴水不漏，再加上这永丰城人对他的信任已经达到崇拜的程度。那么，凡是他要干的事，他要推行的工作，绝非哪一个人可以阻止。

“你老武田要想干，就凭着五斤化肥，再加两倍，甚至五倍也是不可能的。”佐佐木心里感到好笑，好笑这老武田真是不自量力。

“佐佐木君，你们警察所要帮助支持这件事。”老武田听到电话上佐佐木那不冷不热的只有“嗯”了一声便没有下文，心里有些着急。

“武田君，我只有十几个人，而要面对数百户人家，你要我怎么帮助和支持。”显然佐佐木不是很高兴，不是很愿意。

“帮我做宣传，做解释，做动员。这时间不能拖，再拖那甘蔗地便全变成地瓜地了。”听得出话筒那头老武田那火急火燎的声音。

“好吧，我派人去。”佐佐木有些不耐烦，放下了电话。

“八嘎……”老武田气得直咬牙，他为佐佐木对自己的不尊敬感到气愤。但不管气愤也罢，着急也罢，眼下最关键的便是要先制止再挖甘蔗，挖了再种回去就难了。

门外春雨绵绵，真有一点春寒料峭的感觉。老武田在办公室再也坐不住了。他冒雨走出门外，几乎要赤膊上阵了。

这永丰城如果没了赤砂糖，武田株式会社在这里将难以为继，难以生存，这是背水一战，也是孤注一掷。

“这个闽南阿哥狠，这个阿光毒，他做事太绝。”老武田不停地在心里咒骂着。

门外寒风刺骨，春寒料峭，那春雨绵绵把那道路上的土变得泥泞一片，行人走在路上一步三滑，老武田看到这现象，心里涌起了阵阵的酸楚。

已经七十多岁的人了，一般人家到了这种岁数早已回到家中抚儿弄孙，或颐养天年，可是自己却还在这里跟一个全身充满智慧和激情的中国人斗智斗勇，在时时刻刻伤心劳神。又一阵寒风吹来，把老武田头上那花白而又所剩无几的头发撩得凌乱地飘了起来，风停了又稀稀拉拉地停落下去，而且还落在那满是褶皱的双眼上，老武田一走一滑，不得不停下双脚用手将头发捋了又捋，再小心翼翼地前行。

然而，就在这一刹那，也许是冷，也许是那风吹着，老武田脚下一滑，便踉踉跄跄“扑通”一声栽倒在那烂手的稻田里。还好那田里没有水，只是这一段降下的绵绵细雨，既没有让他受伤，也没有让他折腿，只是使他变成一只满脸是泥的老猴子、老猩猩。

助手们迫不及待地将他扶起来，一个个脸带着愧意。老武田站在那傻傻地愣住了。他想起了自己奔波的一生，想起了这块土地上身亡的侄儿小武田，老泪喷涌而出。自己这辈子做成无数笔生意，赚了无数的银子，可是却落到无儿无女的境地。当年，听说弟弟生了一个儿子，自己高兴万分，立马将他接到自己的公司希望加以培养成才，而恰恰就这么一个侄儿，却是不明不白地倒在永丰城的土地上。

如果小武田不走，还会让自己今年这么辛苦？

如果小武田不走，这阿光还会那么轻松吗？

如果……

老武田在想着，许许多多个如果，越想越感到内心深处有着一种无法弥补的遗憾，有着一种难言的痛楚。昨天，是那么辛苦；今天，是这样的艰难；明天等待着自己的将是一个什么样子的局面呢？

老武田看着不远处那热火朝天的庄户人家正在干活，再看看身边充满无奈的部下，他想搜肠刮肚地寻找出一个答案，寻找出一种解决的办法。

可是，当他看到眼前的一切，觉得越来越迷茫，越来越不自信，越来越觉得失望。

这是他到台湾以来才真真正正感到的，前所未有的失望。

两小时前，他已经派出所有的员工向田里的甘蔗种植户宣传自己的奖励办法，希望通过破费这一笔财，能感动永丰城的种植户，制止他们挥汗如雨挖那甘蔗的冲动，减少武田株式会社的损失，让武田公司今后还能在永丰城立足、生存和发展。

“八嘎！”武田由几个员工照顾着仍然朝田里走着，他的心里一阵阵地骂着，这到底是骂阿光，还是骂永丰城的一切人，还是骂那不中用的佐佐木？只有武田心里明白，只有他自己知道。

“武田君，你别去了吧！这天又冷，地又滑。你岁数不小了。”看老武田走得那么艰辛，他身边的助手们劝阻着。

“不，我一定要去，一定要跟种植户交谈，他阿光能做，我也一定能做。”这老武田真是屎壳郎充硬气。可是，他却忘记了，无论从年纪，从身体，还是智慧他都不是阿光的对手。更不能与之相提并论。

“我们不要，别说每甲五斤，便是每甲五十斤我们也不要。”突然，又一阵寒风刮来，那呼呼的风声带来两三十步路外，永丰城种植户与武田株式会社宣传奖励员工的对话。话不长，却让这武田心里更冷，冷得直打哆嗦。

“乡亲们，这五斤化肥可以增加很多收入的，而付这一笔钱武田株式会社将付出几千两银子呀。”

“这几千两银子本来就是我们的，是被你们抢去的，我们被你们抢去的银子比这还多几十倍，几百倍呢！”庄户人家不买这账，不领这情。

“那……”武田株式会社的职工语塞了，无言以对。

“那什么，你们把我们的饭抢走了，还不住手，连我们的血和汗都榨干了，难道还不满足吗？”几个庄户人家与他们针锋相对。

而几乎与此同时，阿光正坐在家中泡茶。这次阿叔和自己导演的焦煳味的赤砂糖跟佐佐木和老武田斗智斗勇，几经周转由自己销往大陆市场，实际上那些焦煳糖只有不到百分之五的数量，这些用于掩饰的糖目前正由阿祥师傅深加工成晶糖。

这批糖按照市场行情，加上永丰牌品牌获得不菲的利润，为了逼佐佐木和武田就范，确保永丰城种蔗户和永丰糖厂的合法利益，阿光将这笔丰厚利润中拨出一部分引进了大陆的一批优质地瓜苗，以及用于日后制作地瓜粉和酿造地瓜酒的设备。这样一来，如果佐佐木和老武田能够退让，既可以发展地瓜产业的深加工的链条，又能继续发挥永丰牌赤砂糖品牌的优势，促进永丰城的庄户人家经济得以加快发展。

前两天，经过几个兄弟认真研究，庄户人家已经开始行动，对一批品种比较差的甘蔗地进行改造，准备将那甘蔗挖掉，将这批地势高的旱地作物种植从单一的甘蔗改为甘蔗和地瓜并举的种植模式，争取今年糖厂、地瓜粉厂、酒厂都能够发展起来。

前一段，阿光已布置里长们开始放出风声，挖掉甘蔗改种地瓜。可以肯定，这风声放出，再加上这几天种植户已开始挖掉部分蔗地，那佐佐木也罢，老武田也罢，一定会坐立不安。

阿光一边与胜天、阿彪几兄弟和云生、天生他们边喝茶边思考着这一脚踢出去后会产生什么效果，而老武田又会有什么样的反应。然后再采取什么样的对策。

“胜天，我这几天事情比较多，已经几天没去看阿叔了，最近他老人家身体怎样啦？”放下茶杯，阿光问了胜天一句。连永福阿叔自上次摔了一踱已卧床半年多，老人一摔便爬不起来了，这让阿光时时惦记着。

“情况不是很好，最近饭量也少了很多。老人呀，像油灯火，随时都可能耗尽油后熄灭。”胜天心里流露出一丝伤感。

“你叫海兰多费心，这几天我再去看他老人家。”阿光心里也有些沉重，几个老人，一个个走了，他现在是唯一的长者，大家都要多惦记。

“阿光叔，这老武田要给留蔗地的人每甲奖励五斤化肥，而且还带着一批人到田头做宣传推介了。”正当家中在议论连永福阿叔的事，李福祥的儿子禄仔一脚泥泞站在门口向阿光报告。

“哦，看来这老武田还真着急了呢！”阿光笑笑，“禄仔别再门口站着，进来喝一杯茶。”

“我……”禄仔用眼光看了自己满脚的泥巴，迟疑了一下。

“别急，我取一盆水给你冲一冲。”云生说完走进厨房端出了一盆水。他是玉兰的哥哥，平时与这家走得很近，撇下云生与玉兰的关系，他阿爸李福祥在世时，便与阿光的关系非常密切。

“他们看出什么问题了吗？”阿光看见禄仔从田里回来，非常感兴趣地问了一声。这个问题的意思是，庄户人家冒着春寒挖的那些甘蔗是品种比较差的蔗种，佐佐木和老武田有没有发现破绽。

“没有，他们只懂得赚钱，哪知道这些东西？”禄仔一脸兴奋地说，“阿叔，你不知道，那老武田真是可怜哪！”

“老武田可怜？”阿光觉得好笑，这禄仔怎会说出这样的话来。

“刚才我在田间碰上他们一帮人，看见那老武田嘴巴长满了水泡，整个眼睛圈都发黑，而且连眼袋都耷拉下来了。而且，刚才还在地上摔成一身泥浆，成了泥猴了。”禄仔一边说，一边用手比画个不停，引得屋里的人忍不住哈哈大笑个不停。

“你要告诉叔叔伯伯，那已经挖掉的劣质甘蔗地不能闲着，挖掉一块马上种上一块地瓜苗。武田给多少所谓奖励也别理睬他。等到把他逼急了，我们才让他坐下来谈条件。”林胜天听了以后心里也直发笑，这些日本鬼子，不见棺材不落泪。曾几何时，那是何等嚣张，似乎他们可以任意宰割永丰城似的。现在，才知道着急了。

“阿叔，那我先去田里了，把你的意思跟大家说一说。”禄仔喝了几杯热乎的茶，想告辞回到田里去。他家里种的甘蔗地很多，阿爸逝世之后，阿妈年老体弱不能下地了，田里的活只有靠自己和妹妹玉兰两个。

“不要着急，我的话胜天阿叔会交代给里长去传达，你家的活也不要干得太快。”阿光似乎是一个导演，他叮嘱禄仔，“如果这劣质蔗种三下两下更换了，几天后便没有事干了，那武田便不会那么着急了。”

“噢，我知道了。”禄仔是一个非常诚实本分的后生仔，听到阿光的交代心中有数了，便高高兴兴出了门。

“阿光哥，那我们就在这里等消息吗?”看见禄仔出去，林胜天问了一句。

“不好吗？云生、天生，你两个也学点知识，准备一下，如果那武田来找我们谈判，我们要提哪些条件。”阿光觉得，像这些斗智斗勇的事情，自己这一代要慢慢退到二线上来，尽可能把他们推到一线去应付，给这些后生仔压担子，经受锻炼，增强应对能力。

“阿叔，你能肯定老武田会像佐佐木一样来找我们谈判?”天生觉得奇怪，每次事情这阿叔总是那么有信心，那么有把握，好像这老武田一切都会听他摆布似的。

“去吧，听阿叔的，别啰唆!”林胜天看了儿子一眼，口气有点生硬。

“阿叔讲话都很客气，就你讲话硬邦邦。”天生被阿爸呛了一句，心里有点不高兴，不冷不热地顶了一句。

“还多嘴!”胜天看见这儿子，如此不服气，又多了一句话，旁边的阿光和阿彪不禁心中一乐，但却忍着不敢笑出声来。

“这小东西，没大没小。”见到儿子和云生出去了，胜天说着，“云生很懂规矩，这天生却不一样，凡事都喜欢打岔，都喜欢问个究竟。”

“别说了，我们跟这后一代都有一个代沟问题，他们读了书，见了世面，多问一句也没有什么，我们没必要生气。”阿光笑了笑，“我们三兄弟呀，就在这喝茶，我们不要急，现在急也没有用。只有把这老武田逼急了，逼到他束手无策，他便会上门找我们帮助他们说服种植户。到时，才看我们怎样来演好这台戏。”阿光说着叫住阿彪，“喂，你换过一泡茶叶好吗，连一点茶味都没有啦。”

"哦，是吗。我们只顾讲话，只顾一直往口里送水，谁都没有感觉这茶还有没有味道。"于是有些歉意地换上一泡上等茶叶，然后将那水壶放到木炭火上重新烧开。一会儿，那水壶重新开了，一壶水冲进茶壶里。瞬间，屋里便立即飘出一股浓浓的茶香味。

"这老武田是个老狐狸，他不像佐佐木。"胜天多少有些担心地说，"他不来怎么办呀?"

"他不来，我们把他逼来。"阿光胸有成竹地对两个兄弟说，"这一点，我们不用担心，因为那老武田已经在永丰城尝到许多甜头，这巨大的利润诱惑着他，武田株式会社不会甘心退出永丰城的，而且这总督府也不会让他退出去。既然如此，就得跟我们谈条件，就不能像以前那样肆无忌惮，不能像以前一样胡作非为。"阿光说罢，端起茶杯，悠然自得地嘬了一杯香喷喷的热茶。

第二十六章

糖价要随行就市

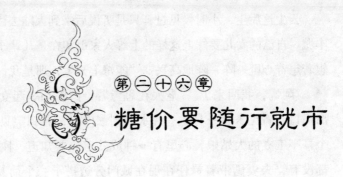

这一段永丰城的庄户人家为了保护自己合法的利益跟佐佐木和武田株式会社进行了激烈的抗争，不论男女老少都充满了信心，也充满着期待。因为新的一年刚刚开始，所有庄户人家都希望新年万象更新能给大家带来好的年景，带来好的运气，好的收成。

玉兰在田里干了一天的活，那活倒不重，也不累。因为，从自己懂事起便跟着阿爸下田，十八九岁的年龄，一天下来干得再累，吃饱饭，洗上一个热水澡，第二天便又没事一般，一切都回到从前一样。

年老的母亲没法干活了，心疼自己的儿女，早早便将这热饭热菜准备得好好的。专等孩子们回来便早早吃饭，早早上床躲在被窝里取暖。

丈夫李福祥去世了，这个家便落在这个老妇人的身上，两个孩子像他阿爸勤耕俭作，又有孝心，辛勤了一辈子，有了这一切便足以让老人欣慰。前一段时间，阿光家里托人来说亲，他那儿子云生看上玉兰。听了这话惊得老人嘴巴张得大大的，约莫一炷香时间还不懂得合上。这阿光呀，自己当时还在台南，听说有一个闽南阿哥少年老成，又重感情、讲义气，便随老公一路北上投奔永丰城，这一干便二十多年了。

云生这后生，小时候见过，只是听说后来到大陆去读书，去年才回到永丰城。自己的女儿要嫁上这样的上等人家那实在是几辈子积下的德呀！老人想着想着心里一阵一阵地高兴："能嫁上云生，那是我们高攀呀！"

"阿妈，我回来了。"老人在思考着，门外却响起女儿的叫声，老人走出门口，看见玉兰一身泥一身水回到家门口，看到宝贝女儿现在出落成一个亭亭玉立的大姑娘，心里有一种成就感。要知道，刚到永丰城连一个窝都没有，夫妻俩带着禄仔在现在城门旁边搭了一个简易的木屋遮风躲雨，不知是劳累过度，还是那搭棚子时敲敲打打动了胎气，这孩子是没有足月便出生的早产儿。那时候呀！玉兰长得像一只小猫，那身上的皮皱巴巴的，一看那样子，夫妇俩都有一些担心，这孩子不知能养得活不。幸好，这李福祥手中有丰富的农作经验，种甘蔗也罢，种水稻也罢，样样种得起，放得下。左邻右舍经常请他出去指导，一来二去大家熟悉了，便不时送来一些有营养的东西。后来，那阿光哥也知道了这件事，更是经常打发管家送一些东西养这孩子。现在，你看这玉兰倒吃得壮壮实实，一身衣服都快裹不住那丰腴的身子啦。

"阿妈，你这是……"看到阿妈将眼睛直勾勾地看着自己，而且看都看不够的样子，女儿觉得阿妈的眼光有点不寻常，反觉得不好意思起来。

"你哥呢？快进来，这鬼天冷死了。早点吃饭，躲被窝。"阿妈被女儿责怪，赶快用话来搪塞。天气真的太冷，她把冻得红红的双手用力地搓了又搓，将女儿迎进屋。

"哥哥今天晚上要跟甘蔗种植户们聊聊，他说在外面吃饭了。"玉兰麻利地脱掉身上的蓑衣和斗笠说，"妈，今晚云生哥说要过来找你坐一坐。"

"谁？"老人怕耳背没听清楚。

"云生哥。"说着玉兰的脸一阵发热。

"小女人，不早说。云生来了，也该作一些准备。"听说云生要来，老人埋怨女儿没有早一些告知，好歹也有个准备。

"准备什么呀，又不是别人。"玉兰今天已经从云生那里得知，他阿爸、阿妈已经托人跟家里说亲了，现在双方父母都同意，这几天选定一个日子便过来定亲。定了亲，他便是自己的人了，还有什么好客气的。

“玉兰啊，我们是一个作田人家，你又不识字，如果嫁过去，要孝敬公婆，勤俭持家，做个贤惠的好媳妇。”妈妈对自己的女儿要嫁到阿光这个上等人家家里心满意足，能嫁上云生这么一个好后生乐得经常连梦中也笑出声来。她生怕自己的女儿没有见识，嫁过去让人笑话。于是，唠唠叨叨，反复交代个没完没了。

“妈，你已经说过好几遍了。我已经听得很清楚了。你放心好了。”

“你还不识字呢，人家可是去过洋学堂的文化人。”老人还耿耿于怀。

“我现在不是也在请赵先生教我吗?”玉兰天生一个好性格，对母亲的唠叨不厌其烦地解释着。

“那好！那好！”于是，老人的心稍稍放了下来。

“阿姆。”正当母女俩在一问一答的时候，门外响起了云生的声音，这后生来了。

“云生，来来来。天气这么冷，你还来看我。”老人一辈子穷惯了，不要说李福祥去世了，就是没有去世，这个家也鲜有人来。现在，未来的女婿，而且是永丰城的头家的女婿上门，别说多高兴。

“玉兰，给云生倒茶。”老人在客厅里转了两个圈，倒不知自己此时应该做些什么，便想到应该给第一次上门的未来女婿倒一杯热茶。

“阿姆，你万万不要客气。我今天来呀，是阿爸叫我来看一看你老人家，天气那么冷叫我送一点鹿茸过来，这鹿茸还是从大陆的东北买进来的，现在正是服用的时节，叫玉兰给烘一下，打成碎末冲着酒喝。”云生从随身带着的袋子里掏出了几片鹿茸外加一瓶黄酒。

“真是难为你阿爸、阿妈了，云生呀，我们作田人家呀，身子没有那么金贵，只要三餐吃得饱便没有事情的。你呀，还是带回去给你阿爸、阿妈吃吧。”老人家很过意不去，自己的女儿还没过门，这云生便送补品来了。鹿茸，这辈子还没见过是什么样子，只听说是很贵重的东西，现在人家送上门来了，真是让人过意不去。

“云生，有一件事我还不放心，这种甘蔗呀是我们永丰城人从上祖，甚至上祖的上祖便开始了，现在要改种地瓜，那收入会受影响吗?”老人年纪大了，加上最近春雨绵绵儿女们都不让她去田里，可是听说原来的甘蔗种植户都在挖甘蔗要改种地瓜，无不担心地问了一句。

“不会的，阿姆。我们要挖掉的是劣质品种那部分，改种地瓜，这样可以有两种选择，不会被日本人掐得死死的，连气都没法喘。这件事阿爸已经有考虑了。”云生接过玉兰递过的一碗热开水，细心地给老人解释清楚，将阿爸的方案详细地给她作了解释。

“这样好，这样好。这样啊，我放心了。”老人听说是阿光的主意，便放心地点点头，看到玉兰也洗了澡，换上那套漂亮的衣服出来，觉得坐在这里也不方便，便站起身说：“天冷，我去躲被窝了，你们聊吧。”

“好，阿姆，你多休息。田里的事情我们会考虑的。”云生看着老人尽管也已年过六十，但身子骨仍十分硬朗，很是高兴。

“云生哥，你最近太忙了，要注意休息。”见到阿妈进了房间，玉兰含情脉脉地看着自己心爱的人。

“你看我会有事吗。虽然比不上一头牛，但起码可以比一头羊壮实。”云生听了玉兰的话，心里一热，“讲实话，这次与佐佐木和武田的较量刚刚开始，要取胜，要百分之百的取胜，确实要伤身劳神。要说辛苦呀，阿爸他们才真正的辛苦。”云生说到这里很动情，阿爸尽管没上过学堂，还是凭他的人生阅历，他的自信心却是令自己这一代人望尘莫及的呀！

“我就担心有一天嫁过去后，不会干事，会被你阿爸和阿妈笑话，他们两个人都是最优秀的人。”玉兰看到云生说到自己的父亲，便将自己这一段来的担忧脱口而出。

“是啊！我也在担心自己。阿爸在我这个岁数的时候，已经有了一番事业，这永丰城已经被他开发建设得初具规模。可是现在自己还未建过功，我的压力也很大呀。”云生听了玉兰的话，深有感触地说，“但我一直在想，与其怕，还不如积极参与，边学边干，人总是这样成长的，是靠逼出来的。你说是吗？玉兰？”

“云生哥，你真好。”玉兰有些忘情，她将多情的眼光朝云生一瞥。

云生心里一热，趁势将她搂在怀里，飞速地吻了一下。

这一下，吻得玉兰满面绯红。

这几天，因为与武田株式会社就甘蔗种植问题在明里暗里进行激烈的较量，云生惦记着家里的事，便不敢在玉兰家久坐，待了一会儿便告辞回家。

刚到院子门口，却见那武田株式会社的职员浩仔和钟仔冒着细雨走到门口，云生有些诧异。这么晚了，而且还下着雨，两个小弟还在徘徊，莫非又出了什么事。

“浩仔，又出了什么事情?”云生看到他们便主动与之打招呼。

“噢，云生哥。”浩仔朝四周一看没有人才开心一笑说，“老武田快崩溃了，叫我们给阿光叔送帖子，请他明天中午到永丰酒楼吃饭。”

“哦?”云生心里一怔，“有这样的事情呀！这可是破天荒的事情，日本人抠门得要死，一粒饭都要往嘴巴里抹，还会请阿爸吃永丰酒楼?”

“真的，你看。”浩仔将那帖子在手中扬了扬，“不但请，而且看那样子非常焦急。”

正说着，那天空刮起了更大的一阵风，紧接着天际边闪过一道耀眼的电弧光，几乎同时“砰——啪”的一声巨响，惊天动地让几个人不禁吓了一跳。

今年雷声响得早，不是一个好兆头啊！云生心里暗暗着急。以前阿公在世时，总会讲到这些自然界的现象，讲得神乎其神，而且后来还真应验。永丰城说是城，可是大家几乎都以农业耕作为生。要有好的收入，一切还得靠老天爷的脸色，没有好的年景，这日子断然不好过的。云生一阵着急，看看身边的两个小弟弟觉得这一段自己实在太忙，没有好好跟他聊聊了，于是热忱地邀请：“这天也快下雨了，到家里坐一坐吧。”

“这么晚了，还惊扰阿叔吗?”浩仔是一个明事理的后生，知道作为永丰城心目中的头家，阿叔每天里里外外已经团团转了，他担心这么晚了再进去坐不合适。

“你不是还要回老武田话吗?”云生问道。

“嗯。”浩仔还在犹豫。

“那明天我阿爸去不去都没有一个准头，你怎么回呀?”

“那……”

“别那了，这鬼天气这么冷。再站下去我都受不了了。”云生不再跟他们争论，用手一推，三个人便走进院子里。

客厅里的灯还非常的亮。

阿光正围在等下与三家人在商量着连永福的病情。这鬼天，这一段不停地下雨，气温又那么低，阿叔原本已经是风烛残年，实在经不起这气候的起伏变化，这几天病情每况愈下，几个兄弟为此都非常着急。

云生领着浩仔和钟仔踏进客厅，身后又一道闪电，巨大的雷声之后接着便大雨倾盆。哗哗的雨滴打在门窗上，发出“啪啪啪”的声响，但毕竟进了屋，云生倒觉得舒了一口气。

“浩仔，这么晚了，你们有事?”阿光有一个好习惯，不论谁进了门，总是热情招呼。

“阿叔，这老武田刚才要我们连夜送帖给你，想请你明日中午到永丰酒楼吃饭。”浩仔这半年多在武田株式会社磨炼，显得老练多了。他从怀里掏出帖子，双手捧到阿光的跟前。

“哦！好事啊！我阿光还从来没有人这么隆重用帖子请吃饭的。”阿光将帖子拿在手中反复掂着，显得很开心。

“是这样的。阿叔。”浩仔看看客厅里的所有长辈，“这几天，老武田几乎得了神经病，看到田里的甘蔗一块块被挖掉，又一块块地中上地瓜着急得都上了火。结果这几天，他把武田株式会社的全部人员都动员起来到田里做宣传，要以每甲田五斤化肥的奖励鼓励大家多种甘蔗，可是，乡亲们怎么会听他的话呢?”

“没有人听他的话，便想到我，叫我去给他当说客?”阿光听后，接过话题爽朗地一笑。

“那是肯定的，这日本人在永丰城所以能生存无非是台湾被割让出去了，那总督府是日本人的，警察所也是日本人的，这些人才能狗仗人势，要么被太阳晒干了，也决不会有人看他一眼。”胜天深有感触。他这十几年来，一直感到后悔，为什么不坚持将义军支撑下去，这天是我们的，地是我们开发的，人是我们的兄弟姐妹，还得听他们宰割。今天这个东西来卖，明天那个东西来卖。猪屎给他专卖，母猪却成了他们家的财产。想到这里总是让人愤愤不平。

“轰隆——砰啪”又一阵雷声巨响，划破了宁静的永丰城夜空，那屋外雨点更大了。噼里啪啦好像什么东西砸在地板上，尽管大家说得开心，也尽管这屋里的气氛异常活跃，可是大家的心里十分清楚，只要这日本人在永丰城一天，这永丰城的乡亲们日子便难过一天，而永丰城人跟日本人的斗争也不可能有一天的停歇。

只不过随着形势的变化，斗争的方式和方法会发生一些变化，变得让大家讲究策略，讲究一些斗争的艺术而已。

“阿光哥，那明天……”林胜天突然想到讲了一个晚上明天老武田请客要不要去的问题还没有答复浩仔和钟仔。

“吃饭，我阿光没有那口福。我阿光什么东西都不合胃口，唯独地瓜稀饭最中吃。可是，恰恰这东西永丰酒楼没有。”阿光有些风趣，他把话锋一转，接着说，“要谈判倒可以，我阿光也不是天生好斗，这永丰城乡亲要安居乐业。但至少三个问题要满足。”阿光谈到这里将旱烟筒装上满满一锅烟。

“阿叔，哪三个呀?”浩仔睁大眼睛问道。

“这个问题叫云生和天生负责解答，都成人了，又读了一肚子的书，要考虑一下问题。”阿光像卖关子，又像故意给孩子们认真思考的机会。他将眼光投向自己的儿子和侄儿。

“叫我说?”云生听到阿爸点名，心里一怔问了问阿爸。

“不然问我自己?”阿光脸上露出一种不可捉摸的笑。

“那最起码有三个条件。”云生看见阿爸点将也算脑子转得快，说：“其一，砍蔗工多少人，付多少工资是我们乡亲的事，应该由我们自己组织，标准由我们自己定，与他们没有任何关系；其二，生产的赤砂糖、白糖和晶糖是我们企业本身的事，好好坏坏由我们企业自己决定，不欢迎也不允许他们在车间转来转去；其三，生产产品的价格由我们自己定。可以按专卖管理，但其价格必须随行就市，不允许其压价和压等级。”

阿光听着儿子的话，不时地点头肯定，不觉脸上露出欣喜的微笑。果然这书没有白读，回来才一年不到的时间，这应对的思路比较清晰，也算是头头是道了。

“还有吗？天生呢？你也说一说。”阿光不放过这个侄儿，尽管他小一岁，也尽管他主持永丰酒楼。

“我没有补充的意见了，要说便是我们做什么事情必须跟全城的乡亲们的利益连在一起，便有了力量。”

“你看这样回答对吗？浩仔。”阿光很满意。

“对，正是。”浩仔说，“这几天，他怪可怜的，昨天去田里摔了一跤，还好没有摔伤，可是却摔得像一只老泥猴。今天在床上躺了一天，可能是束手无策了吧，刚才突然把我叫去，叫我马上送帖子给你。并且叫我一定要给你讲清楚，因为身体不适不能亲自送来。”浩仔绘声绘色，连比带画。

“浩仔，如果你再在武田株式会社混的话，再过一段时间都可以当演员了。”林胜天看着这后生仔，这半年多变化真大。想当初，还哭成一把鼻涕一把眼泪，可是现在说起事来还有条有理的，见了不禁让人感到欣慰。

“阿叔，你千万别笑话我，我倒是觉得这次是一个很好的机会，轮到老武田来求我们了。既然这样，便坐下来谈条件，合了我们再说。”

“不合呢？”胜天有意逼这个小后生。

“不合呢？你们这些阿叔早已有了主意，轮不到我这个后辈来乱说。”浩仔的话逗得大家哈哈大笑。

“胜天……”正当大家在热烈议论时，突然听见隔壁楼海兰那撕心裂肺的呼喊声，这声音冲破夜空，让人一听便感到是一种不祥的预兆。

“不好，阿爸……”林胜天听到喊声，刷的一声从椅子上蹦了起来，放下茶杯便往家里冲去，他知道阿爸可能出问题了。

他的身后便紧跟着天生。

“浩仔，请你回复老武田，明天我有要事，恕不能参加。”阿光知道深夜海兰的呼叫一定是连永福阿叔状况不好，便急急忙忙告诉浩仔。其实，没有阿叔身体不好这档子事，他也决不会去参加武田宴请的。只是，阿叔的病正好找了一个托词而已。

“走，我们去看看阿叔。”一股愁云笼罩着阿光，对于连永福大家都有一种浓浓的亲情。他不光是三个家庭唯一的长辈，而且还是永丰城的有功之臣，在他摔伤以后到现在尽管他无数次坐在床头与其聊天，每次老人都寄以厚望。因此，每当想起往事，总会勾起阿光对老人无限的敬仰与思念。

走进连永福的房间，发现老人家已处于昏迷之中，海兰在身边一声接着一声地呼唤着他："阿爸，你睁开眼看看，阿光哥来了。你睁开眼睛看看我们呀。"

"阿爸，我是胜天。你看阿光哥、阿彪还有大家都来看你了。"林胜天此时却似乎不再像男子汉，而是一个女人，一个弱不禁风的女人，在老人的耳边叨叨絮絮地叫着。

阿光看到那昏昏欲睡的阿叔，心如刀绞。再看看周围的人，却没见到婕生在场，便向大家说："大家安静，你们赶快叫婕生来吧！"因为，此时阿光已经感到这阿叔在世上的时间不多了，走前能够让更多的亲人送他一程。

"是不是在房间，我去叫她。"慧生"咚咚咚"拔腿便往楼上冲。

听了阿光的话大家安静下来了，静静地等待着老人睁开眼睛。

片刻，老人慢慢睁开了眼睛，在昏黄的灯光下，他看见房间已站着许多后辈似乎心情特别高兴，他那疲惫的脸色瞬间泛起了红光，朝着大家笑了笑："你们别伤心，人老了总会死的。屠户、阿力凡和魏永富不是已经死了吗？他们呀，已经在那天堂上等我了，等我去喝酒。我已经在世上多留了几天了。"老人讲完，讲得很平静，就像平时与大家谈家常，聊天似的。

"不会的，阿叔，你会活到一百岁。"海英在一旁边擦拭着眼泪，一边给阿叔宽心。

"那个说一百岁呀，是讲好听的。人哪有一百岁的命呀？你们要好好活着，身体好，有事多商量，遇事莫作急。这永丰城是我们开发的，谁也拿不去。这稻谷要种好，甘蔗要种好，种番薯也是好主意。永丰牌赤砂糖的品牌不能丢，那是我们的面子呀。面子很值钱的……"连永福越讲气息越弱，慢慢地只是光见嘴巴在蠕动，可是却没了声音。

"阿公……"婕生从楼上下来大声呼喊着，伤心地号啕大哭起来。

"阿爸……"海兰也控制不住自己的感情呼天喊地。

"阿叔……"海英也大声呼喊。

屋子里面哀声一片，哭声连连，泪水涟涟。

“你们……”连永福老人似乎还有未了的事，似乎还有事要交代。他用无神的眼光看了看，发现孙女婕生就在身旁，使尽最后一点力气，用微弱的声音告诉她：“孩呀！要听长辈的话，要吃苦，要好好做人……”说罢头一歪安详地闭上了眼睛。

“阿爸……”

“阿叔……”

“阿公……”

在场的人，两代人不论男女老少齐声呼唤着老人，那哭声肝肠寸断，惊天动地，悲哀不已，大家希望能够通过自己的努力将老人唤醒。然而，一切都于事无补，这个为建设永丰城耗尽最后一点精力的老人，没有遗憾，没有牵挂地走了。

他已经追赶几位已经先行的老兄弟去了。

第二十七章 老武田疲惫地垂下了头

人老了，气血虚，火气旺；

人老了，晚上睡不着，白天打瞌睡；

人老了，旧事忘不掉，新事记不住。

这一点，现在的老武田实实在在地感受到了。

这个在日本还小有名气的武田家族，原来人丁就不旺，弟弟死在中国的东北，儿子也在那没命；侄儿在京都陆军学校毕业后便被派到台湾。当时《马关条约》还未签订，他是作为谍报人员派进来的，日本占据台湾后，他成了攻占基隆港、攻占永丰城的第一批日本军人，结果很早便“玉碎”在这块土地上。准确地址就在那城中心，就在现在武田株式会社两百多步的地方。昔日的武田家族白发人送黑发人，现在只有靠老武田这个古稀老人在苦苦支撑。

前几天，看到永丰城的庄户们在疯狂地挖那甘蔗地，老武田预感到这情形不妙，先是派出所有部下做宣导，以每甲甘蔗地奖五斤化肥作为条件，引导种植户多种甘蔗。只有多留甘蔗地，来年才能从这永丰牌赤砂糖中获取利益。可是，这么多的永丰城的甘蔗种植户们却对这么多的化肥奖励视而不见，甚至自己亲自出马了，他们却仍然像吃了哪家的迷魂药一样不屑一顾。要知道，这化肥都是从大日本本土运来的，也是台湾的日本公司专卖的。

“难道这台湾人疯了吗?”老武田叹了一口气。那天，细雨绵绵，自己到田里去想找种植户沟通，结果那田坎很滑，尽管有两个助手搀扶着，还是不慎踩空，摔得四仰八叉。还好老天保佑那地很湿很滑，除了摔了一身泥水，却也没有摔出什么毛病来。只是人老了，经过这一段的操心操劳，老武田的身心俱疲。你瞧，这嘴角上的血泡长得满满的，这口又干又涩又苦，翻遍从日本本土带来的药吃了，吃完了，也没有任何的改善。昨天，身边的那个人事部经理恰好看见永丰城的农户在田角上采集了几棵草药，也不知有什么药效，绕了几个圈终于问清楚了，这种草遍及永丰城的边边角角，学名叫龙胆草，具有清凉解毒降旺火的作用。于是，赶紧给上司拔了几棵，用清水加了少许的盐巴捣烂，然后榨成汁让老武田喝了下去。果然，这中药灵验，今天那熊熊的肝火稍稍被压了下去。

在床上昏昏沉沉躺了一整天，燥热难耐的老武田心绪稍稍安定了下来，本来想再躺一躺，可是看见那永丰城的农户一整天一整天地挖那甘蔗头，似乎在挖自己的心头肉，似乎在抽自己的筋。心疼呀，老武田再也躺不下去了。于是，思前想后便想退一步，顾不得脸面给阿光下了帖子，请求他能出一个面子，制止农户们那挖甘蔗的疯狂举动。

帖子是叫那浩仔的年轻人送出去的。但浩仔一出门，老武田便像一个囚犯等待判决一样，静静地等待着回音。

屋外的风呼呼地吹，与其说这风吹得身子冷，冷到盖一床厚厚的棉被，再垫一床厚厚的棉被这被窝里还没有多少热气，还不如说心里冷，而且越来越冷。老武田躺在被窝里尽管已躺得浑身酸痛，但还是不敢随意翻身，因为这一翻身，那无孔不入的寒风便会往被窝里钻，以致这被窝一个晚上也暖和不了。

老武田可谓是老台湾了。

甲午战争前便到基隆港开了武田株式会社做起生意来。然后随着日本占据整个台湾后，以为可以大展宏图的老武田，那时还年轻，便心花怒放，雄心勃勃地扩张，在台湾各地建了不少分号。后来，听说这永丰城有稻谷、有蔗糖，那诸罗山上又有樟脑，便叫株式会社总部搬到这里。

从此以后的二十多年时间里便与阿光这个闽南阿哥结下不解之缘。“轰隆——砰！”突然，一声霹雳巨响，老武田不由自主地向屋外张望，门窗关得很紧，屋里也没有灯光，但透过门窗的缝隙，老武田看到了闪电之后耀眼的蓝光，他重重地叹了一口气，这个闽南阿哥实在不是好对付的角色。识字不多，个子不高，却在这永丰城有着一种超人的魅力。这永丰城的事，表面上跟他没有相干，但不论谁只要到永丰城办事，如果没有他的点头，谁也干不成。二十多年呀！自己明里暗里跟他较量，到头来深感身心疲惫，而且这种情况，越来越严重。

是啊！一个七十多岁的人，怎么跟这个还不足五十岁的中年人去拼、去搏呢？

老武田在预测，自己在万般无奈的情况下，叫那浩仔送去一张帖子，邀那阿光明日中午到永丰酒楼吃饭，这是自己来到台湾经商之后第一次邀请台湾人吃饭，他会不会来呢？不来又应该采取什么措施制止永丰城甘蔗种植户挖甘蔗的行为呢？

老武田在床上再也躺不住了。

尽管天气很冷，他招呼了一声，门外走进了管家，帮自己点上灯，借着灯光老武田从怀里掏出怀表：“哟，已经深夜十二点了，这浩仔怎么还没回来？”

老武田看看怀表，再听听那屋外淅淅沥沥的雨声，心里发出一声恶狠狠的骂声：“八嘎！”然后换了一种脸色问管家：“浩仔还没回来吗？”

“嗨，还没有，我去看一看。”管家跟随老武田也几十年了，他已从老武田的脸色上看到了内心的焦虑，扭头便想往屋外走去。

“稍……”老武田想制止管家往外走。但话刚出口，却见浩仔一身雨水地出现在门口。

“武田先生……”浩仔一边擦着身上的雨水，一边毕恭毕敬地叫了一声武田。

“噢，浩仔，这阿光先生答应了吗？”老武田看见浩仔一身雨水地出现在门口，便兴奋地问道。

“……”浩仔面无表情地摇了摇头。

“为什么？”老武田有点失望，又有点不理解地追问。

“他们家的连永福老人病重……”浩仔一脸凝重地说。但话音刚落，在深夜响起了一阵鞭炮声，浩仔的脸上涌现出一阵悲伤地说：“武田先生，你听，鞭炮响了。”

“鞭炮响了，什么意思？”老武田被浩仔说得丈二和尚摸不着头脑。

“鞭炮响了，便是连永福老人去世了。”浩仔的心“咯噔”一跳，但他强忍着内心的悲痛。告诉老武田，这永丰城人沿袭着闽南人的习惯，老人去世后，便在一咽气之时要放一串鞭炮，一是告诉邻居这一噩耗；二为逝去的人送行。

“这样啊！”老武田嘴上没有再说什么。可是，心里却在开始盘算起来了。

中国人，中国的风俗对逝去的人是十分崇敬的，况且这连永福是阿光的义弟林胜天的泰山，更是那逝者阿发的救命恩人，还为永丰城建设发展立下汗马之功。按中国人的习俗，按照阿光这个闽南阿哥的为人处世方式，这后事处理少不了讲究，少不了隆重。

还有一点十分关键，这几年台湾总督发布命令要灌输大和魂，不准讲中国话，不准讲台湾话，不能沿袭中国的习俗。这阿光恰恰是属牛的，你瞧那学堂不是还明里暗里讲中国文化吗？那永丰酒楼不还在讲什么古吗？既然如此，这阿光断然不会应邀出席宴请，更不会给自己面子，放下连永福的丧事帮助自己做甘蔗种植户的工作。

可是，这季节、这时间不等人呀！如果等到连永福的丧事办完，且不论阿光出面不出面，今年的甘蔗种植和以后的蔗糖产量将成为定局，都已成为一盘过时的黄花菜。

再想一想，自己与那连永福年纪相差无几，连永福现在已经走了，自己早已风烛残年，如此苦苦相撑，到底还有几天的活头呀！

昏黄的灯光下，老武田的心情变得烦躁起来。他爬起来，身边的管家和浩仔好像压根没有发现似的，拿起电话想跟佐佐木商量一下。可是，当他的手刚能触及电话摇柄的时候，他住手了，此时已经鸡啼二遍，尽管他对佐佐木已经不信任，可是在永丰城还有谁能帮助自己呀！

“浩仔！”老武田放下电话摇把，手早被冻得不停地颤抖，管家把他扶回床上后，他突然想起身边还有一个中国后生。

“武田先生，你……”浩仔现在精得很，阿光叔和云生哥曾多次教他如何应对老武田的办法，磨炼了这么久，已小有经验。见到老武田叫他，知道这个老日本人此时一定十五个吊桶子七上八下，心里有着说不尽的畅快，可表面上却非常灵巧地应付着老武田。

“你的，认为这阿光会对武田公司采取什么应对之策?”老武田对这个中国年轻人这一年多的表现比较满意，经常探听的情报也比较准确，人也诚实，而且肯动脑子，觉得这个中国年轻人可以好好利用。

“武田先生，阿光先生会采取什么应对之策他们自然不会跟我讲的。”浩仔佯装面有难色。但该讲什么刚才云生哥已经叮嘱过了。此时，他佯装为难。

“你想，想到什么不要害怕，给我说。”老武田投去鼓励的眼光。

“这……”浩仔似乎有些为难。

“你的说，不要害怕。”老武田鼓励浩仔。

“我家也是种甘蔗的，我了解一些情况便告诉你，说错了，你万万不要见怪。”浩仔看了看老武田不住地点头说，“这种植户之所以挖甘蔗大致有几方面的原因。”浩仔看了一下老武田的脸色。

“说，往下说。”

“一呢，是砍蔗工，前几年都要由警察所来组织，而且工钱很高，他们承受不了。”

“噢！”老武田点了点头。

“二呢，糖厂的收购价很低，他们的收入便不必说了。”

“三呢?”老武田听出苗头来了，便急切地想请浩仔讲下去。

“三呢，糖要专卖，价格又不高，糖厂本身也没有利润，没有利润便没了积极性。”浩仔绕到这里，舒了一口气，觉得这些话都是云生哥的意思，该表达的都表达了，但没有照搬照抄。讲了问题，让老武田去思考，让他去面对现实，让他去想如何去处理阿光叔可能会提出的条件。

“还有吗?”老武田看来是听进去了。

“没有了。武田先生我说错了吗?”浩仔装着有点诚惶诚恐的样子。

“很好，没有错。”老武田点了点头，他的心在盘算着，更在思考着这两天应该做什么事。

这边林胜天的家却一片哀伤，连永福的去世，宣告了一代人的结束。但是作为后辈大家正在为老人的后事进行认真的讨论。

可是话一触及正题却发生了激烈的争执。

林胜天主张，连永福老人无疾而终，是他一生勤劳勇敢，修善积德结下的善果，后事一切从简。因为，在此之前去世的屠户阿叔，阿力凡阿叔和魏永富阿叔都办得比较简约，自己的岳父不能超出这个规模。

阿光却认为，这连永福阿叔在开发建设永丰城当中功不可没，加上现在条件比以前好了，将场面搞大一些有好处。

两种观点截然不同。尽管平时林胜天对阿光的话是言听计从，这一次却极力想说服阿光哥，岳父的后事要一切从简。于是，阿彪站在那不知是支持林胜天，还是支持阿光，显得左右为难。

“阿爸，阿叔，我倒十分支持阿爸的观点。阿公的丧事一定要搞大一些。理由我考虑只有一个，那便是现在日本人不是又发布警令，又百方刁难不准讲中国话，不准沿用中国习俗吗？阿公一辈子勤勤恳恳，他临终了还嘱咐我们要记住自己是中国人，那我们何不用中国的习俗送他老人家最后一程呢?”云生讲得很流畅，最后竟然泪流满面。

“这个……”胜天没有想到后代考虑问题会立意那么高，想得那么长远。这是他压根儿没有想到的，不能小看这小侄儿，真是长大了。

“好！想不到云生还真能考虑，此事就按照他的意见办。”阿光听了心里备感欣慰，看来去大陆十年的书没有白读，自己当年送他们去读书确实做对了。

春天的天气非常寒冷，雨过之后，太阳懒洋洋地出来了。

这给连永福的后事处理创造了很好的气候条件。按照阿光的要求，请了几组哀乐队，几组道士，在院子里搭起了巨大的帐篷，足足做了七天七夜的道场。锣鼓、钹、喇叭组成的哀乐在永丰城反复地低回着，缭绕着；

全城庄户人家都来上香，那浓浓的烟雾笼罩大半个永丰城；

凡属林胜天、阿光、阿彪三栋房子的人都作为孝子、孝孙披麻戴孝；

那灵堂前除全猪、全羊及双五牲作为祭品外，还摆满了全城乡亲送来的永丰城地产的水果、鲜花；

大家都以肃穆的神情，悲痛的心情体体面面地送别这位饱经风霜，又带领大家走过风风雨雨岁月的老人。

这些人当中，最悲痛的莫过于海兰。她是老人的独生女。小时候她跟着阿爸在海峡两岸的商船上来回走动，见过风，踏过浪，经历过无数的灾难。成年了，又随着阿爸定居永丰城，并与林胜天建立了家庭，养育着自己的儿女。

阿妈早逝，阿爸不光是阿爸，还是慈祥的阿妈。现在阿爸要远行了，做女儿的心如刀绞，泪如泉涌。

“阿爸呀！你走了，女儿以后谁来疼？谁来爱呀！阿爸呀！以后女儿回来，叫一声阿爸，谁来应呀！阿爸呀……”海兰面对着那静静地躺在棺材当中一动不动，已经没有了喜怒哀乐的阿爸心如刀绞，悲痛欲绝不停地，反复地用那已经十分沙哑的声音呼唤着阿爸，她多么希望将阿爸叫醒呀！

“海兰，别哭了。节哀顺变，阿叔已经走了。”赵静雅挺着大肚子，在身边一直安慰着玉兰。

最忙的莫过于海英，在这三幢房子的主人当中，她是长嫂，里里外外，内宾外客，大事小事都由她在筹划，她受到连永福的教导，又受到连永福的关爱，她在尽主妇之责。

阿光几兄弟也在各忙各的事。

总之，除了那些孝子贤孙之外，永丰城的乡亲都在通过各种形式表达对连永福老人的思念，对他的敬仰。

还有两个人不能不说。

一个便是佐佐木。这个原本第一批占据永丰城的日本军官，后又留下任警察所长的日本人听到连永福的去世，也在默默地思考，自己该做一些事情。他想借这机会向阿光示好。不论真心还是假意，他觉得自己要在永丰城再待下去，再混碗饭吃，不跟那三幢小楼的主人搞好关系是不成的。可是，他是公务人员，他有纪律，不能跨越雷池，思前想后，便带着全所警察集体给连永福烧了一炷香。

另一个便是老武田。当天晚上听到鞭炮声，再经浩仔一介绍，告知连永福老人去世，便绞尽脑汁要有所表现。因为，这二十多年与阿光打交道，深感要继续待在永丰城，要改变手法，顺着浩仔告诉他的几个细节做好退让。他心里在反复考虑今后准备做几件事：一、砍蔗工由种植户自己组织，自己支付工资；二、这赤砂糖怎么生产由永丰糖厂去把握，别再去自找没趣；三、糖价按照台湾的市场行情去确定，反正整个台湾对蔗糖都实行专卖，你永丰城翻不上天上去。”老武田想到这里感到十分疲惫，他的那颗已经没剩几根白头发的脑袋无力地垂了下来。

突然，他又想起一件事，自己已是古稀之年，该找一个人来接班了。可是，这武田家族已经没有了男丁，唯独还可考虑的便是自己的外孙，那是自己女儿的儿子，现在已经长到二十多岁，还在台南军队服役。老武田脑子一动，要通过关系，把他弄到身边来接班，接过武田株式会社的总经理。总之，只有一个愿望，武田株式会社要留在永丰城，永远地留下去，按照中国的俗语叫做大丈夫，要能屈能伸。

“该为自己的后事做准备了。”老武田想到这里有些沮丧，有些悲观。这阿光自己正值壮年，可儿子已经能够支撑永丰家业，而自己却后继无人，风烛残年还在苦苦支撑，老武田感到眼角有些湿润，他为自己感到伤感。

纵使自己要退下来，也要为自己的外孙以后的发展创造一些条件，为他今后的道路做好铺垫。

那么该做好什么事情呢?

要留住武田株式会社在永丰城的一席之地，必须有人脉，有社会基础，那么一定不能再跟阿光他们较量，不能跟永丰城的人较量；那么，便要充分利用连永福的去世，精心策划出一些有样子的举动出来。

经过他部下反复打听，了解到明日连永福将出殡，他决定为连永福老人搞一次拦路祭。于是，指挥部下精心准备了双五牲，早早地在连永福出殡的路上摆好祭品，表现一下老朋友的心意。

这天，按照闽南习俗，出殡的时刻到了。

一阵沉痛的哀乐声从院子里传出。

一队如同长龙一样的举幡在街道上前不见头，后不见尾；

几支哀乐队的吹鼓手们憋着劲在吹奏着一曲曲催人泪下的哀乐；

然后由八个汉子抬着的巨大柏木棺材慢慢从院子里出来。

纸钱纷飞；

哀乐低回；

哭声起伏；

烟雾缭绕；

林胜天，阿光，阿彪各带着家人披麻戴孝依次从家中走了出来。

接着便是全城的乡亲个个抹着伤心的泪水紧紧相随。

人们都以真纯而又悲痛的心送别这位古稀老人。

“阿爸，你看……”云生在阿光的背后，他看见那武田株式会社前，老武田正组织他的员工在设祭坛，要给阿公做拦路祭。

“这老武田……”阿光已经看透了这个老鬼子的伎俩。他心里觉得好笑，自己已经是黄土埋到脖子根上的人了，还演这些猫哭老鼠的把戏。可是，这是送别阿叔的场合，没有必要跟他计较。因此，他只淡淡地笑了一笑，心里没有流露丝毫异样的情形。

送葬队伍终于要经过武田株式会社的门口，那老武田装着一片真诚，还亲自执香，他那干瘪的嘴巴里还不知叽里咕噜说些什么。但不管他说什么内容，送葬的人们都大抵知道他出于什么目的，只是把这种滑稽当做一种笑料，而不屑一顾。

“阿光哥，把这老鬼子哄回去，省得玷污我们的阿叔。”阿彪是一个直性子，看到老武田那拙劣的表演，好像肺都要被气炸了，他跨前一步走到阿光跟前，气愤地说。

“别鲁莽，阿彪。别惊了阿叔。让老武田好好表演一番吧。”阿光冷静地看了一下那老武田可笑的举动，劝阻着阿彪。

第二十八章 又是春华秋实的时节

永丰城的秋天是非常美丽的。

那诸罗山的红枫、古樟、桧木、柯木，红绿相间，层层叠叠，在秋高气爽的日子，构成了一幅江山如画的山水国画，给人以无限的遐想，无尽的欣慰。

山下，这万甲农田，庄户人家正挥汗如雨地收割，一阵阵秋风吹拂，那稻浪起伏，令人陶醉；那几千甲的甘蔗地，退去的劣质蔗地种上了上半年从大陆引进的优质地瓜苗，此时也到了收获的季节，一锄挖下去，扯出一颗颗硕大无比的红皮红心地瓜，让人感到无比的欣喜；而那仍留存在两千多甲地甘蔗却有了武田株式会社每甲五斤化肥的奖励，长势较之往年更加喜人，一根根甘蔗长得如胳膊粗，比壮汉还高出几个头，一走进那郁郁葱葱，充满生机与活力的甘蔗园仿佛进入了一座密不透风的小森林，遮天蔽日，一望无际。

正在这时，非常容易满足于丰收喜悦的庄户人家总是望着那即将收获的成果眯着眼睛，张开笑脸，准备投入收获果实的季节。

“祝福，祝福。”那布谷鸟在小山包的树林里啼叫了起来，那声音叫得很清脆，叫得非常悦耳，让人感到身心愉悦。

此时，天刚放亮，淡淡的秋雾洒在那充满秋意的田野上，阿光和阿昌在那田间悠悠地走着，听到这布谷鸟的叫声，他若有所思地驻足聆听着。

这声音，这过半的人生曾无数次听到。

春天到来时，那鸣叫声好像“布谷、布谷”，催着人们抓紧季节，不误农时；

充满喜悦时，那鸣叫声好像“祝福、祝福”，让人喜上眉梢，乐不可支；

遭受挫折时，那鸣叫声又好像“不哭、不哭”，让人振奋斗志，奋发努力……

不同季节，不同心境对这布谷鸟的啼叫有着不同的解释、不同的领悟。

这叫声从青年伴随着自己进入了中年，伴随着自己战胜了无数困难，也伴随自己走过无数个春夏秋冬，更伴随自己战胜困难，取得人生的一个个胜利。

人到了中年，不再有青少年时的冲动和激情，却有着永远不会改变的追求和永恒的责任心。

听着这布谷鸟的声声鸣叫，

看看这充满收获成果的田野，

回顾自己大半生走过的人生历程。

阿光觉得这人生的道路走得多不容易，尤其是自己这一代人，渡东经历了生与死；建设永丰城经历了生与死；发展永丰城同样经历了生与死。

回首往事，他心情显得难以平静，只是与自己相伴而行的阿龙、阿海、阿发走了。

当年四兄弟渡东，至今却只剩下自己一个人；

屠户、岳父、阿力凡阿叔、连永福阿叔走了；

永丰城开发建设的那一代长辈先后走了；

而自己这一代人又进入了中年，然后便是老年。

春夏秋冬，一年四季。

花开花落，推陈出新。

正因为是一代又一代的闽南人先祖前仆后继，舍命打拼，才有了今天的台湾，才有了今日的永丰城。

眼前这充满喜悦，充满丰收景象的田野来之不易。自己应当珍惜，更要教育自己的后一代珍惜……

“阿光哥!”阿光还在沉思，还在回想往事，他的思绪似乎一想到这些历史总是激动不已。听到有人叫他，阿光转过身发现那甘蔗地里有一个人影在晃动，淡淡的秋雾轻轻地洒在那郁郁葱葱的甘蔗地里，那人影戴着斗笠，看不清脸，但声音却听得非常分明，那便是张正旺，对，就是那浩仔的阿爸。

“正旺哥，你早!”正旺比阿光略大几岁，在永丰城无论年纪大，还是年纪小的人都称阿光为阿光哥，习惯了变成了自然。

看见张正旺快步迎上前来，阿光向他招了招手：“这天刚亮，你这么早便下地了?”阿光问。

“是啊，阿光哥，种田人家一日三餐靠的是这块田，每天早点来看心理便有了底，这三餐便有了希望。”张正旺是种甘蔗的专家，自从那李福祥去世以后，这张正旺便取代了他的地位，左邻右舍在耕作过程中有什么问题一定会想到他，请他帮忙的。

“怎么还戴一顶斗笠呀，大清早的?”看见张正旺大清早裤腿卷得老高，还戴着一顶斗笠，阿光有些不解。

“这个呀，阿光哥，秋雾虽凉爽，但这雾气重，雾气邪。不戴顶斗笠容易得病。”张正旺讲得条条是道，“今年眼看是丰收之年，但这丰收来得真不容易。”

“怎么说呢?正旺哥，我们不是像往年一样劳作吗?”阿光知道这张正旺讲的“不容易”是什么意思，却故意明知故问。

“我想，今年这永丰城的丰收除了永丰城的乡亲们早出晚归，辛勤劳作之外，还有一份老武田的功劳。”张正旺自己的话刚说完，便自个发出爽朗的笑声。这笑声发自内心，让周边刚刚醒过来的小鸟也“咯咯咯”飞向天空。

“想不到正旺哥还挺幽默的。”阿光非常认同这位兄长的意见。今年春，自己本来是想虚晃一枪，利用对劣质蔗园进行改造的机会，尝试着试种地瓜，然后进行深加工产业开发。可是，稍稍放出风声，你要挖掉甘蔗，害得那老武田着急得长了满嘴的血泡，到处张罗想制止种植户挖甘蔗地。因为，他担心甘蔗挖完了，永丰糖厂关闭了，永丰牌的赤砂糖便消失了，势必会影响到武田株式会社在永丰城的生存空间，所以那一段老武田快被逼疯了，这个平时几乎一毛不拔的老鬼子，情急当中竟然慷慨出手以每甲甘蔗地奖励五斤化肥的赌资吸引种植户。

“不是吗？我们现在保留的甘蔗地差不多还有两千甲，这老鬼子付出了一万斤的化肥，而这万斤化肥却让今年的甘蔗长得如此喜人，今年收获的时候，真的还要请他好好吃一顿饭。不然，真冤死他了。”张正旺讲得那样绘声绘色，喜悦之情溢于言表。

“好！今年如果真能喜获丰收，不光是要请老武田，还得让全永丰城乡亲在市中心大摆酒席好好热闹一番。”阿光知道，一日之计在于晨，这庄户人家早上的时间很珍贵，便给张正旺打了一个招呼，顺着那弯弯的田间小道继续他的晨练。

这一点胜利来之不易，是全永丰城乡亲与日本鬼子斗智斗勇大半年所取得的成果啊！

而此时，那武田株式会社的董事长老武田却也天还未亮便起来了。他没有那种晨练的习惯，只是早早起来，泡一泡茶喝上一杯，便有了心旷神怡的感觉。讲实话，当年自己将武田株式会社的总部从基隆港迁出来，既不落户在台北，又不落户在台南，而是安在永丰城，除了永丰城有丰富的稻谷、蔗糖和樟脑等物产外，还有一个重要的因素，便是这里山清水秀，空气清新，风景宜人。心想，自己已经步入晚年，在这里赚一些钱，给自己找一个既有发展前景，又可安度晚年的生活环境，实在是一件美事，只是自己命运不济，到了永丰城二十多年，却经历了人生最阴暗的时光。尤其是今年春天以来，几乎让这个古稀之年的老武田精神失常。

那一眼望不到边的甘蔗林好像远眺的诸罗山上那层层叠叠的参天古树，这一段时间，每当看到这永丰城的庄户人家在那面带喜悦的时候，老武田总有一种难言的痛苦。

“这阿光，这闽南阿哥实在是一个难以对付的狠角色啊！”老武田深深地吸了一口气。

年初，开始是焦煳味的赤砂糖销售问题引起了一系列的风波。这一批货，专卖不成，还被上司训斥了一顿，好歹也是一个七十多岁的老人了。在别的家中都到了教育子孙的时候，而此时自己却被人当做孙子一样训斥。那训斥自己的人却比自己孙子的年龄大不了几岁。

这件事，实在是将老武田的自尊心伤得太重，以致半个多月也缓不过劲来。

如果说，年初那次与阿光的较量称为真刀真枪的话，那以后这一年的较量几乎可以称得上近身肉搏！

别看这做生意，别看那几千甲的农田，可是自己将积蓄了一生的人生经验，使尽解数与这闽南阿哥进行周旋，可是这一年还未过去，自己却恍然大悟，这一年自己过得很冤。自己平时老在自鸣得意称吃的盐比那阿光吃的饭还多，走过的桥比阿光走过的路还多。而临了，才实实在在地感受到，自己完全被那阿光套住了，而且套得死死的，以致纵然使尽浑身解数也解不了套。

自己完全败在这个闽南阿哥的手中。

这是老武田一生中最痛苦、最刻骨铭心的伤心往事。

开春，永丰城风声四起，称为了防止武田公司对蔗糖的专卖，将挖掉两千多甲甘蔗地改种地瓜。

这消息开始是一两个人在窃窃私语，接着便是街头巷尾在传递。永丰城原本不大，一传十，十传百，几天之内便沸沸扬扬。起初，这老武田还以为是那些人说说而已，要知道挖掉三千甲的甘蔗地种植户将要蒙受多大的经济损失呀！当然，甘蔗挖掉了，永丰城的永丰牌赤砂糖也消失了，而武田株式会社经营的当家品种也付诸东流了。

“只有脑子进水的人才会干那种事。”老武田从浩仔那里听了消息压根儿就不相信。

可是，几天后那传言便变成了现实。尽管那一段春雨绵绵，天冷得让人躲在家中不敢出门，而那些种植户却像疯了一样，卷起裤脚开始挖着那已经种植二十多年的蔗种，并且一边将那挖下的蔗种堆成小山；一边种上据说是从大陆引进的什么优质地瓜苗……

那一段，老武田总在办公室隔着窗户看着种植户挖甘蔗的举动，那一锄一锄地挖，让他产生一阵一阵的剧痛。他想看，但看得痛心；不去看，却又坐立不安。

那是一段多么暗淡无光的日子呀！老武田在痛苦当中回顾着往事。

“挖掉甘蔗，便挖掉了武田株式会社在永丰城的活路，等于挖掉了自己的命根子。”老武田便在这种痛苦的感情中煎熬着。

那一段，老武田彻夜彻夜地不能入睡。虚火上升了，仅剩的几颗残缺不全的老牙在摇摇晃晃，两只耳朵也在嗡嗡作响，一个嘴唇大血泡、小血泡层层叠叠，走起路来晕晕乎乎。用自己助手的话说“只要有一阵风便会将自己刮倒在地”。

当时，自己曾无数次下决心：“算了，就此罢手吧。”因为，跟这阿光较了二十年的劲，没完没了，总是精疲力竭地败下阵来。可是，一想到大日本帝国的威严，一想到大和民族的精神，自己便又像赌徒一样，重振精神想冲上前去作一番较量。

于是，自己做了一系列的搏击动作：

把整个武田株式会社的员工派出去，作宣传推介，动员种植户不要挖甘蔗。结果无果而终；

自己赤膊上阵，承诺每甲甘蔗地奖励五斤化肥，请种植户停止挖那甘蔗地。碰了一鼻子灰；

下帖子，请阿光赴宴，希望他出面做说服工作，求种植户别再挖那甘蔗地，被婉拒了；

利用连永福出殡的机会，摆祭品进行拦路祭，想以此向阿光和永丰城人示好，又是徒劳而返。

老武田感到自己受到了羞辱；

老武田感到前所未有的挫败感；

老武田感到对未来充满着失望。

但是，这老武田包括他的家族毕竟此先是靠搜刮中国人的民脂民膏生存的人，他却不愿就此束手就擒，更不愿意就此立地成佛。

终于，在连永福出殡七天后他与阿光见面了。

那是一个白天，在永丰糖厂厂房改造的工地里。

那天，这位闽南阿哥正组织手下在安装番薯粉皮和番薯酒酿酒生产线的设备安装。老武田约了佐佐木一道去拜访阿光。

“阿光先生，你真难找呀！”一见到阿光，老武田便装得非常亲热，不论是真心，还是假意，反正从表面上看那亲热劲是很难见到的。

“噢，武田先生，佐佐木先生，有何见教？”看见两个日本鬼子额头上沁着汗珠，阿光以礼相待。

“是的，我们想永丰城甘蔗种植和专卖蔗糖生产的事情请阿光先生协助解决。请阿光先生多多关照。”老武田不停地弯腰作揖，他希望将自己的愿望在阿光的帮助下，得以变为现实。

为了武田株式会社在永丰城今后的生存和发展，退一步天宽地阔，纵使让一些利，待日后再翻倍地搜刮回来。

“武田先生，你言重了。这甘蔗种植涉及家家户户的切身利益，我阿光哪有那能耐帮助协调解决呀？”阿光半月前便知道，这老武田肯定不会善罢甘休，他肯定会找自己的。因此早有准备，只是想逗他乐一乐，让他感到整个永丰城不是他家砧板上的鱼肉，绝非他想砍便砍，想割就割的。

“不！不！不！这件事的处理非你阿光先生莫属。”佐佐木看到阿光想推托，心里开始着急起来。

“哦！为什么？”阿光明知故问。

“是这样，最近这永丰城的种植户在大挖甘蔗，你应该知道吧。”老武田问道。

“听说过，但还没有去看。”阿光不以为然地说。

“永丰牌的赤砂糖可是永丰城的名牌产品，如果没有了甘蔗，这还能有糖吗？”老武田迫不及待地抢过话题。

“原来是这样，这没了赤砂糖武田株式会社便少了一笔巨大的收入。”阿光觉得这些人与其让其遮遮掩掩倒不如一语道破，让他们知道自己的丑行。

“嗯，不，不，不！这主要是会大大减少种植户的收入。可惜！可惜呀!”佐佐木也赶忙接话说。

“是吗?”阿光有些生气。这日本鬼子婊子要当，牌坊还要立；钱要赚，而且死命地赚，可是高调还要唱。便一不做，二不休，干脆把话给说透了：“两位都是生意人，这算盘珠子拨得很溜。可是，今天我给你们算几笔账你们再说也不迟，这种植户一年到头早出晚归有没有收入。”

“这……”老武田迟疑了一下。

“别急，我一一给你们说。”阿光说到这里很气愤，但却努力控制自已的情绪说，“一、光砍蔗工这一环节种植户要支付一个工人一天七十钱工资，而一个工人一天累死累活才赚十五钱，你们不劳而获却纯刮走五十钱；二、这永丰城赤砂糖是名扬四海的名牌产品，我也知道日本本土很畅销。可是你们借专卖这一幌子，随意压等压价，每斤从五年前的十一钱六，到现在的五钱九；你算一算，每甲地卖甘蔗不足一万钱，可是扣去成本，种植户辛辛苦苦，一年到头累死累活还不足一百钱。”

“这……”佐佐木有点结舌了。

“慢，我再给你们说透一些。这样的状况，甘蔗种植户种一年甘蔗还不如你们从一个工人身上榨两天的工资多。这还不算，你们每天派人荷枪实弹监督糖厂生产，将甲级糖压成丁级收购，让糖厂连工人的工资都支付不出去。种植户赔本了，没有积极性；糖厂亏本了，同样没有积极性。那还种甘蔗干什么呀。”阿光越讲越气愤。

“阿光先生，我们可以商量吗?”老武田不知是良心发现，还是急切想解决武田株式会社在永丰城的生存发展问题，摆出了与阿光商量的架势。

“这样下去，还有商量的必要吗?”阿光故意用没有兴趣的口气说。

“可以利益均沾，利益均沾，你我双方共赢。”老武田看见那阿光一脸严肃，觍着脸说。

“那好，实际上永丰城的种植户已经多次要求。除非满足三个条件便继续种甘蔗。否则，这几天将会把那三千甲蔗地全部挖光。”阿光语气十分肯定。

“请说!”武田似乎看到了一丝希望。

“好，我便转达他们的意见。”阿光接着说，“这一，砍蔗工由种植户自由聘请，与他人无关，不允许外人插手；这二，蔗糖生产时企业本身的事，外人包括警察局没有受邀不得入内，更不能派人监督；这三，这赤砂糖可以专卖，但价格应该随行就市，不能压等压价。”阿光一边说，一边见那佐佐木和老武田的脸上不断痉挛着，心里暗暗发喜。这些条件如果他们答应，几乎断了他们的生财之道。

“这个……”老武田做了一辈子生意，从中国人身上刮了无数的民脂民膏，可是今天却在永丰城第一次遇上了人生碰到的最难啃的骨头。他还想反扑，还想去寻找自己利益的最大化。

“武田先生，你看，如果有难处，也不着急，便将你们的难处转告他们，让他们将甘蔗都挖了种上地瓜吧。”阿光洞察着这帮日本鬼子的矛盾心理，便说，“我还有别的事，以后再聊吧。”

“别，别，别。有事好商量，有事好商量，阿光先生，请多多关照。”佐佐木赶快打圆场，不断地把那僵硬的脸装出一副笑意。转过身，他不时地给那老武田眨巴着眼睛，交换着意见，暗示老武田答应这一条件，先制止这种植户挖甘蔗的行为。不然再过几天，等甘蔗被挖光了，再答应条件，岂不成了一句空话？

“好！”老武田把那仅剩的几颗牙咬得咯咯响，那原本已经松动的牙齿变得更摇晃了。他心一横：“你佐佐木都答应了，我还死顶干吗？”

“不，还有一件事，你武田先生不是一直在做宣传，如保留一甲甘蔗武田株式会社奖励五斤化肥吗？”阿光想起这些日本鬼以前吸了不少永丰城人民的血汗，何不逼他们也多吐一些回来？便以不容置疑的口吻问道。

“这个，阿光先生……”这下老武田真犯难了。这个承诺确实是自己说出去的。可是，那是在没有刚才那三个条件的前提下说出来的。现在有了阿光提出的三个条件，还要兑现自己的承诺，无疑让武田株式会社来一场大出血。感觉到阿光这一招太阴、太毒辣，几乎把自己逼到了死角，气得连话都说不出来。

“武田先生，这话可是你自己在没有任何人强迫的情况下向种植户承诺的哟？我们为人处世，尤其是经商，没有诚信是不成的。”阿光心里一阵阵地发笑，他没有手软，用咄咄的目光逼着老武田。

“好吧！”老武田好像心口被人剜了一大块肉，一阵剧痛几乎让他瘫倒在地，一阵冷汗从额头上夺路而出，终于答应了下来。

“那为了免得你以后空口白牙，我们把今天的共识用文字记下来吧，我好凭着这东西帮助你们做一做种植户的工作。”

“八嘎……”老武田在心里狠狠地骂了一声，他不知道自己走南闯北，跨洋过海，活到七十多岁了，却败在一个几乎不识字的中国中年人手里，而且败得那么惨。

然而，这次惨败还远不止这些。

一直到最近老武田才如梦初醒，这一切都是这闽南阿光精心设计的陷阱，他那挖的甘蔗是对劣质蔗种的更新……

可是，这一切都发生了。

而且，那几页白纸黑字，自己否定不了，悔也悔不掉。否则，那闽南阿哥只要将那白纸黑字朝永丰城的种植户面前一亮，自己连同武田株式会社必然会被那些蛮不讲理的种植户砸得稀巴烂。

“八嘎……”老武田心有不甘地咒骂了一声。

第二十九章 四喜临门乐开怀

秋收之后便是男婴女嫁最好的季节。你瞧，这云生跟玉兰、慧生与天生、婕生与简立言三对谈了一年，定亲也定了半年多，自然便要考虑摆酒席，宴请一下乡邻的时节了。

这喜事说来便接踵而至，赵静雅和阿彪的小孩，也趁机凑热闹，在今日出生了。

大胖小子，胖嘟嘟的连眼睛都眯成了一条线。

对于老来得子的阿彪和赵静雅来说，只有用心花怒放来说明此时的心情了。

阿光听到了呱呱坠地的婴儿的哭声，在院子里不停地转着，他不能进产房，但看到海英、海兰进进出出，咧开嘴巴傻笑个不停，兴奋地在那院子里打着转转。

这边儿子娶媳妇，那边侄儿、侄女要结婚，还有那边添了一个宝贝侄儿，这种喜也只有阿光才能理解得到，才体会得到。

“阿叔，我那胖阿弟真是可爱，那小手，小脚胖得像一节一节藕似的，胖嘟嘟的……”慧生正忙着杀鸡给赵静雅开奶，看见阿叔在院子里兴奋不已的样子故意指手画脚地给阿光描述着小弟弟的可爱形象。

“知道，知道，明年你也生个胖儿子，让阿叔做一做阿公。去吧，去吧。”苦了半辈子看到这孩子喜事连连，这阿光真是乐开了怀。

在闽南人家，家中添丁添口是一件莫大的喜事。这三个院子除二十多年前婕生最后一个出生后，也不知怎么了，阿光、阿发、胜天尽管年轻力壮便没有再生育，尽管三对夫妇都没有说出口，大概是风水亏了自己吧。

现在，时来运转，人丁又要兴旺起来了。不然，这阿彪四十多岁了还生了一个胖儿子？总之这院子里添了丁，加了口，是一件喜事，是小院最大的喜事。这喜，比多赚几千两、几万两白银都喜得多。因此，每一个成员都乐得连眉毛都在抖动着。

在这院子里忙得最显眼的莫过于海英了。她是长嫂，平时大事小事都由她负责筹划张罗。见到赵静雅生了个大胖小子，一方面刚指挥慧生杀了一头大公鸡，自己忙着准备麻油、老姜母、桂圆干。现在，她娴熟地在热锅上炒了一下，然后再放煲里用文火细细慢煲，这种配方按闽南风俗对产妇来说具有大补元气的功效。

做完这一切，早已满身大汗的海英还不放心，又嘱海兰、慧生：“赶快，你们去各家各户多买一些公鸡回来，这鸡养的时间越久，长得越老的越好。”

“阿嫂要买多少？”海兰问了一声。

“先买二十只吧。”海英应道：“按规矩要每天吃完一头，不够以后再买。”

“怎么能吃得下那么多呢？”慧生听说一天要吃一头七八斤的公鸡，吓得伸出了舌头。

“小孩子，别问那么多，跟我走便是啦。”海兰看见这慧生，开心一笑，拉了她的手便出门去了。

女人们该忙什么便忙去了。

男人们却也没有办法闲着。

四个儿女，除天生与慧生院子里自我平衡调剂外，婕生要嫁到台南去，云生却娶进了玉兰，一进一出，人口倒是增加了阿彪的儿子。

说也凑巧，各方论了生辰八字，迎亲娶亲的黄道吉日都定在农历十月二十八日，三个家长自然忙完这一摊，又得接着那一摊。

嫁女儿；

娶媳妇；

还有一个儿子满月。

真是喜上加喜。

“阿光哥，我们闽南人在娶亲当中不是有冲喜一说吗？”三兄弟坐在客厅胜天提出了一个话题。在闽南风俗当中，邻居和亲戚当中，同时和近配结婚都有“冲喜”的习俗，一般地说，都要错开四个月左右的时间。可是，现在，儿女和侄儿这结婚都定在同一日，他担心犯了忌。

“这上祖自然便有冲喜之说，但社会都进步了，我们也在进步，既要传承上祖传下的习俗，也要有所创新，当年我们结婚连时辰都没有选，不也是一辈子平平安安吗？”阿光若有所思。

“阿彪，你是既当阿爸，又当阿叔，喜上加喜呀！”胜天看着阿彪逗了一句乐。

“你也差不离，既嫁女儿，又娶媳妇。”阿彪心里叹了一声。

“为什么叹息呀！”阿光听得真切，问了一句。

“要是林生没有走也该给他娶一房媳妇了。”阿彪是一个有责任感的人。既然自己是给这阿发顶房的，就要负起这个责任，给林生娶上一房媳妇，养上一帮子孙，延续阿发的世代香火。可是这孩子现在在什么地方呀！真让人牵肠挂肚。

“是啊……”儿子在外，自然牵动着父母的心肝。阿彪说到林生，阿光自然想到松生，自从上次接到一封来信后，虽然也偶尔收到他们的来信，一会儿说在广州打击陈炯明的叛军，一会儿说在军校学习。但隔着万水千山，让这做长辈的怎么安得下心呀！

“其他倒没有什么，阿光哥，想到儿女们的婚事，我倒考虑了许久，觉得有一个环节万万不能失礼。”胜天看到几兄弟能坐下来商量后代的事还是第一次，因此，想将自己这一段在思考的问题提出来。

"你说嘛，都一辈子的兄弟了，不必那么多规矩。"阿光觉得胜天一本正经的，一定有话说。

"是这样，婕生嫁到台南去了，那是大户人家，该行什么礼自然由简鹏皓那边盘算，没有我们的事；天生娶慧生，则自家兄弟，同样也好说。现在是，云生娶那玉兰，我们非得讲究一番。"胜天说着，用目光看了阿光一下，看看他会有什么反应。

"为什么?"阿光不知道这胜天要表达什么意思，"你直说好吗?"

"我一直在想，这玉兰家是贫民家庭，我们不讲门当户对，可是人家却可能有自卑之心。因此，大凡聘金、嫁妆等礼数一定的要做到，万万不可有半点儿的马虎。"胜天说着。

"对，阿光哥。玉兰进了家门便是长嫂，一定要树立她的威信与地位，这也是我们做长辈的现在就必须考虑到的。你说是吗，胜天哥!"阿彪听了胜天的话也表示赞同，将眼睛投向胜天。

"有道理，阿彪和我想到一起去了。"胜天点点头。

"嗯，你们说着番话我也在考虑。"阿光感激地看着两个兄弟，内心一阵感慨，桃花潭水深千尺，不及兄弟手足情呀。尽管这些都是小事，他们却思考得那么周全，真让自己心里热乎乎的。

这时间过得真快，吉日吉时一晃便在眼前。

因为三兄弟都有各自的家，都有各自的喜事要办，而且阿彪家又要嫁女儿，又要为儿子做满月，真是忙翻了天。

唯有海英，真难为她了。

儿子要结婚，张罗起来已经团团转，还得履行长嫂之职，安排赵静雅这个月子的吃喝和小侄儿的护理，几乎忙得东西南北都分不清。

明天要出嫁，最激动的莫过于玉兰了。自己出生在普通的庄户人家，父亲早逝，却要嫁入永丰城的第一家庭，真让这位闽南人家的女儿备感珍惜。

天还没有亮，诸罗山上的鸟儿还在鸟巢中安睡着，母亲便早早地把她叫醒过来。

"阿妈，这鸡才叫一遍，还太早吧。"尽管嫁在离开几百步脚的地方，但毕竟要成为新娘，成为人妻，离开生自己养自己的阿妈，玉兰的心有一些酸溜溜的感觉，但她不想再苦命的母亲面前有丝毫的流露，而是扭了一下身子，在母亲面前撒起娇来。

"快起来，女儿。阿妈要给你'开脸'啦。"母亲知道，几个钟头之后，女儿便要从家里出嫁，她心痛女儿，看着女儿在床上像蛇一样地扭着身子打着滚，撒着娇，鼻子一阵阵发酸。这孩子是母亲身上掉下的肉，跟自己特别贴心，尤其是他父亲去世之后，这孩子彻夜彻夜陪伴着自己，努力让自己开心，让自己度过了那段最黑暗的时光。

"嗯，阿妈，让我再躺一会儿吧。"玉兰的声音有些嗲，看着站在身边的母亲说着。

"儿呀！今天你是最后一天当女儿了。"母亲似乎不忍心女儿出嫁，可是再乖巧的女儿总会离开母亲要出嫁的，这一点道理做母亲的自然知道，只好在一旁念叨着，"天亮以后，你便是人家的媳妇了。云生家是大户人家，要识礼，懂规矩，早上早点起来做饭，要给公公，婆婆和云生打洗脸水，晚上……"做母亲的还在念叨，可是那止不住的泪水却"吧嗒吧嗒"一颗颗掉落下来，落在玉兰的脸上。

"阿妈……"躺在床上的玉兰猛然觉得一滴滴水珠落到自己的脸上，看见母亲在无声地哭泣，迅速地起身，扑向母亲，趴在她的肩上伤心地叫着母亲，顺从地听从母亲的安排。

客厅里放着一盆清水，旁边放着几根结实的丝线。

玉兰听人说过，凡是要出嫁的人，母亲都要亲自为女儿"开脸"。

"玉兰，坐好。"母亲在客厅中央放好一张小凳子，慈祥的母亲与女儿面对面坐着。

"嗯。"玉兰看着母亲那布满皱纹的脸在一跳一跃的灯光下，沟壑纵横，也禁不住泪水汩汩直流。

"妈为儿'开脸'，我儿子孙万万千。"母亲一边在嘴里喃喃自语，她在为自己心爱的女儿祝福，一边将那小丝线小心翼翼地绞去女儿脸上的汗毛。

"妈……"这一举一动让女儿感动，玉兰感受到母亲的手在发抖，兴许这是做母亲的为女儿今日的成人而高兴，又兴许是为女儿从此离开母亲而伤心。

“玉兰，妈现在给你做上头礼，听话。”女儿还在想着，母亲又说话了。

这在闽南的习俗当中称为“冠笄之礼”。

“嗯，妈……”玉兰忍不住声音哽咽，从心里感受着如天高、如海深的养育之恩。

“妈为儿上头，我儿从此建大楼。”母亲用牛角梳在脸盆里蘸了些许的水。然后，一梳一梳，将女儿的童孩发式改梳成成人的发式，同时，还没忘记给女儿带去母亲对她此生深情的祝福与祈祷。

这一仪式大约进行了两个时辰，母女两人便在这浓浓的情意当中，一问一答，一步一祝福中结束了。

开脸完成了。

冠笄之礼也结束了。

母亲便在院子里摆上祭品，点上香烛，对着苍天祈祷：“他阿爸，你看见了吗？女儿玉兰今天要出嫁了。各路神仙，各位菩萨，保生大帝呀！他阿爸呀，你们在九天之外要保佑我玉兰做高做尚，子孙满堂啊……”

母亲在对着苍天祈祷，对着神仙菩萨祈祷，对着已经逝去的丈夫祈祷着。

此时，一直在一旁的禄仔适时点燃了一串鞭炮，“噼里啪啦，噼里啪啦……”那喜炮的响声划破了夜空，带去了新人即将出嫁的喜讯，带来了新人对人生新起点的信心与希望。

不一会儿，玉兰出门的时辰到了。

从云生家出发的花轿队、彩礼队、锣鼓队，亲友队组成的队伍吹吹打打出现在家门口。

“咚咚咚”，门口响起了媒人三次轻轻的敲门声。玉兰知道自己离开母亲，离开这家的时辰到了。忍不住内心的伤心之情，“哇”的一声痛哭起来。

母亲和禄仔扶着玉兰上了花轿。

“玉兰，从此子孙满堂，荣华富贵……”母亲扯开嗓门把做母亲的最衷心的祝福送女儿出门。

禄仔又点燃了一串又长又响的鞭炮送那花轿和接亲队伍在宁静的早晨

渐渐离开家门。

“妈，哥……”那花轿大约走了十步远，玉兰在轿中伤心地哭泣着。突然，按照闽南风俗，她将早已准备好的一把扇子从花轿中扔了下来。禄仔快步上前，捡起那扇子，恭恭敬敬地交给母亲。

这扇子闽南习俗叫“放心扇”，寓意于女儿出嫁，请父母兄弟放心。

从自己家到云生的家，路很近。

此时玉兰坐在花轿里，她前面那顶轿便是媒婆轿。

这充满喜气的轿子，连轿夫也十分喜庆，十分卖力。

“咯吱咯吱”，接亲队伍浩浩荡荡，那彩轿随着轿夫的脚步在上下起伏着，一高一低，轻盈而又舒适。这一摇一晃，一起一伏把玉兰的思绪摇得特别兴奋，起伏得十分活跃。

庄户人家的女孩十分淳朴，从懂事之日起父母便反复教育自己的孩子要吃苦耐劳，真心待人，知高知低，孝敬长辈。因此，小时候玉兰便天天跟着父母早出晚归，辛勤耕作。父亲在种植作物方面有着丰富的经验，从立春雨水，到芒种夏至少不了有许多乡邻请父亲到田头帮助指点辅导，父亲的农作经验，父亲的为人处世给玉兰幼小的心灵打上了深深的烙印。她发誓此生一定要凭着自己的本事，凭着自己的勤奋建设一个殷实的家，一个让人羡慕的家。

日本人没来前，家里已经初步露出了富裕的端倪，露出了富裕的希望。

后来，这日本人慢慢将农民义军镇压下去了，便加紧进行经济掠夺，很多东西实行专卖，乡邻们眼睁睁看到本属于自己的财富源源不断地流入了日本人的腰包。这还不算，殖民统治者还进行文化割裂，不准讲中国话，不准取中国名，不准……于是，生性耿直、具有浓厚民族气节的阿爸一气之下，撞墙而亡……

“阿爸走了……”玉兰想到这里伤心之情像泉水一样涌出，阿爸终于没有看到女儿出阁的这一天，没有亲自将自己的女儿送出门。

玉兰花轿的后面是锣鼓队、接亲队；

那欢天喜地的锣鼓声，声声入耳；

那不停鸣放的鞭炮声，一阵接着一阵；

还有沿途乡亲们的恭喜声，祝贺声……

玉兰一把又一把地擦拭着眼角流下的泪水。

“阿爸走了，一个贫穷的家，这副沉重的担子落到年迈的母亲肩上。”玉兰的心绪仍在起伏着。自己曾无数次在深夜流着伤心的泪水，无数次发誓要嫁一个有血性的男人，支撑起一个令人羡慕的家。然后，团结乡亲们将那日本鬼子赶出永丰城，赶出台湾去。

也许这是前世的姻缘；

也许这是自己今生的福分；

也许这是苍天菩萨和保生大帝的庇佑；

也许这是阿爸在九泉之下保佑自己的女儿。

在糖厂自己被日本人调戏当中，遇上了云生，这个永丰城第一家庭的儿子，这个上过洋学堂却有一身血性的男儿。

现在自己将成为他的妻子，此生将与他相依相伴，白头到老，去实现人生的理想和抱负。

想着，想着，玉兰的心情豁然开朗起来。祝福声从耳机边一声一声传来，那锣鼓声，鞭炮声伴随着自己迈向人生的新阶段。自己应该百倍珍惜，按照上祖的传统教育，相夫教子，与云生共度美好的人生。

玉兰想到这些，不再流泪，不再伤心。

她张开手上握着那方手帕，就这么一段时间，就这么一段距离，这方手帕已经被泪水湿透了。

湿得几乎可以拧出泪水。

“玉兰，注意新郎要踢轿门了。”那自己家到云生家的路很近，转眼工夫花轿已到云生家门口，媒婆下了轿，走到玉兰的花轿旁提醒她注意。

这是新娘进入夫家之前按照闽南习俗要举行的一整套礼仪：踢轿门、摸柑、三牵出轿、遮米筛、踏瓦、过火炭……

踢轿门。

花轿刚到，在一片锣鼓声中，云生便按习俗猛踢轿门三下，意思是要吓一下新娘，以镇住新娘要从此做乖巧的媳妇。

摸柑。

按理应由小姑捧上甜柑，再捧上橘盘，让玉兰触摸柑橘，意即今后夫妻生活圆满。由于云生没有妹妹，此时由即将出嫁的慧生赶场，临时充当云生的亲妹妹。

三牵出轿。

由云生在牵出玉兰出轿门时，玉兰要三次牵起，三次坐下，如此反复才可以慢慢出轿，意即要让云生体验新娘的娇气和骄气，得以增添新娘的贵气。

遮米筛、踏瓦、过炭火。

做完上述礼仪后，好命人把放置花轿后面的米筛由云生父母高高举过玉兰头顶，而后踏瓦、过炭火。其意义则为驱魔辟邪，从此平平安安，顺顺利利。

这时，云生家里家外，锣鼓喧天，鞭炮齐鸣，乐声阵阵，玉兰由好命人搀扶进入大门。玉兰被扶入厅堂后与云生立行三拜大礼拜堂。然后由媒人手捧花烛引导新娘入洞房。

这一切都安排得如此周到，一切都安排得井井有条。而且，三场结婚，一场小儿满月同步举行。

阿光这三幢房子里里外外充斥着喜气。

一个个真诚的亲朋好友带着甜蜜的笑容。

这宴席从厅堂摆到院子，又从院内摆到院外。

阿光几天前已通知全城乡邻，不论男女老少一律免礼，只希望在这喜庆之日，以淡酒一杯回报乡亲，回报帮助自己开发建设这永丰城的各位乡邻。

这佐佐木和老武田思考了许久，但在来与不来的问题上，犹豫了许久。

来，这阿光家的喜事都是与中华文化紧密融合，生怕被上司追究姑息纵容之责；

不来，却因为失礼，而从此与永丰城几万乡亲结怨，从此难以在永丰城立足。

最后，他们早早地登门送了一份礼，却被阿光谢绝了。

晚宴开始了，院里院外点亮了十几盏气灯火。

那灯火特别的亮堂。

更重要的是浩仔、钟仔和阿聪、阿明一商量，一方面请了一台南音戏团来助兴；一方面阿聪、阿明不顾疲劳登台开了一台讲古仙。

这喜宴摆了三天三夜；

这南音也演了三天三夜；

这阿聪、阿明也足足讲了三天三夜。

阿光、胜天、阿彪一个劲地给来宾们敬酒作揖、拱手。他们的脸上充满喜气，洋溢着幸福之情。

此时，南音戏团正在上演《刘圭会云英》中的《因为欢喜》。这是讲述了刘圭与云英从小由双方父母指腹为婚。刘父死后，家道中落，云父负约废婚，但刘圭与云英却依旧情投意合，两人花前月下私定终身，被云父发觉。云父将云英沉入太湖，云母差人救起。之后，刘圭赴试及第，云英千里寻夫并得以团圆。

这是一段云英不辞艰险、长途跋涉寻找刘圭的忠贞之情的唱词：

因为喜欢，

即会分开。仔细思量，

正是为谁？

忆着玉匣，

肠肝都碎。

恨我爹爹心性如雷，

掠阮百般凌为，

到这处，

我但得着吞声忍气，

偷掠目滓，

暗流泪，

一条命争些儿险做一无情鬼。

今又烦恼君身流落，身无所归。

原得君身去后，

功名早早成遂，

亦免得我只神魂飞去共君恁相随。

……

句句唱词，阵阵乡音，催人泪下；

那边阿聪、阿明在讲一段《沧海神话》，这是反映闽南先人到台湾拓荒开垦的故事：

……木头仔的父母一去，从此就没任何消息了。斗阵行的几十个同乡，也没有人回来。有人在说，他们是遇到海贼，被拉到外洋给打死了；也有人说，他们的船沉了，所有的人都掉下海养鱼了，再也不能回来了。身躯还硬朗的阿婆听到这个坏消息后，苦得头发全变白，腰节骨都弯下去，也哭到整个人死死昏昏下去。精神了后的第一件事，就是起身去打了一门青铜大锁。阿婆像念咒那样，拿着凶盖盖将门锁住……

坐在那喝酒的人，个个都是闽南人，都是渡东而来。那委婉的唱腔，如同一曲袅袅乡音，唤起人们对家乡无限的思念，对民族无限的忠诚；那阿聪和阿明抑扬顿挫，绘声绘色的渡东故事，仿佛如同昨日的一切历历在目，让人们百感交集，热泪纵横。

秋高气爽，凉风习习，酒声如潮。

阿光带着三兄弟和家人，给乡亲们敬酒。此时，平时几乎不沾酒的他已是满脸通红，汗水涔涔，他举起酒杯告诉乡亲们：“我们闽南人从先祖开始渡东，流血流汗，历尽千辛万苦，才有今天的安居乐业。但是，人生多坎坷，只要我们手牵手，一代承一代，同心同德，永远记住自己是中国人，那么永丰城一定会变得更好，台湾一定会变得更好。”

“为永丰城的美好未来干杯。”大家举起酒杯一饮而尽。

第三十章 佐佐木感到绝望了

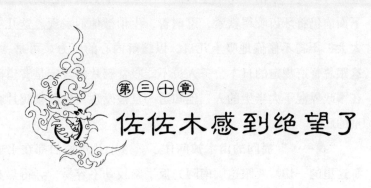

隔着一条街，佐佐木看着阿光家从院里院外热闹了三天三夜，又是演出，又是讲古，又是喝酒，闽南人到台湾垦荒开发这样的场面几乎从来没有过，甚至连听也没听说过。

佐佐木和他所带领的日本警察在那傻乎乎地看着。制止，那全城的居民，喝得又是永丰城第一家庭的喜酒，那断然是没有办法的；不制止，那百分之百的中国习俗，百分之百的演中国戏，还有什么讲古仙，都是犯了忌的活动。

佐佐木感到十分无奈，甚至感到绝望。

要知道，如果上司知道在他管辖的永丰城出现了这样的事情，革职卷铺盖回家是小事，自己南征北战，命悬一线换来的警察所长乌纱帽难保也是小事，弄得不好还得被追究刑事责任，进监狱。

“佐佐木君，难道我们就这样眼睁睁看着这永丰城的刁民如此放肆吗?”警察所的一个警察问了佐佐木一声。

“不这样，我们有什么办法？你说?”此时的佐佐木脸色铁青，他不时地打着哈欠，眼泪鼻涕不停地流了出来。他知道自己的烟瘾犯了，但在部下面前仍将牙齿咬得铁紧，忍耐着，生怕被他们发现。这几年心身的压力太大，不得不偷偷地吸上几口，以缓解内心的压力。可是，现在上瘾了，这跟总督府规定的日本公务人员不能吸食鸦片的规定是背道而驰的。作为在军政界混了大半生的人，他知道一旦被发现自己吸食鸦片会产生多么严重的后果。

“我……”提问的山木被问住了。这十几年他们都在永丰城待着，了解这里的一切。要跟这闽南阿光扳手腕较劲不容易，弄得焦头烂额，反而没有任何胜算的可能。

“大家先回去休息吧!”佐佐木已经很难控制自己的烟瘾，又一连打了几个哈欠，自己也不得不赶快回到房间。

闩上门，佐佐木迫不及待地将那已经油光闪亮的烟枪拿了出来。

装上烟膏，点上油灯。

佐佐木贪婪地吸了起来。

这鸦片真是好东西，重重地吸了一口，便如同在疲倦的身躯注射了一剂兴奋剂，顿时觉得全身轻松了起来。

那鸦片的一股浓浓的香味在房间缭绕着，像仙雾一样飘拂着，佐佐木焦躁不安的心得到了暂时的安顿。他的思绪也随之活跃起来。

佐佐木进入台湾比桦山资纪的进入还早两个年头。当时一腔热血，左冲右突；后来，他非常幸运自己这条命没有被诸罗山的义军收走，还留下当了永丰城的警察所所长。离开军队时，原想这永丰城是一块肥得流油的新城，一定能在这里刮得无数的民脂民膏。

在日本本土，佐佐木并非名门望族。原来希望通过自己的努力在政界弄个一席之地，同时挣个万贯家财，终了还可以让家人享受一番。

享受自己几乎用生命换回的荣华富贵。

可是，这二十多年一晃便过去了。

自己的独生子在战场上“玉碎了”。

中年丧子自然是莫大的悲哀。而且，这儿子的“玉碎”，竟连最后一面都未能相见。只是时隔几个月后，面对灯光独守空房的妻子才从日本捎来消息，当自己听到这一噩耗时竟然有失帝国军人的风格号啕大哭了一番。

那时，这永丰城也不顺，以阿光为首的这帮闽南人，动不动便聚众闹事，永丰城形势十分不稳定，那边充满铜臭、贪婪无比的老武田为了在永丰城获取更大的利益经常向警察所施压，甚至不惜动用各种力量向自己施压，在身心俱疲时，那一段时间几乎彻夜彻夜难以入睡，偶尔能够入睡，也是噩梦连连。

就在这度日如年的日子，佐佐木想到了鸦片，听说那是一个好东西，在人痛苦万分、心烦气躁时来两口便能解除痛苦，享受那心旷神怡，飘飘欲仙的感觉。又听说，那是恶魔，人如果染上了，便会变成僵尸，变成行尸走肉，甚至不能自拔。因此，日本台湾总督府明令那东西只供给台湾人，凡日本人吸食将追究刑责。尽管如此，自己却熬不过那漫漫长夜，熬不住那内外交困的日子，通过浩仔和钟仔两个台湾人之手得到了那东西。

“这东西碰不得，一碰便再也拔不出来了。”佐佐木饱吸了一口鸦片，精神头足了，浑身也格外轻松，想起这事，至今仍然后悔不迭。

可是，这随着时间的推移，永丰城的局势也越来越复杂，越来越难以驾驭。尤其是阿光的儿子和几个侄儿从中国大陆学成回台以后，这些青年人的冲劲和阿光这辈人的经验形成一种不可抵挡的势头，不断地突破台湾总督府规定的底线，不断地冲击着武田株式会社的实际利益，也一步步把警察所、把自己推到被动的角落。

“丁零零，丁零零……”一阵急促的电话铃声响了起来，正在回顾反思的佐佐木原本正在不时玩弄那油光闪亮、爱不释手的烟杆，听到电话铃声立即从床上翻身接电话。心里却暗暗地咒骂：“八嘎，这么晚还有谁打电话。”

“佐佐木君，你的永丰城是怎么管理的……嗯？”佐佐木接起电话，那头传来了警察局长恶狠狠的训斥声。

“是，局长！”佐佐木不知道这局长深夜打电话训斥的原因，但只能忍受着，等待着上司的训斥。

“永丰城中国文化充斥，经济秩序混乱，你的，严重失职，我要送你上法庭……”局长一阵如同暴风骤雨的训斥，让佐佐木刚刚通过吸食鸦片换取的轻松心情立马变得如麻一般，那稍稍平息的思绪变得无比焦躁和混乱起来。不用说，这里的一切，尤其是阿光家中三日三夜的欢歌有人向上报告，上司要追究责任下来了。

这一定是那个老武田干的好事。

佐佐木身体摇晃了一下，但他的思绪还算清醒，这是自己参加工作以来被上司训斥最厉害的一次，他已经感到自己面临的仕途已经没有太长的路。

佐佐木放下电话，脸上痛苦地抽搐着，面对自己凶多吉少的前程，他感到束手无策，感到万分的无奈。正想着如何逆转局势，但绞尽脑汁自己已无回天之力。既然事到如今，该发生的事发生了，不该发生的也发生了。自己已经无法左右，那么只好听天由命。

“唉！”佐佐木痛苦地叹了一口气。

“咚咚咚”，正当佐佐木一脑子气没地方发泄的时候，房门被敲得生响。

“谁？”佐佐木知道，这三更半夜的来敲门绝不会有好事。

“佐佐木君，我，矢野。”

“有事？”矢野在警察所里是少数几个与佐佐木走得比较近的人，一进门佐佐木便问道。

“我与一个警察局的老乡刚才挂了一个电话，我从他那里了解到一个不好的消息。”矢野看见佐佐木心情不好，在犹豫着，不知该不该讲下去。

“矢野君，我已有思想准备，你直说吧。”佐佐木预感到这矢野深夜来访，要告诉自己必定不是好消息。

“这老武田已将你吸食鸦片的情况向局长报告了。”矢野终于将话说出了口。

“他怎么知道这件事情？”佐佐木有些惊慌，脸色比刚才更难看了。

“这件事实际上大家都知道了。佐佐木君，你自己太不小心了！这么久了，你的行为已经告诉了大家。”矢野用一种咄咄逼人的目光看着佐佐木。

“我？”

“佐佐木君，这是……”矢野用嘴朝他床上努了努，那里刚才吸食鸦片的油灯还亮着，油灯旁静静地躺着那支油光闪亮的鸦片枪。

“啊……”这时佐佐木如同筛糠一样地颤抖，自己刚才匆匆忙忙开门，连那烟枪也忘了收起来。

“佐佐木君，你太粗心了！”此时的矢野似乎缺少刚才那种兄弟和同乡的情谊，那眼光带着一种诡秘，一种深不可测的东西。

“我混蛋。矢野君请多多关照。”佐佐木这时感到有一种潜在的威胁在逼近自己。刚才矢野的话尽管声音不大，却如同晴天霹雳打得他两眼直冒金星，他使劲地打着自己的脑袋。

“人家已经告上去了，我还有能力关照你吗？”矢野趁机落井下石，大有幸灾乐祸的样子。

“那……那……”佐佐木万分焦急，语无伦次。

“佐佐木君，事已至此，大可不必自责。我们理解你，这二十多年你过得太苦了，心力交瘁……”矢野说着，似乎一番同情，“也好，官丢了，早日回到家乡，与嫂子相依相伴到老，过一个安定的晚年生活吧。”说罢，那矢野一脸伤感，毕竟他跟着佐佐木二十多个年头，多少还有一些感情。

“……”佐佐木张着嘴巴好像还想表达着什么，可是终于合上了又张开，“我恐怕连回去的机会也没有了。”

“为什么？”矢野有些不解。

“这永丰城搞成这样，已够我难受了。更加上这吸鸦片，按法律我必定要上法庭，进监狱。妈呀……”佐佐木绝望地叫了一声，颓然坐在椅子上。

“佐佐木君，你别太伤心，安心歇息吧。”看到佐佐木躺在椅子上，这矢野脸上浮现一丝不易察觉的笑意，便安慰了一句，自己顺手将门带上离开了。

约莫半个时辰，这矢野出现在武田株式会社董事长老武田的办公室。

“矢野君，辛苦了。”看见矢野满脸春风地进来，老武田十分开心，赶快向他问候。

原来，这几年来野心勃勃希望在永丰城大刮其财的老武田，一直想借助佐佐木警察所长的势力为其服务。可是，这佐佐木不但没有服务，而且还一天到晚麻烦不断，纠纷不断，使武田株式会社在永丰城的既得利益蒙受了巨大的损失。老武田不干了，在再也无法忍受的情况下，利用他在日本政商界丰沛的人脉下决心要将佐佐木除去。因此，他借这次阿光家大办喜事之机告了佐佐木一状，末了还不放手，因为他早对佐佐木吸食鸦片有所耳闻，便对其心腹矢野诱以利益，旁敲侧击，取得证据。

果不其然，这矢野不虚此行，凯旋回来了。

“武田君，你了解的情况完全真实。”矢野将自己在佐佐木住处所见所闻详细向其报告，“这佐佐木真是吸食鸦片，我去的时候，他连鸦片枪都还没有收起来……”

“好的，矢野君，你的功劳大大的，我一定要向上面推荐你，由你来担任永丰城的警察所所长。”武田听到这个消息，大喜过望。除了给他一大笔经费，还答应推荐其取代佐佐木当警察所所长，矢野顿时眉开眼笑。

“警察所长？叫我？”矢野对这个位置已经窥视了二十多年，这是大日本帝国占据台湾后设立的国家机构之一，既体面，又赚钱。做所长那可是没有背景或没有钱的人想都别想的事情。

“嗯！”老武田肯定地点点头，“矢野君，有朝一日你我联手，一定要把永丰城的事情办好，永丰城永远是我大日本帝国的。”

“可是……”矢野知道这位置的难求。说背景，自己矢野家是日本乡下农户一个；论资金，到台湾二十多年明里暗里地刮一些钱，这些钱要去谋这个位置的官还相差甚远。

“不！不！不！”老武田是一个什么世面，什么人都见过了的人。看到矢野的脸色，知道他在为谋取这个垂涎已久，却可望而不可即的官位而尴尬，“这一切，有我武田办了。你的，放心。”

矢野回去了。

这时天已基本大亮，老武田推开窗户却见那阿光已经开始在永丰城散步。老武田这个贪婪无耻的家伙面对着那秋色无限的早晨，不时地发出一种他自己才能理解的笑声。

虽然，老武田已经早入了古稀之年，却已经像一只老蚊子吸尽了中国人身上的血。可是蚊子吸血的本能不会变，他的贪婪更不会改变。

尽管他经常为没有儿孙而感到痛苦，可是他却不让别人有儿孙。他为自己要更多地吸吮台湾人的血，直至吸吮至干才罢手。

这二十多年，他在永丰城失败了，过几天又向阿光挑衅；又失败了，过几天又东山再起；甚至一次又一次，变本加厉地希望从永丰城榨取更多中国人的血汗。

经过一连串的失败，他觉得阿光是一个不好对付的角色，跟他斗实际上是跟他身后的所有永丰城人斗，肯定斗不过的。因此，想请佐佐木能成为他的鹰犬，为其掠夺财富服务。殊不知，作为面对面与阿光较量的佐佐木，从二十多年前第一次踏上永丰城的土地开始，便已经感受到自己无论智慧，力量都无法与阿光相提并论。

无数次较量，佐佐木无数次失败。

这每次失败都牵连着武田株式会社的既得利益。

老武田在这秋天早晨中思考着对策，思考着对佐佐木下台的应对之策；思考着佐佐木下台后与阿光的较量并保证取胜的应对之策。

尽管七十多岁了，外孙能否来接班，还是一个未知数。

纵使来了，能否取胜也是一个未知数。

老武田已咬紧牙关，在有生之年好好赚上几笔，为自己的外孙有朝一日接班奠定基础，也为已经渐渐破落的武田家族复兴作最后的挣扎。

再说，佐佐木的脑袋也绝非榆木疙瘩，这矢野尽管平时形随左右，但深夜匆匆而来，又匆匆而去，加上那副神态显然与以往相距甚远，他觉得这里多少有些疑问。

当矢野的脚步声渐渐远离之时，他擦了一下额头冒出的阵阵虚汗，这嗡嗡作响的脑子也渐渐冷静下来，他不是说是警察局一位同乡告诉他自己的问题吗？这警察所就一架电话，而且便安装在自己的办公室兼卧室里。自己一个晚上一步都没有离开过这电话机呀？

“莫非……”佐佐木不敢再往下想。但有一点他觉得自己犯下了一个不可挽回的过失，刚才那鸦片枪确实被人赃俱获，自己已经一百张嘴都辩不清楚了。

撤官，摘乌纱帽；上法庭，进监房。

这一辈子流血流汗，说不定便在片刻之间从人生的巅峰沦为阶下囚。

这辈子想建立佐佐木望族的希望将变成泡影，变成一枕黄粱。

死去的儿子，孤灯相伴的妻子；

凄凉的晚年。

想不到自己跟中国人斗，跟中国人打，多少次死里逃生，捡了一条命，到了最后却栽到自己人手里，栽到朋友、兄弟的手里。

想着、想着，已经即将进入知天命之年的佐佐木潸然落泪。他不知道自己还能在这个警察所长的位置上待多久。

鸡已经鸣了多少遍，佐佐木已经没了记忆；

他感到自己太累了，太疲倦了。

前面要跟阿光他们斗智斗勇，但二十多年来每斗必输；

后面还要跟老武田这帮人斗，却又被他们一次又一次算计。

这种腹背受敌、前后夹击的日子真是度日如年啊！

灯，那昏黄的灯在秋风吹拂中，那黄黄的火苗忽高忽低，忽明忽暗。

突然，一股风从窗户的缝隙中吹了进来。不知道是那油灯的油没了，还是那晨风太大，那灯突然熄灭了。

他想站起来将灯重新点上。

可是抬起头，却见那窗外已经很透亮。

原来天已经很亮了。

又是一夜未睡，

佐佐木感到这头很沉，这眼皮很重，睁都睁不开。

可是，当他想下决心睡上一觉的时候，却发现眼皮一合上，那脑子里却像放着电影。这电影原来在日本本土上看过一次。现在这脑子便跟那电影一样，那画面不断地更换着。

儿子浑身是血地垂死挣扎；

永丰城几次与义军之间的交战；

妻子在孤灯下垂泪；

老武田几次在指手画脚；

……

佐佐木终于迷迷糊糊地似睡非睡、似醒非醒。突然，他感觉到自己的背后不知被什么人重重击打了一下。那一下，打得他眼花缭乱，四肢无力。然后如注的鲜血从自己全身的各个部位迸发出来。

接着便是阿发、山花、李文福那些已经死去的永丰城的中国人挥着刀朝他砍杀而来……

“救命！救……”佐佐木抱头鼠窜，但到处碰壁，走投无路。

“砰！砰！砰！”在梦中惊恐万状的佐佐木觉得有人在敲门，他吃力地睁开眼睛，再摸了摸脑袋。

那手上没有血，只有头上大汗哗哗而流。佐佐木这才深信自己刚才做了一场噩梦。

“砰！砰！砰！”敲门声又响起来了，而且越敲越响，还传出了咒骂的声音，佐佐木一听似乎是警察局长的声音，刚才稍稍平静的心情又剧烈地震荡起来。

他顾不得更换衣服，匆匆跑去看门。

房门打开了。

一缕阳光从门外射了进来，那强光让佐佐木退了好几步。

正对着阳光，眼前站着警察局长带着的一帮人，佐佐木顿时浑身发软，他立马感到这么久的担心已经变为现实。

而且，就在眼前。

“八嘎，佐佐木！现在什么时候了还在睡懒觉，你辜负了天皇陛下对你的一片恩泽，你工作不力，吸食鸦片让大日本帝国蒙羞。你要接受法庭的审判……”

佐佐木那脑子瞬间一片空白，觉得浑身上下一点力气都没有，甚至连支撑这一百多斤身躯的力气都没有，警察局长后面的话一句也没听清楚。

接着，他好像感觉到有几个人冲进他的办公室兼卧室，开始翻箱倒柜地搜查什么东西。

“报告局长，这是一支吸食鸦片的枪。”那是矢野的声音，这声音是那么熟悉，佐佐木整个人剧烈地摇动着，差一点一头栽在地上。

“报告局长，这里有很多黄金、白银……”又是一个原来部下的声音，佐佐木这才感到自己的心有千万根针在扎着，血从无数个孔中汩汩流了出来，洒了一地，他感到空前的绝望。他料定自己此生最后倒在一个七十多岁的老东西手上。

“带走!”警察局长终于发话了。

佐佐木感到自己被两个兄弟架着，尽管浑身发颤，仍然被半拖半推地架出了办公室。

这时候，他竭力睁开已经蒙眬的双眼，看到那老武田站在一边若无其事地观看，而那矢野在忠实地执行局长的指示，他的一只手掐住自己的脖子根，另一只手像一把钳子钳住自己的胳膊……

第三十一章 布谷鸟欢快地啼叫着

东边开始泛白了。

永丰城经过一夜的歇息从梦中醒了过来，忙碌习惯了的庄户人家又将投入一天的生活，一天的工作。

阿光还是那种习惯，早睡早起，踏着晨雾从城里走向城外，在那田间地头转一圈。有稻看稻，有菜看菜，什么都没有，走走田坎也能给自己的身心带来些许的愉悦。

“布谷，布谷！”诸罗山的布谷鸟又叫了起来。阿光驻着脚，痴痴地望着那群山，做了一个深深的呼吸，这湿润的空气，宁静的早晨，还有那悦耳的布谷鸟的啼叫声，着实让人感到难得的轻松。

这布谷鸟的叫声也怪，自从来永丰城那一天起，一年四季却无数次听到，但每听到一次总是那么亲切，那么令人轻松，又那么令人振奋。

前一段，三个家庭的儿女们的喜事都办完了，作为父母大家都了却了人生的一件大事。只是令自己耿耿于怀的是还留在大陆闹革命的林生和松生。尤其是林生，阿发就这么一个儿子，这是他家的香火得以延续的一条根脉，在身边自己可以给他或多或少的关照。可是，现在他们在大陆，大陆那么大，上个月来信说在广州，这个月来信却又说到了武汉，真让自己这个当阿叔的牵肠挂肚啊！

这几千甲的稻田已经收割完毕，庄户人家都有一个习惯，在霜冻来临之前要将那稻田翻一次土。等到霜冻天一到，冻死那田里的病虫害，便可为明年的早稻丰收创造一些条件。这不，自己刚站一会儿，那田头便已有陆陆续续的庄户人家牵着牛开始下地犁田了。

那边，原来对甘蔗地品种改造而种上的地瓜也到了采集的时期。阿光走进地瓜地，用手朝那根部一摸，心里便露出欣喜的微笑。这永丰平原土质松软，正适宜地瓜生长，一年两造，手伸进土里，那地瓜一条条长得又肥又大。不难预料，今年是永丰城第一次如此大面积地种地瓜，那定是一个丰收之年呀！

看完地瓜，再信步走进两千多甲的甘蔗地里，不论果蔗，还是糖蔗都长得比任何一年都粗、都高。阿光似乎有些陶醉，这永丰城说来还得感谢老武田那每甲五斤化肥的奖励。

“这甘蔗丰收有老武田一份功劳！”身后的阿昌看见阿光如此忘情，不由得开了一句玩笑。他话没说完，却情不自禁哈哈一笑。

“是啊，这老武田有一份功劳。”阿光重复了阿昌的话，又自言自语地说着，“这白花花的化肥真是神奇，我们施那么多农家肥，肥效却不能与这化肥相比呀！”

“真是神奇呀，阿光哥！”阿昌也赞叹了一声。

“不知到何时，如果我们有力量也建设一间这样的化肥厂。如能这样，我们这永丰城的庄户人家可省心、省力了。”阿光边看，边想，边在谋划着。他在心里暗暗地思考，这日本矮子能那么张狂，不就是有钱嘛，发达嘛。我们什么时候才能这么发达呢？如果发达了，我们也打到东洋去！”阿光自言自语。

“阿光哥，到那时，如果你到东洋，我们也在那开一家永丰商行，像那老武田一样……”阿昌打了一个比方。

“你以为老武田很快活吗？”听了阿昌的话，阿光若有所思。

“我不知道，但看他那么神气，我便难受。想赶他走，又没办法。”阿昌讲出了自己的心里话。

两个人你一言，我一语，边走边说。突然看见云生匆匆朝这赶来，手还在比画着。阿光不知什么意思，便站在原地看着。这孩子二十九岁的人了，倒特像自己，能吃苦，善于动脑筋，考虑事情也比较全面。要是别人的子弟早已子女成群了。还好，前一段娶了老婆，给他一个家安安，催他早日成才。因此，看到儿子来了，看到这儿子还算成才，继承自己这份事业应该没有多大问题，总让阿光感到一种莫大的安慰。

“阿爸，你起得真早。”孩子在父亲面前总是毕恭毕敬的。

“有事?”阿光看着云生跑得出了一身汗。

“那警察所所长佐佐木被警察局长带人抓走了。”云生告诉父亲，但从他那眼光里不难看到，流露出一种怀疑和不解。

“哦，有这事?”阿光听了也吃惊不小。

“没错，刚才我看到一批警察把他押走的。”云生看着阿爸，“听说，现在的警察所所长便是那个叫矢野的。”

“矢野?”阿光在认真搜索着记忆。

“便是上次在糖厂调戏玉兰，被你卸下胳膊那个……”云生提示阿爸。

“这是怎么回事?”阿爸百思不得其解，但他却感到，这佐佐木干了近三十年的警察所长却无缘无故地被押走，取而代之的是那矢野，会不会是这日本人内部争权夺利，会不会与老武田有关呢?因为，在此之前，曾听说老武田与佐佐木在永丰城的利益分配上互不相让，佐佐木对老武田的事情也不十分配合。而且，还听说，这老武田在日本军界，政界和商界都有很深的背景。

如果是这样，那么今后永丰城的事将更难办。前几次与他们的较量，正是由于他们之间的矛盾，加上自己精心策划和组织才有永丰牌赤砂糖卖到大陆获取大笔利润和借改造蔗田之机，狠狠地刮了老武田一回油。

“如果真是矢野当警察所长，那以后我们的事便更麻烦了。那东西，绝对不是个好鸟。”云生对这矢野有些了解，尽管不把他放在眼里，但难免有些担忧。

“嗯……”阿光将尾音拉得很长，这消息来得太突然了，得赶快叫浩仔和钟仔去详细了解一下情况，及时采取应对之策。因为，这年的蔗季又到了。原来跟佐佐木和老武田较量了一个艰苦的回合，好不容易定了一个契约，如果因为佐佐木下台，矢野上台而改变的话，下一步的工作确实会比较麻烦。

“阿爸，你别担心。你还是安心散你的步。我去了解一下，有什么事情，再告诉你。”云生脑筋一转，他不想让阿爸操太多的心，尽管他年纪不大，而且身体素质很好。毕竟自己已经成家立业，应该学会担当，帮助父亲撑起这片家业。

“也好，但要不动声色。”阿光叮嘱儿子。

老武田看着佐佐木被摘了乌纱帽而且还将送上法庭竟然有了一丝成就感。因为，他感到用矢野取而代之，对武田株式会社下一次更好地、更多地掠夺永丰城的财富将会更顺当一些，因此，看到佐佐木被警察局长带走，心里有了少许的安慰。

人老了，也会有各种各样的心态。

一种，人老了便万事皆休，颐养天年，对人生进行回顾反思。尤其是，前半生做了许多亏心事的人，到了晚年都会洗心革面，金盆洗手，反省人生。

另一种则不然，人老了，以为人生的时光不多，于是便以百倍的疯狂，变本加厉，孤注一掷，去弥补自己一生的不足，以求所谓的十全十美。

这老武田大抵便是后一种类型的人。尽管他此生已经在中国的土地上刮了无数的财富和血汗，但却永远没有填满他的欲壑，没有满足他那贪婪的心。尤其是，这几个榨季，由于佐佐木的不作为，让阿光和永丰城的这些种植户钻了空子，砍蔗工的工资没有分文进账，到最后那日本本土的永丰牌赤砂糖成了他们自营的物资，使日本市场断档没有货。

钱没进账，被专卖局长训斥了一番；

而且日本朝野议论纷纷，大家对称为政商全才的武田株式会社的董事长抨击之声如潮水一样铺天盖地。

这是老武田人生七十多年第一次如此狼狈，第一次如此漏气和掉链子。尽管已过古稀之年，老武田还想再狠狠来一刀，以挽回武田株式会社在人们眼中的印象。但要砍好这一刀，必须借助警察所的力量，没有他们的力量，这一刀很难砍得下去，也很难取得成效。

佐佐木走了，老武田把希望寄托在这个新任警察所长矢野的身上。

“矢野君，还没吃早餐吧？”看到矢野呆呆地看着载佐佐木的警车绝尘而去，老武田用少有的温和口气叫了一声矢野。

“是的，我不知道局长来得这么急。天没亮便到了。”尽管是自己亲手将前任送上法庭，但此时矢野才感到从所未有的一种危机朝自己扑面而来。自己曾经跟着佐佐木在血和火的较量中进入永丰城，曾经跟着佐佐木与阿光他们斗智斗勇，他十分理解这佐佐木二十多年过得不容易，可是，只是老武田的某些利益得不到保障，他贪得无厌的利益欲望得不到满足，却将这一切归咎于佐佐木，让这个行将退休的警察所所长走进了法庭，甚至面临牢狱之灾。

今天的佐佐木的下场，明天会不会变成自己的下场呢？矢野的心一阵阵地抽搐着。

“矢野君，我们去永丰酒楼用早餐？”老武田满脸堆笑地向矢野发出邀请。

“这……”矢野紧张的心还没缓过来，他有一些犹豫。

“走，我的请客。”老武田没有给矢野任何的余地，拉了他一把，便朝永丰酒楼走去。

那永丰酒楼已经由天生当家了，这后生心很巧，善观察，几年前在月港待了几天，便跟几个兄妹把整个码头的风味小食吃了一个遍。而且把那什么香辣凉皮、捞糖汤圆、蚵仔面、五香条、沙茶面、肉粽、春卷啊，将特点都记了个清清楚楚、滴水不漏。想不到，回到永丰城阿光叔叫他管永丰酒楼。于是，他便把这些留在脑海里的知识全部用了出来，真是生旦净末丑，十八般武艺都在永丰酒楼上亮了相。弄得永丰城的人，甚至永丰城几里路之外的人也纷纷赶来品尝小吃，这永丰酒楼的生意火暴了起来。

另外，为了避免和日本人再产生矛盾，阿聪、阿明这讲古仙还定期到包厢演出，生意自然锦上添花。

现在，这个少老板跟伙计们正开着张，便拥进一些吃小食的食客，大家一面张罗，一面安排客人，热热闹闹的一片。

“天生老板，安排一个包厢。”天生正在忙着，却见那武田和矢野走进酒楼，大声叫了一句。

“噢，武田先生，矢野先生，稀客，稀客。”尽管天生对这些日本鬼子深恶痛绝，但既然从事这酒楼生意，便免不了总会跟他们打交道，久而久之，便也勉强可以克制自己的情绪，便还礼应酬着，将他们领进一间包厢。

这是一间纯中国民族特色的包厢。包厢里装修谈不上讲究，但中华民族的文化氛围却很浓，墙上的饰品几乎都是木雕而成，古色古香，包厢中间放着一张八仙桌，桌上放着一把被擦拭得锃亮的烟斗，旁边准备着一盒金灿灿的条丝烟，不用说，这也是这酒楼用以吸引回头客的一着新招。

“天生老板，这酒楼太土了，给我们专门装修一个宽畅的，具有日本特色的大包厢。这里面放上榻榻米。”这老武田还真是心情特好，异想天开。他还没叫茶便对这包厢横加指责，“那边还得挂上我大日本天皇陛下的相片……”

天生看到这个老鬼子有点得意忘形了，被气得血都要吐出来，但仍然忍耐着，讲得不好听，要不是阿光叔和父亲一直叮嘱，我连这酒楼的门都不让你这老鬼子进来。这倒好，让你进了，却不知道这酒楼是什么地方，你这老东西是何种货色，还胡说八道。

“天生老板，你可记得吗？”老武田趾高气扬地问了一声。

“记得了，等以后有钱的时候武田先生盖一家日本酒楼时再按那风格装修吧。这是中国酒楼。”天生笑了笑，不冷不热，不软不硬地回答者老武田。

“你……”老武田一生气，正要发火，却正好与天生那不屑一顾的眼光相碰触在一起。

“武田君，我们随便点几个小吃吧。”矢野知道这酒楼是阿光家族的，这天生又是林胜天的儿子，对方不是等闲之辈，在永丰城混了那么久，这一点他十分清楚，便制止了老武田的举动。

天生叫伙计随便应付了一下。自己借故走开了，他看到这帮日本鬼子便恶心，根本不屑去为他们服务。

老武田看见天生出去，也压了压火气，顺便点了几道菜。

“矢野君，今天是你新官上任，武田略备水酒给你祝贺。”茶上来了，老武田先客套了一番。

“嗯，感谢武田君关照，今后请多多提携，拜托了。”矢野举起酒杯，心里却十分复杂。一个行将就木的老人，可以使计将干了二十多年的警察所长换掉，又可以推荐将自己取之代之。那么，自己如果不能顺着他的意，便意味着佐佐木今天的下场，便是自己明日的归宿。

“不要那么客气，你上任后有什么打算？”老武田很快将话引入了正题。

“武田君，这……”这话问得太突然，矢野还有点没适应过来。

“不着急，你刚上任，还来不及考虑……”武田好像在体恤着儿子，但话锋一转又恶狠狠地说，“矢野君，这做生意如同战场上两军搏杀，你是军人出身应该清楚这一点。”

“是的，武田先生。”矢野听到老武田那杀气腾腾的话，觉得这个行将入木的老人让人感到一种恐惧。

“这永丰城还逼我们签什么砍蔗工由他们自行安排，蔗糖价格应该随行就市等不合理的协议，都是那佐佐木不作为所产生的。现在，你上任了，一定得重新翻过来。”老武田眼睛发红，不知是昨晚为策划佐佐木的撤职，还是因为上火造成的。

“噢……”矢野感到一种巨大的压力已朝自己盖了过来。

“还有那每甲五斤化肥是他们设的陷阱，必须如数还回来。”老武田好像赌徒输了，却输得不甘心，想扳回一局并在做疯狂的反扑。

“这个……”矢野听到老武田那杀气腾腾的话真是感到有点无所适从了。这几十年，矢野尽管不是当官的，但在与永丰城人斗智斗勇，他经历了无数的腥风血雨，看到了永丰城人的强悍，又看到了永丰城人的睿智，要在这块土地上为所欲为绝非是一件容易的事。

“矢野君，你应该有一种锐气。中国人不是说过新官上任三把火吗？这永丰城是我们大日本帝国的属地，永丰城人是我们大日本帝国的仆人。你别忘了，我们是在自己的土地上施政，还有什么可以畏惧，还有什么东西能让我们胆怯吗？”看到矢野一问便一个寒战，噤若寒蝉一般，老武田多少有些失望。他口气有点强硬地逼着这个新任的警察所所长。希望他一上任便能为他的疯狂报复计划提供保障，提供承诺。

“武田君，你想做几件事，能明示吗?”矢野看着老武田那火气十足的样子，忙问道。

“好！矢野君绝不会让我失望的。”武田像给属下下达命令，“今年的榨季又到了，要像往年一样，你们要保证将砍蔗工死死抓在我们手里，那是一笔白花花的银子，是一笔巨大的收入；要派警力每日盯着那熬糖厂，保证能生产合格的永丰牌赤砂糖；要保证今年的赤砂糖仍然由武田株式会社专卖；要保证那每甲五斤的化肥奖励全额收回来……”武田一连用了四个保证，似乎他扶了矢野上台，自己便成了矢野的上司，甚至是上司的上司，可以随意调拨，随意使唤，使警察所成为武田株式会社的附属机构一样。

“我，让我回去考虑一下吧！武田君，请多多关照。”老武田的一席话似乎是一阵狂轰滥炸，炸得这矢野眼花缭乱，东西难辨，甚至连耳朵也在嗡嗡作响。此时，他才感到这老武田的狠毒，感到佐佐木的倒霉，也才感到自己的悲哀。虽然，自己参与了老武田谋害佐佐木的阴谋，用计将自己的老上司整下去了，自己的明天，肯定不会比佐佐木更好。

因为，如按照老武田的意思去做，肯定会被永丰城人整得头破血流，而且绝不可能达到目的。可是，如果违背老武田的意志，自己的官是老武田用钱买来的，那么佐佐木今日的下场，便是自己明日的下场。

为什么自己会参与这老东西这么歹毒的陷阱设计，干这种陷害了别人，又没有利于自己的勾当呢?矢野两眼发直，百分之百地后悔起来。。

这餐饭矢野没有吃，那绝对不是不饿，而是没有情绪，那沉重的思想压力足以让他还没正式上任之时，便要崩溃了。

当矢野离开永丰酒楼时，他感到自己浑身发软，脚踏在地上似乎踩在棉花上一样有点虚。但他努力控制着自己，极力装着良好的精神状态走向警察所，走进昨日还是佐佐木的办公桌。

可是，这原先佐佐木的办公室一片狼藉，他以为自己当了所长，刚才肯定会有人把这里整理得干干净净，整整齐齐的。但是，一脚踏进来，却感到无比的失望。

他离开这间办公室，想去找手下帮助整理一下，可是一个个昔日与自己称兄道弟的同事似乎与自己还是初次见面，大家都用陌生的眼光审视着他，似乎自己的所作所为都被这一帮兄弟所洞察得清清楚楚。

“难道自己与老武田的那些见不得人的勾当都被兄弟们所掌握了吗?”矢野的良心受到谴责，巨大的思想压力，又令他胡思乱想起来。

他的脑子很混乱，乱得像一瓶糨糊。

第三十二章 宏记遭遇灭顶之灾

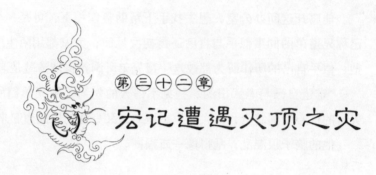

宏记米行开了多长时间了，没有人知道，反正台南、台中、台东、台北的人，男女老少全都知道。因为宏记米行的分号遍布整个台湾岛，那宏记商标的商品谁都买过；那宏记米行的生意之红火、那宏记的老东家更是全台湾妇孺皆知。

宏记这二十多年生意经营每况愈下，到了前几年简宏顺一去世之后，宏记几乎捉襟见肘，靠着祖辈留下的积蓄，靠着祖辈留下的丰沛人脉勉强支撑着这间百年老店。

简鹏皓的禀性跟他父亲一样，既是一个满腔热血的闽南汉子，又具有浓浓的民族感情，看到日本鬼子在这台南港横行霸道，看到周围的乡邻们一身油水已经被刮得瘦骨嶙峋，总是有肝胆侠义，两肋插刀。然而，宏记的发达是最先靠经营粮食为基本商品开始的，日本人占据台湾后，粮食进行专营，而经营权全部被日本公司占据之后，尽管他们竭尽全力调整经营策略仍很难摆脱生存的危机。

这是宏记米行和永丰商行一个根本的区别。因为，永丰商行有自己的土地，有自己的生产基地和工厂，这些基地有力支撑着永丰商行的发展壮大。

前一段，儿子简立言娶了林胜天的女儿婕生为妻，这是亲上加亲的一桩姻缘，更是自从简宏顺去世以后，宏记举办的一次喜事。原本，对风水、运气就十分相信的简鹏皓对用喜事冲刷霉气的理念十分肯定，倾注了大量的财力，因此这儿子的婚事在台南相当轰动，反响也相当强烈。

可是，轰动也好，强烈也罢，喜事办完，这宏记的生意非但没有好转，而且已经门可罗雀。强大的开支，入不敷出，宏记这栋大厦真有一点到了岌岌可危的境地。面对着这一窘境，简鹏皓深感背负着巨大的压力。

人们却也在不断地议论：

宏记破落一定是老东家安葬出了风水问题；

一定是子孙没有福气，没有经营能力；

一定是后劲不足，撑不起这份家业；

一定是那日本鬼占据台湾，让中国人无法生存了。

大家都用“一定”的肯定词做了判断，说的理由很多。但理由再多，议论得再厉害，家还得自己当，困难还得自己面对。简鹏皓轻轻地叹了一口气。他的办公室是父亲当年的办公室，办公楼建在台南港码头边，办公室背靠着台南港背后的小山包，面对着那澎湃不息的海涛。据说，当年父亲选这块地建办公楼，选这地作办公室，甚至办公室的朝向都是经过著名风水师选定的。

背靠着山，稳。

面朝着水，富。

现在，这办公楼没有变，这办公桌没有变，可是，家业却变了，家产已经严重缩水了，并且已经缩水得难以运转了。

冬天的风刮得台南港天昏地暗，刮得那门窗砰砰作响，可是简鹏皓无心去关闭门窗，他想让这寒风多吹一会儿，让自己的头脑冷静一些，兴许还能让自己的宏记米行能有一个东山再起的力量与机会。

天慢慢地暗了下来，台南港也渐渐冷清下来了。简鹏皓还没有想出一个应对之策。他从靠背椅上站起身，走进神龛边取出三支香，点燃，然后虔诚地三个鞠躬：“保生大帝，请保佑我宏记米行兴旺发达，生意兴隆，财源茂盛。”

这尊保生大帝是当年父亲从家乡那过了香火以后分炉到这里的，几十年里，他庇佑着宏记米行走过了艰难的岁月，带给了宏记无数的财富，从自己懂事之日起便跟着父亲在这里祈祷……

又是一阵寒风从窗户上刮了进来，把简鹏皓那头发吹得非常凌乱，他干脆在窗口前伫立着，正看着一队日本巡逻兵在码头上气势汹汹地行走着。

七个日本兵组成的巡逻队背着刺刀，一副不可一世的神态在台南港码头上巡逻。

昏黄的灯光，呼啸的寒风，带着寒光的刺刀。

那翻毛皮鼓在花岗岩条石碰触而发出的声音，让人难以忍受的寒意。那匆匆的行人唯恐躲闪不及。

看到这些简鹏皓重重地吐了一口气。阿光兄他们也一样难受，也同样生活在这又低又矮的铁屋子当中，可是他们所处的地理位置不同，他们抗击这日本鬼子的方法不同。这宏记米行今天破落至此，尽管有自己经营不力的过失，也有宏记没有基地，没有与众多兄弟攥紧拳头有关。但更多的却是这日本鬼子对台湾的占据，是这残酷的殖民统治掠夺了台湾人民的巨大财富，将整个台湾陷入水火。

这才是问题的关键，也是宏记米行破落的最根本的根源。

“阿爸……”简鹏皓还在思考着，越想心情越发沉重。儿子简立言脚步匆匆地快步登着楼梯来了。

“怎么啦，立言。做事怎么如此慌乱？”儿子前一段刚结婚，尽管人还聪明，做事也勤奋，但在父亲眼里总感到还不够老练，特别是遇事缺乏冷静。因此，每当此时简鹏皓总会提示自己的儿子。

“阿爸，是这样的，刚才一个朋友从台南警察局了解到一个消息，警察局准备查封我们宏记米行，并且还要追缴我们这几年的所谓非法所得。”简立言被父亲提示以后，尽管很着急，努力控制自己的心情，仍然难免有一些火急火燎的样子。

“这样啊！”简鹏皓重重地倒吸了一口冷气。这件事前一段他已经从另外一条渠道了解了这个信息，不过没有那么具体。那是日本人占据台湾后，对稻米进行专卖，可是稻米是宏记的主营商品，除了业务熟之外，无论是台湾岛内还是大陆，或者东南亚各国都有自己的营销渠道。因此，为了宏记的生存，仍然利用公司处在台南港码头，仓储各方面得天独厚的优势，明里暗里做了几宗生意。后来，那武田株式会社台南分号不知从哪里了解了这一信息之后便从中作梗。又是举报，又是报复。但经过自己的上下打点一直摁了下来。

“莫非最近这个武田株式会社又靠上了哪座更硬的靠山?”简鹏皓在思考着应对之策。

“是的，阿爸。据了解，最近上任的台湾总督田健治郎是老武田的至交，正是有这层特殊关系，老武田还设计将永丰城警察所所长佐佐木搞去坐牢房了！”简立言语气中流露对自己公司下一步的担忧，“这么看来，这老武田尽管已经没有几天喘气的日子，却还不能小看呀。”这武田便是永丰城那个老武田。日本人占据台湾后，他们根据势力划分，是几个垄断台湾经济，进行经济掠夺的几家日本公司。在这二十多年时间里，他们对台湾进行割据，疯狂地进行掠夺，成为日本殖民统治者作为既得利益集团的打手。

“立言，如此说来。今后我们宏记的日子将非常艰辛。”简鹏皓凭着人生的阅历感到，一场灾难迟早将会降临到自己头上，这冬天风这么大，气温也降得如此低，冷到打狗也出不了门，本来就不是吉祥之年。更重要的是，这武田株式会社垂涎台南港码头，想独霸这一地盘已非一日，如果那新任总督是他的至交，他的进入是迟早的事情。

“阿爸，怎么办？我们不能坐以待毙呀。”简立言又开始着急起来了。

“你先去吧！我再考虑一下。有必要我还想到永丰城走一走。找你阿光叔他们帮忙出出主意，研究对策。”简鹏皓脸上迅速掠过一种不安的神色，但在儿子面前却竭力保持着一种从容的冷静。

看到父亲脸上掠过不安的神情，尽管一逝而过，但简立言却看得真真切切，闻名台湾的宏记米行千钧重担集于父亲一身，现在这个世道，怎能让他不烦心呢?

简立言恨不得自己能够迅速成长，能替父亲分担些许负担，但没有办法，只是无力地垂着头走出门外。

屋外的风很大，刮得非常邪乎。

这房子坐落在海边，建在码头不远处的海边，那风一个劲地刮着，从那木门窗的缝隙里死命地往屋里钻，发出一阵阵尖叫的口哨一样的声音，不要去感受，光听起来也会感觉到一种毛骨悚然的感觉。然而，此时的简鹏皓却感到有一丝闷热，额头上沁着一颗颗细细的汗珠。立言带回的消息并不突然，前一段已经传出了风声。只是那日本鬼子为了百分之百地瓜分台南所有贸易的蛋糕而不择手段欲置宏记于死地不可。

站在人家的屋檐下，不能不低头。可偏偏自己又不是那么容易低头的角色。自父亲那辈开始就没有见谁低过头，自己纵然再不争气，再没有出息也决不能向日本人低头呀！简鹏皓重重地叹息了一声。他感到这屋子里有些闷，而且越来越闷。于是走近窗户顺手推开，猛然间一股巨大的寒风扑面而来，既带进了已经闻得非常习惯的带着咸涩味的海风，也带进一阵焦躁味道的烟雾。

“完了……”推开窗户，简鹏皓却失声叫了出来。凭着直觉，他暗暗叫苦，那地方，那栋冲天火光的房子不正是自己储存粮食的仓库吗？那是父亲当年历尽千辛万苦，付诸所有积蓄盖下的整个台南最大的大粮仓。

这是目前台南唯一最大的粮仓。

“阿爸，我们的粮仓失火了！”简鹏皓正想喊一声不好，刚下楼梯的儿子又大声呼喊着，而那声音是那样的歇斯底里，似乎是发疯一般。

“立言，快，快叫管家，叫所有的家人，朋友，路人帮助我们救火。快，那是我们宏记米行的命根子呀……”简鹏皓处事一贯冷静，讲话也慢条斯理。可是此时，却乱了方寸，急得语无伦次，话也说不清楚。

冬天的天气原本十分干燥，加上这风也不是好东西，明明知道发生了火灾，却更加起劲地刮着。

火烧了起来，那风又在助长着火势。

那仓库不但大，而且都是土木结构。

顷刻间仓库变成了火龙，变成了火海。

火势迅速蔓延，火光红透了半个台南的天空。

简鹏皓忘记了自己是一个老板，忘记了自己已经过了知天命的年龄，似乎发疯一样没命地朝那火光冲去；他没了往日的斯文，也没了往日的从容和镇定，带着家人，带着伙伴冲向仓库，一边还不停地呼喊：“乡亲们救火呀，乡亲们帮帮我……”

他只有一个念头：赶快救火，把火扑灭。

“立言，快向消防队求救，要快呀。”简鹏皓看到那大火在大风的助虐下非常凶猛，那火发出比风更大的呼啸声，已经在这不到一炷香工夫里吞掉了大半个仓库，并向周围二楼小仓库延伸。

简鹏皓的心在汩汩地流血；

他的浑身像筛糠一样地颤抖。

“知道了，阿爸，你要当心。”简立言的精神几乎要崩溃了。他扶了扶鼻梁上的眼镜，冲向寒风呼呼的夜色当中。

“立言，当心……”婕生吓得愣愣地站在那里，她的嘴唇在哆嗦着，浑身软绵绵地。当她看见公公和丈夫带着家人冲向火海的瞬间，这个几乎没有吃过苦头的女人在原地不停地打转转，呼天喊地，六神无主。

周围的人听说宏记仓库失火了，纷纷撇下手中的活计赶来了。他们每人拎着水桶，甚至端着一脸盆的水，奔命赶来。

周边商埠的伙计们也赶来了；

那些路过的好心人也加入救火的行列。

因为，大家都知道宏记是好人，以前宏记帮了大家，现在一听到宏记失火，大家都要帮宏记。因此，不论认识不认识，大家都参加了救火的行列。

但是，这台南港码头水源很缺，取海水更难。更重要的是仓库那么大，又那么高，凭着水桶、脸盆去浇灭那熊熊的火龙，无疑是杯水车薪……

而那消防队却泥牛入海没有任何消息。

简立言在周边冲来冲去，着急得像一只无头苍蝇。可就在这无可奈何当中，看见不远处有几个武田株式会社的日本人在那得意地笑着，这一幕，这一切，让这个年轻的宏记后代头脑嗡嗡地作响。这场大火，不是天灾，是一场人祸，这与几天前传说的消息不谋而合。这是那武田株式会社想将宏记挤出台南的阴谋中的一个组成部分。立言想冲上前去与那日本鬼子拼个你死我活。但就在这闪念的瞬间，马上又否定掉了。他恨自己手无缚鸡之力，而五个对手都有一番拳脚功夫。如此时出手，那必然是送肉上砧板，自找死路。

火烧了一个时辰又一个时辰；

那燃烧的冲天大火，慢慢变成了小火；

那原本偌大一个仓库变成了灰烬。

除偶尔还有一些小火星和未烧尽的木头还冒着火外，这里恢复了一片漆黑。

可是，那消防队的影子却一直没有出现……

简鹏皓看着这一切，心里在无声地哭泣着，此时，一场大火彻底烧掉了心中的幻想：好好的仓库，周边没有火源，而且日本人对稻谷进行专卖以后，这里几乎成了一间关着空气和老鼠的空房子。那是几年前，这武田株式会社看中了，软硬兼施，想强取豪夺占为己有，父亲和自己义正词严，将之拒之门外……

这场大火烧得离奇，烧得蹊跷，它跟自己听到的和儿子了解到的不可能是一种巧合，而是一种阴谋，一种光天化日之下的报复。

只要日本人在台湾一天，中国人，闽南人便没有一天会安宁，没有一天可以舒心。

“这日本鬼子，这武田株式会社，我干妮姥……”简鹏皓看到那已经无可奈何花落去的惨局，悲愤地骂出一句闽南粗话。

天慢慢地露出鱼肚白，地平线上那太阳艰难地往上攀爬着。

简鹏皓吃力地睁着眼睛，身子在寒风中摇晃着，但他仍咬着牙坚持着，这座堪称台南最大粮食仓库的大小三幢建筑，一夜之间已经变成黑糊糊的灰烬。能看到的，只有残存的一堆堆黑糊糊的灰烬和断垣残壁。

还有的，便是那黑糊糊的灰尘，被大风刮向天空，然后撒落在整个台南各个角落；那浓浓的被烧焦的木头、谷物的味道充斥着台南的每一个空间，刺激着人们的嗅觉……

简立言那用油梳理得一丝不乱的头发再也看不到一点光泽，而是被火烧火燎留下的一卷卷比鸟窝还难看的乱发。

他的身边便是已哭成泪人，而且一点眼神也没有的婕生……

“阿爸，你回家先休息一下吧！”看到父亲半倚半躺在冰冷的地板上，疲惫而又失望地看着眼前的一切，简立言和婕生冲过去，搀起简鹏皓。

“……”简鹏皓无奈地摇了摇头，他那昨晚的失望，此时几乎已经变成了绝望。

“走，阿爸……”简立言看到阿爸那几乎已经崩溃的样子，不等老人同意上前搀扶起来往家里走去。

“我来吧，少老板。”管家接过简立言搀扶父亲的手，一步一回头地朝家中走去。

“阿爸，阿爸……”然而，那脚刚迈出几步，却见那台南警察局长带着一帮警察堵在回家的道路上，简立言深知不妙，失声地叫着父亲。

“立言，又怎么啦？”简鹏皓疲惫地睁开眼睛，又想训斥一下儿子。然而当他抬起头，倒吸了一口冷气，他知道几天前的传言和昨晚儿子带回来的消息已经变成现实，这日本鬼子要下手了。

“查简鹏皓，宏记米行总经理，违反《稻米专卖法》……”警察局长站在路中央，用半生不熟、日本话和中国话相夹杂的话向简鹏皓宣布着。

简鹏皓只觉得那脑子一片空白，眼前却一直闪着昨晚燃烧了一夜的仓库的画面；木然地看着那日本警察局长的嘴巴在一张一合着。

末了，两个警察冲上前给他戴上手铐，接着，一伙日本警察冲向前，把他推上远处早已准备好了的警车……

“阿爸……”简立言疯了似的大声呼叫着，追逐着那绝尘而去的父亲。

然而，事情还没有结束，当他们返回家中的时候，那里还围站着许多全副武装的警察。看到失魂落魄的简立言走过来，那警察局长宣布：“宏记米行总经理因犯《稻米专卖法》，非法牟利，现予没收全部财产，公司人员一律遣散……”

“这强盗，强盗，强盗……”简立言从来没有面对过这么严重的事件，他被一夜之间简家的剧变，宏记的剧变弄得惊慌失措。

仓库烧成了灰烬；

家产被封存没收了；

宏记米行消失了。

“少当家，少当家……”简立言感到这人在空中飘浮着，那风特别的大，把自己从东边吹到西边，又从西边吹到南边……可是，却又重重地落在地上，他想喊，想喊救命，却发不出声音，想逃命，那双脚又不听话，却是那样软软的，挪不动。

许久，许久。他才听到耳边有人在喊他，那是管家的声音，似乎还有婕生那已经有气无力、沙哑的哭泣声。

“管家，我在哪？”简立言清醒过来了。这场无情的打击，几乎让他难以再生，他呆呆地看着管家问。

“少东家，快起来，这地上凉，快起来。”

管家在宏记米行生活了二十多年，当年为阿公服务，后来为阿爸服务，是这宏记的老员工了。看到原来如此辉煌的宏记一夜之间被日本鬼子搞到倾家荡产也处在悲痛之中，他在尽仆人之责，尽微薄之力，帮助老东家的孙子。

家被封了；

财产被封存没收了；

主仆都在呼啸不停的寒风中瑟瑟打抖。

简立言终于缓过来了。他站在自己的家门口，看到警察局还留下几间平房，便告诉管家：“管家，你快组织剩下的员工先搬到那些房间躲一躲风。其他事情住下来再说吧。”尽管此时他疲惫不堪，但他清醒了，情势骤变，粮仓烧毁了，宏记被封了，父亲被抓了。千钧重担全落在自己的身上，宏记的老人、新人都用眼光看着自己。

简立言不能让大家失望。

简立言不能让这日本鬼子高兴。

“那你们呢？”管家看到少东家和他那新婚的妻子婕生。

“困难当头，大家一起克服，留一间小的房间给我和婕生，其他房子大家挤一挤吧。”简立言说完站起身。他知道，此后自己的任务很重，要救出父亲；要重振宏记；要打垮武田株式会社。否则，誓不为人。

第三十三章 永丰商行的新老总

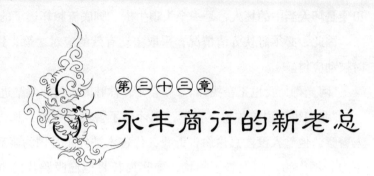

云生快步回到家中，却见那浩仔和钟仔也前后脚跟了进来，年青人有话总是憋不住。一见面云生便一针见血地问道："佐佐木怎么突然被警察局长押走了？"

"我们也正好为这事而来。"浩仔说，"刚才，佐佐木被押走，老武田表面上风平浪静，好像一切跟他毫无关系，可是他的特别助理，却交代我马上去了解一下你们的反应情况。所以我也百思不得其解，难道佐佐木的下台与我们有什么联系吗？"

"这倒是一件新鲜事，佐佐木下台，问我们有什么反应？"云生重复着浩仔的话，心里暗暗地盘算着，这佐佐木是永丰城人的死敌；更是我们家的死敌，他下台我们应该开心呀！可是……不管云生如何搜肠刮肚就是想不出这其中有什么奥秘，有什么内在的联系。

"云生，了解到情况了吗？阿昌你去叫胜天和阿彪来一下。"正当云生一头雾水时，阿光进门了，他感到佐佐木的突然被押，永丰城的形势一定会有变数。因为，这老武田在永丰城也待了许多年，他这个人的品行无人不知，无人不晓，如果说，这佐佐木是坏人，那是毫无疑问的话，那老武田便是坏人当中的坏人，是一个头顶生疮、脚底流脓坏透了的坏人。

因此，必须赶快弄清情况，采取主动有效的应对之策，这样不至于到时被动应付。

“阿光哥，我也正在找你。”一会儿，林胜天也与阿彪踏进客厅。

“我们也听说佐佐木下台了，刚才到了警察所旁边，那边有一个台湾人警察，他趁人没注意偷偷告诉我，佐佐木被押走是因为老武田对他工作不力、不作为，向上告了一状，警察局长将他偷吸鸦片的事一并处理。”林胜天说。

“这样的话，跟我们也没有太多的关系呀！”阿光自言自语。

“阿爸，既然没有关系，为什么武田株式会社的特别助理会派浩仔来了解观察我们的反应呢？”云生想起了浩仔的话，他看到浩仔和钟仔正在焦急地等待回话，便灵机一动，说，“浩仔你们两兄弟先回去，如那特别助理找你了解情况，你便说我们毫无动静，正在家里喝着香茶呢！具体有什么意见，我另告诉你。”

“好！”浩仔兄弟听了以后便出门去了。

“会不会是，这两年砍甘蔗工的事被我们夺回来了，去年的赤砂糖销售又被我们破了；今年……”云生叙述着。

“对，今年又被我们设计让老武田吃了哑巴亏。因此，他对佐佐木不满意……”天生突然插话，“那天，佐佐木被押走，老武田便请矢野到永丰酒楼吃早餐，进来时两个人还有说有笑，但走出去时却一脸阴沉。”

“我们可以作出这样一种判断，老武田要恢复以前在永丰城肆意妄为的日子，可是佐佐木配合不周。老武田便除去佐佐木，同时扶植矢野继任……”阿光作了大胆的推论。

“阿爸，如果按照你的推论，那么我们将要面对的是，矢野一上台，将会帮助这家老武田对我们进行反扑，那么原来签订的协议将作废，这砍蔗工的组织问题、工钱问题、赤砂糖的专卖问题，甚至每甲地五斤化肥的奖励问题将会推倒重来。”云生脑子转得快，将大家的意思归纳起来，“那么，我们下一步的问题将会十分难对付，你们说呢？阿爸、阿叔。”

“……”阿光一直没有说话，儿子一边说，他却在一边不断地点头。这一段的工作，再听听儿子这番总结和分析，阿光觉得很有道理。看来，这上了洋学堂，吃了一些墨水确实不一样。阿光一边欣慰地感受儿子的成长和进步的喜悦，一边却又在思索自己最近一直思考的问题，自己尽管年岁不大，但没有多少文化，而且也没有多少见识。可是儿子长大了，又有文化，应该趁机把这家交给他当家。这件事，胜天、阿彪两个兄弟也说了几次。如此看来倒是应该下决心了。

阿光在想着，这老武田哪来的那么大的实力呀！能轻而易举地搞掉一个警察所长，又能轻而易举地扶一个人上台？去年逼迫佐佐木和老武田签协议时，那老武田是百般不愿意的情况下而为的。阿光心里十分清楚，这里不仅仅是永丰城这里设局设得不错，还有一个方面是佐佐木对永丰城的情况了解，因而知难而退的因素在里面。现在，这老武田下那么大的气力将佐佐木搬开，便一定会以矢野相勾结，结成一种力量，以百倍的疯狂进行反扑。

现在，新的榨季就在眼前，尽快想出有效的应对之策实在是迫在眉睫呀！

“阿光哥，你的意见呢？”胜天看到阿光一直沉默不语，知道他这个时候的脑子肯定没有歇着，又着急地问着。

“我们上祖总有一句话叫做，兵来将挡，水来土掩，既然这老武田变换了手法，我们自然要有新的策略，这个问题我这一段一直在思考着。现在我在想从今以后，这永丰城凡属于我们的企业由云生当总经理，天生岁数比较小当副总经理，负责所有生意的工作。我、胜天、阿彪仅仅当参谋，大事过问一下，其余你们做主；这是其一。”

“阿爸……”云生听了阿爸的话有些突然，他不知道阿爸自己管得好好的，怎么会突然将自己推到前台。

“阿叔……”天生也大吃一惊。

“听我说完。”阿光不理会两个后辈，继续说，“你们年轻，脑子又活，肚子里又有墨水，赶快商量一下应对之策，如果老武田反扑怎么办？不反扑又怎么办？反正有一条必须明确，那便是永丰城的乡亲的根本利益要保障，我们不能吃亏，永丰城还要发展。”

阿光的话说完，客厅里静悄悄的。大家除了点点头，都不敢再出声。因为，大家知道，阿光哥这番话说出口，绝不是心血来潮，一定是思考很久很久了的，而且一定有把握的。

“天生，还不赶快感谢阿伯！”林胜天看着儿子。

“谢……”天生刚开口，被阿光制止住了。他严肃地说：“老武田是行将就木的人，尽管他有权势做靠山，但文化、见识、体力都不是你们两兄弟的对手，你们有种便把他整到拉稀，我们这一代才会高兴。”

“阿爸放心，阿叔放心。”云生正要再往下说，却见管家阿昌匆匆忙忙走进客厅，看他那脸色，一定碰上了什么不吉利的事。

“阿昌，什么事？”阿光问道。

“阿光哥，简立言和婕生来了。”阿昌面无表情。

“好啊！新婚夫妇回娘家好好招待呀。胜天！”阿光很高兴。

“不！阿光哥！宏记米行遭灾了。粮仓烧光；简鹏皓老板被抓；米行被查封没收了。简立言是投靠我们家来了。”阿昌一着急，两行泪水簌簌地往下流着。

“什么？”阿光、胜天简直不敢相信，大声问了一句。

宏记米行遭到如此灭顶之灾，对于阿光这家族的所有人来说无疑是晴天霹雳，大家听了阿昌的简要叙述，个个都变了脸色。

一个闻名全岛，并且实力雄厚，人脉丰沛的宏记米行怎么像一栋大厦说倒便倒呢？阿昌的话刚落，大家便不约而同地朝胜天的家中冲去。

客厅里，简立言和婕生全没了往日的风光。简立言一头杂乱而且堆满灰尘的头发，身上穿着一套几乎认不清布色的西服，身上堆满污垢。那往日油光满面的脸上，一片憔悴，那金光闪闪的眼镜架一只脚断了，仅仅用一条细绳子勉强挂在耳朵上。

婕生穿着一身肮脏的外衣伏在海兰的身上不停地哭泣，那伤心的身子在母亲的怀里不停地抽搐着。

原来，那天简鹏皓被警察局带走后，凡是宏记米行的财产全部被查封没收。简立言和家里的仆人，公司的职员被这突如其来从天而降的天灾加人祸打得蒙了。

宏记米行完了。

家也已经完了。

看到一个个几代人为宏记服务、在宏记谋生的新老员工，简立言束手无策。因为除了替换衣服之外，这警察局并没有给这个家庭的人留下任何值钱的东西。

当天，简立言将自己和员工们暂时安排在原来宏记堆放杂物的几间平房里，原希望跟警察局交涉，多少能从家里搬出一些值钱的东西变卖以遣散员工。然而，一切都没有任何商量的余地。更糟糕的是，第三天，那武田株式会社的人员便迁入了宏记米行的办公楼，并开始着手那烧毁的仓库的重建工作。

真相大白了，这几天如同噩梦一样的悲剧，全部都是由这武田株式会社台南分号幕后在策划、操纵并实施的。

“阿伯、阿爸！”婕生身心俱疲，她已经全然没有前几个月的浪漫之气，人生沉重的打击，这几天流离颠沛，一脸愁云，连声音也虚弱成小猫的叫声，“我们无处可走了，只好含着泪水遣散员工，自己投靠娘家了。我们今后怎么办呀?”婕生痛哭出声。她的头不停地在母亲的怀里摇晃着，一双手死命地拍打着自己，那哭声充满着悲伤，充满着愤怒，又充满着对现实的无奈。

“婕生，婕生……”赵静雅和慧生从学堂回来听到婕生的遭灾，也心急如焚地赶来，再加上已站在那泪水汪汪的玉兰，几个女人抱成一团，哭成一片。一刹那间，林胜天家里哭声连天，让这些男人们都忍不住眼泪往下直淌。

“玉兰、慧生，你们先将婕生他们安顿住下来吧。”云生感到内心一阵阵发酸，好端端一家公司，好端端一个家庭，好端端一个婕生，一夜之间变成这个样子，让他心情剧烈地震动着，翻滚着。

大家把简立言和婕生安排好，简立言又匆匆回过头告诉云生和几位长辈：“这次武田株式会社能够如此肆意妄为，是因为现任总督田健治郎是老武田的至交，他有一个非常强硬的靠山在后面支撑着呀！”

“这样，怪不得。这老武田在永丰城能轻而易举地将佐佐木送上法庭，在台南又可以借助警察局局长为虎作伥。”云生正想破口大骂，却从这些情况的分析中突然找到了突破口，便转身对着阿光和胜天几位长辈说，“阿爸、阿叔，从永丰城和台南那边的情况分析看，这老武田之所以能够如此肆意妄为，是有田健治郎这棵大树为他遮风挡雨。现在，我们要破他的阵，看起来还要多花心思。”

“你有什么想法?”阿光一直在思考这些问题，他不知道日本人官场的情况。另外，面对这些复杂的局面，自己确实没有一点底，也希望自己的儿子有更深刻的见解，尽快找出化解目前面临危机的措施与办法。

“我在想，这矢野与老武田的关系怎样，到目前为止我们尚不了解。但对这个矢野我们还是清楚的。当然，他对我们也不是不了解，彼此都交过手。武田在永丰城也好，在台南也罢，要实现他的目的，唯有靠警察局的支持。如果离开了警察局，作为商人他再有能耐，也寸步难行。”

“云生，你是想……”胜天从云生那话听出了一些苗头，听出了一些味道。

“阿叔说得没有错，我们要花一些心思把这矢野和老武田分割开去，让老武田孤立难支。”云生信心满满。

“但是，作为矢野不配合，或不怎么配合，老武田又会将其搞下台，换上新的所长怎么办?”天生有一些担心。

“那么诱之以利，接着瓦解……”云生年轻气盛。

“行吗?”阿光也有些担心。

“那便试试看吧!”云生的目光咄咄逼人。

对于这个重大变化，所有的人都没有任何的思想准备，尤其是这宏记米行一夜之间遭受灭顶之灾，这让永丰城的阿光感到这老武田手段之毒辣，已经孤注一掷要跟自己作拼死一搏。因此，利用这个机会将儿子和侄儿推向前台，让他们经受最直接的锻炼外，自己也没闲着，与胜天、阿彪也在密切注意着事态的发展。

再说那矢野回到警察所后，尽管已经是佩戴着警察所所长的标志，可是，世界上没有不透风的墙，当手下了解到佐佐木所长便是矢野和老武田勾结设陷阱，搞进牢房的情况后他立即众叛亲离。人总是同情弱者，虽然佐佐木在任所长二十多年，工作也不算是尽善尽美，可是没有多少架子，加上手下都是当年占据永丰城由佐佐木带进来的兵，时间长了多少总有一些旧情。现在看到佐佐木干了几十年，落到坐班房的下场，一个个噤若寒蝉，对矢野的为人更是嗤之以鼻。

这给刚上任的矢野带来了沉重的思想压力，况且，佐佐木在任时一直待这矢野不薄，卖友求荣，也足以让矢野感到前所未有的苦恼。

已经上班很久了，警察们坐在自己的办公室窃窃私语，他们对这个用不正当手段获得擢升的所长不屑一顾，一个个坐在办公室百无聊赖地说东道西。矢野走进去，看到大家那不屑的眼光，心里一阵阵地难受。昨天晚上，老武田深夜来电，要求今天警察所派人去永丰糖厂检查其番薯粉皮车间和酿酒车间的设备安装问题，矢野没法推托，便想叫几个警察去看一看。

“山田君，你带几个人到永丰糖厂去检查一下，发现情况及时汇报。”矢野上任以来，第一次下达命令。

“到永丰糖厂检查什么？人家正在安装设备，而且是安装番薯粉皮和酿酒设备，这些都不属于专卖物资。”山田是警察所里的一个小头目，他历来对上司下达的任务都是无条件服从的。可是，当他了解到情况后，对这个矢野布置的工作却显得不太耐烦，不软不硬地顶了一句。

“这是武田君要求的。”矢野也是行伍出身，被部下一顶，无言以对，情急之间用武田的话作为理由。

“我们警察所什么时候归武田君管辖了？啊？”山田没有吭声，只是鼻子里哼了一声。可是他身边的一位老警察却反问了一句。

“哈哈哈，新鲜，现在警察所倒成了武田株式会社的下属了。”办公室的警察们张狂地笑着。

“这……”矢野的脸上红一阵，白一阵，他感到后悔，刚才被部下一戗，说错了话。只好自找没趣回到办公室。刚坐下，那讨厌的电话铃声又响了起来。

“喂……”矢野拿起话筒。

“矢野君，怎么你们的人现在还没有出发？”电话那头传来了老武田不愉快的声音。那声音尽管不大，但却让人感到是一种命令，是一种威胁，是一种下战书。

“武田君，马上，马上……”矢野心里又一阵紧张，更有一种难言的痛苦。

一边是老武田紧紧相逼，一边是几十年朝夕相处的部下不屑一顾。这是一夜之间的变化。这对名义上当了永丰城警察所所长的矢野来说，自己一时糊涂，良心泯灭，得了一个警察所长，却失去了昔日的朋友，失去了做人的自由，还失去了做人的尊严。他感到前所未有的后悔，面对自己的明天，他不知道还有什么难堪的事在等待着自己，还得让自己去面对。

部下不听使唤。

矢野痛苦地咽下一肚子苦水，自己挎上手枪独自往那永丰糖厂走去。

说来也巧，刚到大门，低头走路的矢野便跟云生撞了个正着。

“矢野先生，又要来查办永丰糖厂了？”云生看见这矢野那神态，料定这新任的所长心里并不轻松，故意调侃了一句。

“嗨，云生先生，请多多关照。”矢野没有想到一出门便碰到这个新老板，心里一怔，赶忙应道。

“矢野先生最近跟武田先生真的是如胶似漆，配合默契哟？”云生年轻，他已经通过各方面了解到矢野这一段正处于内外交困的境地，所以决不会放弃瓦解他心理防线的任何努力。

“云生先生开玩笑，我是警察所，他是株式会社，彼此都是为了大日本帝国的利益。”矢野发现今天的云生跟他针锋相对，有备而来，尽管一百个不愿意，但不得不停下脚步跟他交谈着。

“可是，矢野先生，那武田先生可是一个七十多岁的人哪，而你才五十岁左右哟。你要走的路远比他还更长，更远的。”云生话里有话。

“云生先生说得极是，今后多多关照。”矢野从云生那几句话听出了意思，他的心一阵发凉，脑子里刚才办公室那些乱糟糟的情况还未理顺，又碰到这云生一阵狂风暴雨的对话，着实让他有点受不了，他那额头上的汗珠一颗颗渗了出来。

“好！矢野先生，你想怎么查便怎么查吧，我们可是二三十年的老朋友了。彼此都非常了解的，别客气。”看到矢野那种窘境，云生心里一阵好笑，给留下一句话，让他回去好好思考，便头也不回地走了。

老武田是一个野心勃勃的家伙。

扳倒了佐佐木，扶植了矢野，老武田心花怒放了好一段时间，趁着老朋友在台湾当总督，他又一口气挤垮了全台最负盛名的宏记米行，使那垂涎已久的粮仓地皮归为己有。就在这短短的几个月，武田株式会社要风得风，要雨得雨，真是左右逢源，财达三江。

现在，他的目光又回到永丰城。

这永丰城这几年让他吃了太多亏，也丢失了无数银子，那是佐佐木的不中用造成的。现在矢野上台了，便要将警察所那十几条枪成为我们武田株式会社发财致富的保镖，为我武田株式会社兴旺发达服务。

坐在灯光下，老武田一次又一次地盘算着。他心里的算盘珠子拨得稀里哗啦，拨得称心如意。现在，他要实现几个目标：

一、低价将永丰城那三千甲良种蔗田收购，使那甘蔗成为自己永久的财产；

二、设法将永丰糖厂连同永丰牌商标归入武田株式会社的名下；

三、再催促老朋友批准外孙退役回到自己身边，接管武田株式会社的总经理。自己利用人生剩下不多的时光好好扶助他，将武田家族做到全台第一。

……

武田斜靠在大班椅上，心里不时地盘算着，越想越称心如意，越想心里越是甜蜜蜜的。他心里涌上了一阵阵激动的浪花，情不自禁地站了起来，快步走到酒柜前，心情好，倒上一大杯清酒，一仰脖咕噜咕噜喝了个杯底朝天。

他意犹未尽，抹了抹溢到嘴角和脖子上的剩酒，又哼了一句日本的《日章旗下》的唱词，尽管声音沙哑，也尽管跑调跑得没有形，但却感到一种人生七十多年少有的成就与满足，他为自己在耄耋之年能有这么大的作为而开心。哼了几句，又转身再重新倒了一杯。然后，咕噜咕噜地仰脖而下……

第三十四章 砍下日寇头颅当球踢

初夏的中缅边界是一个地地道道的桑拿天气，又闷又热，湿乎乎，热得让人感到说不出的难受，汗流不止，又没有一丝风，似乎让人感到分分秒秒都要窒息。尤其是那夜幕将要把这茂密的热带雨林遮盖得严严实实的时候，那成群结队的花蚊子，个头不大，但如狼似虎轮番向人们的身体暴露部分进攻、撕咬，那一个个被撕咬过的皮肤立马隆起一个个疙瘩，奇痒无比。用手抓，破了皮，化了脓，只要在这种地方待上几天，准会变得体无完肤。还有便是那山蚂蝗，经常出其不意地跃来跳去，一旦被粘上了，便将那贪婪的吸盘深深地扎进人们的肌肤里，顷刻间原来那干瘪瘪的皮囊变得油光闪亮，变成一个圆圆的血球。

天，黑沉沉的。

刚要进入雨季，那又沉又闷的雷声便蠢蠢欲动，一个接一个，一声比一声响亮。偶尔的闪电在划破天空的黑暗之际，刹那间让人看到那南方神秘的崇山峻岭的景色，那热带雨林中参天的巨木，一棵高过一棵，一片连着一片，让人感到一种阴森森的神秘，阴森森的奇特，阴森森地让人感到有一种面临死神的挑衅和威胁。

地，黑沉沉的。

这绵延不绝的群山，连着中国的大陆，也连着东南亚的许多国家。可是在这漆黑得伸手不见五指的夜色当中，却隐藏着许许多多的生命，他们在屏住呼吸，手握着明晃晃的带着刺刀的枪。这些人，有些是雄心勃勃，希望称霸亚洲，称霸世界的日本军人，也有中国远征军的数十万将士及英缅军队。只是人们很难知道，这里有多少日本人，又有多少中国军人和英缅军人。

反正，这天然的屏障，这神秘的热带雨林把他们隐藏起来，把这方圆几十里、几百里群山都变成十分神秘，十分恐怖，处处都充满着杀机，处处都有着死亡的威胁。

一声恐怖的叫声，在这群山峻岭中回响着。这是鸟？这是兽？谁也说不清，谁也道不明。因为，赴缅参战的中国军人已经听惯了，谁也没有顾及它，谁也不会理睬它。

又一阵沉闷的雷鸣夹杂着闪电从山顶，从巨树枝上掠过，“砰啪”一声巨响带着耀眼的光让人们看到这巨树丛中搭着一顶顶简易的草棚，看见那横七竖八抱着枪、东倒西歪已经疲惫不堪的中国军人。

他们是那样的疲惫；

他们在喃喃地梦呓；

他们在本能地驱赶在身边盘旋的蚊子。

他们在辗转不宁准备迎接凌晨过后的生死搏杀。

林生此时却站在这千万栋简易草棚间的一栋。只是，这栋草棚比周围的更大一些，更宽敞一些。

昏暗的蜡烛光，在山风吹拂下透过那并不严实的草墙把灯光吹得忽明忽暗，飘忽不定；草棚中间摆着一个军事用的沙盘，表明了敌我双方力量的示意标志。他在那驻足凝思，然后来回地踱着步子，如此循环往复。

夜渐渐深了。

身边的参谋和警卫员也开始疲惫地打着盹。

“林生哥，你休息一下吧，明天可是一场恶战。”说话的是松生，此时却是林生这个师所在军的少将参谋，为了迎接和指挥好凌晨的战斗，他随军长下午将指挥部搬到了林生这个师的师部。

林生已经是这个师的少将师长。

“不急，松生，明天可是一场恶战，尽管明天是我们一个师作战，可是这个师从去年入缅以来，经过大小战斗，加上这恶劣天气已经减员不少，而对方却是四个整联队。”尽管灯光太暗看不清林生此时的脸部表情，却可以隐隐约约地感到此时他内心沉重的压力。

“林生哥，放心。明天是生死之役。军座已令我组织和带领预备队随时出发，让我们兄弟并肩打它一个漂亮的歼灭战。”松生毕竟年轻几岁，说话当中还带着几分冲劲。

“出去走走吧，这鬼天气。”林生拉着弟弟。

兄弟俩前脚刚跨出草棚，几个警卫战士一骨碌站立起来，便紧随其后。林生轻松一笑：“我们就在这草棚外，不走远。”

“是!”可是那警卫战士还是跨前一步在周围笔直而机敏地站着。

说来，也是一件幸运的事。

当年，赵静雅带着林生六兄弟完成大陆的求学任务后准备返回台湾。当到厦门月港码头等候进雄叔商船的时候，林生和松生便在一帮志同道合的有志青年的激励下，投奔广东参加那里如火如荼的革命。

到了那里，两兄弟一同参加中华革命党，一同投身到那里的革命事业当中。1919 年，中华革命党改组成中国国民党，他们又成了中国国民党最早的成员之一。后来，黄埔陆军学校开办，他们又成了这个学校步兵科第一期的学员，跟随着国民革命军南征北战，从基层军官开始，一路浴血奋战，几十年征战生活，腥风血雨，先后都成了国民革命军的将领。

这里与中国西南边陲紧紧相连。

太平洋战争爆发后，这里便成了国际援华物资的重要交通要道，源源不断的物资通过这里的陆路进入中国，支持中国人民的抗日战争。可是，日本军国主义为了达到其称霸亚洲，甚至称霸世界，实现其军国主义梦想，便从去年就开始进攻缅甸，而英缅军面对气势汹汹的日本侵略者节节败退，日军迅速逼近仰光。这时，英方才吁请中国军队入缅援救。二月十六日，中国国民政府军委员会命令滞留于滇缅边境待命的第五军、第六军依次入缅，紧急向缅南和缅东地区开进，与英缅军队统一对日作战。

可是，自日军进攻缅甸后，英国虽然已将远东的战略重点由新加坡转向缅甸，但其着眼点却是印度。为此，英军遇到日军攻击就轻易撤退，始终未能进行有效的抵抗。而中国的远征军则不断向南推进，孤军深入，林生兄弟所在的中国远征军因战局失利而开始撤退。撤退所经之地，都是高山密林，时值雨季，泥泞难行。加之给养不足，部队饥疲交困，疫病流行，伤亡惨重……

“松生，入缅一年我们师已经失去了三分之一的兄弟。”兄弟俩没走几步，林生看着眼前这茫茫的黑夜，感慨万千。

“是啊！哥！不光是你这个师，我们军，还有兄弟军都差不多，甚至损失得还更多！”松生看着兄长口气有一些沉重，“而且，这远征军赴缅作战何时了结，还是一个未知数呀！”

“……”林生没有再言语，他的脑子在飞速地思考。从年青时期起自己怀着对日本鬼子不共戴天之仇，满腔热血，弃笔从戎，现在厮杀了大半生，身边的兄弟成批成批地倒下去了，自己虽然在浴血奋战中从一个低级军官成长为国军将领，而且还捡了一条命，可是身上却留存着无数的伤疤，自己的一切都是兄弟们那一腔腔热血换取的。可是，路漫漫其修远兮，这将日本鬼子赶出中国，为逝去的外公、父母及成千上万的父老乡亲报仇，不知还要多长时间，不知还付诸多少血汗，不知还要牺牲多少兄弟的性命啊！

“哥，你在想什么？”松生看见林生默不作声，知道一个师级作战单位的指挥员临战前的压力，尽管兄弟俩几十年几乎没有分开，尽管兄弟俩身经百战，但是，彼此都知道，在异国他乡，在残酷的作战环境，随时都面临着死亡。因此，战前大家都会将自己的作战方案考虑得细之又细，尽可能多保住每一个兄弟的性命。

“我在想阿公、阿姆、赵先生和弟妹们，月港一别，几十年过去了，他们不知怎么样了……”林生讲到这里有一些动情，更有一些伤感，似乎有些哽咽。

"……"大战在即，生与死只是一念之间。尤其是经历血与火的人更是有着与别人不一样的感受，林生的一句话，让做弟弟的松生感同身受。当时一时冲动，自己兄弟不告而别，原以为，出去闯荡几年长点见识，趁着年青将日本鬼子赶出家乡，便可以凯旋而归回到长辈的身边尽些孝道。可是，这一走几十年，半辈子了。外公归西了，可日本鬼子仍在中国的土地上横行。而且，兄弟俩少小离家，现在进入知天命的年龄，赶走日本鬼子这事却看不见一线曙光。

"松生，不管明日的战斗结局如何，我们都要记住，只要谁活着便一定要将两家人带回台湾去，都要尽自己的一份孝道。"林生看见松生没有再吭一声，知道自己刚说的一席话已经勾起这位手足兄弟的感情共鸣。入缅以来，两个人承蒙一位老长官的关爱，已经将妻儿安置在重庆。但子弹不长眼呀，谁知道明天会怎么样？后天又会怎么样？

"一定！但，哥！我想我们会渡过这个生死关口的。"松生似乎伤感当中带着自信。

"为什么？难道你没有听说200师师长戴安澜将军捐躯吗？战场上，子弹不因为你是少将而绕道的。"林生知道自己几个小时后将面临的强敌，面临着生与死的浴血奋战，要将盘踞在人要镇上的四个日军联队打败，确保援华物资的畅通，明天必然是我军与日军的一场殊死搏斗。

"这些我都知道。但你要想到，阿公、阿叔、阿姆的仇没有报，你我是不会轻易死去的。因为他们在那九天之外看着我们，在保佑着我们兄弟……"松生声音中有些激动。

"砰啪!"又一阵惊雷响起，刚刚的雨下得更猛烈了，那浑浊的山洪水从四面八方包围着草棚，溢过草棚边的小沟，涌进了草棚内，并很快没过了皮鞋的鞋底。

"师座，你站到这高地上来吧。"警卫人员看到林生、松生两兄弟在深情地对话，在一边提醒道。

"没事，反正过几个钟头冲出去，同样是湿透的。迟湿早湿几乎一样。你们休息去吧。"林生很感激地看看自己的部下，艰苦的生活，卓绝的拼杀，一个个皮包骨头，颧骨高高突起，脸颊深深地凹进去，一对眼睛陷到深深的眼窝里。这些都是才二十多岁的孩子啊！他的心又一阵紧缩，从云南一别，已经两年多没有见到妻儿了，尽管老长官把他们带到重庆，可是，两家的女人孩子在那里人生地疏，两眼一抹黑，至今因为部队在异国他乡，通信不便已经两年多没有任何音讯，也不知道他们在重庆生活得怎么样了。

人生啊!

总是那样坎坷不平，那样起起伏伏；

总是那样多的难舍与思念；

总是那样多令人不安的牵肠挂肚。

林生看看茫茫的黑夜，看看那周围连绵的群山，自己的部下全部集中在这密林当中，一场雷声，一阵瓢泼大雨已经将疲惫不堪的兄弟们惊醒了，刚才还可勉强躺下的土地此时已经泥泞不堪。

睡意和疲倦被雷雨赶跑了，他们只好一个个怀抱着枪站在那没脚的泥泞里静静地等待自己下达进攻的命令，准备随时将自己这一腔热血与日本军进行搏杀……

自己的对手在山下的那个镇，那个由日本军四个联队占据的那个镇，只有消灭那里的敌人，才能打通国际援华物资的通道，才能为抗击日本军的占据提供源源不断的物资支援。想到这里，林生倒吸了一口冷气，他为自己面临的任务而深感责任重大。

“哥！进攻的时间快到了。”看见林生一直在沉思，刚才已经去打盹的参谋们都已经做好出发的准备，松生提醒兄长。

“好！松生，我出发以后，你带的预备队做好一切准备，我预计这日本鬼子看见我们发起猛攻，会采取对我军的反包围战术，如果这样你要及时出发。这样，我们两兄弟来一个内外夹攻……”

“知道。放心，哥!”松生自信地向兄长点了点头。

“饥餐倭奴肉，渴饮倭奴血，砍下日寇头颅当球踢。”林生看了看手表，又看了一下天空。那里东方已经露出鱼肚白，山下那小镇的轮廓已经朦朦胧胧出现在眼帘，不由得内心一阵激动，好像是自言自语，又好像在给身边的将士们念了一首不知哪位兄弟写下的诗句，那声音是那样的铿锵有力，那样的激情满怀。然后，向身边的参谋长下达作战命令："出发！"

"出发！"参谋长下达了进攻的命令。

"出发，砍下日寇头颅当球踢。"身边的将士们收到林生师长情绪的感染，同仇敌忾大喊一声，从这莽莽丛林当中，呼啸而出。

这山高林密；

这一路泥泞。

可是将士们似乎都一切不在话下，大家只有一个念头，消灭这小镇的日军联队，夺回失去的小镇，打通援华物资通道，早日将日寇赶出中国，赶回他们的老家去。

天刚亮，数千将士由林生带队已经冲击了日军占据的小镇。

听到枪声，那日本军一边仓皇逃窜，一边进行殊死的反击。

"兄弟们冲啊！砍下日寇头颅当球踢！"林生手举着冲锋枪在将士们的拥簇下冲向敌群。警卫员想制止长官的举动，但已无能为力。因为，他知道，自从长官当团长起，每次恶战，每次冲锋他必定冲在前面，他总是身先士卒，作为警卫人员只有紧紧追随，尽自己的微薄力量保证长官的安全。

日军在指挥官的组织下，利用他们的攻势和所占据的有利地形进行垂死的抵抗，炮弹在四周不断地爆炸，那冲锋陷阵的将士们一片片地倒下了，被炮弹炸得支离破碎的兄弟们的尸体不时地在眼前、在头顶上飞来飞去；那疯狂的子弹在裤裆底下钻来钻去，身边的将士一个个倒下去了，那殷红的鲜血从他们身体的各个部位汩汩地外涌着，连同那泥浆、那雨水、那土地都被染得血红血红……

"长官，注意！"突然，一个低矮的小屋边一阵机枪疯狂地扫射过来，机敏的警卫眼疾手快，朝林生身上一扑，把林生扑倒在地。

当林生从泥泞的地上翻过身时，他感到自己身上扑着的警卫已经不再动弹，他胸膛的鲜血顺着自己的背上流了下来，流了一地。

"小贺子！小贺子……"林生看到追随自己，多年形影不离的警卫已经闭上了眼睛，大呼了一声："军医官，快……"

又有几个将士为了保护长官的安全，把林生围得更紧，看到警卫员牺牲，他们想用自己的血肉之躯阻挡那如蝗虫一样飞来的子弹和炮弹片，让长官能够永远活跃在指挥的岗位上。

“兄弟们，冲啊！”林生大喊一声，全师官兵又发起新的一轮进攻，那原来利用有利地形进行抵抗的日本兵看见中国军人势不可当，纷纷夺路而逃。

兄弟们手上的枪，对，不论长枪、短枪；也不论是步枪、机关枪一齐开火，现在轮到日本鬼子倒霉的时候了，那日本兵成片成片地倒下，没有倒下的便夺路而逃。

“兄弟们冲呀！追上去，砍脑袋！”林生带着自己的部下不顾一切奋勇直追。一路上，日军、远征军的尸体遍地，一路泥泞，一路殷红的鲜血……

正在这时，日本军的联队长看到身后追赶他们的中国远征军尽管如虎狼之师，凶猛异常，但一路拼杀，兵力并不十分充裕，便调整部署，对林生的部队进行反包围。

面对日本联队对自己进攻反包围的态势，再看看自己只有不到三分之一个师的兵力。战场态势向越来越不利于自己的方向转变，林生感到自己面临着残酷的恶战，他迅速向身边的参谋长发布命令，迅速调整自己的力量，冷静应对。正在这时，前面的一个大佐由十几个日本兵带领着仓皇逃命。林生一看，如果及时消灭这个大佐，让这群日本兵群龙无首，将会给战场敌我态势带来重大的转变。于是，大吼一声，接过手下的一支带刺刀的步枪冲了上去，他的部下看到长官冲入敌群，也蜂拥而上把敌人团团围住。

“杀！”林生一个突刺，一个日本上尉成了他的刀下之鬼。

“杀！”

“杀呀！”

远征军的将士们一声声怒吼着，一刀一个刺刀见红，日本兵一个个倒下去了。但是，几乎同时，自己身边的远征军战士也倒了不少。

“杀！”林生仗着自己在黄埔军校和无数次战斗中练就的本领，绕过日本兵的殊死纠缠，将自己的刺刀死死对准那大佐，他左冲右突，如蛟龙入海，盯着那军官不放。

“杀！”他看准那大佐一个闪身，一刀刺了过去。刺中了，但没刺中要害。那大佐来一个反扑，垂死挣扎般地朝林生扑将过来，并咿哩哇啦地向林生刺过来。

林生一个突刺，又迅速调整了自己的位置，敌我双方在混战中胶着着，远征军的兄弟们看见自己的长官陷入敌军重围，也拼命冲杀，想救出自己的长官。

这时，意想不到的情况出现了，另一股日军看见自己的大佐被远征军层层包围，也扑将过来。顿时，敌我双方，几十号人，刀光闪闪，鲜血迸流，地上躺满了死去，或重伤倒地垂死的双方军人。

“干妮姥，杀死你小鬼子。”林生杀得眼红，看见整个小镇处在敌我双方混乱的厮杀当中，自己如果不尽快结果这大佐，将会使本已混乱的战场态势变得更加混乱，更加不利于远征军。

林生的眼前浮现起外公、父母和众多亲人被日本鬼子杀死的场面；

他感到面前的这联队长便是残害成千上万中国父老乡亲的刽子手。

于是，他运足全身力气，一口气刺倒那死死围住大佐、死命保护他的四个日本士兵。然后，大吼一声使尽全身力气，对准那大佐胸膛一刀刺去……

片刻，那日本大佐便倒地蹬了腿。

看到自己的指挥官被林生刺死，一群日本兵像疯了一样，还未等到远征军将士们调整力量，也集中力量朝林生刺了过来。

林生感到一股股热乎乎的液体从自己身体各个部位涌了出来，他只觉得浑身发软，眼睛一阵阵发黑，接着似乎脑袋上受到致命一击，便再也控制不住轰然倒在地上……

再说，那松生带领的预备队，发现带领远征军纵横驰骋，冲击敌群的哥哥突然被日军反包围后，便带着身边将士冲杀过去。

“冲啊！兄弟们，杀尽那日本鬼子，为捐躯的兄弟们报仇啊！”松生大喊一声。

正在围着林生刺杀的日本军看到后边又一拨远征军呼啸而来，知道难以匹敌，便丢下林生他们夺路而逃。

“哥！林生哥啊！”松生带着将士在一堆血肉模糊的人群当中寻找自己生死与共的兄长，却见林生几乎体无完肤，全身上下已经完全被鲜血染红，一边呼喊，一边叫军医官：“快！快抢救师长，快……”

林生没有睁开眼，他的耳际尽管听到弟弟悲痛欲绝的呼唤，但他觉得自己非常疲劳，觉得自己毫无力气，甚至稍稍睁开眼睛的力气都没有。他想张开嘴巴安慰一声自己的弟弟，要他不要着急，自己死不了。可是，话到喉咙里却变得无声无息，变得那样气若游丝……

军长赶来了；

手下的团长们、营长们都赶来了。

已经将日本鬼赶出小镇取得胜利的部下们都赶来了，他们在战地医院门口围了里三层外三层，足足等了七天七夜。

林生身上几乎被输进去三倍于他自己体内的血，终于在兄弟们的呼唤下，他缓缓回到了人间，回到了兄弟们的中间。

这几天，松生寸步不离一直守候着兄长，期待着兄长的苏醒。因为，家仇未报，国耻未雪，哥哥不能死。

无论如何哥哥不能死。

这是兄弟俩的约定，这是兄弟俩的信念。

一定要等到将日本鬼子赶出中国的领土，才带着妻儿凯旋而归，去看望父母、阿叔、阿姆和告慰那早已作古、在九泉之下等候喜讯的先辈们。

整整八天八夜，整整两百个钟头。

正趴在林生身边守候着的松生突然发现哥哥的手和脚微微动了一下，接着眼睛睁开了一条小缝，几乎同时还轻轻地叹息了一声。他眼睛顿时一亮，他知道经历了生死之劫的林生哥在阎王殿里转了一圈已经回到了人间。瞬间他觉得一股热血涌上心头，顿时欣喜若狂，泪水夺眶而出。八天八夜愁肠百结，肝胆寸断，现在一切都化为乌有，他再也控制不了自己的感情，疯一样地冲出病房外面，面对着台湾，面对着永丰城的方向大喊着：

“阿爸，阿妈，阿叔、阿姆，林生哥活过来了，林生哥不会死了。我和林生哥两家人很快便回来了。老天菩萨，保生大帝，请在九天之外保佑我们……”

第三十五章

老武田歪着脸比画着

矢野回到办公室，犹如一条麻袋一样软软地披在那太师椅上，他的脚放在办公桌前，这样倒可以稍稍缓解身心的疲惫，可以缓解内心难以言表的痛楚与压力。

今天跟永丰城的少壮派云生见了一面，时间虽然很短，但那几句话却让他暗暗地吃了一惊，一个刚到而立之年的人，话虽不多，但那话里有话，细细理解下来真让自己坐立不安。

原来，想当这个警察所长，可是想了二十多年没有一点进展，因为感到有了一官半职吃香喝辣，还能经常顺手牵羊赚一些不义之财，感受一下当官真好的感觉。因此，在这漫长的人生旅途当中，矢野不时地窥测方向，寻找动机，探索一条当官的路子。

也许是苍蝇不叮无缝的蛋的缘故；

也许是这老武田为除掉佐佐木早已挖空心思；

矢野便成了武田手中的一件猎物，

成为他除掉佐佐木的同谋与帮凶。

可是，现在他才感悟到，原先感觉和奢望当官真好的想法太天真、太无知。官是当了，自己却反成了老武田的鹰犬，成了整个警察所部下眼中的异类，这发展下去势必还会成为永丰城人保护自己合法利益而必欲除去的出头鸟。

屋外，阳光明媚，人声鼎沸，车水马龙。屋内却鸦雀无声，只有自己一个人在闭门思过。矢野在冷静地思考，觉得自己活了四十多年，如果要说做错了的话，这件事做得最错、最蠢，蠢得今后如何应对都束手无策。

自己的前面是闻名台湾的闽南阿哥，自己从大日本皇军占据那一刻起便追随小武田和佐佐木到达永丰城，经历过多少次血流成河的搏杀，小武田和几百个日本精英死在这块土地上，自己在血海中爬起来，捡了一条命。自己知道这闽南阿哥的分量和实力，记得那次在永丰糖厂看到那玉兰姑娘长得如花似玉，便控制不了自己的情绪，结果被这云生追得满地跑，最后还被阿光卸了胳膊。

现在，这玉兰成了云生的妻子。

自己被她公公卸胳膊的剧痛和狼狈却至今仍历历在目。

如果按照老武田的指挥朝前走，那么毫无疑问，自己将随时被卸胳膊，甚至被卸脑袋。

这胳膊被卸了，复原还比较简单；

这脑袋如被卸了，那便根本无法再复原了。

自己的背后是见利忘义、杀人不眨眼的老武田。这老家伙确实在军、政、商界有一些盘根错节的关系，现任的总督便是他的至交。这是他亲口对自己说的。且不说其真假，但是从最近搬走佐佐木和在台南挤垮宏记米行看却不能不感到其残忍与实力。现在，他给自己拱上了警察所所长的位置，自己却成了他豢养的一条走狗，为他看门，为他守财，为他捕食……

前进一步凶多吉少，后退一步吉少凶多。

矢野此时真是度日如年，后悔不迭。如果不想当这个警察所所长，何必如此被动？

这些问题，矢野上任以来每天都在考虑，每天都处在焦虑之中……

“丁零零、丁零零……”桌上的电话铃响了，矢野一看时间还很早，时针才指向下午三点多。他十分不情愿地拿起电话，话筒里却传来了老武田那恶声恶气的声音："矢野君，白天也在睡大觉吗？"

"没有，武田君。有何见教？"矢野心里有一百个不愿意、一千个不愿意，但对老东西表面上还是十分客气地应答。

"你那边上任这么久了，怎么没有一点动静？"老武田口气强硬，似乎是自己的上司发布命令一般。他讲的动静是刚上任几天要自己立即封存番薯粉条厂和酿酒厂的设备的事。但阿光、云生根本没有违反法令，凭什么要查封他呀！可是，这老武田的目的很明白，在这永丰糖厂没有弄过来之前，其他的工厂全部要关闭，一切都要给糖厂让路。

"这个……"矢野有些为难，甚至十分为难。

"你的，马上过来！"老武田像在训斥部属。那口气凶得让人感到吃惊，让人感到接受不了。

"这个……"矢野的自尊心受到严重的打击，他压抑在内心的虚火"呼"的一声蹿了起来，"武田君，这是警察所，不是你的武田株式会社。"平静又不吭不哈的矢野此时吼了一声。然后，"咔嚓"一声挂断了电话。

"丁零零、丁零零……"老武田根本没有想到这矢野上任才几天，竟然干着佐佐木从来也不敢干的事情，把电话也撂了，又拿起电话不停地打着。可是这矢野此时已经气呼呼的，任凭这电话铃声响到爆却根本不去接。

那边，老武田像一头老疯牛在办公室里吼叫着，焦躁地来回蹦着。兴许是他原先如意的算盘此时遭遇了矢野的抵制；兴许是刚刚太高兴一连喝下两大杯清酒。此时酒气、怒气、失望而生气相互交织，相互发酵，他气得脸色发红，红得如猪肝一样；他大口大口地喘着粗气；骂着、吼着。突然，感到那脑子天旋地转，眼花缭乱，一刹那间感到头重脚轻，体力不支倒在地上……

再说，云生那天看到矢野，以柔中带刚的话给他开导了一番。他感到，这台湾被日本人占据了三十年了，如果还像以前真刀真枪，拳脚相交肯定寸步难行，现在的关键是刚柔并济，让这些日本鬼子感到在这块中国人的土地上要肆意妄为是要付出代价的道理，才是最重要的。

那几句话不一定能解决问题。但最起码能让矢野头脑能稍稍清醒，以后再不断加温。

从糖厂回到家，看到这简立言和婕生夫妇经过几天的休息，身心已得到初步的安抚。焦虑与不安已从他们的脸上稍稍退去。便想跟阿爸建议，请简立言也留下来当个副总经理，主管贸易方面的业务。他读的是商科，又在宏记待了好几年，人脉自然不少。如能这样，天生管酒楼，立言管贸易，自己管几间工厂，年纪相当，又是兄弟，联起手来跟这老武田比试比试。

“尽管你老武田有靠山，我就不相信三个血气方刚的年轻人比试不了你这个行将就木之人。”云生反复思量着。

回到家里，一家人正在其乐融融，阿彪叔和静雅阿姆那小弟弟已经咿咿呀呀地学说话，阿爸和胜天叔几个边逗着这小家伙，边哈哈大笑着。

“云生，怎么样？有收获。”看到云生走进门，胜天阿叔便打了招呼。

“不错，我刚才与矢野那小子不期而遇，不重不轻敲了他一下。看来，这家伙还是知趣，而且不难看出其心事重重。”云生轻松一笑，从阿姆手中抱过小弟弟，举过头顶，说时迟，那时快，那小家伙正着急尿尿，难得被人举到这么高，哈哈一笑，小鸡一翘射出了一泡“烧酒”，浇得云生满头满脸。

云生没有丝毫防备，正张开嘴巴哈哈大笑，突然这烧酒射着脑袋，喷了眼睛，射进嘴巴，便慌忙不迭地赶快吐着满嘴的尿水，笑得全屋子里的人直不起腰来。

“阳生，臭小子，你竟然叫哥喝老酒呀。”阳生是阿爸替小弟弟取的名字，云生赶快把小弟弟送还给阿姆，玉兰笑得眼泪都流了出来，把一条毛巾递给云生擦干满头满脑的尿水。

“云生哥，快去换衣服。”慧生看着云生那狼狈相催促他。

“不着急，这小弟弟的尿可是最好的东西，是招弟弟的东西。”静雅高兴地开了一句玩笑，说得玉兰满脸绯红起来。

“阿爸，我想既然立言在台南也没有任何家业了，是不是可以叫他留下来当一个副总经理，协助我管理贸易业务？”笑过了，家庭气氛也很好，云生想得最多的是立言夫妇，他们落难了，需要大家的帮助。

“胜天，你看……”阿光将征询的目光投向林胜天，因为简立言又是他的女婿。

"阿光哥，这事你以为合适吗?"林胜天内心十分感激，但他清楚一个永丰商行，两个副总经理出自自己家中，担心处理不好关系。

"阿彪呢?"阿光又将眼光投向阿彪。

"听阿光哥的。"阿彪答道。

"云生，按照你的意见办吧。你们三兄弟一定要多商量，尤其是目前面临的情况越是越复杂。我跟阿叔呀，现在不想管太多的事了。"阿光心里挺舒畅，这不是别的。刚才云生能主动将安顿简立言的事提出来，他觉得这儿子有出息，有情有义这是成就事业的成功的基本要素与条件。而且这一段时间，看到儿子在应对事件和分析判断能力都挺强，自己足可以称心。

"哥，你不想管事，那管什么呀?想当爷爷吧?"静雅也十分开心，这些既是自己的侄儿，又是自己的学生。只是自己稍有美中不足，这小阳生才那么小。

"哈哈哈"，屋子里又发出一阵欢乐的笑声。

"云生哥!"大家正在乐着，却见那浩仔兴高采烈地走进屋来。

"浩仔早上捡钱了?那么高兴呀。"云生一边搬凳子，一边说着。

"比捡钱还高兴呀!云生哥!"浩仔擦了一把汗说，"这老武田中风啦!"

"别乱说。这种事情。"阿光收住笑脸，一本正经地问浩仔，"你怎么知道的?"

"阿叔，我没乱说。"浩仔心情很激动，巴不得将事情原委尽快说清楚，可是越急越糟糕，"上午，老武田很兴奋，起来后便又是喝酒，又是哼着小调，然后又跟好像矢野打电话。打着打着便发起火来……"

"发起火来又怎么啦?"阿彪也很着急。

"结果，突然'砰'的一声，便没了声音。"浩仔接着说，"下午，武田株式会社的特别助理到他办公室报告情况，发现他已经倒在地上不省人事了。于是，赶快打电话给矢野，矢野束手无策，慌慌张张叫车，现在刚要送到台北医院去治疗了……你们说，这不是比捡到钱还高兴的事吗?"

"……"

整个屋子没有欢腾，却是出奇的寂静。

许久，许久，阿光站起身来朝着门外讲了一句话："这是老天的报应，老天的报应。这老武田作恶多端……"

云生听了这个消息内心一阵欣喜，赶忙告诉浩仔出去别张扬，更不要告诉人家我们已经了解了这个消息。

"好！那我走了。"浩仔高兴地笑笑。

"多留心。"云生叮嘱了一句，然后告诉天生和立言："这几天，你们放下手头的事，我们三兄弟全力以赴组织砍甘蔗，开足火力制糖……"

"好！"天生和立言应了一声。

"另外，天生你还得再留意矢野那警察所那边的动静，有情况及时告诉我。要不断地给他上一上课，让他随时保持清醒的头脑，别乱说乱动。"云生这一番话又带着某些不安。

浩仔报告的情况一点也没有错，原本就有心血管疾病的老武田，最近因为设计让佐佐木坐了班房，又让台南的宏记米行被查封没收，总经理简鹏皓入狱坐监，接二连三，一个又一个喜讯让这位贪得无厌的家伙心花怒放。因此，他利用老朋友在台湾任总督的这一难得机会再次出手将永丰商行搞垮，将这一笔巨大财富变为己有。他在精心策划，并积极组织。那天，他想到最近一段武田株式会社硕果累累，心情特别舒畅，因此高兴之余有点得意忘形一口气喝了两大杯清酒。结果跟矢野打电话时，却又遇上矢野不冷不热的态度，让他怒从心起，一气之下，中风倒地……

也算武田命大。他被部下发现报告矢野之后，急送到台北医院，经过医生抢救，在病床上整整躺了七七四十九天，终于清醒过来了。

那天，仿佛到阴间地府住了将近两个月的老武田回到了人间，他吃力地睁开眼睛看看四周时，感觉到自己的左眼睁得很无力，有点松松垮垮耷拉下来的感觉。没儿没女，那个小外孙在总督朋友的关照下退役了，现在站在外公面前，正眼泪汪汪看着植物人一样的外公躺在病床上。

老武田在似昏似醒的状态下感到由衷的欣慰，自己终于没有死去，自己又可以按照两个月前的雄心勃勃去创造和实现武田家族腾飞的雄伟战略目标：

南边的宏记米行垮掉了，总经理成了阶下囚。应该在那烧毁的仓库旧址上重建一个巨大的粮仓、糖仓，独霸台南的港口码头，独霸因宏记垮台后所有的市场；

北边的永丰商行的倒台已在股掌之中，只要那矢野能给予配合，将这个台湾最大的甘蔗种植营地变为武田株式会社所有，按照整垮宏记的手法，整垮阿光，整垮这个台湾盛传的闽南阿哥，让永丰城归入武田株式会社名下……

这样使武田株式会社的所有业务、营业收入、利润总额能在这台湾独占鳌头，成为名扬日本本土甚至整个亚洲屈指可数的跨国会社。

老武田躺在洁白的病床上，他尽管感到四肢无力，但他那颗雄心勃勃的心还怦然直跳，他那充满丰富想象思维的脑子还异常活跃，他在谋划着，他的思绪在亚洲的上空不断地、不知疲倦地飞翔……

“阿公、阿公……”忽然，在半昏迷状态下的老武田似乎有人在耳边呼唤着他的名字，那声音很熟悉，又很陌生，他吃力地想睁开眼睛，想看一看是不是自己的小外孙鸠山的声音。可是这右眼睁开了，但左眼却是那么沉重，他死劲地睁了几次，却毫无效果。

“阿公，阿公……”那小鸠山又在呼唤着，老武田终于用右眼看清了身边的小外孙，一阵兴奋他真想伸开双手去拥抱这个武田家族唯一的继承人，唯一的香火，但是这跟刚才想看小外孙一样，他用尽全力，可是不管大脑这指挥机关如何发布命令，他的左手却无动于衷不听使唤。

“鸠山……”老武田想呼唤自己心肝一样的外孙，可是喉咙里咕噜了几次，却听不见声音，他那清醒的头脑还感觉到左部的脸颊、嘴唇已经不听使唤。

“鸠山先生，你外公的命是保住了，但已经处于半瘫痪的状态，请你细心照顾他。”老武田听得很真切，这是医生给小外孙的交代。

难道真的如医生所说已经瘫痪了吗？老武田想大喊一声，但不管如何努力，一切都无济于事。因为，老武田这才感到，尽管自己空有雄心壮志，尽管七十多岁仍不忘武田家族的振兴，可是自己的所有器官已经不再像往常一样听从大脑中枢的指挥，已经心有余而力不足了。

“嗯……嗯……”老武田想给小外孙暗示着什么，想表达着什么。

“外公，你说什么？我不理解。”坐在他身边的小鸠山一脸诧异，他竭力地领会老武田那哼哼哈哈的意思，可是却一脸茫然。

两颗浑浊的眼泪从老武田的脸颊上流了下来，顺着脖子根……

人生七十多年，老武田第一次感到如此悲哀，如此失望，如此沮丧。

“完了……”老武田那脑子还是很清楚的，他的心里暗暗地叫苦，感到一种绝望的阴影铺天盖地朝自己迎面而来。四十多岁满怀雄心到台湾，希望在这里打一块天地，创一番伟业，那时候自己充满必胜的信心，充满着打败中国人的雄心壮志。如今，黄土都填到脖子根了，时光也整整走过了三十年，可是自己梦寐以求的武田家族的振兴计划正要实施，却胎死腹中，完完全全地破灭了。

“啊……”老武田在一句含混不清的哀鸣声中垂下了头。

而此时在永丰城警察所里，矢野的心情却异常的复杂。

前一段时间，矢野几乎被老武田逼得走投无路，正在内外交困，进退维谷之际，老武田中风瘫痪。这个张牙舞爪、野心勃勃的人从此走进了历史。他的继承人小鸠山是一个根本不懂经营的人，他既没有领会外公那哼哼哈哈之中表达的意思，也没有从外公那眼睛里不断涌出的浑浊泪水领悟出什么。因此，他根本无力领导已经行将坍塌的武田株式会社去强力扩张，能守住那个摊子就已经阿弥陀佛了。

没有了老武田的压力，本来他可以好好履行他的警察所所长之职。然而，正因为他与老武田相勾结，不光彩地谋取了这个职位，已经在警察所里众所周知。现在，往日的同事只能对他嗤之以鼻，他已经众叛亲离，那些属下尽管彬彬有礼，但无非是场面上的应酬。看到自己面临的前途，他感到自己已经心灰意冷，没有任何事情可以有所作为，只希望从此平平安安，虚度时光。

可是，云生和他的两个副手此时却面临着难得的繁忙。

老天相助，菩萨保佑。老武田已退出历史的舞台了。那矢野正在品尝他那自酿的苦酒。这客观上给了永丰城的乡亲们创造了一个难得的发展时光。

这也是老天爷给三个后生一代的一种恩赐。

通过各个里长的强力组织，抢季节砍甘蔗，三千甲蔗田里一派生机，一派活力。

集中所有的人力物力安装番薯粉条机和酿酒设备，清洗糖厂设备投入新的榨季。

这永丰糖厂一夜之间蜕变成三间工厂：

永丰糖厂；

永丰粉丝厂；

永丰酿造厂。

云生真的很忙，每天早出晚归。

这一夜，屋外飘起了细细的毛毛雨，一阵又一阵的刺骨寒风把湿润的地上冻成了一层薄薄的冰。

可是，这三间工厂却灯火通明，人声鼎沸，热气腾腾。

“云生哥，这蔗糖水已榨了两池了，明天可以开火熬糖了。”简立言满头大汗地走近云生，在永丰城休整了一段，身心都得到很好的调整，现在作为永丰商行的副总经理，正在帮助云生组织赤砂糖的生产。

“阿祥叔，明天开始熬糖可以吗？”看到立言忙里忙外，云生赶快询问了阿祥叔，他是连永福阿叔一手培养的徒弟，现在也着手培养几个接班徒弟。

“没问题的！”阿祥叔充满信心。他是一个老实人，制糖经验丰富，可是却沉默寡言，踏踏实实，任劳任怨。

“云生哥，那番薯粉条厂和酿造厂也是明日投料，你看……”尽管屋外寒风呼啸，滴水成冰，可是这天生此时却满身大汗。

“明天的日子应该不错，要么几个工作的筹备都集中在明天吧。”云生突发奇想。因为闽南人对每一个重要工作的开工日子的选定都很讲究，必须选定一个好日子，以求平安顺利，鸿运当头。

“没错，云生。那都是你阿爸交代的。虽然你阿爸没跟你说，但我们在你阿爸手下工作几十年了，一切都按老规矩办。目标便是明日。”阿祥师傅神秘地笑笑。

“噢……”云生欣慰地一笑。这永丰商行之所以能克服重重困难，有天时、地利，更有人和。云生的心里不禁感叹一番。

一阵寒风呼呼地吹着，云生感到这厂里的事已经基本就绪，便踏着夜色一脚高一脚低地往回跑。这风真冷，从鼻子和嘴巴里哈出的气一会儿便结成了水珠。云生没有顾得那么多了。这一段太忙，连玉兰那边都没有时间过问了。想到这里，他情不自禁发出一阵“嘿嘿嘿”的傻笑。

推开热气腾腾的家门。

进入充满无限温馨的房间。

看见柔和的灯光下，玉兰半倚在床上，含情脉脉地将眼光投向自己。

云生有些忘情，不顾一切地扑向前去……

“嗯，慢一点嘛！”玉兰娇滴滴地将自己身子轻轻地扭到一边。这一扭，扭得很性感。云生眼睛突然一亮，妻子赤条条地半躺在被窝里，她在迫不及待地等着自己回来。

“快，我想死你啦！玉兰……”云生的声音有些发颤，如饿虎扑食，又想扑将前去。

“你呀！就懂这个事，别的什么都不懂。我都有了。”玉兰撒娇的语气中有着一种怨气。

“有什么啦?”妻子没头没尾的话，让云生感到云里雾里。

“木头，你要做爸爸啦!”

“真的?”云生眼睛放着光彩，他有些疯狂张开双臂大喊一声：“我要当阿爸啦!”

第三十六章

布谷鸟一声声地祝福

日转星移，光阴荏苒。

时光推移至一九四五年初秋。永丰城已经发生了巨大的变化。

武田株式会社的老武田早已作古，他的外孙终于担当不了武田株式会社发展的领导责任，反而在永丰商行的较量中，早在十年前退出了永丰城，退出了台湾，也退出了历史的舞台。

警察所长矢野早已在郁郁寡欢中回到日本。他的后任，后任的后任尽管改变不了侵略者的本色，其结局并没有比前任好了多少，一直是在暗淡中一个个退去。

阿光，此时已经七十八岁高龄。尽管年岁已高，但身体却还十分硬朗。那稀疏的头发薄薄地遮在脑门上。可是，他每天早上仍然要在城里城外转一圈的习惯没有变；早餐地瓜稀饭配咸菜的习惯没有变。

云生也不再是小伙子，他已经是爷爷辈的角色；儿子取代他当了永丰商行的总经理，孙子也已经满地地奔跑，那童真童趣的言语逗得一家老少不时地发出欢愉的笑声。

永丰商行已不再是当年的商行，除原来的糖厂、粉条厂和酿造厂及永丰酒楼几家实业外，在台湾的台北、台中、台南，高雄都开设了分号。

阿光、胜天和阿彪都已经四世同堂。当然阿彪和静雅的儿子阳生的儿子刚过十周岁。

此时，永丰城，阳光明媚，秋高气爽。一轮明月在空中高高悬挂着，那皎洁的月亮光如一层薄纱轻轻地飘洒在这片多灾多难的土地上，飘洒在人们的身上，让人们感到无限的感慨，感到思绪万千。

“玉兰，今天是什么时候啦！”阿光惬意地躺在那张木制的凉椅上。这张凉椅伴着老人走过了将近半个世纪。此时，他静静地躺在那里，眼睛久久地看着那天空中的一轮明月，手上的那旱烟筒里装着满满的一锅烟，那袅袅的香烟在淡淡地飘浮着，老人此时若有所思，随口问了一下孙子。对，此时玉兰正带着小孙子，陪公公婆婆在聊天。

“阿爸，今天是八月十四，明天便是中秋节了。”玉兰听到阿爸的叫声，手上牵着曾孙子，轻轻地走近他，然后叫自己还在一颠一颠学走路的儿子，“清志，给阿祖盖上。”

“阿祖，盖上小被子，才不会受凉！”小曾孙一边奶声奶气地学着大人的口气说，一边把手中的小被子盖在阿光的身上。

“清志乖，阿祖的乖宝贝。”儿孙绕膝，四世同堂，对于苦了一辈子的阿光无疑是一个心灵的最大安慰。他欠了欠身子，伸手在小曾孙粉嫩的脸上疼爱地抚摸了一下，却不由自主轻轻地叹息了一声。

是啊，这日子过得真快，有文化的人说这是日月如梭一点不假，当年自己年轻力壮，可是一眨眼已进入古稀之年。儿孙绕膝，可是一件事在脑子里却丝毫也没有让老人淡忘。几十年过去了，自己的小儿子和阿发的儿子还在海那边。尽管他们偶尔会来信报告近况，报告他们的家庭的一切。

这两兄弟都同时在黄埔陆军学校学习，毕业后，他们来信告知都在国民革命军里任职，而且还当了一个小军官。

后来，林生写信告知，他们兄弟俩仍然同在一个部队，并在中缅边境对日作战。尽管那信断断续续，不时地向家中告知他们部队的战斗情况。唯有从那时候起的五六年时间里，松生这小子，没有任何的音讯，甚至连林生对他也一无所知。

这真是让自己这个做父亲的度日如年，愁肠百结呀！

再后来，两兄弟又在重庆会合了。那是前两个月，几年杳无音讯的松生突然来了一封信告诉自己，他在重庆国民政府里当了少将参谋；林生哥也已经是少将师长。两兄弟已经从中缅边境凯旋而归，回到重庆，并同在一个城里，而且都已经成了家，并且有了一对儿女……

三十年光阴，一万多个日日夜夜啊！

阿光在思考着，当年自己送他们去大陆求学，云生和林生才十六岁，松生才十三岁。六个孩子，高高矮矮由赵静雅带着，当船从台南码头一开出，自己的眼泪却止不住往下掉着。回到家中，原来热热闹闹的三个家庭变得静悄悄的，海英、海兰却成天抹着眼泪，只是自己在场时，她们才强装笑脸。

自己不是冷血动物，自己也是有情有感的人啊。谁会知道，他们这一去几十年，现在两兄弟也已是将近五十岁的老人了。

这几十年的日月更替，隔着大海父子之间、亲人之间就靠着那几封书信在维系着亲情，传递着信息。只是在前段思念他们时，这位古稀老人才将几封纸质发黄，而且皱巴巴的信翻出来，戴上老花眼镜一次又一次地念着、念着。

少将师长是什么样的官？少将参谋又是一个什么样的官？阿光不清楚，没有一点概念。这个事想了很久，没有一点结果。现在，躺在这凉椅上看着那天空，看着那月亮，阿光才突然感到，这人呀，一到了暮年总是那样动情，思考的问题总是那么的多："阿发呀，你们俩公婆在那边过得还好吗？我曾答应你照顾好你的儿女们。可是现在，慧生倒还好，当阿嬷了。可是，那林生却还在大陆，还在大陆的重庆，这重庆在哪里呀！连我都不清楚。隔着大海，隔着千山万水，那地方阿哥从来没去过，甚至从来没听过，阿哥想照顾也照顾不到，想帮忙也帮不上忙啊！只能在梦中，在思念当中想着他们……"

这人老了，旧事忘不了，新事记不得。晚上睡不着，白天打瞌睡。阿光想着儿子，想着侄儿，想着那早已远去的三个弟弟阿发、阿海和阿龙，不觉一阵心酸，泪水不由自主地从眼角上涌了出来。

“这老家伙刚才还在讲话，现在却打起了呼噜。”海英刚才还在逗着小曾孙聊天，在等着儿子回来，不要看这云生也快六十岁的人了，却忙里忙外，整天不着家，也不知在忙着什么。

“思贤，给你阿公拿一床厚一点的被子，要么，扶他进房间睡觉。这露天风大，睡在这里别感冒了。”海英交代孙子。

“好！”孙子应了一声，正要起身扶阿公进屋。

“谁说我睡了，我在打一个眼花，眯一会儿而已。”思贤的话音刚落，阿光却在朦胧中醒了过来。说也不奇怪，这老人睡得浅，刚刚被凉爽的秋风一吹，便小眯了一下。海英的话又将他吵醒了。

“玉兰，阿爸睡着了吗？”院子里浓浓的亲情在交织。正当会儿，云生却从外面风风火火快步走了进来，而且大呼小叫地说着话，后面更是跟着天生等大大小小一大串。

“真是，老疯了，都快六十岁的人了，还不着家。”玉兰听到云生的叫声，知道丈夫回来了。而且看到他身后跟着一大串的人，个个连带喜色，预计这老头一定带回来了好消息，一边埋怨地数落，一边帮他们倒茶、让座。

“对，我真疯了！我高兴得快疯了。”云生被玉兰亲昵地骂了一句，并没有生气，反而更洋洋得意地走到阿光的凉椅旁，半蹲着对着父亲说：“阿爸，喜事啊！天大的喜事啊！”

“什么事，那样大呼小叫的，云生。”阿光躺在那儿，他的思绪还在思念自己的侄儿和儿子当中，听到这老儿子还没有一点样子，批评了云生一句。

“爸，林生、松生来信啦。”云生高兴地说。

“林生、松生来信也不是第一次，有那么高兴吗？”阿光不冷不热地又批评了这个老儿子。

“这日本鬼子打仗打败了，台湾要归还给我们中国人啦！”云生的声音激动得有些变样。

“啊……”海英、玉兰失声叫了起来。

“是吗？”阿光腾地一声从凉椅上站立起来，那敏捷的动作，让所有人都吃了一惊，吓了一跳。

“是的，阿爸，没有错，千真万确！”云生从怀里拿出一封国民革命政府的信封递到父亲面前说，“这是从大陆那边回来的人带回弟弟的信。林生和松生都当大官了。”

“谁当大官呀？”阿光似乎耳朵比较背，重述了一遍。

“松生和林生呀。”云生说，“这少将呀，便是将军，带着千军万马。现在，他们已经把大陆那边的日本鬼子打败了，要回来接收台湾了。”云生这一喊，把海英、海兰、赵静雅和玉兰、慧生、婕生等那些人都叫得几乎激动得叫了起来。

“快、快！念、念……”阿光眼睛放着光，催促着老儿子。

“好！好！好！”云生展开信笺，那是弟弟的笔迹。

“敬启者父母大人，阿叔，阿姆……”云生把信笺越举越远，“敬启者父母大人，阿叔，阿姆……”又重复了一遍。

“快念呀！怎么老念这一句。”老人有点迫不及待地催促着。

“我眼睛老花，看不清楚，叫思贤念吧。”云生被父亲一催，觉得有点不好意思，赶快将那封信递给儿子，“快给爷爷和大家念一下。”

敬启者父母大人，阿叔，阿姆：

不孝儿林生、松生在千里之遥的重庆向你们跪安！

经过八年的抗战，中国人民彻底打垮了日本鬼子，取得了抗日战争的伟大胜利。

日本天皇已经向他们在中国的部队下达了投降命令，我国政府及其军队已经在祖国的东南西北广大的疆域接受他们的投降。

抗日战争终于结束了。

根据《波茨坦公告》，凡是日本人侵占中国的领土包括台湾、澎湖悉数归还给中国，台湾又将回到阔别五十年的中国，回到中华民族的大家庭中。因为我们兄弟俩原籍是台湾，上级已下达命令，我们兄弟俩已奉调到重庆。

这里已成立陈仪先生为行政长官的台湾行政长官公署和台湾警备司令部临时办事处，不日将回台湾负责接收工作。

敬爱的父母大人，阿叔、阿姆，

一晃我们便与你们分别近30年了。少小离家老大回，乡音未改鬓毛衰，远隔千山万水，无尽的思念伴随我们从青年走到老年，伴随我们度过一万多个难眠之夜。现在，经过千愁百结，经过三十年春夏秋冬，我们将很快团聚，两岸的中国人将很快团聚了。

林生哥和他率领的部队将成为接收台湾的部队一并到台湾。这一段他夜以继日，整军肃纪，准备粮秣，无暇动笔，嘱我一并写信致安。

父母大人，阿叔、阿姆。我们团圆之日便在眼前，请你们多多保重。

遥祝你们长寿安康，阖家平安幸福。

不孝男：林生、松生

叩拜

1945年8月1日

思贤将信念完了，顺手抹了一把脸颊上的泪水。

院子里出现了嘤嘤的哭泣声。

“松生……”突然，海英再也控制不了自己的激动，痛苦出声，呼唤着儿子的名字，那慧生、婕生还有静雅也热泪纵横……

三十年的春秋，一万多个日夜；

无尽的思念，浓浓的亲情。

院子里的人除了那些不懂事的孩子个个又哭又笑，又悲伤又开心。为这国难、民族灾难之后即将团聚的亲情而兴奋、而高兴不已。

“没出息，应该高兴，还哭，哭个什么？”阿光一直没有吭声。只是许久，许久他才站起来，趁人不注意偷偷地抹去了脸上的泪水，骂了一句老伴。然后告诉老儿子：“云生，你要做好准备，组织乡亲去迎接林生、松生回来。”阿光一阵兴奋又接着说，“不对，是去迎接那我们自己的军队过来接收台湾呀！”

“阿爸，你放心。老儿子早已做好准备了。”云生此时似乎已经忘记自己已是即将进入花甲的老人，神秘兮兮贴在老父亲的耳朵边轻轻地说了几句话。原来，前几年，他几兄弟和自己的儿子、侄儿早已秘密地参加了制糖同业公会。一方面抵制日本的经济掠夺和文化割裂，一方面在做台湾回归祖国的一切准备工作。

“你?”阿光半信半疑地看着头发花白的儿子，问道。

“阿爸。”云生看到老人眨着大眼睛，轻轻地把他按在凳子上坐下，“你还不相信自己这个老儿子吗?”

“阿叔，云生哥说得没有错。不光是他，我、天生、立言、婕生以及思贤这一代的人都参加了。”慧生也笑笑地说。

“那为什么我现在才知道呀?”阿光有些责怪儿子。

“那是怕你担心，要让你安心养老……”天生告诉阿叔，“你要知道，我们都已经五六十岁了，不是孩子啦。”

“阿公，这件事只有你和胜天阿叔、阿彪阿叔不知道了。”思贤也在一边补充自己阿爸的话。

“你这小子不孝，真是不孝。”阿光看着孙子，咧着没有牙的嘴，“我白疼你啦!”

“哈哈哈!”看到阿光用那指头轻轻地戳着思贤的脑门，院子里的男女老少开怀大笑起来。

“海英，给我装上一锅烟，我想好好吸上一锅。”阿光那布满千沟万壑的脸上绽放着闪亮的光泽，不难看出此时老人心里有着五十年来少有的开心。他觉得自己还年轻，招呼着自己的老伴给自己装烟。因为，此时他这心情一好，嘴巴今天特别的甜，特别想多抽几口。

“阿爸，刚才我还骂云生老疯癫，想不到你比云生还疯。”玉兰看到阿爸那么开心，赶快上前孝顺地替公公装上一锅金黄金黄的条丝烟，细心地帮他点上了火，开了一句玩笑。

“没规矩!”阿光又嘿嘿一笑地看着自己的儿媳妇，佯装生气地说。

十月十三日以后，永丰城阿光他们那三幢小楼成了空城。

根据阿光老人的决定，三家人不论男女老少都提前到台北去准备参加台湾回归中国的庆祝活动。因为，这是中国人受辱五十年之后的一次最长面子的日子，无论如何都要沾一沾喜气，感受一下当家做主人、扬眉吐气的氛围。

阿光是台湾工商界的知名人士，又是接收官员林生、松生的长辈，对台湾的建设和发展作过重大贡献，便作为台湾省行政长官兼台湾省警备司令陈仪的特邀代表参加受降仪式，并受到特殊的礼遇。

台湾省制糖同业公会了解到德高望重的阿光亲自参加受降仪式，将他们一家子安排在台北凯达格兰大道旁边的鸿宾楼客栈住宿，这里与即将成为台湾省行政长官公署和台湾省警备司令部仅一街之隔。

十五日的受降仪式以及开庆祝会的台北市大会堂都相距不远。

已经将近二十年没有出过远门了。现在三家子几十号人同时住在这台北市最豪华的鸿宾楼客栈，让人感到一种荣耀与自豪。当远载阿光一家的汽车刚到客栈门口时，却见那里早已哨兵林立。

汽车刚停下，早有官兵列队敬礼。

“敬礼！”当一个年青军官率领他的士兵齐刷刷地向阿光和家人们行礼时，老人再也控制不了心里的兴奋和激动，泪水不停地往下掉着。

“云生，这是……”老人不理解，这阵势怎么会那么大，将老儿子叫到身边问道。

“阿爸！这是林生和松生他们安排的，这是他们带的兵。”云生向父亲解释。

“林生和松生几时回来呀！”阿光抬着头四处张望着，他多么希望看到自己的两个儿子呀！尽管林生是阿发的儿子。可是自己已经向阿发发过誓将他的儿子当做自己的儿子养的。只是，这几十年自己没有尽责。想到这里，老人的心里掠过一丝不安和伤感。

“他们昨天晚上已经回到台北了，现在正忙着，明天早上会带着他们的老婆、孩子赶过来。”云生看到父亲一脸焦急，安慰父亲。

“现在不能来吗？”阿光多少有一些失望，快三十年了，望眼欲穿。到了台北还要等一夜，老人多少有些不理解。

“这……”云生此时的身份是台北制糖业同业公会的理事长，迟疑了一下，他理解风烛残年的老父亲的心情，“那我跟筹备组的同志联络一下，看他们能不能抽空前来先见你一下。”说罢，请儿子、侄儿们先安排老少们歇息，自己带着思贤急匆匆又冲了出去。

大约过了两个钟头，一行大车小车组成的车队浩浩荡荡开到了鸿宾楼客栈，两个身着国军少将服的军官带着家眷，在一大群警卫人员的簇拥下在客栈门口跳下汽车。坐在大堂不时往外张望的阿光、海英、胜天、海兰、阿彪、赵静雅似乎有一点不相信，这威风凛凛、充满英武之气的将军便是他们日思夜想的林生和松生。

“阿爸、阿妈……”林生、松生一进门，先给长辈们行了一个军礼。然后“扑通”一声跪在地上抱着久违的亲人失声痛哭。

大堂里，三家人几十个男女老少都控制不了这几十年分离后的团聚，一个个泪流满面。

“阿爸，这是我的妻子秀玉，儿子思勤，女儿思娴。”松生将自己的妻儿带到父母面前。

“阿叔，你是我阿叔，也是我阿爸，我回来了，你的侄儿、儿子和媳妇、孙子回来啦。”林生哽咽着向长辈们介绍，“这是我妻子文静，大儿子思锋，小儿子思军。”

三十年的分离；

三十年的梦中思念；

现在却在这里变为现实了。

阿光一次又一次地抹去眼角流下的泪水，他把四个孙子、孙女这个抱了又抱那个。终于眉开眼笑：“团圆了，团圆了，五十年噩梦结束了。”

十月十五日是所有中国人最难忘的日子。

这一天，秋高气爽，万里无云。

那一天，阿光比任何一天都起得早，推开鸿宾楼客栈的窗户，整个台北还沉浸在朦胧的夜色当中。可是老人已经难以抑制自己的激动心情，他趴在窗户上久久凝视着，希望那东边的阳光早点突破地平线，希望那太阳早点喷薄而出。

终于，太阳出来了。接着仿佛那凯达格兰大道附近公园里的布谷鸟今天也起得特别早，一声一声地在啼叫着“祝福，祝福”。一声比一声大，一声比一声脆，一声比一声更加响亮。

“海英，叫大家起床，叫大家起床！”阿光再也等不住了，他拍了拍老伴的屁股，要她叫醒所有的子孙们赶快起床，去参加陈仪主席主持的受降仪式。

他要看看那当年曾经不可一世的日本鬼子如今是如何灰溜溜从台湾这块土地上滚出去的狼狈样子。

他要看看中国人，还有这么多台湾乡亲扬眉吐气、喜上眉梢的样子。

片刻间，那大街小巷锣鼓声震耳欲聋，此起彼伏，一群群穿着节日服装的乡亲从四面八方汇集而来，向台北公会堂拥去。大家只有一个希望，去看一看陈仪主席主持的日本人投降仪式。要见证这一中国人民，台湾人民经过浴血奋战，打败日本鬼子以后扬眉吐气的辉煌历史时刻。

此时的台北人潮澎湃，大街小巷彩旗飘飘，锣鼓喧天。一队队歌仔戏、布袋戏、舞龙队、舞狮队穿梭往来，载歌载舞，整个台北市万人空巷，人声鼎沸，鞭炮齐鸣。那锣鼓声与鞭炮声相互交织；那十里八乡的乡亲们呼喊着，似乎要把台北变成欢乐的海洋，似乎要把五十年淤积在心中的耻辱一吐为快。

“台湾终于回到祖国的怀抱了。”阿光从内心感叹了一声。他由思贤搀扶着站在主席台上，看着公会堂内外欢呼的人群，心里在默默地告诉已故的亲人：“阿力凡阿叔、师父、阿爸、连阿叔、阿发、山花……你们在九泉之下安息吧。”

他的耳际边仿佛布谷鸟既清脆又悦耳地鸣叫着“祝福，祝福！”

后记

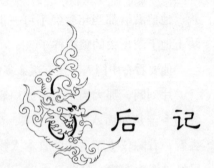

用一年的业余时间，竟然一口气完成《吴真人传奇》、《过台湾》、《风雨诸罗山》和《布谷催春》四部160余万字长篇小说的创作，听起来似乎有点不可思议，可是我却把它变成了现实。当我放下笔，还来不及喘一口气的时候，自己一直在反问，到底是什么精神支撑着自己去玩命?

因为，除了自己必须尽忠尽责地完成自己所分管的工作外，毕竟已经即将奔六的年龄。掩卷沉思，应该是闽南先民的那种敢于打拼的精神特质感染和鼓舞着我，激励着我，使我忘却了疲劳，忘却了年龄，忘却了还有节假日。

中华民族拓荒台湾的历史之所以可歌可泣，之所以能让我如此动情，那便是闽南先民对祖国、对民族的无限忠诚；对自己兄弟、对乡亲的无限热爱；对社会发展、对社会进步执著的追求；对民族的敌人百倍的仇恨。这种在社会进步和人类发展历史所表现出来的睿智、拼搏，敢于一比高下的精神特质值得我们海峡两岸一代代传承与发展，值得我们后人永远铭记于怀。

在创作渡东三部曲的过程中得到国台办，厦门市委组织部、宣传部相关领导的大力支持和帮助，在此表示衷心的感谢。

渡东三部曲的录入、发行过程中得到兆美广告公司总经理陈伟泉和黄华同志的大力帮助，一同深表谢意。

作者

2010.10.18

图书在版编目(CIP)数据

布谷催春 / 廖晁诚著. —北京：华艺出版社，2011.3
ISBN 978-7-80252-238-1

Ⅰ. ①布… Ⅱ. ①廖… Ⅲ. ①长篇小说—中国—当代
Ⅳ. ①I247.5

中国版本图书馆 CIP 数据核字(2011)第 039849 号

布谷催春

作　　者：廖晁诚
责任编辑：刘胜男
装帧设计：王　烨
出版发行：华艺出版社
社　　址：北京海淀区北四环中路 229 号海泰大厦 10 层
电　　话：010-82885151
邮　　编：100083
电子信箱：huayip@vip.sina.com
网　　站：www.huayicbs.com
印　　刷：北京兴星伟业印刷有限公司
开　　本：710×1000　1/16
字　　数：320 千字
印　　张：22.75
版　　次：2011 年 3 月第 1 版第 1 次印刷
书　　号：ISBN 978-7-80252-238-1
定　　价：40.00 元
